Karen Bojsen
Möwenherz

Zum Roman

Ebba kehrt für die Beerdigung ihrer Großmutter an die nordfriesische Küste zurück. Es ist der erste Besuch seit jenem schrecklichen Ereignis in ihrer Kindheit, das sich tief in ihre Erinnerung eingebrannt hat. In dem beschaulichen Emilienkoog scheint die Zeit stehen geblieben zu sein, und Ebba will von dem alten Kapitänshaus und dem kleinen Heimatmuseum samt Café nichts wissen. Wie bekommt sie so schnell wie möglich ihr aufregendes Leben im Musikbusiness zurück?

Jona jettet als gefeierter Stargeiger um die Welt, doch als er kurz vor einem geplanten Flug in die USA eine Panikattacke erleidet, landet er stattdessen gemeinsam mit seiner persönlichen Assistentin Ebba an der Nordsee. Von einem auf den anderen Tag rührt er seine Stradivari nicht mehr an. Lieber entdeckt er die Schätze von Ebbas Großvater, die von Seefahrermythen und alten Legenden erzählen. Bald beginnt Jona sich zu fragen, was – und wen – er sich für sein Leben wirklich wünscht.

Finn ist in seine Heimat Emilienkoog gekommen, um Abstand zu gewinnen. Aus dem Jungen mit den großen Träumen ist ein erfolgreicher Herzchirurg in München geworden. Doch während er im OP routiniert Leben rettet, ist sein Privatleben ein einziges Chaos. Eine Affäre reiht sich an die nächste, obwohl Finn sich nach etwas ganz anderem sehnt. Als er Ebba wiedertrifft, sind die alten Gefühle für das verrückte Mädchen von damals sofort wieder da …

Karen Bojsen erzählt voller Poesie von drei Leben im Umbruch und einem unvergesslichen Sommer, nach dem nichts mehr so ist, wie es war.

Zur Autorin

Karen Bojsen ist das Pseudonym der Hamburger Autorin und DELIA-Preisträgerin Katrin Burseg. Sie studierte Literatur und Kunstgeschichte in Kiel und Rom, bevor sie als Journalistin arbeitete. Hamburg ist ihr Sehnsuchtsort, sie lebt mit ihrer Familie im Herzen der Stadt. Mehr über die Autorin und ihre Bücher erfahren Sie unter www.katrinburseg.de.

Karen Bojsen

Möwenherz

Roman

DIANA

Von Karen Bojsen sind im Diana Verlag erschienen:
Im Herzen das Meer
Möwenherz

MIX
Papier aus verantwortungsvollen Quellen
FSC® C014496

Verlagsgruppe Random House FSC® N001967

Originalausgabe 07/2018

Neumarkter Straße 28, 81673 München
Redaktion: Uta Rupprecht
Umschlaggestaltung: t.mutzenbach design, München
Umschlagmotive: ©zhu difeng, Anita Melkova, DoozyDo, LenLis, zaxenart, panki, Karoline Bevre, Shaliapina / Shutterstock
Satz: Leingärtner, Nabburg
Druck und Bindung: GGP Media GmbH, Pößneck
Printed in Germany

ISBN 978-3-453-35971-0

www.diana-verlag.de
Besuchen Sie uns auch auf www.herzenszeilen.de
Dieses Buch ist auch als E-Book lieferbar.

Das ist das Größte,
was dem Menschen gegeben ist,
dass es in seiner Macht steht,
grenzenlos zu lieben.

THEODOR STORM

Prolog

Der Wal lag weit draußen im Schlick, majestätisch und still wie ein gekentertes Schiff, das ein nächtlicher Sturm an Land geworfen hatte. Er war tot, das sah Gesa Koenig sofort. Sie blieb stehen und packte den Hund, der leise neben ihr winselte, am Halsband.

Schon auf dem Weg zum Deich hatte sie gespürt, dass da draußen etwas nicht stimmte. Die Sonne war soeben über den Feldern aufgegangen, ein flammendes Spektakel in Rot und Gold, das ihr die kurzen, schlaflosen Nächte versüßte, aber die Vögel schwiegen. Als wären sie nicht in der Stimmung, den tauglänzenden Junimorgen zu begrüßen.

»*Dar is doch wat in'n Busch*«, hätte ihr Mann früher gesagt. »*Ik kiek mol na.*« Und dann wäre er den Deich hinaufgestapft bis zur Krone, dorthin, wo der Blick bis ins Unendliche reichte, um nachzuschauen, was das Meer ihnen wieder an den Strand gespült hatte.

Aber Henri war tot, seit zwanzig Jahren schon. Und nach ihm waren so viele andere gegangen. Auf dem Friedhof an der kleinen Kirche war es eng geworden, während das Dorf nur noch von Erinnerungen lebte. Und die Jungen … Gesa schüttelte den Kopf, um die trüben Gedanken, die sie bedrängten, zu vertreiben. Vorsichtig tastete sie sich ins Watt hinein, den aufgeregt witternden Hund an ihrer Seite.

Beim Näherkommen bemerkte sie, dass es ein Pottwalbulle war, der sich in die Nordsee verirrt hatte. Er war noch jung und vielleicht zwölf Meter lang, vermutlich war er auf seiner Wanderung vom Äquator ins Eismeer einfach falsch abgebogen und dann verhungert. Misstrauisch umkreisten ein paar Austernfischer den riesigen Kadaver, während die Lachmöwen immer noch sprachlos schwiegen.

Gesa seufzte und befahl dem Hund, sich zu setzen. Dann faltete sie die Hände und hielt einen Moment inne, überwältigt von der beklemmenden Schönheit dieser Kreatur. Der plumpe Kopf nahm fast ein Drittel des Körpers ein und sah wie ein Rammbock aus, die feucht glänzende, zerfurchte Haut ließ sie an Marmor denken, die spitzen Zähne des Unterkiefers schimmerten wie Elfenbein. Über den Rücken des Riesen zog sich eine Reihe von Buckeln und Zacken bis hinab zur mächtigen Fluke. Pottwale konnten bis in die dunklen Abgründe der Tiefsee hinabtauchen, und sie sangen so schön wie die Sirenen. Jedenfalls hatte das Henri behauptet. Ihr Mann war noch auf Walfang gewesen, als Schiffsjunge in den Fünfzigerjahren. Doch die blutige Jagd hatte ihn so schockiert, dass er sich geschworen hatte, diesen Tieren nie wieder Leid zuzufügen.

Henri.

Wieder überflutete sie die Trauer, aber in die Traurigkeit hinein mischten sich auch hellere Töne. Silbrige Erinnerungen an ihre Ehe und das Glück ihrer Liebe strömten auf sie ein. Und nach einer Weile hob sie den Kopf und blinzelte die Tränen zurück. Mit zusammengekniffenen Augen suchte sie die weite Fläche des Wattenmeeres ab, die sich wie ein schimmernder Teppich vor ihr ausrollte. Pottwale waren meist in Gruppen unterwegs – kämpften da draußen noch mehr Riesen um ihr Leben?

Aber das Watt lag wie unberührt vor ihr. Eine stille, glänzende, von Pfahlmuscheln und Austernschalen geschmückte Fläche. Die Sonne stieg nun über den Deich, und ihr Licht tanzte in den Pfützen und Prielen. Gesa beschirmte die Augen. Dunklen Walbuckeln ähnlich erhoben sich die Halligen am Horizont. Habel, Gröde und Langeneß. »Schwimmende Träume«, so hatte der alte Storm die Inselchen im poetischen Überschwang seiner Heimatliebe einst genannt.

Schwimmende Träume.

Ein Lächeln malte sich in ihr Gesicht. Gesa mochte die Verse des alten Storm. Das Leben an der Küste war hart, verheerende Stürme und vernichtende Fluten hatten diese Landschaft geschaffen. Aber das, was geblieben war, berührte die Seele, und der Dichter wusste davon zu erzählen.

Noch einmal ließ sie den Blick schweifen, um den morgendlichen Zauber tief in sich aufzunehmen, und auf einmal erschien ihr dieser Wal nicht länger wie ein düsteres Menetekel, sondern wie der Vorbote eines Neuanfangs.

Gab es nicht doch noch Hoffnung für das Dorf?

Für den Hof und den Garten.

Und für Henris Schätze.

Für all das, was noch nicht zu Ende war.

Warum sollte es nicht weitergehen? Sie jedenfalls hatte alles dafür getan.

Gerührt lauschte Gesa ihrem Atem, ihr Herz pochte, wie ein altes Herz bisweilen pochte. Unruhige, wuchtige Schläge. Sie dachte, dass sie umkehren sollte, um Meldung zu machen, bevor die heranrollende Flut das Tier wieder verschluckte, aber etwas, das sie nicht benennen konnte, hielt sie fest und lockte sie ins Watt hinaus.

Die Neugier eines Kindes.

Fast war ihr so, als nähme da jemand ihre Hand, um sie mit sich zum Wal hinauszuziehen.

Mit einer vagen Sehnsucht im Herzen lief sie weiter. Sie konnte den Wal nun riechen, die geheimnisvollen Aromen der Tiefsee, das Salz, das auf seiner Haut trocknete, die halb verdauten Tintenfische seiner letzten atlantischen Mahlzeit. Eine Ahnung von Fäulnis und Zerfall lag in der Luft und überdeckte den Schlickgeruch. Winselnd folgte ihr der Hund, und sie schalt ihn dafür.

Das winzige, kindlich-runde Auge des Pottwals erstaunte sie. Sie war nun so nahe bei dem Tier, dass sie nur noch die Hand ausstrecken musste, um es zu berühren.

Ihr Herz schlug noch schneller, ein aufgeregtes Klopfen unter ihren Rippenbögen, das sie an ihren ersten Tanz mit Henri erinnerte. Frisch und kühl strömte die salzige Luft in ihre Lungen, und plötzlich fühlte sie sich so jung und unbeschwert wie schon lange nicht mehr.

Behutsam legte sie eine Hand an die Flanke des Wals, dann drehte sie sich um und folgte seinem Blick.

Was hatte er zuletzt gesehen?

Die blühenden Salzwiesen und den Deich, der die Halbinsel vor dem Meer schützte?

Das Ende der Unendlichkeit?

Oder vielleicht den Himmel?

Die aufziehende Morgenröte und die ineinanderfließenden Farben.

Die vom Wind getriebenen Wolken.

Das Kreisen der Möwen.

Womöglich Gott?

Wieder spürte sie ihr Herz unter den Rippen, es fühlte sich so an, als ob es tanzte. Die leichte Brise bauschte ihren Rock, und sie hob die Arme, um den Wind zu umarmen.

Nur noch einmal tanzen, dachte sie. Mit Henri. Sich in seine Arme zu stürzen, ausgelassen vor Glück. Ihr Mann war ein ausgezeichneter Tänzer gewesen, er hatte sie kopfüber durch die Luft wirbeln können.

Gesa schloss die Augen und probierte ein paar Schritte. Da war eine Stimme, ein Lied, wie schwerelos hing es über dem Watt.

War das Henri, der da sang?

Gesa wiegte sich zur Melodie, vor und zurück, vor und zurück.

Ratlos sah der Hund ihr zu.

Sie merkte nicht, wie ihre Stiefel immer tiefer in den knisternden Schlick sanken. Sie empfand nur eine grenzenlose Freude, so wie sie Kinder erleben konnten. Oder Liebende.

Henri.

Sie war ihm so nah, so nah.

»Sag mir, dass es weitergeht«, flüsterte sie. Und Henri lächelte, so wie er immer gelächelt hatte, wenn er sie in seinen Armen hielt.

Ja, es würde weitergehen. So wie es immer weitergegangen war. Nach jedem Sturm, nach jeder Flut hatten die Leute von Emilienkoog wieder Häuser in den Muschelgrund gesetzt. Sie hatten Träume geboren und Kinder bekommen, Gärten angelegt und Rosen gepflanzt.

Sie waren nie sorglos gewesen, aber sie hatten auch getanzt. In den kurzen, aber leuchtenden Sommern zwischen Himmel und Meer.

»Nicht wahr, Henri?«

Außer Atem öffnete sie die Augen und sog gierig die prickelnde Luft ein.

Der Deich schien viel weiter entfernt als zuvor, oder war es das Licht, das sich verändert hatte? Gesa tätschelte den Hund. Sie überlegte, dass sie sich einen Moment ausruhen sollte, bevor sie sich auf den Rückweg machte.

Benommen trat sie ein paar Schritte zurück, um sich gegen die mächtige Flanke des Wals zu lehnen, dann zog die Erschöpfung sie sanft zu Boden.

Henri.

Ihre Hände tasteten nach einer Muschel im Schlick, während der Hund den Kopf in ihren Schoß legte und seufzte.

Gesa lächelte. Wieder hörte sie diese Melodie, die sie wiegte.

Ja, es war gut.

Alles war gut.

Endlich.

1

Ebba

Champagner?«

Mit einem zuvorkommenden Lächeln beugte sich die Stewardess über Ebbas Sitz und hielt ihr ein Glas Moët & Chandon entgegen.

»Nein, vielen Dank.« Ebba deutete auf die Karaffe mit frisch gepresstem Orangensaft, die auf dem Trolley stand. Der Tag war hektisch gewesen, Pressetermine und Interviewanfragen bis kurz vor dem Check-in. Selbst in der Lounge hatte sie noch ein paar Interviews mit Jona abgestimmt. »Ich könnte ein paar Vitamine vertragen.«

»Sehr gern.«

Der Champagner verschwand. Gleich darauf platzierte die junge Frau mit den feinen asiatischen Gesichtszügen ein Glas Saft auf der Leinenserviette ihres Tischchens, doch da hatte Ebba sich schon wieder über ihren Laptop gebeugt.

Das Boarding war fast abgeschlossen, nur noch acht Stunden bis New York. Und in der First Class des riesigen Airbus A 380 verging die Zeit sowieso wie im Flug.

Ebba öffnete den elektronischen Kalender, der ihr Leben mit Jonas Reisen rund um den Globus synchronisierte: *Abflug Amsterdam Schiphol 17.20 Uhr, Ankunft New York JFK*

19.20 Uhr. Sie nippte kurz an ihrem Orangensaft, die Zeitverschiebung ließ ihnen noch Gelegenheit zu einem Business-Meeting. Also schnell ins Hotel, bevor sie zum Dinner mit den Leuten vom Musiklabel fuhren. Tony und Caroline erwarteten sie im Daniel's auf der Upper East Side. Danach vielleicht noch ein Drink in der Hotelbar, damit sie einschlafen konnte. Morgen dann die ersten Pressetermine zum Frühstück um neun, bevor die Proben mit den New Yorker Philharmonikern begannen. Der große Jona Bennett würde Bachs Violinkonzerte spielen, auf seine eigene, virtuose, das Publikum elektrisierende Art.

Und dann … Ebba strich sich das helle, glatte Haar zurück und überflog die Termine der kommenden Tage, bevor sie den Blick hob und Jona betrachtete. Wie immer saß er zwei Reihen vor ihr, auf der rechten Seite des Oberdecks. Sie konnte seine Stradivari nicht sehen, aber sie wusste, dass er die Geige bis zur Ankunft in New York nicht aus den Augen lassen würde. Nur wenn er zur Toilette ging, vertraute er ihr die kostbare Schöne für ein paar Minuten an.

Die Airline hatte von seinem Label ein detailliertes Briefing mit Sonderwünschen bekommen: In der First Class hatte ein totales Handy- und Fotoverbot zu herrschen, er brauchte eine warme Decke aus Yakwolle und mindestens zwei Luftbefeuchter. In der Bordtoilette warteten ein eigener Sitz und nach Lavendel duftende Handtücher, die Stewardessen mussten sich regelmäßig die Hände desinfizieren und sollten möglichst jeden Blickkontakt vermeiden. Auch die Liste fürs Catering las sich wie das Who's who der Starneurosen: kein Fisch, kein Fleisch, kein Zucker, kein Gluten und keine Laktose. Unterwegs ernährte er sich vorwiegend von Energy Balls aus Trockenfrüchten, Nüssen und grüner Rohkost. Dazu

Champagner, Ruinart Rosé. Schon vor dem Start benötigte er zwei Gläser, um nicht darüber nachzudenken, dass er sich gleich zehntausend Meter über dem Atlantik befinden würde.

Sie sah, wie Jona das erste Glas hinunterstürzte und der hübschen Asiatin winkte. Eigentlich war die junge Frau sein Typ, schmal und zierlich, mit dunklem, glänzendem Haar und sinnlichen Lippen, aber er würdigte sie keines Blickes, während sie ihm aus seiner persönlichen Jona-Bennett-Superstar-Flasche nachschenkte.

Ebba runzelte die Stirn, als er das Glas hastig leerte, um es sich dann ein drittes Mal auffüllen zu lassen. Schon in der Lounge war er fahrig gewesen, er hatte sich kaum auf die Interviewtexte konzentrieren können, die sie ihm zur Abstimmung vorgelegt hatte. Schließlich hatte er sie einfach machen lassen und sich die monströsen Kopfhörer über die Ohren geschoben, mit denen er den Lärm der Außenwelt ausblendete. Seitdem hatte er die schwarzen Designerbeats, mit denen er wie eine Kreuzung aus Fußballprofi und hippem DJ aussah, nicht mehr abgesetzt. An den Fingerbewegungen seiner linken Hand konnte sie ablesen, dass er Mozart hörte. Das Violinkonzert Nummer drei G-Dur: zwei Violinen, Viola, Bass, Oboen und Hörner. Seine Playlist gegen den Stress.

Ebba nahm noch einen Schluck von ihrem Orangensaft. Das Konzertjahr war lang gewesen, seit September tourte er schon, Flugmeilen bis zum Mond. Weihnachten waren sie in Sydney gewesen, zu Ostern in Moskau. Sogar die Chinesen hatte Jona mit seinem Mix aus virtuosem Spiel und unkonventioneller Interpretation begeistert. Es wurde Zeit, dass die Saison endete und sie sich in die Sommerpause verabschiedeten. Nur noch das Konzert in New York und ein Festival in Kalifornien, dann würde Jona sich für zwei Monate in seinem

Haus auf Long Island einnisten, während sie sich endlich um ihr Apartment in Kopenhagen kümmern wollte. Sie hatte es vor anderthalb Jahren gekauft und noch immer nicht eingerichtet.

Ebba lehnte sich zurück, versonnen schaute sie aus dem Fenster in den verregneten Amsterdamer Nachmittag. Sie träumte von einem Bett so groß wie ein Schiff, duftender Bettwäsche in Meerfarben und einem kleinen verwunschenen Terrassengarten, den sie von ihrer Putzfrau pflegen lassen würde. Und dann war da noch Magnus, der ihr das Apartment in der Nähe des Kopenhagener Zoos vermittelt hatte. Hin und wieder skypten sie, wenn die Umstände und die Zeitverschiebung es zuließen. Sie freute sich darauf, ihn wiederzusehen. Und auch auf etwas mehr Zeit für sich selbst. Lange Spaziergänge durch den Tiergarten und ein Ausflug mit Magnus zu den Inseln in der Ostsee.

Auf dem Rollfeld steuerte ein letzter Wagen mit Gepäck auf den Airbus zu, die Koffer glänzten feucht. Am Gate nebenan löste sich eine Boeing 777 vom Finger. Als Ebba wieder auf den Bildschirm vor sich sah, bemerkte sie, dass Jona alle Termine für den Abend gecancelt hatte. Er hatte sie über seinen Zugang einfach gelöscht. Und offenbar war ihm das noch nicht genug: Wie von Geisterhand fraß sich der blinkende Cursor durch den Kalender, löschte einen Termin nach dem anderen und zerstörte die Arbeit von Wochen. Meetings, Pressegespräche, Probentermine und Reisedaten, die sorgfältig ausbalancierte Architektur seines Lebens – einfach dahin.

»Jona!«

Ebba war so fassungslos, dass sie noch nicht einmal aufschreien konnte. Es kam nur ein heiseres Krächzen, das ihr im Hals stecken blieb. Das Blut schoss durch ihren Körper, eine heiße Welle aus Schreck und Entsetzen. Sie schlug die Hand vor den Mund, dann riss sie den Laptop hoch, als ob sie so etwas retten könnte. Wie in Zeitlupe kippte ihr der Orangensaft in den Schoß.

»Verdammter Mist!«

Aber Jona hatte noch nicht genug, immer noch fuhrwerkte er in seinen Terminen herum. Sie sah, wie er hektisch mit dem Finger über sein Handy wischte.

Was zum Teufel trieb er da?

Wie hypnotisiert starrte Ebba auf den Bildschirm, während eine letzte funktionierende neuronale Verbindung in ihrem Gehirn betete, dass es irgendwo ein Back-up ihres Kalenders gab.

Auch die anderen Passagiere in der ersten Klasse bemerkten, dass da in Reihe eins etwas Merkwürdiges vor sich ging. Natürlich hatten sie den schlaksigen Typen mit dem pinkfarbenen Geigenkasten erkannt. Alle Welt kannte Jona Bennett und sein mitreißendes Vibrato. Mit seinen Cross-over-Programmen hatte er die Geige aus den Tempeln der Hochkultur befreit und in die Arenen der Rock- und Popmusik gebracht. Er beherrschte die alten Meister genauso souverän wie die Hits von Adele, Beyoncé oder Coldplay. Und er liebte das augenzwinkernde Spiel mit den Konventionen. Jona hatte kein Problem damit, Bach und David Guetta mit derselben Ernsthaftigkeit zu spielen.

Ebba löste den Gurt und tupfte sich die Hose mit einer Serviette ab, die ihr die aufmerksame Stewardess reichte. Als sie aufstehen wollte, sprang auch Jona plötzlich auf. Mit dem Geigenkasten unter dem Arm stürzte er wortlos zur Treppe und verschwand nach unten.

»Jona!«

Ebba schnappte sich ihre Handtasche und warf den Laptop hinein. An der verdutzten Stewardess vorbei lief sie ihm nach.

Jona war schon unten. Sie hörte, dass es einen kurzen, scharfen Wortwechsel mit einem Steward gab, was ihr die Chance ließ aufzuholen. Im Übergang zwischen Flieger und Finger hatte sie ihn erreicht.

»Jona!« Beruhigend legte Ebba ihm eine Hand auf den Arm. »Was ist denn los?«

Konnte er sie durch die Kopfhörer überhaupt hören? Jona starrte sie aus weit aufgerissenen Augen an. Ein panischer Blick wie von einem gehetzten Tier. Er schwitzte und schien gleichzeitig zu frieren, er zitterte.

Vorsichtig streifte Ebba ihm die Beats ab, und er ließ sie gewähren.

»Jona«, sagte sie noch einmal, weil sie wusste, dass er ihre Stimme mochte. »Komm, setz dich wieder. Du hast morgen Probe. Die Halle ist ausverkauft. Alan würde es dir nie verzeihen, wenn du das Konzert mit den Philharmonikern schmeißt. Das Dinner heute Abend können wir doch absagen, wenn dir das zu viel ist.«

Jona schüttelte den Kopf. Er sah aus, als würde er gleich ertrinken, in einer für sie nicht sichtbaren stürmischen See. Seine schönen, schlanken Hände umklammerten den Geigenkasten, als hielte er einen Rettungsring im Arm.

»Brauchen Sie einen Arzt?«

Der Steward war wieder da, er sah sie mit einer Mischung aus Neugier und Verärgerung an.

»Nein, nein, vielen Dank.« Ebba versuchte, Jona sanft über die Schwelle in den Flieger zurückzuziehen. »Alles in Ordnung. Wir setzen uns wieder.«

Aber Jona schüttelte den Kopf.

»Jona, bitte.«

Sie strich ihm über den Arm. Das Zittern hatte nachgelassen, und sie schöpfte ein wenig Hoffnung.

»Madam, das Gate hat bereits geschlossen. Wir schließen jetzt die Außentüren.«

Herr im Himmel.

Wütend funkelte Ebba den Steward an. Sah er denn nicht, dass sie versuchte, die Wogen zu glätten?

Jona zuckte erneut zusammen. Sie spürte, wie er sich wieder verspannte, starr wurde wie ein Stück Treibholz, das die Gischt hin und her warf.

»Jona …«, murmelte sie beruhigend, aber da hatte er sich schon losgerissen und stürmte den Finger hinauf zurück zum rettenden Gate.

Der Flieger nach New York war weg. Gestartet mit einer halben Stunde Verspätung, weil die Bodencrew ihr Gepäck wieder ausladen musste. *Safety first*, auch wenn sich zwischen den Hoodies und Bühnenoutfits in Jonas Koffern gewiss keine Bombe befand.

Ebba telefonierte hektisch, um Jona schnell zu erlösen. Seine Augen flehten sie förmlich an. Es war ihre Aufgabe, auch schwierige Situationen zu meistern, und sie bemühte sich darum, Jona eine halbwegs unauffällige Rückfahrt in die Stadt zu ermöglichen. Limousinenservice, Security, Hotel. Dazwischen ein Gespräch mit Caroline von Global Music, um sie über den verpassten Flug zu informieren.

»Kann er morgen fliegen?«

Caroline hatte ihr vorgerechnet, welche Summen auf dem Spiel standen, falls sie das ausverkaufte Konzert in New York absagen mussten.

Ebba hatte kurz geschwiegen und sich etwas von Jona entfernt, damit er sie nicht hören konnte. »Er braucht einen Arzt«, hatte sie dann gesagt und ihr seine Panik geschildert. So etwas war noch nie vorgekommen, und sie wusste nicht, ob sie der Situation gewachsen war. Caroline hatte versprochen, sich darum zu kümmern. Es gehörte zu ihrem Job, die Stars des Labels mit allen möglichen legalen und weniger legalen Hilfsmittelchen zu versorgen, und sie kannte eine Menge diskreter Ärzte und Psychiater, die eine überspannte Künstlerseele wieder erden konnten.

Jona saß in der Zwischenzeit teilnahmslos in einem Sessel und starrte auf den Boden. Er zitterte nicht mehr, aber er war sehr blass. Verstrubbeltes Haar und violette Schatten unter den Augen. Wieder dachte Ebba, dass er wie ein Schiffbrüchiger aussah. Der Geigenkasten lag in seinem Schoß, sie konnte seine feuchten Fingerabdrücke auf dem Lack erkennen. Der Tee mit Honig, den sie für ihn bestellt hatte, stand unberührt auf einem kleinen Tisch an seiner Seite. Ebba trat zu ihm. In ihr Unverständnis über seinen Aussetzer mischte sich so etwas wie Mitgefühl. Seit drei Jahren reisten sie gemeinsam von Konzert zu Konzert, und aus der gegenseitigen Achtung war so etwas wie Freundschaft geworden. Jona tat ihr leid, und sie wünschte sich, sie könnte ihn in den Arm nehmen und trösten.

»Wir fahren zurück ins Canal House«, sagte sie behutsam. »Die Limousine wartet unten. Morgen sehen wir weiter.«

Jona nickte. »Was hat Caroline gesagt?«, fragte er leise. Seine Stimme klang dünn wie die eines Kindes. Alle Kraft und Tiefe waren daraus verschwunden.

»Sie versucht, die Probe auf Donnerstag zu verschieben«, antwortete Ebba. »Und wir canceln alle Pressetermine. Wenn wir morgen fliegen, dann …«

Jona schüttelte den Kopf, ein entschiedenes Nein, in seinem Blick lag etwas Dunkles, Verzweifeltes. Sie sah, dass er mit etwas kämpfte, das mächtiger war als er selbst.

»Jona, du kannst doch jetzt nicht alles absagen! Es sind doch nur noch drei Wochen bis zum Ende der Tour.«

»Doch«, sagte er und stand schwerfällig auf. Ebba folgte ihm zum Ausgang der Lounge.

»Tony dreht durch.«

»Der kann mich mal.«

Jona zog sich die Kapuze seines Sweatshirts über den Kopf, mit dem Fahrstuhl und über einen Seitenkorridor gelangten sie zum VIP-Eingang, wo die Limousine auf sie wartete.

Auf der Fahrt zurück in die Stadt starrte Jona durch die abgedunkelte Seitenscheibe, aber Ebba war sich nicht sicher, ob er die Außenwelt überhaupt wahrnahm. Seine Augen waren leer, als hätte er den Blick nach innen gerichtet. Wahrscheinlich war er über seinen Aussetzer genauso entsetzt, wie sie es war. Mit dem Handy checkte sie, ob irgendetwas über diesen Vorfall ins Netz gelangt war.

»Und?«, fragte Jona nach einer Weile tonlos von hinten, als ob er durch ihren Sitz hindurchsehen könnte.

Ebba schüttelte den Kopf und drehte sich zu ihm um. »Nichts«, sagte sie schnell, um ihn zu beruhigen. »Die letzten Posts stammen vom Konzert gestern Abend.«

Jona nickte, er schob sich die Kopfhörer über die Ohren und schloss die Augen. Ebba betrachtete ihn sorgenvoll. Hätte sie nicht etwas von seiner Krise merken müssen? Seine Launen, die zunehmenden Stimmungsschwankungen, der unruhige Schlaf und die Appetitlosigkeit. Er hatte abgenommen, und dann waren da noch der viele Champagner und dieser winzige Patzer gestern Abend bei der Zugabe.

Hatte er sich zu viel zugemutet? Oder hatten sie ihm zu viel abverlangt – Tony und Caroline und all die anderen, die sein einzigartiges Talent vermarkteten und ihn durch die Konzerthäuser dieser Welt trieben? Wie viele freie Tage hatte er im letzten halben Jahr gehabt? Oder Stunden?

Ebba drehte sich wieder nach vorn und ließ das Handy in die Tasche gleiten. Sie fühlte sich unbehaglich, ein Gefühl von Beklemmung, das von Minute zu Minute stärker wurde. Und die nasse Hose machte es auch nicht besser.

Als sie die Amsterdamer Altstadt erreicht hatten, atmete sie auf. Das Canal House lag mitten im Zentrum, direkt an der alten Keizersgracht. Ebba mochte die hohen Decken und schmalen Stiegen des ehemaligen Kaufmannshauses, den ruhigen Garten und die in blaues Licht gehüllte Bar, durch die um Mitternacht die Geister der Vergangenheit wehten.

Langsam fuhr die Limousine am Kanal entlang auf das Hotel zu, die Fassaden der historischen Giebelhäuser spiegelten sich im dunklen Wasser der Gracht. Es hatte aufgehört zu regnen, und ein Pulk von Fahrradfahrern umringte sie und eskortierte die Limousine die schmale Straße hinab.

Ebba drehte sich wieder zu Jona um und berührte sein Knie. Nach ein paar Sekunden öffnete er die Augen, dann schob er langsam die Kopfhörer herunter. Als er das fröhliche Fahrradklingeln hörte, sah sie ihn zum ersten Mal an diesem Tag zaghaft lächeln.

In der Hotellobby erwartete man sie bereits. Jona und Ebba waren schon ein paar Mal im Canal House abgestiegen, und so fuhren sie gleich hinauf in die Suite. Während Jona im Bad verschwand, nahm Ebba das Gepäck entgegen und bestellte ein leichtes Abendessen. Gedünstetes Gemüse und auf der Haut gebratenen Wildlachs, den Jona hier sehr gerne aß. Nur unterwegs bekam er kaum etwas hinunter, die Flugangst schnürte ihm buchstäblich die Kehle zu. Dann zog sie sich schnell in ihrem angrenzenden Zimmer um.

Ebba hörte die Dusche lange rauschen, so lange, bis das Essen kam. Der Zimmerservice deckte den Tisch am Fenster ein und entkorkte den Weißwein. Ebba setzte sich und wartete auf Jona.

Im nächsten Moment summte ihr Handy. Auf dem Display leuchtete die Nummer ihrer Mutter auf. Überrascht nahm Ebba das Telefon in die Hand, sie hörten nur sporadisch voneinander, und meist war es Ebba, die ihre Mutter anrief.

»Mama?«

»Wo bist du, Ebba?«

Die Stimme ihrer Mutter klang seltsam, etwas, das Ebba nicht deuten konnte, schwang darin. Ihr Herz schlug schneller.

»Amsterdam. Wir …«

»Du bist in Europa, wunderbar. Gesa ist gestorben, heute Morgen. Ich habe eben einen Anruf bekommen, sie konnten dich nicht erreichen. Es tut mir so leid, Schatz.«

»Aber …«

»Du musst nach Emilienkoog. Ich habe gesagt, dass du kommst.«

»Was ist denn passiert?«

Ebba sah zum Fenster hinaus, ein Touristenboot fuhr den Kanal hinab in Richtung Hafen. Blitzlichter flackerten auf. Wie ein vergilbtes Polaroid tauchte plötzlich das Gesicht ihrer

Großmutter in ihrer Erinnerung auf und ließ ihr die Tränen in die Augen steigen.

»Das wissen sie noch nicht. Sie haben sie im Watt gefunden, neben einem Wal.«

»Einem Wal?«

Ebba schüttelte den Kopf. Im nächsten Moment dachte sie, dass das Szenario zu Gesa passte. Ihre Großmutter hatte schon immer ein Gespür für Hintergründiges besessen.

»Ja, ein gestrandeter Pottwal.«

»Mama, ich kann nicht. Ich fliege morgen mit Jona nach New York.«

Sie hörte ein Geräusch in ihrem Rücken und drehte sich um. Jona kam aus dem Bad, er trug einen Bademantel, sein dunkles Haar glänzte feucht. Fragend schaute er sie an.

»Schatz, ich bin in Dubai. Und es gibt Probleme auf der Baustelle. Ich kann hier nicht weg, sonst verliere ich das Projekt. Ich komme nach, so schnell ich kann«, drang die Stimme ihrer Mutter an ihr Ohr. Ebba meinte, die dröhnende Stille der Wüste im Hintergrund zu hören.

»Versprochen?«

Ebba biss sich auf die Lippen. Wann hatte ihre Mutter je ein Versprechen gehalten?

»Melde dich, wenn du dort bist, ja?«

»Ich …« Ebba wollte noch etwas sagen, aber da hatte ihre Mutter schon aufgelegt.

»Alles klar?«

Jona kam näher, sie konnte den herben Kräutergeruch seines Shampoos riechen. Er sah wieder besser aus, so als hätte die heiße Dusche die Panik fortgespült. Eigentlich wirkte er wie nach einem seiner Konzerte, wenn er ausgepowert, aber erleichtert war, das herausfordernde Programm wieder einmal bezwungen zu haben.

»Meine Großmutter … Sie ist heute Morgen gestorben.« Ebba legte das Telefon neben ihren Teller auf den Tisch. Auf einmal flutete sie die Trauer mit Wucht. Ihr fiel ein, dass sie ihre Großmutter gestern noch hatte anrufen wollen. Vielleicht hätte sie ihr von den kleinen Perlenohrringen erzählt, die sie sich in Paris gekauft hatte. Und von Jonas umjubeltem Konzert im Spiegelsaal von Versailles. Warum hatte sie es nur vergessen? Ihr Magen krampfte sich zusammen. Vermutlich würde sie nichts essen können.

Jona sagte nichts, er sah sie nur an. Violettes Abendlicht sickerte von draußen herein und hüllte ihn ein. Bei seinem Anblick musste Ebba unwillkürlich an einen Abend am Meer denken, an den Moment, wenn der Tag friedlich davondämmerte und Himmel und Meer in der Dunkelheit verschmolzen.

Sie blinzelte, wieder brannten Tränen in ihren Augen. Sie wollte sich abwenden, nach einer Serviette greifen, aber da war Jona schon bei ihr und schloss sie in die Arme.

Seine Umarmung war so unerwartet wie überwältigend, tröstlich und fordernd zugleich. Ebba schnappte nach Luft. Einen winzigen Moment lang wehrte sie sich gegen das Verlangen, das wie prickelnder Champagner durch ihren Körper schwappte. Aber dann ließ sie sich doch darauf ein und suchte seine Lippen. Jonas Küsse waren so, wie er spielte, mitreißend und voller Gefühl. Seine Hände wanderten ihren Rücken hinab und unter ihr Shirt. Ebba konnte spüren, wie er nach ihrer Melodie suchte, als streiche er mit dem Bogen über die Saiten seiner Geige.

Noch einmal flackerte so etwas wie ein Rest von Vernunft

in ihr auf, ein hoher, irritierender Ton wie von fern. Ganz kurz musste sie an Magnus denken. Was um Himmels willen tat sie hier eigentlich?

Aber als Jona sie mit sich auf das Bett zog und sie neben ihm lag, dachte sie, dass sie wohl beide etwas Trost gebrauchen konnten.

2
Finn

Kurz vor Mitternacht hatte es noch einen Notfall gegeben. Till Sauter, der Chef de Cuisine eines Szenerestaurants, war über einem späten Tuna Tartar zusammengebrochen. Herzinfarkt. Der Notarzt hatte den stadtbekannten Gastronom zunächst stabilisieren können, aber dann erlitt der Koch im Rettungswagen auf dem Weg ins Krankenhaus einen zweiten Infarkt.

Keine Chance für Katheder und Stent, das hatten sie auf den Röntgenbildern sofort gesehen. Stattdessen lag Sauter nun mit geöffnetem Brustkorb und stillgelegtem Herzen auf ihrem OP-Tisch im Münchner Herzzentrum, während die Herz-Lungen-Maschine ihn schnaufend am Leben hielt.

Es war inzwischen zwei Uhr früh, und Finn wusste, dass die Nacht noch lang werden würde. Sauter hatte das Leben in vollen Zügen genossen – zu viel Wein, zu viel Fleisch, zu viele Frauen. Die dritte Scheidung lief, das hatte die Boulevardpresse gerade erst vermeldet. Dazu gesellten sich eine fatale familiäre Disposition für Bluthochdruck und Fettstoffwechselstörungen und der Stress, den der Hochseilakt der Sterneküche mit sich brachte. Das Geflecht seiner Herzkranzgefäße war jedenfalls so verstopft wie die Münchner City zur Rush-hour. Kein Durchkommen, nirgends. Drei Bypässe würden nötig sein, um dem Koch ein zweites Leben zu schenken.

Soeben hob Professor Feldhusen das kranke Herz aus dem Herzbeutel heraus und drehte es etwas auf die Seite, damit Finn die erste Kranzarterie mit einem feinen Schnitt eröffnen konnte. Dies war nicht Finns erster Eingriff, aber er verspürte immer noch Ehrfurcht vor der Arbeit, die sie taten. Jede Operation am offenen Herzen war wie ein Date mit Gott, und trotz aller Routine erschien es ihm bisweilen wie ein Wunder, dass das, was sie hier taten, in den meisten Fällen auch tatsächlich funktionierte. Sie waren Handwerker und Zauberer zugleich – ein eingespieltes Team, das die Lebensuhr des vor ihnen liegenden Patienten um ein Viertelstündchen zurückdrehen konnte.

Der Schnitt war geglückt, mit einer Sonde überprüfte Finn die Durchlässigkeit der Ader. Er nickte, und einer der beiden Kollegen, die zwischenzeitlich die benötigte Überbrückungsarterie aus dem Unterarm des Kochs herauspräpariert hatten, reichte ihm ein Stück der Umleitung an. Schlaff hing das lebensrettende Aderstück an der Pinzette herab. Finn hielt es so, dass Feldhusen mit dem Nähen beginnen konnte. Mit wenigen präzisen Stichen setzte der Professor den Bypass auf die Kranzader auf.

Feldhusen summte im Takt der Herz-Lungen-Maschine die jazzige Version eines alten Johnny-Nash-Klassikers: »*I can see clearly now, the rain is gone …*« Finn bewunderte seine Ruhe und die absolute Gelassenheit, die er zu jeder Tages- und Nachtzeit ausstrahlte. Der hagere Asket mit den schmalen Lippen und dem nachlässig zurückgestrichenen Künstlerhaar schien nur für seinen Beruf und seine Berufung zu leben – jedenfalls war Finn nichts von einer Familie oder anderen zeitraubenden Vergnügungen bekannt. Nach seinem Medizinstudium in Kiel und ersten Stationen in Hamburg und Kapstadt hatte Finn hier am Münchner Herzzentrum von Arthur Feldhusen das große Einmaleins der Herzoperationen gelernt. Der Professor mochte ihn, und vielleicht würde er es in ein paar Jahren sogar bis zum Oberarzt bringen: *Doktor Finn Grothe, Internist und Kardiologe, Oberarzt und Leitung der interventionellen Kardiologie.* Das wäre nicht schlecht für einen gebürtigen Nordfriesen, dessen Horizont in den ersten achtzehn Jahren seines Lebens gerade bis zu den Halligen im Wattenmeer gereicht hatte.

Der erste Bypass saß. Finn setzte einen weiteren Schnitt und nahm das nächste Aderstück für die zweite Überbrückung entgegen. Wieder begann der Professor zu nähen, die Hände so ruhig, als ob er meditierte, die wintergrauen Augen hinter der Lupenbrille verborgen. »*Gone are the dark clouds that had me blind …*«

Wie im Zeitraffer verstrichen die Minuten im OP und summierten sich zu Stunden. Finn bemerkte, dass seine Gedanken wieder zu dem Koch wanderten, der unter den sterilen OP-Tüchern um sein Leben kämpfte. Wenn alles gut ging, konnte Sauter in zwei oder drei Wochen mit der Reha beginnen. Irgendwo in den Alpen, mit Blick auf Bergwiesen und weiße Wipfel. Nach weiteren vier oder fünf Wochen würde er wahrscheinlich unruhig werden, sich langweilen und den Köchen des Sanatoriums auf die Nerven gehen. In einem halben Jahr stünde er wohl längst wieder am eigenen Herd, lediglich die Narbe über dem Brustbein oder die Zubereitung eines Tuna Tartars würden ihn dann noch an den dramatischen Kollaps erinnern. Und an die eigene Endlichkeit. Oder würde Sauter sein Leben ändern und etwas Neues beginnen? Vielleicht eine kleine Strandbar eröffnen – auf Ibiza oder irgendwo in der Südsee?

Finn musste unwillkürlich lächeln, während er Feldhusen beim Nähen zusah. Die Operation am offenen Herzen war relativ unblutig, das meiste Blut floss bei der Eröffnung der Brust, wenn das Skalpell Haut und Fettschicht durchtrennte. Dann waren sie schon am Ort des Geschehens. Nach dem Abklemmen der Hauptschlagader und einem kräftigen Guss mit sterilem kalten Wasser setzte das kranke Herz einfach aus. Der Puls des Lebens stand still, von einer Sekunde zur nächsten. Finn hätte alles darum gegeben zu erfahren, ob die Patienten etwas davon spürten, wenn die Maschine das Kommando übernahm und Herz und Lunge für eine Weile ersetzte. Übernahm das Gerät auch das, was manche als Seele bezeichneten? Übertrug sich der fremde Rhythmus auf den Körper? Veränderten sich die Träume?

Der dritte Bypass. Diesmal diente eine Brustwandarterie als Überbrückung des verengten Gefäßes. Schnitt und Nähen.

»It's gonna be a bright, bright sun-shiny day …«

Das hier war nicht der Emergency Room in irgendeiner amerikanischen Fernsehserie, sie trugen keine bunten Kopftücher über dem Haar und schliefen nicht mit den jungen Assistenzärztinnen, und doch war so etwas wie ein Flow zwischen ihnen spürbar. Eine Konzentration, die sich nur mit Sex vergleichen ließ. Extrem anstrengend, aber auch extrem gut.

Finn schnaufte tief durch, als Professor Feldhusen nach fast vier Stunden die letzte Naht verknotete. Das Herz wanderte zurück in den Brustkorb. Der Professor nickte ihm zu, und Finn zog die Klemme von der Brustschlagader. Das Blut strömte zurück ins Herz, und der Techniker konnte die Herz-Lungen-Maschine herunterfahren.

»I think, I can make it now, the pain ist gone …«

Normalerweise fing das Herz von allein an zu schlagen. Doch Sauters Herz flimmerte, die Überwachungsgeräte piepsten alarmiert.

»Na, der will wohl noch nicht zurück«, murmelte Feldhusen, fast ein wenig empört. Einen Moment lang beobachteten sie das zitternde Herz in seiner Höhle, dann reichte er Finn den Schocklöffel, um das Flimmern mit einem gezielten Stromstoß zu beenden.

Finn legte die Elektroden direkt an den Herzmuskel an, doch als er den Impuls auslöste, rutschte einer der beiden Löffel ab. Ungläubig starrte er auf seine Hände, beinahe hätte er einen der Bypässe zerfetzt. Im nächsten Moment jagte eine heiß-kalte Welle des Entsetzens durch seinen Körper. Er spürte seinen Puls bis in die Fingerspitzen.

Feldhusen sagte nichts, aber er hörte auf zu summen. Eine ohrenbetäubende Stille, die alle OP-Geräusche überlagerte. Eine lange Sekunde sah er ihn über den Rand seiner Brille an, bevor er ihm ruhig den Schocklöffel abnahm.

Der nächste Schuss saß. Das Herz begann zu schlagen, ein gleichmäßiges, koordiniertes Pumpen.

Feldhusen begann wieder zu summen.

»All of the bad feelings have disappeared …«

Routiniert maßen sie die Fließgeschwindigkeit des Blutes im Herzen. Die Umleitungen arbeiteten gut, ihre Haltbarkeit hing davon ab, ob sich Sauter auf seine zweite Chance besinnen würde. Dann begannen sie, das Brustbein mit Silberdraht zusammenzuflicken.

»Here is the rainbow I've been praying for …«

Fünf Stunden nachdem Till Sauter in den OP-Trakt gefahren worden war, wurde er auf die Intensivstation des Herzzentrums verlegt.

In der Umzugsschleuse spürte Finn Feldhusens fragenden Blick von der Seite. Sollte er etwas sagen? Finn zögerte, er wusste ja selbst nicht, was da gerade im OP vor sich gegangen war. Als der Strom floss, hatte er für den Bruchteil einer Sekunde das Gefühl gehabt, jemand würde ihm über die Schulter blicken.

Jemand, der nicht zum OP-Team gehörte.

Der Koch?

Oder war da noch jemand anders im Raum gewesen?

Finn kam es so vor, als hätte ihm diese Person etwas ins Ohr geflüstert. Irritierenderweise hatte die Stimme, die er gehört zu haben meinte, geklungen wie die seines Vaters.

»*Töffel*«, hatte Finn verstanden. Tölpel.

Der eisige, verächtliche Ton hatte ihn bis ins Mark getroffen.

Verunsichert schüttelte er den Kopf, während er seine OP-Kleidung in den Wäschebeutel stopfte.

»Eine Begegnung der dritten Art?«, fragte der Professor von der Seite, als könnte er seine Gedanken lesen. Feldhusens Stimme klang ruhig, fast verständnisvoll. Vielleicht hatte er in der Vergangenheit bereits Ähnliches erlebt.

Finn sah auf und zuckte mit den Schultern, erleichtert, dass der Professor ihn nicht anfuhr. »Jemand hat mich Tölpel genannt«, sagte er.

Feldhusen nickte, er strich sich das Haar zurück, dann rieb er sich die müden Augen.

»Was machen Sie im Urlaub, Grothe?«, fragte er ihn, als sie die Umkleide verließen.

»Gardasee«, antwortete Finn. »Mit meiner Freundin. Ferienhaus der Eltern, sie ist schon da.«

»Ist das noch die vom letzten Mal?«

Finn unterdrückte ein Lächeln, anscheinend hatte es sich bis zum Professor rumgesprochen, dass seine Beziehungen nie länger als ein halbes Jahr hielten.

»Wir kennen uns seit sechs Wochen«, murmelte er.

»Na dann, gutes Gelingen.« Feldhusen drehte sich noch einmal um und reichte ihm zum Abschied die Hand. Wieder sah er ihn etwas länger als nötig aus seinen wintergrauen Augen an. »Gehen Sie dem Tölpel mal auf den Grund«, sagte er noch, bevor er in Richtung Fahrstuhl verschwand. »Seinen Geistern sollte man sich stellen.«

Draußen war die Sonne längst aufgegangen. Kein Wind und kaum Feuchtigkeit in der Luft. Finn konnte die staubige Hitze riechen, die aus dem Süden herankroch und sich in ein paar Stunden wie eine schwere Glocke über die Stadt legen würde.

Müde warf er seine Reisetasche auf den Rücksitz des Cabriolets, an einer Tankstelle kaufte er sich einen Kaffee und ein Croissant mit Käse, dann fuhr er auf die Autobahn Richtung Salzburg. Finn hatte geplant, via Innsbruck und über Bozen, Trient und Rovereto bis nach Verona zu fahren. Er freute sich auf den Blick ins Stubaital, auf den kleinen flaschengrünen Brennersee und die Täler Südtirols mit ihren Weinbergen, Obstplantagen und mittelalterlichen Burgen an den schroffen Felswänden. Es war inzwischen halb acht, wenn er zügig durchkam, würde er um die Mittagszeit bei Julia eintreffen.

Hungrig biss er in das Croissant, dann nahm er einen Schluck von dem faden Kaffee.

Julia.

Er hatte sie in einer Bar am Odeonsplatz kennengelernt. Groß und schlank, mit langem, glänzendem Haar, porzellanblauen Augen und einem stolzen Lächeln war sie eine Frau, die man nicht übersehen konnte. Doch noch mehr als ihre Schönheit hatte ihn ihr Selbstbewusstsein fasziniert. Am Anfang hatte Julia ihn ein bisschen zappeln lassen, aber nach ein paar Dates – teure Lokale, hippe Bars, eine Ausstellungseröffnung – hatte er sie ins Bett bekommen. Finn mochte den Sex mit ihr, sie hatten beide ihren Spaß und genossen den Kitzel des Neuen, aber er wusste auch, dass sie nur miteinander spielten. Wenn sich in ein paar Monaten die Routine einschlich und nach der Lust die Langeweile kam, würde er sie ohne Bedauern ziehen lassen. Und auch Julia würde ihm keine Träne nachweinen, dafür war sie zu tough. Wahrscheinlich würden sie sich einfach irgendwann aus den Augen verlieren.

Vielleicht hatte er deshalb ein wenig gezögert, ihre Einladung an den Gardasee anzunehmen? Finn beschleunigte und überholte ein paar Lkws. Die Morgensonne tauchte die Felder links und rechts der Autobahn in ein mattes, gelbliches Grün, ein Krähenschwarm beackerte einen frisch gepflügten Streifen schwarzer Erde. Eigentlich hatte er keine Lust auf familiäre Verstrickungen, aber Julia hatte ihm versichert, dass ihre Eltern nicht am Gardasee auftauchen würden. »Da steht noch nicht mal ein Familienbild rum«, hatte sie lachend gemeint, während sie ihm einen munteren Ich-weiß-schon-was-du-meinst-Blick zugeworfen hatte. »Nur du und ich und meine Bikinisammlung.«

Finn lächelte, er stellte sich ihre Fohlenbeine im Gegenlicht eines flirrenden Sommernachmittags vor. Sie würden lange schlafen, auf dem Bootssteg frühstücken, ab und zu ins Wasser springen, Pasta essen und sich lieben. Zwei herrlich träge Wochen lang, wenn sie es denn überhaupt so lange mit sich und ihren jeweiligen Egos aushielten.

Und wenn nicht?

Finn fegte sich die Krümel von der Jeans. Er war jetzt eine Dreiviertelstunde unterwegs, in der Ferne erhob sich die bläulich schimmernde Kette der Alpen. Die Landschaft veränderte sich, wurde hügeliger, beschaulicher, ländlicher, doch der Verkehr war nach wie vor dicht und erforderte Konzentration. Noch vierhundert Kilometer. Finn spürte, dass er müde wurde. Er löste eine Hand vom Steuer und wischte sich über die trockenen Augen. Das Fahren strengte ihn an, und auf einmal erschien ihm die noch vor ihm liegende Strecke wie ein langer, dunkler Tunnel. Seufzend trank er den Kaffee aus, dann stellte er das Radio an, um sich ein wenig abzulenken. Eine Zeit lang halfen ihm die Musik und das Koffein über das Tief hinweg, aber dann wurden die Lider immer schwerer. Die Müdigkeit vernebelte seine Gedanken. Auf einmal flackerten blutige Bilder aus der Notaufnahme vor seinem inneren Auge auf. Julia würde warten müssen, dachte er, als er wenig später den Blinker setzte und an einem Parkplatz von der Autobahn abfuhr. Wenn er sich jetzt keine Pause gönnte, riskierte er einen Unfall.

Auf dem Rastplatz war nicht viel los. Finn fuhr ganz nach hinten durch und parkte. Als er ausstieg, um zu pinkeln, bemerkte er ein Schild, das dort jemand an einen Baum genagelt hatte. *Zum Seehaus.* Ein Pfeil zeigte auf einen Trampelpfad, der in ein Waldstück führte. Finn meinte, den Duft frisch gekochten Kaffees zu riechen, als hätte jemand eine Fährte aus Lockstoffen gelegt. Dann fiel ihm ein, dass es hier, direkt an der Autobahn, einen Stausee gab. Ein Kollege hatte ihm davon erzählt.

Neugierig folgte er dem Pfad. Nach etwa fünf Minuten sah er das dunkle Wasser des Sees durch die Baumreihen glitzern.

Das kleine Gasthaus lag idyllisch am Ufer des Sees, eine Steintreppe führte hinunter zum Wasser. Obwohl es noch früh war, saßen ein paar Trucker bei Currywurst und Pommes frites auf der Sonnenterrasse. Finn bestellte sich am Tresen einen Kaffee und eine Breze, dann fragte er, ob er sich auf die Wiese legen dürfe. Die Wirtin nickte freundlich und wies auf einen Stapel Decken auf der Terrasse, aber Finn schüttelte den Kopf. Er hatte Lust, das warme Gras auf seiner Haut zu spüren. Er nahm sein Tablett, suchte sich ein ruhiges Plätzchen am Rande der Wiese und schloss die Augen.

Das ferne Rauschen der Autobahn und der Duft nach Klee und wilden Blumen umfingen ihn wie ein angenehmer Traum. Finn schlief sofort ein. Als er wieder aufwachte, lag ein Schatten auf seinem Gesicht. Ein Mädchen, vielleicht fünf Jahre alt, blickte auf ihn herab.

»Schläfst du?«

»Jetzt nicht mehr.«

Benommen richtete Finn sich auf und sah auf die Uhr. Er hatte fast zwei Stunden geschlafen.

»Was machst du hier?«

Die Kleine ließ sich im Schneidersitz vor ihm nieder und verschränkte die Arme. Ihr langes Haar hatte einen rötlichen Schimmer, und die zarte, durchscheinende Haut war von Sommersprossen übersät. Irgendwie sah sie aus wie ein Schmetterling, der aus einem fernen Land zu ihm gekommen war.

»Ich war müde.« Finn lächelte über die Beharrlichkeit des

Kindes, er nahm einen Schluck von dem kalten Kaffee, dann brach er die Breze in zwei Teile. »Willst du?«

Das Mädchen schüttelte den Kopf. Stattdessen wickelte es sich eine Haarsträhne um den Finger und begann daran zu saugen.

»Die Breze ist gut.«

»Ich weiß.«

»Bist du öfter hier?«

Finn linste auf sein Handy, keine Nachricht von Julia, wahrscheinlich schlief sie noch. Er würde sie später anrufen.

»Ich wohne hier. Da oben.« Das Mädchen drehte sich um und zeigte auf das Gasthaus. »Wenn ich aufwache, sehe ich das Wasser.«

»Da bin ich aber neidisch.« Finn aß die Breze auf, er dachte, dass es auch in seinem Leben eine Zeit gegeben hatte, wo er jeden Morgen am Wasser aufgewacht war. »Ich hab mal am Meer gewohnt«, murmelte er leise. »An der Nordsee.«

»Und warum bist du da weg?«

Die Kleine kaute auf der Haarsträhne herum und sah ihm direkt in die Augen. Ihr Nasenrücken kräuselte sich, und Finn meinte, sich in ihren Pupillen spiegeln zu können. Für einen Augenblick hatte er das Gefühl, dass es eine Verbindung zwischen ihnen gab.

So könnte meine Tochter aussehen, dachte er plötzlich, dann musste er den Blick von dem Mädchen abwenden.

»Weiß nicht«, sagte er und stand auf. »Hast du Lust auf ein Eis?«

Als er wieder im Wagen saß, war es schon kurz vor elf. Das Auto hatte in der Sonne gestanden, und die dunklen Ledersitze waren unerträglich heiß. Finn startete den Motor und ließ die Klimaanlage laufen. Nachdenklich betrachtete er den dunklen Fleck auf seiner Jeans. Geschmolzenes Schokoladeneis – Kinderglück. Anni, so hieß die Tochter der Seehaus-Wirtin, hatte ihm verraten, wo im Frühjahr die Frösche laichten, und ihm die besten Stellen zum Angeln gezeigt. Dann hatten sie barfuß im stillen, dunklen Wasser gestanden und schweigend ihr Eis gegessen.

»Musst du nicht los?«, hatte sie ihn schließlich gefragt, als die beißende Kälte des Wassers schon bis zu seinen Knochen vorgedrungen war.

»Ja, das muss ich wohl«, hatte er geantwortet, sich aber nicht gerührt. Der Schlick unter seinen Füßen hatte sich wie Samt angefühlt.

Ja, warum war er damals fortgegangen?

Finn seufzte und ließ den Wagen langsam vom Parkplatz rollen. Auf der Autobahn schaltete er das Radio wieder ein und hörte die Nachrichten. Politik, Kultur, Vermischtes. Die letzte Meldung kam aus Norddeutschland. An der nordfriesischen Küste waren drei Pottwale gestrandet. Vor Husum, Pellworm und Helgoland.

Finn drehte das Radio lauter. »Was die Tiere zu dieser Jahreszeit von ihrem Kurs abgebracht hat, ist noch unklar«, sagte die Sprecherin. »Experten schätzen, dass sich die Bergungsarbeiten noch bis in die kommende Woche ziehen werden.«

Ein Pottwal.

Vor Husum.

Eine Abfolge von Kindheitsbildern spulte sich vor seinem inneren Auge ab, längst Vergangenes wehte ihn an. Finn trat aufs Gas, mit mehr als hundertachtzig Sachen schoss der Wagen über die Autobahn. Und trotzdem entkam er seinen Erinnerungen nicht.

Husum.

Und das Wattenmeer mit dem Wal.

An der nächsten Abfahrt setzte Finn den Blinker und fuhr ab. Er wendete, ohne noch einmal an Julia zu denken. Mit der Sonne im Rücken fuhr er nach Norden, ans Meer.

3

Jona

Jona hatte nicht gewusst, dass Ebba so gut Auto fahren konnte. Er hatte vieles nicht gewusst, dachte er, während er auf dem Beifahrersitz saß und sie aus den Augenwinkeln heraus beobachtete.

Er hatte nicht gewusst, dass es noch eine Großmutter in ihrem Leben gegeben hatte.

Oder dass ihre Tränen nach Meerwasser schmeckten.

Und dass sie küsste wie ein wilder Vogel, der gleich über die See davonfliegen würde. Ihre Küsse waren scheu und lockend zugleich. Sie hallten nach, eine eindringliche Melodie, die ihm nicht mehr aus dem Kopf gehen wollte.

Was für eine seltsame Nacht!

Jona schloss ganz kurz die Augen. Er hatte seine sämtlichen Vorsätze über Bord geworfen. Hatte er sich nicht geschworen, die Musik und alles Private voneinander zu trennen? Immer schon – und gerade, wenn es um Ebba ging.

Ebba, die ihn nicht nur durch das Labyrinth seiner Verpflichtungen lotste, sondern ihm auch eine Freundin war. Sie war wohl seine einzige Vertraute, auch wenn das Netz viele Hunderttausend *Friends* und *Likes* für ihn bereithielt. Virtuelle Freunde, die ihn mit ihren begeisterten Kommentaren und ihrer öffentlich zur Schau gestellten Zuneigung überschütteten.

Aber dann hatte er sie da stehen sehen, in Tränen aufgelöst. Die unerschütterliche Ebba. Ihr Anblick hatte etwas irritierend Weiches und Wehrloses in ihm getroffen, und er wollte sie einfach nur in die Arme nehmen. Als er sie an sich zog, trommelte ihr Vogelherz flach und schnell unter den Rippen – ein Takt, der ihn mitriss. Zusammen hatten sie sich in die stürmische See der Begierde gestürzt.

Hatten sie überhaupt geschlafen?

Jona wischte sich über die Augen, er fühlte sich benommen, aber nicht wirklich müde. Da war eine Anspannung in ihm, die seinen Puls in die Höhe jazzte. Ein spitzer Ton, schmerzhaft und laut, als wäre er noch nicht ganz in diesem verwirrenden Zustand von Wirklichkeit angekommen, der sich seines Lebens bemächtigt hatte. Alles hatte sich verändert, von einem Augenblick zum nächsten, so als hätte ihn die Druckwelle einer Explosion erwischt und zu Boden geschleudert. Verstört erinnerte er sich an die panische Angst, die ihn kurz vor dem Abflug nach New York erfasst hatte. Ganz kurz hatte er geglaubt, verrückt zu werden.

Was war nur los mit ihm?

Jona presste die Lippen zusammen, ihm war, als stünde er vor einer unüberwindlichen Wand aus Fragen, die er nicht beantworten konnte. Da war nur eine Gewissheit: dass er so wie bisher nicht weitermachen wollte.

Unsicher strich er über den Geigenkasten auf seinem Schoß. Die Sonne fiel schräg durch die Windschutzscheibe und zeichnete Muster auf den Lack. Am frühen Morgen hatte jemand an die Tür seiner Suite geklopft. Erschrocken waren sie aus ihrem Dämmerschlaf aufgefahren. Als das

Pochen nicht nachließ, war Ebba fluchend aufgesprungen. Das Tageslicht, das durch die Vorhänge ins Zimmer sickerte, schimmerte golden auf ihrer Haut. Ganz kurz blitzte das Tattoo auf Höhe ihres Herzens auf. Dann hatte sie sich seinen Bademantel übergeworfen und vorsichtig die Zimmertür geöffnet.

»Ich bin Doktor Frans«, hatte der Besucher sich vorgestellt, mit einer lauten, unangenehmen Stimme.

Caroline von Global Music hatte ihm einen ihrer hiesigen Spezialisten geschickt, und dieser Akt vermeintlicher Fürsorge rief sofort wieder das Gefühl in ihm wach, in der Falle zu sitzen. Jona hatte sich geweigert, sich untersuchen zu lassen. Stattdessen hatte er sich einfach im Bad eingeschlossen und alle Wasserhähne aufgedreht, um die Fragen des Arztes ja nicht hören zu müssen.

»Schick ihn weg!«

»Sie brauchen etwas, ein Attest, damit die Versicherung einspringt, falls du das Konzert am Samstag absagen musst«, hatte Ebba ihm durch die Badezimmertür zugerufen. In ihrer Stimme flackerte etwas von der resoluten Assistentin auf, die sie vor ihrer Umarmung gewesen war.

»Ich will ihn nicht sehen.«

Die alte Ebba hätte nicht so schnell aufgegeben, aber das hinreißende Wesen, das mit ihm geschlafen hatte, zögerte nur kurz, bevor es den Arzt hinauskomplimentierte.

Danach war alles sehr schnell gegangen. Ein hastiges Frühstück in der Suite und ein paar Telefonate, die Ebba tätigte, während er unter der Dusche stand und sie durch die offen stehende Badezimmertür beobachtete. Jetzt saßen sie in einem unauffälligen, PS-starken Mietwagen und hatten Amsterdam bereits hinter sich gelassen.

Ebba fuhr konzentriert, die Augen leicht zusammengekniffen. Ein rätselhafter Zug umspielte ihren Mund, und Jona war sich nicht sicher, ob sie überhaupt wusste, was sie da gerade tat.

Hatte sie einen Plan? Oder fuhren sie einfach aufs Geratewohl ins Blaue?

Nachdenklich drehte er den Kopf zur Seite und sah aus dem Fenster. Sie fuhren auf der Landstraße, kleine, aufgeräumte Ortschaften mit merkwürdig klingenden Namen zogen an ihm vorbei: Volendam, Edam, Hoorn. Die Welt schien zu schrumpfen, ein Miniaturwunderland mit properen Häuschen, Kanälen, Zugbrücken und stolzen Windmühlen. Immer wieder schimmerte das Ijsselmeer durch das Grün zu seiner Rechten. Gerne hätte er irgendwo angehalten, um einen Spaziergang am Wasser zu machen.

Wann war er zum letzten Mal auf dem Land gewesen? Jona konnte sich nicht daran erinnern. Genauso wenig wie er sich erinnerte, wann er zum letzten Mal dem Wind oder dem Rauschen des Meeres gelauscht hatte, ohne dabei an eine Partitur oder ein Konzert zu denken. Immerzu hatte er den Klang der Natur auf seinen musikalischen Wert hin überprüft.

»Wohin fahren wir?«

»An die Nordsee.«

»Willst du mich entführen?«

»Nein.« Ebba lachte kurz auf, aber sie sah ihn nicht an. Er bemerkte, dass ihre Nasenflügel ganz leicht zuckten. »Ich muss nach Hause. Und ich kann dich jetzt nicht allein lassen.«

»Nach Hause?«

Jona überlegte, wo ihr Zuhause war. Ebba war in Dänemark zur Welt gekommen und danach mit ihrer Mutter, einer gefragten Architektin für Vergnügungsparks, um die Welt gereist. »Von Großbaustelle zu Großbaustelle«, wie sie zu sagen pflegte. Sie hatte zehn verschiedene Schulen besucht. Von ihrem deutschen Vater sprach sie nie. Soviel er wusste, hatte sie sich vor einiger Zeit eine Wohnung in Kopenhagen gekauft.

Als er schon dachte, dass sie nicht mehr antworten würde, sagte sie: »Emilienkoog.«

»Ist das ein Ort?«

Ebba nickte. »Ein Dorf in Norddeutschland, bei Husum. Ein paar alte Häuser hinterm Deich. Schafe, Vögel, Wind.«

»Das klingt …« Jona sprach den Namen noch einmal leise vor sich hin. Sein Deutsch war ganz passabel, seine Mutter stammte ursprünglich aus Heidelberg, und er sprach es gern, um der Melancholie der großen deutschen Komponisten nachzuspüren. Ebba und er wechselten oft zwischen dem Englischen und Deutschen hin und her. E-mi-lien-koog – war das so etwas wie eine alttestamentarische Wortschöpfung? Ein Ort zwischen Himmel und Hölle? »Hört sich seltsam an, wie aus der Zeit gefallen«, sagte er.

Ebba lächelte gequält, wieder schwieg sie für einen Augenblick, den Blick auf die Straße gerichtet. »Ein paar Tage nur«, sagte sie schließlich, wie um sich selbst Mut zu machen. »Bis alles geregelt ist.«

»Du meinst die Beerdigung deiner Großmutter?«

»Hm.« Sie nickte bestätigend und hielt an einer roten Ampel. Kinder mit Schultasche überquerten die Straße. Jona sah ihnen nach, sie sahen glücklich aus, fast schwerelos. Flink und miteinander scherzend liefen sie weiter.

»Wir haben ein paar Tage Zeit«, fuhr Ebba fort. »Du setzt dich ans Wasser und kommst ein bisschen zur Ruhe. Dann können wir nächste Woche nach Kalifornien fliegen, und du spielst das Festival. Wenn du möchtest, begleite ich dich danach in die Hamptons, das wird dich wieder auf die Beine bringen.«

Jona schwieg, er dachte über ihr Angebot nach. Wer hatte da gerade mit ihm gesprochen – die alte Ebba, die sich um seine Karriere sorgte? Oder das verletzliche Vogelwesen, das er gerade erst kennengelernt hatte? Vor seinem inneren Auge blitzte die Weinflasche von gestern Abend auf, und er verspürte ein kaum zu kontrollierendes Verlangen nach dem Sancerre. Warum nur hatte er die Flasche heute Morgen auf dem Tisch stehen lassen?

»Können wir irgendwo anhalten?«, fragte er nach einer Weile. Er sah auf den Geigenkasten, dann legte er eine Hand auf ihr Knie.

Ebba registrierte die Berührung mit einem kurzen, schnellen Seitenblick.

»Hör mal, Jona«, sagte sie dann, ein wehmütiger Ton durchzog ihre Stimme, ein Fis, teuflisch schwer zu spielen. »Heute Nacht, das war sehr schön. Wirklich. Aber ich denke, wir sollten …« Sie brach ab, doch ihr Schweigen sagte ihm deutlich, dass sie die Nacht für einen Irrtum hielt. Eine einmalige Sache, die schon wieder vorbei war.

»Ja.«

Verletzt zog Jona die Hand zurück. Er schob sich die Kopfhörer über die Ohren und sah wieder zum Fenster hinaus. Vermutlich hatte sie recht. Wenn sie weiterhin zusammenarbeiten wollten, wäre es besser, ihr freundschaftliches Verhältnis nicht mit Emotionen aufzuladen. Und auf Long Island?

Er stellte sich vor, wie sie in einem Top und Jeansshorts aussah. Das helle Haar, die kleinen Brüste, die schlanken, aber muskulösen Beine – sie hatte nichts mit den Frauen gemein, die bislang mit ihm über den roten Teppich geschwebt waren.

Verwirrt schloss Jona die Augen. Er wartete darauf, dass die Musik ihn wiegte – auf ihre eigene, tröstliche Art. Schon als Kind hatte er auf ihren Zauber vertraut. Sein absolutes Gehör und das Geigenspiel hatten ihm stets einen kostbaren Raum eröffnet, der nur ihm gehörte. Immer wenn er sich einsam fühlte oder traurig war, hatte er an diesem wunderbaren Ort Zuflucht gefunden. Doch der beruhigende Effekt blieb aus, sein Herz pochte, und der nervöse Puls übertönte jede Melodie. Da war nur ein Durcheinander schriller, gläserner Töne, die in seinem Kopf zersplitterten, und das Entsetzen darüber trieb seinen Herzschlag noch weiter in die Höhe. Das Blut rauschte in seinen Ohren und unterspülte sein Selbstvertrauen.

Gequält ballte Jona die Hände zu Fäusten. Wie konnte etwas, das immer so selbstverständlich zu ihm gehört hatte, so plötzlich fort sein?

Wieder kroch dieses panische Gefühl in ihm hoch. Gestern noch hatte er geglaubt, die Panik hinge mit seiner Flugangst zusammen. Aber heute, im Auto und an Ebbas Seite?

Jona bemerkte, wie er erstarrte, nur seine Hände zitterten. Und die Angst vor dem Verlust seines inneren Heiligtums vergrößerte die Panik noch. Wie ein Karussell, das sich immer schneller drehte, verstärkte sie die Attacke. Oder war es umgekehrt?

Kalter Schweiß stand ihm auf der Stirn. Sein Herz schien zu explodieren, und er bekam kaum noch Luft. Der Geigenkasten rutschte ihm vom Schoß. Er wollte etwas sagen, aber er brachte keinen Ton heraus.

»Halt an!«, keuchte er heiser, dann verschluckte ihn das Nichts.

Er musste für ein paar Sekunden das Bewusstsein verloren haben. Als er wieder zu sich kam, parkten sie am Straßenrand. Ebba hatte die Beifahrertür geöffnet und ihm die Kopfhörer heruntergezogen, mit einer Zeitschrift fächelte sie ihm Luft zu. Jona konnte das Wiesengrün riechen, einen süßlichen Duft nach Feldblumen und Tau, der wie ein kleiner, heiterer Gruß in den Wagen strömte. Verwirrt schloss er die Augen, um sie gleich wieder zu öffnen. Sie standen mitten im Nichts, nur Bäume und Felder. Hinter einem Gatter drängten sich ein paar Kühe und schauten neugierig zu ihnen herüber.

»Alles klar?«

Ebba ließ die Zeitschrift sinken, ihr Blick war besorgt.

»Hm.« Jona versuchte, sich aufzusetzen, aber seine Arme und Beine gehorchten ihm nicht. Sie fühlten sich an, als wären sie aus geschmolzenem Blei, das bei jeder Bewegung in eine andere Richtung floss. Irritiert sah er in den Fußraum des Wagens hinab.

»Wo ist die Francesca?«

»Ich habe sie hinten eingeschlossen.«

Ebba öffnete eine Wasserflasche und reichte sie ihm, aber er schlug ihre Hand erbost zur Seite. Wie ein Geschoss prallte die Kunststoffflasche auf den Schotter, eine Fontäne schoss heraus und erwischte sie beide. Erschrocken stoben die Kühe auseinander.

»Du kannst sie doch nicht in den Kofferraum verbannen!«

Jona wischte sich die Tropfen vom Gesicht. Mühsam stieg

er aus dem Wagen und tastete sich auf wackeligen Beinen um das Auto herum. Die Francesca war seine Geige, Stradivari persönlich hatte sie nach seiner geliebten Ehefrau benannt und nie weggegeben. Erst nach seinem Tod war die Geige an das spanische Königshaus verkauft worden und nach einer langen, wechselvollen Geschichte schließlich in den Besitz einer englischen Bank gelangt. Nigel Kennedy durfte eine Zeit lang auf der Francesca spielen, bis man sie Jona zu Beginn seiner Karriere leihweise überließ. Vor ein paar Jahren, als die Bank während der Finanzkrise dringend Geld benötigte, hatte er sie kaufen können.

»Sie ist dir von den Knien gerutscht, Jona.«

Ebba kam ihm nach. Ihre weiße Bluse war voller Wasserflecken. Irritiert bemerkte er, dass ihr seidener BH durch den nassen Stoff hindurchschimmerte.

»Ich will nicht, dass sie da hinten liegt.«

Jona schlug mit der flachen Hand auf den Kofferraumdeckel. Ein Auto fuhr auf der Straße an ihnen vorbei, und der Fahrer schaute neugierig herüber.

Ebba zuckte mit den Schultern. Als der Wagen fort war, öffnete sie den Kofferraum. Wie eine exotische Blüte leuchtete der pinkfarbene Karbonkasten zwischen den Gepäckstücken hervor.

Jona wollte danach greifen, aber Ebba hielt ihn zurück. Wieder rollte ein Auto vorbei.

»Wenn wir für ein paar Tage von der Bildfläche verschwinden wollen, solltest du den Kasten besser nicht in der Öffentlichkeit herumschwenken«, sagte sie nur.

Jona zögerte. Ganz kurz strich er mit der Hand über die glatte, kühle Kunststoffhaut des Etuis, dann ließ er Ebba den Kofferraum wieder schließen.

»Entschuldige«, sagte er, als sie die Wasserflasche aufsammelte. »Ich weiß auch nicht, was mit mir los ist.«

»Willst du ein paar Schritte gehen? Ich bleibe beim Wagen und passe auf.«

»Haben wir noch was zu trinken?«

Ebba nickte, ungerührt streckte sie ihm die schmutzige, nur noch halb volle Flasche entgegen.

Einen Moment lang rührte er sich nicht, aber dann griff er doch zu und trank das Wasser aus. Fürsorglich zog Ebba ihm die Kapuze seines Hoodies über den Kopf.

»Nicht weglaufen«, sagte sie, halb scherzhaft, halb im Ernst. Ihr Blick war warm, aber unter der heiteren Oberfläche spürte er ihre Sorge um ihn.

»Ich bin gleich wieder zurück.«

Jona sprang über einen flachen Graben und lief zur Weide hinüber. Am Stacheldraht blieb er stehen und blickte über das im Sonnenlicht leuchtende Grün. Hier und da blühte ein weißes Kraut, Insekten tanzten in der warmen Luft.

Neugierig kamen die Kühe auf ihn zu, aus großen, dunklen Mädchenaugen bestaunten sie ihn. Ihre groben Mäuler glänzten feucht, und sie rochen nach Erde, Schweiß und Mist. Eine Schwarzbunte war besonders forsch. Immer wieder streckte sie den Kopf zwischen den Drähten hindurch und versuchte, nach einem Zipfel seines Pullis zu fassen. Jona wich zurück, doch die Kuh war so beharrlich wie einige seiner treuesten Fans, die ihm auf seinen Tourneen rund um den Globus folgten. Die Selfies mit ihm wollten, ein Lächeln, eine Geste, ein freundliches Wort und einen Augenblick seiner kostbaren Zeit. Oft forderten sie mehr, als er zu geben bereit war.

»Lass das!«

Jona wedelte mit den Armen, aber dann tat ihm die Kuh plötzlich leid. Vorsichtig streckte er ihr seine Hand hin, und sie leckte das Salz von seiner Haut. Ihre violette Zunge fühlte sich wie Schleifpapier an, und trotzdem mochte er die Berührung. Auf einmal fielen ihm Tränen aus den Augen.

»Ich bin ganz schön am Arsch«, sagte er, mehr zu sich selbst als zu dem Tier. Er wischte sich mit dem Ärmel über die Augen, weil er sich selbst vor den Kühen seiner Tränen schämte. Als er wild in die Hände klatschte, stob die Herde davon. In sicherer Entfernung begannen die Kühe wieder zu grasen, sie schienen jetzt jedes Interesse an ihm verloren zu haben. Jona sah zu ihnen hinüber, mit den Fingerspitzen fuhr er über den Stacheldraht. Wie spitze Dolche blitzten die Widerhaken im Sonnenlicht auf, und er erinnerte sich, wie er sich einmal als Kind die Hose an einem Stacheldraht aufgerissen hatte. Jona hielt die Luft an, auf einmal stieg ein dunkler Gedanke in ihm auf und gewann immer mehr Raum.

Was wäre, wenn er sich an dem Draht verletzte?

Wie lange könnte er dann nicht spielen?

Vielleicht vier oder sechs Wochen?

Jona zögerte kurz und atmete tief ein, dann schloss er die linke Hand probeweise um den Draht und drückte zu. Der Schmerz war hell und spitz. Die messerscharfen Grate bohrten sich in die Haut, und er stöhnte auf.

»Fuck!«

Wie lange konnte er den Schmerz ertragen?

Jona biss sich auf die Lippen und blinzelte gegen die Tränen an, dann drückte er noch fester zu. Schweiß trat ihm auf die Stirn, und er keuchte, aber er mochte das Gefühl, es betäubte seine Angst. Blut quoll zwischen seinen Fingern hervor, und er verstärkte den Druck noch weiter, bis er fürchtete, gleich in die Knie zu gehen. Ruckartig zog er die Hand zurück, aber die Widerhaken ließen ihn nicht so einfach los. Er spürte, wie die Haut noch weiter aufriss, als hätte sich ein Hund darin verbissen. Übelkeit stieg in ihm auf, und es dauerte einen Moment, bis die weiße Woge aus Schmerz, die über ihm zusammengeschlagen war, zerstob. Dann erst begutachtete er die Wunde, sie sah aus wie ein lautloser Schrei.

Jona schnappte nach Luft. Doch als er zum Wagen zurücklief, fühlte er sich so leicht wie schon lange nicht mehr.

4
Ebba

Ebba bemerkte die Verletzung nicht sofort, sie war verstrickt in ihrer Trauer und den verwirrenden Gefühlen für Jona. Eine Kaskade von Gedanken rauschte durch ihren Kopf.

Der Tod ihrer Großmutter hatte Kindheitsbilder in ihr wachgerufen. Erinnerungen an die Sommer in Emilienkoog. Süß und schmerzlich zugleich.

Und dann war da der Irrsinn der zurückliegenden Nacht.

Der wunderbare Irrsinn.

Jonas Atem an ihrem Ohr.

Seine Küsse und ihr Begehren, das sie überwältigt und den Schock für kurze Zeit mit drängender Lust überdeckt hatte. Wie ein Stein war ihr Verstand in der brodelnden See ihres Verlangens versunken, und nun schämte sie sich fast dafür.

Dann der überstürzte Aufbruch im Canal House und alles andere, was sich bislang auf der Fahrt ereignet hatte.

Jona schien wirklich in Schwierigkeiten zu stecken.

Plötzlich fühlte sie sich, als hätte ihr jemand eine Faust in den Magen gerammt. Hatte sie sich überschätzt? Ebba konnte den genialen, leicht überspannten Jona handeln und Dramen um verpasste Anschlussflüge, verloren gegangenes Gepäck, vermeintliche Lebensmittelallergien und einen anfliegenden

Schnupfen in Wohlgefallen auflösen. Sie konnte mit den Nachstellungen der Presse umgehen, mit zudringlichen Paparazzi und kreischenden Fans. Aber konnte sie auch die Verantwortung für jemanden übernehmen, der offenbar am Rande eines ernsten Zusammenbruchs balancierte? Und in den sie sich zu allem Überfluss vor ein paar Stunden verliebt zu haben glaubte?

Erst auf der Fahrt über den Afsluitdijk fiel ihr auf, dass er blutete.

»Zeig mal!«

Erschrocken zupfte sie an seinem Arm, und er streckte ihr fast ein wenig triumphierend die Hand entgegen. Seine Linke, die Zärtliche, mit der er beim Spielen den Geigenhals hielt und sein berühmtes Vibrato zauberte. Die Wunde sah böse aus. Der Handteller war aufgerissen, als hätte sich ein wildes Tier darin verbissen.

»Jona!« Ebba hatte Mühe, das Steuer nicht zu verreißen. Sie warf ihm einen fassungslosen Blick zu, und der Wagen schlingerte. Im nächsten Moment fiel ihr der Stacheldrahtzaun wieder ein. War er etwa mit Absicht daran hängen geblieben?

»Was hast du gemacht?«, stieß sie hervor. Wollte er für ein paar spielfreie Tage seine Karriere aufs Spiel setzen?

Jona sah in seine Hand, als könnte er darin lesen. »Wir brauchen doch ein Attest«, sagte er, ein hintergründiges Lächeln auf den Lippen. »Denkst du, das reicht?«

»Bist du wahnsinnig?« Ebba schlug mit der flachen Hand gegen das Steuer. »Das muss genäht werden.«

»Meinst du?«

»Ja, das meine ich.«

Wieder warf sie einen schnellen Blick auf die Hand, aber die Wunde sah noch genauso gemein aus wie vor einer

Minute. Wenn Jona sich bei seiner dummen Mutprobe eine Sehne verletzt hatte, konnte er das Spielen auf Topniveau vergessen.

»Gibt's denn in diesem Emilienkoog keinen Arzt?«, fragte er, nun schon etwas kleinlauter.

Ebba schüttelte den Kopf, sie schwieg. Auf der Autobahn über den gewaltigen Damm, der die Nordsee vom Ijsselmeer trennte, hatten sie erst ein paar Kilometer zurückgelegt. Links erstreckten sich die grauen Weiten des Wattenmeeres, während rechts das stille, perlmuttfarbige Wasser des eingedeichten Binnenmeeres in der Sonne glitzerte. Ein paar Segelschiffe glitten durch die Bucht, Möwen zogen ihre Kreise.

»Wir kehren um«, sagte sie, als sie etwa die Hälfte der Strecke über den Damm hinter sich hatten. »Doktor Frans hat mir seine Nummer gegeben, ich rufe ihn an. Und dann rufe ich Caroline an. Hoffentlich vermisst sie uns noch nicht.«

Jona schüttelte den Kopf, sie bemerkte seinen entsetzten Blick, der sie von der Seite traf. »Ich fahre nicht zurück. Und du musst doch in dieses Emilien ... Emilien-was-auch-immer.«

»Aber ich fahre zurück.«

Ebba umklammerte das Steuer, ihre Fingerknöchel traten weiß hervor. Plötzlich hatte sie Angst, dass er ihr ins Lenkrad greifen könnte.

»Du kannst doch deine Großmutter nicht im Stich lassen.«

Noch ein Schlag, dieses Mal traf er ihr Herz. Es schien in ein dunkles Loch zu stürzen.

»Das ist nicht fair, Jona«, flüsterte sie.

»Du bist nicht fair zu mir, Ebba. Du schläfst mit mir, und dann willst du mich diesem hässlichen Holländer ausliefern? Ich wette, er hat Mundgeruch.«

»Du brauchst einen Arzt. Für deine Hand. Und für alles

andere auch. Und ich werde jetzt nicht mit dir über deinen Zustand diskutieren. Oder über das, was heute Nacht zwischen uns war.«

»Du küsst wie ein Vogel, weißt du das? Wie ein wilder, scheuer Vogel.«

Jona lächelte müde, er sah den Möwen hinterher, die über den Damm flogen.

Ebba schwieg. Bilder stiegen in ihr auf, wieder spürte sie den Gefühlen nach, die Jona in der Nacht in ihr wachgerufen hatte. Sie hatte seine Berührungen genossen, seinen Rhythmus, die pulsierende Wärme, mit der er sie ausgefüllt hatte. Auch im Bett verströmte er etwas von der Magie, die er auf der Bühne ausstrahlte und mit der er sein Publikum verzaubern konnte. Sie hatte nicht vorhergesehen, dass sie sich ihm so schutzlos ausliefern würde.

Oder war das alles nur ein Irrtum?

»Das sind Lachmöwen«, sagte sie und wies mit dem Kinn himmelwärts.

Als Jona ihr mit seiner verletzten Hand über den Arm strich, zuckte sie zusammen.

Am Ende des Damms, kurz vor der Überfahrt aufs Festland, gab es einen Parkplatz. Ebba fuhr von der Autobahn ab und hielt dort, wo kein anderes Auto stand.

»Und jetzt?«

»Ich will deine Hand verbinden. Rühr dich nicht von der Stelle!«

Aus dem Kofferraum holte Ebba den Verbandskasten nach vorn, dann versorgte sie die Wunde.

»Wann bist du das letzte Mal gegen Tetanus geimpft worden?«, fragte sie, nachdem sie ihm die Hand verbunden hatte.

Mit einem Feuchttuch versuchte sie, das Blut von ihrer Bluse zu tupfen.

»Weiß nicht.« Jona zuckte mit den Schultern, ungerührt besah er sich ihren laienhaften Verband. »Als Kind?«

»Wir müssen das auf jeden Fall im Auge behalten.«

Ebba klappte den Verbandskasten zu und warf ihn auf die Rückbank. Sie krempelte die Ärmel hoch, dann betrachtete sie ihn.

Jona sah erschöpft aus, er schien die Augen kaum noch aufhalten zu können. Am Morgen hatte er sich nicht rasiert, und ein dunkler Schatten lag auf seinen Wangen. Seine Lippen waren spröde und blass, er fror. In der Ferne bemerkte sie die geblähten Segel einer Jolle auf dem Spiegel des Ijsselmeeres. Sie stellte sich vor, wie es wäre, jetzt mit Jona am Wasser entlangzulaufen.

»Wir fahren weiter«, sagte sie nach einer langen Sekunde. »Aber wenn sich die Hand entzündet oder du noch einmal Blödsinn machst, bin ich raus. Dann bringe ich dich sofort in ein Krankenhaus.«

»Jawohl«, erwiderte Jona spöttisch, er salutierte mit der Rechten.

»Gut.«

Ebba legte den Sicherheitsgurt an, aber als sie den Motor starten wollte, summte ihr Handy.

Caroline – in New York war es jetzt vier Uhr morgens. Hatte Doktor Frans ihr bereits berichtet, dass er im Canal House nicht weitergekommen war?

»Wo steckt ihr?«

Caroline hörte sich an, als wäre sie gerade erst von einem Gig nach Hause gekommen. Aufgekratzt und hundemüde zugleich.

»Wir sind unterwegs«, antworte Ebba vage und stieg aus dem Auto.

»Kann er doch fliegen?«

»Nein, das meinte ich nicht.« Ebba lief ein paar Schritte, die leichte Brise, die von der Nordsee kam, spielte mit ihrem Haar. Sie holte tief Luft, dann brachte sie Caroline auf den neuesten Stand. »Du musst das Konzert absagen«, schloss sie. »Er hat sich verletzt.«

»Scheiße.«

Ebba hörte, dass Caroline sich eine Zigarette anzündete. Sie stellte sich vor, wie Caroline in ihrem Apartment auf und ab lief. Ein gereiztes Raubtier. Dann hörte sie, wie eine Tür geöffnet wurde. Die Nachtgeräusche der Metropole strömten an ihr Ohr, offenbar war Caroline auf ihre Dachterrasse hinausgetreten.

»Ist die Hand versorgt worden?«

»Ja.« Ebba sah auf ihre Füße, zerbrochene Muscheln und Krebsschalen lagen auf dem Asphalt. »Ich hoffe, dass er in zwei, drei Wochen wieder spielen kann.«

»Okay.« Caroline zog wieder an ihrer Zigarette. Aus der Ferne drang Sirenengeheul an Ebbas Ohr, und ein kleiner Teil von ihr wünschte sich, jetzt in New York zu sein und von ihrer Lieblingsbar auf das flackernde Lichterspiel der Skyline zu blicken. »Und jetzt?«, hörte sie Carolines Stimme.

»Zum Festival ist er wieder fit.«

»Bist du dir sicher?«

»Ja.« Ebba schloss die Augen und hielt ihr Gesicht in die Sonne. Wenn Global Music dahinterkam, dass sie Jona nicht sofort zum Arzt gebracht hatte, wäre sie garantiert ihren Job los. »Ich krieg das hin.«

»Gut. Dann starte ich die Maschinerie. Tony wird kotzen.

Wir geben morgen eine Erklärung für die Presse raus, ich stimme mich mit dir ab. Sieh zu, dass Jona sich nicht in der Öffentlichkeit zeigt. Wo seid ihr denn? Das Hotel sagte mir, dass ihr ausgecheckt habt.«

»Jona will ans Meer, wir sind auf dem Weg an die Küste. Ich melde mich, wenn wir wissen, wo wir bleiben.«

Ebba drehte sich zum Auto um. Eine Möwe saß regungslos auf der Motorhaube, ihr Federkleid glitzerte in der Sonne. Sie schien sich mit Jona ein Blickduell zu liefern.

»Ebba?«

»Hm?«

»Ich brauche endlich ein Attest. Ihr habt euch doch hoffentlich etwas ausstellen lassen?«

»Ja, klar.« Ebba nickte der Möwe zu. Sie hatte keine Ahnung, wie sie an ein entsprechendes Papier herankommen sollte. Sie sah Caroline vor sich, wie sie rauchte und beim Sprechen gestikulierte. »Ich schick es dir nachher per Mail rüber, du hast es um die Mittagszeit.«

Als sie weiterfuhren, schlief Jona ein. Er hatte sich den Hoodie wieder übergezogen und den Kopf unter der Kapuze verborgen. Die verbundene Hand lag auf seinem Oberschenkel, und er atmete schnell und flach, als ob er fieberte.

Ebba aß einen Apfel und ein paar von den Energy Balls, die sie immer in der Tasche hatte. Sie blieb auf der Autobahn und fuhr nach Norden, ein innerer Kompass leitete sie. An der Grenze zu Deutschland winkte man sie einfach durch. Noch knapp vier Stunden bis Husum. Sie dachte an Gesa, und neben der Traurigkeit, die ihr das Herz zusammenschnürte, stieg auch ein zwiespältiges Gefühl in ihr auf.

Wann war sie das letzte Mal in Emilienkoog gewesen?

Ebba rechnete zurück. Ihr Großvater war kurz vor ihrem dreizehnten Geburtstag gestorben. Sein Tod und alles, was damit zusammenhing, hatte sie umgehauen, danach war sie nie wieder an die Nordsee gereist. Ihre Mutter hatte noch ein paar Mal versucht, sie in den Sommerferien nach Emilienkoog zu schicken, aber Ebba hatte sich mit der ihr eigenen Beharrlichkeit geweigert, die Reise anzutreten. Und so hatte sie die folgenden Sommer an der französischen Atlantikküste verbracht – in Zeltlagern und in Gesellschaft anderer unglücklicher Pubertierender. Bis sie endlich achtzehn war und das alles hinter sich lassen konnte.

»Zwanzig Jahre«, murmelte sie und warf einen kurzen Seitenblick auf Jona, der im Schlaf aufstöhnte. Ab und zu hatte sie sich ausgemalt, wie es wäre, das Wunderland ihrer Kindheit wieder zu betreten. Und nun kam sie ausgerechnet für die Beerdigung ihrer Großmutter zurück.

Traurig dachte sie an ihre Großmutter. Auch Gesa hatte den Tod ihres Mannes nur schwer verkraftet. Ebba sah sie vor sich, wie sie an seinem Grab stand, ganz in Schwarz und vor Kummer gebeugt. Der Pastor musste sie stützen, dieses Bild hatte sich in Ebbas Gedächtnis eingebrannt. Sie hatten sich beide in ihrem Schmerz eingesponnen und konnten sich nicht mehr daraus befreien. Erst sehr viel später hatten sie sich in ihren Telefonaten wieder vorsichtig angenähert. Aber dennoch war so vieles unausgesprochen geblieben, und nun war es für eine versöhnliche Umarmung, einen Neubeginn zu spät.

Ebba spürte, dass ihr wieder die Tränen in die Augen traten. Vor ein paar Jahren hatte sie ihre Großmutter zu einem Konzert von Jona nach Hamburg eingeladen. Doch Gesas Hund war krank geworden, und sie musste kurzfristig absagen.

Irgendwie hatte Ebba gehofft, dass sich wieder eine Gelegenheit ergeben würde. Aber Gesa schien ihren Hof nicht mehr verlassen zu wollen, und Ebba war nicht bereit gewesen, die Reise nach Emilienkoog anzutreten.

Nie hatte sie die Zeit dafür gefunden. Die Fahrt an die Küste war ihr tatsächlich zu umständlich erschienen. Zwei, drei freie Tage, die sie nicht opfern wollte.

Und nun?

Die Kilometer rauschten vorbei.

Oldenburg.

Bremen.

Und dann schon die Containerbrücken des Hamburger Hafens und der Tunnel, der unter der Elbe hindurchführte.

Je weiter sie nach Norden kam, desto dichter wurden die Felder mit den gigantischen Windrädern, die es in ihrer Kindheit noch nicht gegeben hatte. Der Himmel war ein Schichtwerk aus verschiedenen Grau- und Blautönen. Das Sonnenlicht veränderte sich, wie goldener Staub rieselte es durch die Wolken.

Auf einmal begriff Ebba, dass es ihr einfach zu beschwerlich gewesen war, sich ihren Gefühlen zu stellen. Dass sie Angst vor der Wucht ihrer Emotionen gehabt hatte. Und diese Erkenntnis machte sie fassungslos.

Als Jona wieder aufwachte, überquerten sie gerade die Hochbrücke über den schnurgeraden Nord-Ostsee-Kanal. Verschlafen richtete er sich auf.

»Wo sind wir?«

»Schon hinter Hamburg, bei Büsum, gleich endet die Autobahn. In einer Dreiviertelstunde sind wir da.«

Ebba reichte ihm die Box mit den Energy Balls, aber Jona schüttelte den Kopf. Nervös nestelte er an seinem Verband herum. Er sah so aus, als könnte er nicht fassen, was er getan hatte.

»Tut's weh?«

»Ja.«

Ebba seufzte, Jona brauchte einen Arzt. Sie dachte wieder an das Attest, das Caroline in ein paar Stunden erwartete. Dann fiel ihr ein, dass es in Husum ein kleines Krankenhaus gab.

Doch als sie die Stadtgrenze erreicht hatten, folgte sie nicht den Schildern zum Klinikum. Sie fuhr zum Hafen und parkte nach kurzer Suche in einer Seitengasse vor einem schiefen Haus mit Treppengiebel. Es sah fast so aus, als wären sie noch in Amsterdam.

Jona sah sie fragend an, und sie zeigte auf das Schild mit dem Äskulapstab, das neben der Tür hing.

»Dr. Grothe«, sagte sie. »Ich kenne ihn noch von früher. Ich glaube, er hat mir mal das Leben gerettet.«

5

Jona

Die Praxis von Doktor Grothe war dunkel und alt. Ein seltsames Kabinett mit schweren Eichenmöbeln und abgetretenen Orientteppichen. An den Wänden hingen farbige Stiche von bedeutenden Seeschlachten, und überall standen ausgestopfte Vögel herum. Ihre bernsteinfarbenen Glasaugen schienen bis auf den Grund seiner Seele zu blicken.

Jona schauderte. Am liebsten wäre er auf der Stelle umgedreht, aber seine Hand pochte, ein brennender Schmerz, der bis ins Schultergelenk ausstrahlte. Und er hatte Angst. Während Ebba mit der Sprechstundenhilfe sprach, ging er mit der Francesca zur Toilette. Der Anblick im Spiegel über dem Waschbecken erschreckte ihn. Der Typ, der ihm nur vage ähnelte, war erschöpft und ausgezehrt. Ein Psycho. Jona trank ein paar Schlucke Leitungswasser aus der hohlen Hand und strich sich das Haar aus der Stirn. Er wagte nicht, die Toilette zu benutzen, über der ein großer, dunkler Vogel Wache hielt. Im Wartezimmer nahm Ebba ihn in Empfang.

»Wir können«, sagte sie betont munter und schob ihn durch eine Tür in das Behandlungszimmer. Kurz darauf trat Doktor Grothe ein.

Der Arzt mochte auf die achtzig zugehen, aber er hielt sich

kerzengerade. Dichtes weißes Haar und ein versteinertes Gesicht. Grothes Blick blieb kurz an Jonas Geigenkasten hängen, dann wanderte er zu Ebba weiter. Er erkannte sie sofort.

»Mein Beileid, Deern«, sagte er und schüttelte ihr die Hand. Seine Stimme knarzte wie eine alte Schallplatte. In seinen grauen Augen flackerte etwas auf, ein silbriger Glanz, der seine ernsten Züge ein wenig milderte. Eigentlich sah er aus wie jemand, der kein Wort zu viel verlor, aber das schien er über die Wiedersehensfreude zu vergessen. »Ich bin gestern schon bei euch gewesen. Deine Großmutter hat es sich nicht nehmen lassen, mich am Ende noch ins Watt zu jagen. Dickköpfig bis zum Schluss. Und dann noch dieser Wal. Ist ordentlich was los bei euch im Koog.«

Ebba nickte, ohne auf seine Worte einzugehen. Sie lächelte zaghaft. »Wir sind gerade erst angekommen«, sagte sie. »Könntest du dir seine Hand einmal anschauen?«

»Dein Freund?« Ein missbilligender Blick streifte Jonas Boots, den Hoodie und den pinken Geigenkasten. Jona bemerkte, dass der Arzt ihn nicht erkannte. Plötzlich fühlte er sich, als wäre er zufällig in Ebbas Reisegepäck geraten. Eine merkwürdige Empfindung, ungewohnt und erleichternd zugleich. Er dachte, dass der Alte Ebba einmal sehr gemocht haben musste.

»Ich habe gehört, dass du in der Musikbranche unterwegs bist«, fuhr Friedrich Grothe fort. Barsch deutete er auf die Untersuchungsliege.

»Wir waren in Amsterdam, als meine Mutter mich erreicht hat«, antwortete Ebba. Sie sah zu, wie Grothe sich die Hände desinfizierte und den Verband aufschnitt.

»Stacheldraht?«

Grothe besah sich die Wunde, und Jona nickte. Wieder stieg Angst in ihm auf. Was hatte er nur getan? Er vermied es, auf seine Hand zu schauen, und fokussierte eine ausgestopfte Ente, die auf der Fensterbank stand. Das einfallende Sonnenlicht betonte die feine Staubschicht, die sich auf das Gefieder gelegt hatte.

»Kann er was aushalten oder braucht er eine Betäubung, wenn ich nähe?«

»Betäubung«, erwiderte Ebba sofort, Jona bemerkte, dass sie blass geworden war. »Er spielt Geige«, sagte sie dann. »Vielleicht sollten wir doch besser zu einem Spezialisten fahren?«

»Habe ich mir schon gedacht«, murmelte Grothe trocken, er wies mit dem Kinn auf den Geigenkasten, den Jona Ebba in die Arme gedrückt hatte. »Das hier ist doch schon vor ein paar Stunden passiert. Warum seid ihr nicht gleich ins nächste Krankenhaus gefahren?«

Ebba seufzte, sie antwortete nicht.

»Also gut …« Grothe öffnete einen Schrank und suchte sich seine Utensilien zusammen. »Ich gehe davon aus, dass der junge Mann auch in Zukunft Geige spielen möchte. Und ich gehe außerdem davon aus, dass er meine Rechnung bezahlen kann.« Er warf ihm einen prüfenden Blick zu, und als Jona nicht antwortete, sah er Ebba fragend an.

Ebba nickte schnell.

»Sieben Stiche«, sagte Grothe. »Von der Lebens- bis zur Herzlinie. Und dann braucht er noch eine Tetanusauffrischung. Morgen will ich euch wieder hier sehen. Für einen Verbandswechsel, dann schauen wir weiter. Aber ich denke, dass er Ende nächster Woche schon mit Fingerübungen beginnen kann. Wenn er gut ist, wird er weiterhin gut spielen. Und wenn nicht …« Er zuckte mit den Achseln, als ginge ihn Jonas weiteres Schicksal nichts an.

Als die Betäubung einsetzte, lehnte Jona sich zurück. Das

Gefühl des zurückweichenden Schmerzes tat gut, sogar sein Herzschlag schien sich endlich zu beruhigen. Fast kam es ihm so vor, als könnte er aus seinem Körper heraustreten und sich von außen betrachten.

Grothe nähte mit zusammengekniffenen Augen. Feine, bedächtige Stiche, als bestickte er ein Sofakissen. Nadel einstechen, Faden durchziehen, Nadel einstechen. Er war konzentriert und ganz bei der Sache. Zufrieden begutachtete er sein Werk, dann verband er die Wunde. Zum Schluss setzte er ihm eine Tetanusspritze in den Oberarm.

»Wir brauchen ein Attest«, sagte Ebba, als die Hand versorgt war, »für die Versicherung. Wir mussten ein Konzert absagen.«

»So.«

Grothes Blick sprang zwischen Ebba und Jona hin und her, er räusperte sich. »Das hättet ihr auch einfacher haben können.«

»Wie bitte?«

Ebba legte den Geigenkasten auf der Liege ab, sie verschränkte die Arme.

»Das ist doch kein Unfall gewesen«, fuhr Grothe fort.

»Jona ist gestolpert«, erwiderte Ebba. In ihrer Stimme schwang ein kühler Unterton.

»Vielleicht wollte er stolpern?«

Grothe richtete die Augen auf ihn, offenbar hatte er in diesem Zimmer schon die abenteuerlichsten Geschichten gehört. Diesem strengen Blick konnte Jona nichts entgegensetzen, sein Herz fing wieder an zu rasen. Beschämt drehte er den Kopf zur Seite und sah stumm zum Fenster. Süffisant lächelte die ausgestopfte Ente ihn an.

Jona wartete im Wagen, während Ebba noch das Attest entgegennahm, dann fuhren sie weiter. Es war inzwischen Nachmittag geworden. Das Sonnenlicht lag weich auf den Feldern, wie mit dem Pinsel ins silbrige Grün getupft. Tiefe, von Schilf gesäumte Gräben und Reihen von Bäumen mit zerzausten Kronen unterteilten das Grün, wilde Gänse und ein paar Schwäne weideten auf den feuchten Wiesen. Wie schlafende Riesen erhoben sich gewaltige Gehöfte aus dem flachen Land. Einige Höfe schienen sehr alt zu sein. Relikte einer anderen Zeit. So etwas hatte er noch nie gesehen. Jona bewunderte die kunstvollen Reetdächer, die sich wie Pelzhauben auf die mächtigen Dachkonstruktionen schmiegten.

Nach einer Weile bog Ebba nach Westen ab.

»Sie ist da draußen einfach eingeschlafen«, sagte sie unvermittelt.

»Deine Großmutter?«

Ebba nickte.

»Und der Wal – was ist das für eine seltsame Geschichte, von der dieser Arzt vorhin sprach?«

Ebba zuckte mit den Schultern. »Keine Ahnung. Vielleicht ist das der Klimawandel? Es sind mehrere Wale in der Nordsee gestrandet, auch vor den Inseln. Jedenfalls hat Friedrich Grothe davon gesprochen. Wahrscheinlich hat meine Großmutter das Tier auf ihrem Morgenspaziergang entdeckt.«

»Erzählst du mir etwas über sie?«, fragte er.

Ebba lächelte wehmütig, und Jona sah, wie sich ihr Blick nach innen kehrte. Sie öffnete das Fenster einen Spalt, als ob sie Zeit gewinnen wollte. Frische, salzige Luft strömte in den Wagen. »Sie ist sehr stark«, sagte sie schließlich, dann korrigierte sie sich: »Sie war sehr stark. Sie hat viel durchmachen müssen. Ihr Sohn, mein Vater, kam bei einem Unfall ums

Leben. Da war er gerade mal dreißig. Und als sie auch noch meinen Großvater beerdigen musste …« Ebbas Stimme wehte davon.

»Dein Vater hatte einen Unfall?«

Jona sah sie überrascht an. Er hatte Ebba noch nie über ihren Vater sprechen hören und deshalb angenommen, dass er sich aus dem Staub gemacht hatte. So wie sein Vater. Thomas Oliver war Pianist auf einem Kreuzfahrtschiff gewesen und fast nie zu Hause. Irgendwann hatte er sich in der kleinen englischen Stadt, in der Jona aufgewachsen war, überhaupt nicht mehr blicken lassen. Seine Mutter hatte ihm und seinen drei Geschwistern erzählt, dass ihr Daddy jetzt in der Karibik arbeite. Erst später hatte Jona herausgefunden, dass es dort auch eine Miss Karibik gab. Aber da hatte seine Mutter sich schon längst scheiden lassen. Als seine Karriere Fahrt aufnahm, hatte er den Mädchennamen seiner Mutter, Beneth, angenommen und leicht abgewandelt und damit Mister Oliver endgültig aus seinem Leben gestrichen.

»Er hat das Kitesurfen geliebt«, unterbrach Ebba seine Gedanken. »Als ich zwei Jahre alt war, ist er vor den Kapverden ertrunken. Ich habe überhaupt keine Erinnerung mehr an ihn.«

»Und dein Großvater?«

Ebba schüttelte den Kopf, sie wies auf den Deich, der sich plötzlich wie eine Wand in die Landschaft schob. Die Straße knickte in einem scharfen Winkel ab, Ebba bremste und lenkte den Wagen durch die enge Kurve. Ihre Bewegungen waren flüssig, das Auto glitt wie auf Schienen über die Straße. Jona hätte sie gern an sich gezogen, um ihr Vogelherz zu spüren. Er kam sich nutzlos vor.

Die Straße folgte dem Deich. Zuerst tauchte eine winzige

Kirche auf und dahinter ein paar Häuser. Nein, keine Häuser – es waren mächtige Höfe mit blühenden Gärten und Weiden, auf denen Kühe, Pferde und Schafe grasten. Kein Mensch war auf der Straße, und trotzdem wirkte Emilienkoog wie ein Ort, wo jeder jeden kannte und es keine Geheimnisse gab. Neugierig schauten die dunklen Fenster dem Wagen hinterher. Jona zog sich die Kapuze über den Kopf, aber Ebba schien nichts zu bemerken. Kurz wirkte sie so, als könnte sie es kaum noch erwarten anzukommen. Und im nächsten Augenblick schien es ihm, dass sie am liebsten umdrehen und davonfahren würde.

Wieder beschrieb die Straße eine Kurve, dann ging es ein paar Meter hinauf, bis der Wagen sich auf der Höhe der Deichkrone befand.

Der weite Blick – endlich. Vor ihnen lagen das Wattenmeer und der Hafen von Emilienkoog. Eine weiße Fähre näherte sich dem Anleger, der Parkplatz und die Wartezone davor waren mit Autos zugestellt.

»*Whalewatching*«, sagte Jona leise.

Ebba sog scharf Luft durch die Zähne ein und hielt dann den Atem an, offenbar hatte sie diesen Auftrieb nicht erwartet.

»Wir müssen da durch«, sagte sie, während sie ihm einen unbehaglichen Blick zuwarf. Langsam ließ sie den Wagen zum Hafen hinunterrollen. Unten war das Weiterkommen schwierig, vorsichtig manövrierte sie um wartende Menschen und parkende Autos herum. Jona hielt den Kopf gesenkt, bis sie das Hafengelände hinter sich hatten.

Auf der anderen Seite beschleunigte Ebba wieder. Sie fuhren durch feuchte grüne Wiesen, die von Schilf gesäumt waren. Hunderte Vögel bevölkerten das Grün, durch das geöffnete Fenster drang ihr vielstimmiger Chor an sein Ohr.

Ihre Rufe waren urtümlich und rau, ihr Gesang klang nach Wildnis und Freiheit. Jonas Herz schaukelte, als könnte es fliegen.

Der Hof von Ebbas Großeltern lag auf einer leichten Erhöhung, etwa zwei Kilometer vom Hafen entfernt. Eine Backsteinburg unter Reet, aufrecht und stolz. *Willkommen im Heimatmuseum Koenigshof* las Jona auf einem Schild, das an der Straße im Wind baumelte.

»Ein Museum?«, fragte er und staunte über die Jahreszahl am Giebel. 1731 – damals feierten Bach und Händel Erfolge, und Stradivari baute die Lady Jeanne. Der Hof hatte also fast dreihundert Jahre auf dem Buckel, und trotzdem wirkte das Haus ungemein lebendig. Vielleicht lag das an dem blühenden Staudengarten, dessen Farbenspiel das Gebäude umwogte.

Ebba nickte. Sie stoppte kurz, als zöge sie noch einmal in Betracht, wieder umzudrehen, doch dann rollte sie langsam den Feldweg hinauf, vorbei an den vom Wind gebeugten Bäumen. »Der Hof ist schon seit vielen Generationen im Familienbesitz«, sagte sie leise. »Mein Großvater hat den Stall in ein Wohnhaus umgebaut und die alten Friesenstuben wieder hergerichtet.«

Ein Museum – Jona sah sie fassungslos an. »Wir können doch nicht …«

»Es ist doch nur für ein paar Tage. Außerdem verirrt sich sowieso kein Mensch hierher. Du hast doch gesehen, dass alle bloß den toten Wal sehen wollen.«

Ebba parkte, der Motor schwieg. Da war nur noch das Geschrei der Vögel. Es klang fast so, als riefen sie ihnen ein heiseres Willkommen entgegen.

6

Ebba

Die Stockrosen blühten, so wie sie immer geblüht hatten, wenn Ebba in den Ferien nach Emilienkoog gekommen war. Ein huldvolles Spalier in Weiß, Rosé und Dunkelrot. Die Blüten mit dem gelben Stern in der Mitte reichten fast hinauf bis unters Dach. Schmetterlinge gaukelten von Kelch zu Kelch.

»Irgendwann wirst du ihnen in die Augen sehen können«, hatte ihr Großvater Ebba jedes Jahr versprochen. Und in jedem Sommer hatte er ihre Größe mit einer winzigen Kerbe im Rahmen der alten Friesentür markiert. In ihrem letzten Sommer auf dem Koenigshof hatte sie ihm fast bis zur Schulter gereicht. Endlich konnte sie ihre Nase in die hochmütigen Blüten stecken und den leichten Malvenduft riechen.

Ebba streckte sich, bis auf ihre Größe schien sich nichts verändert zu haben. Wehmütig sog sie den Duft des Gartens ein, mit dem so viele Erinnerungen heranwehten. Ihr Herz klopfte heftig. Auf einmal strömten Bilder auf sie ein, als hätte die Flut der Erinnerungen den Schutzwall durchbrochen, den sie nach dem Tod des Großvaters in ihrem Inneren errichtet hatte. Etwas von der erregenden Leichtigkeit, die in ihrer Kindheit den Beginn der Sommerferien markiert hatte, flog sie an. Damals hatte Henri sie am Flughafen in Hamburg abgeholt, dann waren sie mit der Bahn bis nach Husum gefahren. Das letzte Stück bewältigten sie in seinem alten himmelblauen VW-Bus, in dem es nach Honig, Leinöl und trockenen Sägespänen roch. Auf der Fahrt hatten sie Musik gehört, die Doors oder die Rolling Stones, und lauthals mitgesungen. Das unheimliche *Riders on the Storm* oder das melancholische *Ruby Tuesday*, das Gesa so sehr gemocht hatte.

»Goodbye Ruby Tuesday / Who could hang a name on you …«

In dem Song spielten Keith Richards und Bill Wyman gemeinsam auf einem Kontrabass. Plötzlich erinnerte Ebba sich, wie Henri ihr davon erzählt hatte. Weil keiner der Stones das Instrument beherrschte, hatte Richards den Bogen gestrichen, während Wyman die Saiten drückte. Unwillkürlich musste sie lächeln. Henri hatte über einen nie versiegenden Schatz an solchen Geschichten und Anekdoten verfügt. Und er hatte ihre Liebe für die Musik geweckt. Zuerst Rock'n'Roll, dann Jazz, dann Klassik. Wehmütig streifte ihr Blick die weiße Holzbank an der Westfassade, wo sie früher gemeinsam in der Abendsonne gesessen hatten, um Butterbrote zu essen und Karten zu spielen. Dann bemerkte sie, dass jemand die Fahne mit dem Friesenwappen auf halbmast gehängt hatte.

Vorbei, vergangen, verweht.

Der Gedanke, dass der Koenigshof nun in fremde Hände kommen würde, schnürte ihr die Kehle zu. Ebba blinzelte gegen die Tränen an, die ihr in die Augen schossen. Schnell lud sie das Gepäck aus, während Jona mit der Francesca im Arm unter der alten Eiche stand. Wartete er darauf, dass ihn jemand in Empfang nahm und auf sein Zimmer führte?

»Kommst du?«, rief sie ihm zu.

Doch als sie das Gepäck durch den Garten schleppte, sah er ihr nur regungslos hinterher.

»Ich glaube, da ist jemand.«

Er zeigte auf das Fahrrad, das an der Hauswand lehnte.

»Quatsch!«

Aber als sie die letzten Meter auf das Haus zuging, öffnete sich die schwere Holztür mit Schwung. Eine Frau trat heraus, sie hielt einen Hund am Halsband fest.

»Da seid ihr ja!«

Erschrocken ließ Ebba das Gepäck fallen. Sie hatte nicht damit gerechnet, dass jemand auf dem Hof sein könnte. Auf der Fahrt hatte sie sich sogar kurz gefragt, ob der Hausschlüssel wie früher unter einem Stein zwischen den Stockrosen lag, und dann darauf vertraut, dass die Tür unverschlossen war. So wie es auf dem Koenigshof immer üblich gewesen war.

»Friedrich Grothe hat mich angerufen und Bescheid gesagt, dass ihr kommt. Da bin ich schnell aufs Fahrrad gesprungen, um euch in Empfang zu nehmen.«

»Bist du das, Anne?«, fragte Ebba. Auf einmal erinnerte sie sich an die Frau des Pastors.

»Anneke.« Die Frau lächelte herzlich. Sie war in den Sechzigern und trug Jeans und ein weißes Herrenhemd mit Stehkragen. Das lange graue Haar hatte sie mit einer silbernen Spange zusammengefasst und hochgesteckt. Sie ließ den Hund los und kam Ebba entgegen, um ihr mit dem Gepäck zu helfen.

»Mein Beileid, Liebes«, sagte sie, als sie Ebba erreicht hatte. Statt eines Händedrucks zog sie Ebba einfach an sich und umarmte sie fest. »Ich hab schon Kaffee gemacht. Und Kuchen gibt es auch, ihr seid doch bestimmt hungrig?«

»Ja. Danke.«

Verlegen befreite Ebba sich aus ihren Armen. Sie sah sich rasch nach Jona um, doch der war bereits hinter dem Auto in Deckung gegangen.

»Ist er ein bisschen schüchtern?«, fragte Anneke mit einem Lächeln auf den Lippen.

»Ja.« Ebba hoffte, dass Anneke den pinken Geigenkasten nicht bemerkt hatte. Sie ging in die Knie und ließ sich von dem Hund beschnuppern, der genauso zerrupft und tölpelig aussah wie jener Jagdhund, den Henri früher immer an seiner Seite gehabt hatte. »Das ist doch nicht etwa der alte Otto?«

»Nee.« Anneke lachte auf. »Das ist Otto der Dritte, Liebes. Ein Enkel vom alten Otto. Eine treue Seele. Er saß neben Gesa, als man sie im Watt fand. Aber nun kommt doch erst einmal rein.«

Ebba drehte sich noch einmal um, aber Jona zeigte sich nicht.

»Lass ihn doch.« Anneke nahm ihr einen Koffer ab und zog sie zur Tür. »Ich finde, er sieht ein bisschen blass aus. Die frische Luft wird ihm guttun.«

Das Haus umarmte sie mit einer Woge altvertrauter Düfte. In der Diele roch es nach poliertem Holz, getrockneten Kräutern und Rauch, aus der Küche zog das Aroma frisch aufgebrühten Filterkaffees herein. Ebba war, als müsste ihre Großmutter jeden Moment zur Tür hereinkommen, um sie in den Arm zu nehmen.

»Trinkst du deinen Kaffee mit Milch?«

Anneke stellte den Koffer in der Diele ab und eilte in die Küche.

Ebba schaute noch einmal nach draußen. Jona stand wieder unter der Eiche, als suchte er Schutz vor einem Unwetter. Sie sah, wie er den Hund misstrauisch beäugte. Doch dann ließ er sich ausführlich von Otto beschnuppern.

»Wo ist sie denn?«, murmelte sie in sich hinein, aber

Anneke schien sie trotzdem gehört zu haben, denn ihr Kopf tauchte wieder im Türrahmen auf.

»Deine Großmutter?«

Ebba trat einen Schritt auf sie zu. »Ja«, erwiderte sie leise.

»Sie ist in Husum, im Bestattungsinstitut. Ich hätte sie gerne hierbehalten, aber das geht ja heute nicht mehr. Willst du sie noch einmal sehen?«

Ebba nickte, wieder schwappte die Traurigkeit über sie hinweg. Auf der Fahrt hatte sie sich vorgestellt, dass Gesa in ihrem Bett liegen könnte. So, als schlafe sie nur. »Ich wusste nicht, dass ihr euch so nahe standet«, sagte sie, als sie in die Küche trat.

»Ach …« Anneke machte eine unaufgeregte Handbewegung, als sei das alles keine große Sache. Der Tisch war gedeckt, blau-weißes Geschirr auf einer weißen Decke mit Spitzensaum. Ein Rhabarberkuchen verströmte sein herbes Aroma, Rosen leuchteten in einem alten Milchkrug. »In den letzten Jahren sind wir hier alle zusammengerückt.«

»Wusstest du, dass es ihr nicht gut ging?«

Ebba setzte sich, und Anneke schenkte ihr Kaffee ein.

»Nein«, antwortete sie und setzte sich ebenfalls an den Tisch. »Sie hat sich um uns alle gekümmert, nur nicht um sich selbst. Sie war viel zu stolz, um jemanden um Hilfe zu bitten. Das weißt du doch.«

Ebba nickte, fast ein wenig erleichtert. Es kam ihr so vor, als spräche Anneke sie von einer Schuld frei.

»Und warum war sie da draußen im Watt?«

Anneke zuckte mit den Schultern. »Sie hat nicht besonders gut geschlafen. Manchmal war sie schon vor Sonnenaufgang auf dem Deich unterwegs. Jörgen hat sie oft gesehen, wenn er mit der ersten Fähre zu den Halligen übersetzte. Sie wird den

Wal entdeckt haben, vielleicht dachte sie, dass sie noch etwas für ihn tun könnte.«

Ebba stutzte. »Jörgen steht immer noch am Ruder?«

Sie erinnerte sich gut an den Kapitän. Ein schöner Mann mit eisblauen Augen und einem Grübchen im Kinn, das Hemd stets eine Spur zu weit aufgeknöpft. Als Kind war sie der Meinung gewesen, dass er wie ein Filmstar aussah.

Anneke nickte. »Sie finden niemanden für den Job. Und wenn wir auch noch die Fähre zu den Inseln verlieren, gibt es das alte Emilienkoog bald nicht mehr. Jörgen sagt, dass er so lange fährt, wie er aufrecht am Ruder stehen kann.«

»Dann hat er sie also entdeckt?«

Ebba probierte einen Happen von dem Kuchen, den Anneke ihr auf den Teller geschoben hatte. Sie hatte seit Ewigkeiten keinen Rhabarberkuchen mehr gegessen, und nun bemerkte sie, wie hungrig sie war.

»Jörgen hat den Wal gesehen und die Küstenwache alarmiert. Die Jungs aus Husum haben sie dann geborgen.«

»Friedrich Grothe sagte, er sei auch im Watt gewesen.«

»Ja, das stimmt.« Anneke nickte und kaute. »Wir standen ja alle auf dem Deich. Die Flut kam, und der Hund wollte niemanden an deine Großmutter ranlassen. Ich hatte Angst, dass sie ihn erschießen. Friedrich konnte immer gut mit Otto, deshalb habe ich ihn angerufen. Er hat sich einen Notarztwagen kommen lassen und war unglaublich schnell hier.«

»Friedrich hat den Hund besänftigt?«

Ebba legte die Kuchengabel zur Seite. Sie sah wieder nach draußen. Jona wanderte durch den Garten, die Kapuze über dem Kopf. Er musste den verräterischen Geigenkasten ins Auto zurückgelegt haben. Der Hund wich ihm nicht von der Seite.

Anneke folgte ihrem Blick. »Er kann besser mit Tieren als mit Menschen. So wie dein Freund.«

Das ist nicht mein Freund, wollte Ebba sagen, doch dann hielt sie inne. Vielleicht war es besser, wenn das Dorf ihn dafür hielt. Kurz spürte sie diesem verwirrenden Gedanken nach, dann aß sie schnell den Rest von ihrem Kuchenstück. Die säuerliche Rhabarberfüllung überdeckte das sonderbare Gefühl in ihrem Magen.

»Wie heißt er denn?«, fuhr Anneke fort und schob Ebba ein zweites Stück auf den Teller.

»Jona … s«, nuschelte Ebba unbehaglich.

»Und was ist mit seiner Hand?«

»Ach, das ist unterwegs passiert. Er ist … in eine Scherbe gefallen.«

Das Lügen fiel ihr immer noch nicht besonders leicht. Ebba trank einen Schluck von dem starken Kaffee, doch Anneke fragte nicht weiter.

»Wir müssen über die Beerdigung sprechen«, sagte sie stattdessen. Ihre Stimme nahm einen mitfühlenden Tonfall an. »Der Pastor könnte nächste Woche Dienstag rüberkommen.«

»Rüberkommen?«

Ebba blickte fragend auf, sie bemerkte den leichten Schimmer, der Annekes Blick trübte.

Anneke nickte. »Paul ist auch schon seit drei Jahren tot«, sagte sie. Ihre Stimme flatterte kurz, dann fing sie sich wieder. »Und die Landeskirche hat seine Stelle nicht wieder besetzt. Hier ist ja keiner mehr, jedenfalls nicht außerhalb der Saison. Also muss der Pastor aus Husum kommen.«

»Das tut mir leid.«

Ebba wusste nicht, was sie sagen sollte. In ihrer Kindheit war ihr das Dorf so lebendig erschienen. Jetzt kam es ihr so vor, als ob ein paar Übriggebliebene den Untergang verwalteten.

»Wer ist denn noch da?«, fragte sie.

»Jörgen und Wen, Klaus, Harro mit seiner Frau und ich. Und ein paar Urlauber.« Anneke zupfte an den Rosen herum. »Und jetzt bist du da.«

»Aber ich bleibe nur ein paar Tage.«

Ebba ließ die Kuchengabel sinken, wieder beschlich sie ein merkwürdiges Gefühl.

Anneke lächelte warm. Mitfühlend strich sie Ebba über die Hand, dann zog sie einen Umschlag hervor, der hinter dem Milchkrug auf der Fensterbank gelegen hatte. »Deine Großmutter hat mir einen Brief für dich hinterlassen. Lies ihn später, wenn dir danach ist. Und um die Beerdigung musst du dir keine Gedanken machen. Ich werde die Kirche schmücken und Orgel spielen. Und hinterher gibt's Kaffee und Kuchen bei mir im alten Pastorat. Jeder bringt was mit. Mach dir keine Sorgen, wir kriegen das schon hin.«

Als Anneke auf ihrem Fahrrad davongefahren war, kam Jona endlich ins Haus. Neugierig schaute er sich in der Diele um.

»Wir haben einen Hund«, sagte er, als er in die Küche trat.

»Ja«, erwiderte Ebba unbehaglich und versenkte den Brief, der noch auf dem Tisch lag, in ihrer Tasche. »Ich hoffe, dass Anneke ihn zu sich nimmt, wenn wir weiterziehen.«

Jona antwortete ihr nicht. Erstaunt beäugte er den Kuchen. »Was ist das denn?«, fragte er.

»Rhabarberkuchen.« Ebba schnitt ihm ein Stück ab. »Der Rhabarber kommt hier aus dem Garten, alles bio. Probier doch mal!«

»Hm.«

Jona setzte sich an den Tisch, und der Hund nahm zu seinen Füßen Platz. Skeptisch schnupperte Jona an dem Kuchen, seine Nase kräuselte sich. Dann schob er den Teller von sich.

»Das kann ich nicht essen.«

Ebba seufzte.

»Ich habe noch ein paar von deinen Energy Balls.«

Als sie nach den Müslihappen suchte, fiel ihr auf, dass Jona seit dem Frühstück nichts mehr gegessen hatte. Und auch da hatte er nur ein paar Löffel Obstsalat zu sich genommen.

»Willst du einen Tee?«, fragte sie ihn, als sie ihm die Schachtel hinhielt.

Jona nickte.

Ebba öffnete den Schrank neben dem Herd, wo Gesa früher ihre Kräutermischungen verwahrt hatte. An der alten Ordnung hatte sich nichts geändert. *Seelenfrieden* stand in Gesas schwungvoller Schrift auf einem der alten Apothekergefäße. Daneben gab es noch Tees, die *Magenruh*, *Halswohl* und *Herztraum* hießen. Und einen *Gegen kalte Füße*.

Sie wählte den Tee für die Seele aus. Als sie das Gefäß aufschraubte, stieg ihr der Duft von Melisse, Ringelblume und Apfel in die Nase.

Doch als sie Jona den Tee einschenken wollte, hatte er bereits etwas anderes im Sinn. Er hielt eine Flasche Gin in der Hand, die er in einem offenen Regal neben der Tür entdeckt hatte. Großzügig schenkte er sich davon ein. Die Box mit den Energy Balls stand unberührt auf dem Tisch.

»Willst du auch?«

Ebba schüttelte den Kopf, und Jona nahm einen gierigen Schluck aus der randvollen Tasse.

»Ich finde, du trinkst zu viel. Und du isst zu wenig«, sagte sie.

»Das ist kein Alkohol, das ist Medizin«, erwiderte er. »Queen Mum, Winston Churchill, Humphrey Bogart – alles Gintrinker. Der hilft gegen alles.«

»Das ist Unsinn. Und das weißt du auch.«

Jona schwieg, er nahm sich einen Energy Ball, wog ihn kurz in der Hand und warf ihn Otto vor die Füße. Der Hund schnupperte ratlos an dem Happen, doch dann verschlang er das Walnuss-Dattelgemisch mit einem Bissen.

»Der Hund hat Hunger.«

»Hör mal, Jona …« Ebba hielt kurz inne, sie spürte, wie Enttäuschung und Wut in ihrem Inneren brodelten und sich zu etwas Unbeherrschbarem auftürmten. »Ich bin den ganzen Tag gefahren. Ich bin hundemüde. Und ich bin traurig. Morgen kaufe ich ein paar Sachen ein, die dir schmecken. Aber heute Abend müssen wir mit dem zurechtkommen, was der Kühlschrank hergibt.«

»He, he …« Jona hob abwehrend die Hände, dann nahm er noch einen Schluck Gin. Flüchtig strich er ihr über den Arm. »Wie wäre es, wenn du ein bisschen spazieren gehst? Ich kümmere mich um die Küche.«

Der Hund blieb bei Jona. Ebba konnte ihn nicht dazu bewegen, sie zu begleiten. Und irgendwie beruhigte sie der Gedanke, dass sie Jona nicht ganz allein im Haus zurückließ. Als sie über den Feldweg zum Deich lief, zögerte sie noch einmal kurz und wandte sich um, aber Jona stand mit Otto in der Tür und winkte ihr nach.

Also gut. Dann konnte sie den Spaziergang nutzen, um ein paar Sachen zu regeln. Ebba zog das Handy aus der Tasche, aber als sie auf das Display blickte, bemerkte sie, dass es hier draußen keinen Empfang gab.

Auch das noch!

In New York war es jetzt elf Uhr morgens, wahrscheinlich saß Caroline schon an der Pressemitteilung. Vielleicht hatte sie sogar versucht, sich mit ihr abzustimmen?

Ebba fluchte. Das Gefühl, nicht erreichbar zu sein, machte sie nervös. Wann war sie zuletzt an einem Ort gewesen, wo es keine Netzverbindung gab? Kurz überlegte sie, zum Hafen zu fahren und sich dort einzuloggen. Oder sollte sie lieber Anneke fragen?

Doch als sie oben auf dem Deich stand, vergaß sie Caroline. Es war Ebbe, und das Spektakel, das sich ihr bot, nahm sie gefangen. Das zurückweichende Wasser hatte den gestrandeten Pottwal wieder freigespült. Ebba beschirmte die Augen gegen die tief stehende Sonne. Das Tier war gewaltig, wie ein gekentertes U-Boot lag es im Schlick. Ein paar Männer in orangefarbenen Schutzanzügen liefen um das Ungetüm herum, offenbar versuchten sie, Seile daran zu befestigen, um das Tier an Land zu ziehen. Etwas abseits warteten ein Bagger und ein Schaufelradlader, und hinter einer Absperrung aus Flatterbändern verfolgte eine Menschenmenge die Bergungsarbeiten. Möwen kreisten über ihren Köpfen.

Fasziniert blieb Ebba auf der Deichkrone stehen. Der Platz war ideal, um das Geschehen zu verfolgen. Wie in einer Theaterloge, dachte sie und ärgerte sich, dass sie kein Fernglas mitgenommen hatte. Doch dann realisierte sie, dass dies kein Schauspiel war. Der Wal war wirklich tot, und an seiner Seite war auch ihre Großmutter gestorben.

Die stolze Gesa, die sie nie um Hilfe gebeten hatte.

Oder hatte Ebba ihren Hilferuf nur nicht hören wollen?

Sie horchte in sich hinein.

Wenn sie telefonierten, hatte Ebba von ihrem Leben erzählt.

Von den großen Städten, dem Großstadtrauschen. Von Jonas Konzerten und dem maß- und atemlosen Leben an seiner Seite, das sie herausforderte. Und das sie liebte. Mehr als alles andere auf der Welt.

Das Umständliche und Komplizierte dieses Lebens hatte sie meist ausgelassen. Den Zeitdruck, die Müdigkeit, das rastlose Nomadendasein. Das irritierende Gefühl, morgens aufzuwachen und nicht zu wissen, wo man war.

Und wenn sie bisweilen vergessen hatte, in Emilienkoog anzurufen, dann hatte das nicht nur an den wechselnden Zeitzonen gelegen und an ihrem Job, der sie in Beschlag nahm. Sondern auch daran, dass sie manchmal einfach nur eine Stunde auf dem Hotelsofa liegen und nichts tun wollte, anstatt ihrer Großmutter zu offenbaren, dass es auch Momente gab, in denen sie sich erschöpft und leer fühlte. In denen sie nicht wusste, wo ihr Anker war.

Die Traurigkeit traf sie mit Wucht. Ebba presste die Lippen zusammen, doch dann ließ sie die Tränen zu. Warm und salzig kullerten sie ihr über die Wangen.

»Lebwohl, Ruby Tuesday / Wer könnte dir einen Namen geben …«

Wie Wellen, die an den Strand rollten, kamen die Erinnerungen zurück: Wie sie zusammen mit Gesa Johannisbeeren gepflückt und Marmelade eingekocht hatte. Wie Gesa ihr das Backen beigebracht hatte, Rosinenbrot und Eierzopf. Und wie ihre Großmutter Henri geliebt hatte. Aus jedem Blick, jeder Geste, jedem Lächeln konnte Ebba diese Liebe herauslesen. Die beiden waren unzertrennlich gewesen, wie Philemon und Baucis. Selbst der Verlust ihres Sohnes hatte ihre Liebe nicht erschüttern können.

Manchmal war sie fast ein wenig eifersüchtig gewesen.

Weil Gesa Henri jeden Tag um sich hatte, während Ebba ihn nur in den Sommerferien sah. An vierzig von dreihundertfünfundsechzig Tagen im Jahr, wie sie sich einmal ausgerechnet hatte. Hatte sie nicht manchmal sogar mit Gesa um Henris Liebe konkurriert? Mit kleinen, subtilen Gesten von beiden Seiten.

Die Blumen, die Ebba nur für Henri pflückte.

Die Muschel, die sie ihm aus dem Watt mitbrachte.

Ein Leibgericht, das Gesa ihm zubereitete.

Das fröhliche Gerangel um den letzten Gutenachtkuss.

Ebba dachte an den Brief, den Anneke ihr übergeben hatte. Wann würde sie den Mut finden, ihn zu lesen? Der Wind zerrte an ihrem Haar, und fröstelnd schlang sie die Arme um ihren Körper.

Gesa.

Sie hätte gerne eine Rose an die Stelle gelegt, wo das Herz ihrer Großmutter aufgehört hatte zu schlagen. Und auch dem Wal hätte sie gerne etwas gebracht.

Traurig wandte sie den Blick ab von dem Getümmel im Watt.

Warum konnte man den Wal nicht in Ruhe im Schlick vermodern lassen?

Eine Herzmuschel lag auf dem Deich, als wäre sie soeben vom Himmel herabgefallen. Die beiden Hälften noch miteinander verbunden.

Ebba hob sie auf und wog sie in der Hand.

Wieder hatte sie das Bild ihrer Großeltern vor Augen. Ihre tiefe Verbundenheit. Berührt dachte sie, dass sie sich damals damit getröstet hatte, eines Tages ebenfalls ihrer großen Liebe zu begegnen.

7

Jona

Der Nachmittag ging in einen hellen Sommerabend über, der von den weißen Nächten im Juni kündete. Nachdem Ebba losmarschiert war, kehrte Jona in die Küche zurück. Er schnappte sich den Gin und erkundete das Haus.

Der Hof bestand aus drei Flügeln, das hatte er schon beim Gang durch den Garten bemerkt. Die Diele mit dem Ofen und der hohen, von Balken durchzogenen Decke bildete das Zentrum, dahinter schloss die Küche an. Eine weitere Tür führte in einen Wohnbereich, dann folgten die Schlafzimmer. Es gab nur ein Bad. Alles war in einem schlichten, ländlichen Stil eingerichtet: alte Holzmöbel, helle Farben, bunte Teppiche auf den Eichenböden. Aus jedem Fenster ging der Blick in den blühenden Garten, auf den Fensterbänken lagen Muscheln, Steine und andere Fundstücke, wie zufällig arrangiert. Nichts erinnerte ihn an den Komfort der Fünf-Sterne-Paläste, den er gewohnt war, und doch strahlten die Räume Ruhe und Behaglichkeit aus. Es gab kein Zuviel, und das machte ihren eigentlichen Luxus aus. Hier hatte niemand ein Konzept verwirklicht, sondern jemand gelebt, der sich auf das Wesen der Dinge verstand.

Im letzten Schlafzimmer, das ihm wegen seiner Meerfarben am besten gefiel, legte Jona sich kurz auf das Bett. Er dachte darüber nach, dass er die Designermöbel aus seinem Haus in den Hamptons schmeißen sollte. Dann fragte er sich, ob Ebba ihn bei sich schlafen lassen würde. Träge trank er weiter, bis ihm einfiel, dass er erst eine Haushälfte erkundet hatte.

Zurück in der Diele öffnete Jona die Tür, die in den Westflügel führte. Als er über die Schwelle stolperte, kam er sich auf einmal vor wie auf einer Zeitreise. 1731 – die Jahreszahl auf dem Giebel fiel ihm wieder ein. Beim Rundgang durch die niedrigen Räume war es, als wäre er zu Gast in einem anderen Leben. Die Sachen mussten einem Seefahrer gehört haben. Da gab es geschnitzte Kapitänsstühle mit hohen Lehnen, poliertes Kupfer, Alkoven und gusseiserne Tafeln mit mahnenden biblischen Szenen. Über dem Ofen hing ein Schiffsbild, eine prächtige Uhr tickte leise. In einem Wandschrank schimmerte altes Porzellan neben Schnitzereien aus Walfischbein und anderen Kostbarkeiten aus fernen Ländern. Alle Räume waren mit Delfter Fliesen tapeziert. Neugierig betrachtete Jona die Bilder in Blau-Weiß, sie zeigten Blumen und Tiere oder Motive aus der Seefahrt. Stolze Dreimaster, Walfänger mit Harpunen und Männer, die in schäumender See mit Ungeheuern kämpften. Helden, wie er sie aus den Büchern kannte, die er als Junge geliebt hatte. Abenteurer, die einfach in See gestochen waren, um Orte zu entdecken, an denen zuvor noch kein Mensch gewesen war.

Der letzte Raum war verschlossen. Jona rüttelte an der Tür, dann setzte er sich auf eines der samtbezogenen Sofas und nahm noch einen Schluck Gin. Das Aroma von Wacholder, Koriandersamen und Engelwurz erinnerte ihn plötzlich an die flüchtigen, alkoholdurchtränkten Gutenachtküsse seiner Mutter und trieb ihm die Tränen in die Augen. Jona schniefte, mit dem Ärmel wischte er sich über die Lider. Der Hund, der ihm durchs Haus gefolgt war, legte den Kopf schief und sah fragend zu ihm auf.

»Willst du auch?«

Jona hielt ihm die Flasche hin, aber Otto zog nur angewidert die Lefzen hoch. Sein Zahnfleisch war gesprenkelt, plötzlich sah er aus wie ein Clown.

»Hast recht, Buddy.«

Jona nahm noch einen letzten, tiefen Schluck, dann stellte er die Flasche hinter dem Sofa ab. Seufzend sah er sich noch einmal um, der Raum schien früher auch als eine Art Museumscafé gedient zu haben. Es gab eine Vitrine mit Besteck und Geschirr und verblasste, handgeschriebene Kärtchen auf den kleinen Tischen: *Kaffee und hausgemachter Kuchen nur vier Euro.*

Auf einmal dachte er, dass es wohl niemanden gab, der hier weitermachen würde, und der Gedanke erfüllte ihn mit einer geradezu absurden, abgrundtiefen Traurigkeit.

Verdammt, was war nur los mit ihm?

War das der Alkohol?

Sollte er auf Ebba hören und weniger trinken?

Irritiert betrachtete Jona seine verletzte Hand. Die Betäubung hatte nachgelassen, und der Schmerz war wieder da. Ein dumpfes Pulsieren, das ihn an seinen Albtraum erinnerte. Vorsichtig horchte er in sich hinein – wo steckte die Angst? Als er am Verband zupfte, winselte Otto leise, als ob er ihn daran hindern wollte.

»Bist du jetzt mein Aufpasser?«

Jona streckte Otto die Zunge heraus, aber dann musste er doch ein wenig lächeln. Irgendwie erinnerte ihn der Hund an seinen kleinen Bruder Ben, der ihm in seiner Kindheit auf

Schritt und Tritt durch das schiefe Haus in der Salisbury Avenue gefolgt war. Ben war der Jüngste der vier Geschwister, ein in sich gekehrter Träumer und hartnäckiger Schulschwänzer. Trotzdem war ein Lehrer aus ihm geworden, ein guter, denn er unterrichtete Flüchtlingskinder und führte Theaterstücke mit ihnen auf. Wenn Jona in London gastierte, saß Ben immer in der ersten Reihe und applaudierte wie ein Seehund. Hinterher versuchte er, ihm Geld für seine Schützlinge und das *Essex Refugee Theatre*, das er gegründet hatte, aus den Rippen zu leiern.

Seine beiden Schwestern kamen dagegen fast nie zu einem Konzert. Josy und Jill besaßen wunderbare Gesangsstimmen und spielten Klavier, in ihrer Kindheit hatten sie gemeinsam musiziert. Aber beide hatten früh geheiratet, und sein Erfolg schien sie schmerzhaft daran zu erinnern, dass sie ihre Träume mittelmäßigen Ehen geopfert hatten. Wenn sie kamen, dann hatten sie ihre Mutter im Schlepptau, die bei seinen Konzerten in Tränen ausbrach. Jona wusste nicht, ob sie sein Können und seine Show überwältigten, oder ob er sie schlicht an seinen Vater erinnerte. Auch Thomas Oliver hatte etwas an sich gehabt, was einen umhauen konnte. Eine strahlende Bühnenpräsenz und die unvergleichliche Leichtigkeit, mit der er sein Instrument beherrschte. Er war ein Entertainer gewesen, aber mangelnder Ehrgeiz und sein Hang zum Glücksspiel hatten ihm den Sprung auf die ganz große Bühne verwehrt.

Natürlich sprachen sie nach den Konzerten nie über seinen Vater oder über alles andere, was zwischen ihnen stand. Jona überreichte Geschenke, die Ebba gekauft hatte, und er war erleichtert, wenn die drei in ihr Mittelklasseleben zurückkehrten. Gott, was war er froh, dass er es aus dem Kaff seiner Kindheit herausgeschafft hatte!

Jona seufzte, und Otto legte ihm zutraulich den Kopf aufs Knie. Der Hund wollte gestreichelt werden, und als Jona nicht gleich begriff, stupste Otto ihn mit der Schnauze an.

»Stell dich lieber gut mit Ebba«, murmelte Jona und kraulte ihm die Ohren. »Sie ist der Boss. Und sie hat's echt drauf.«

Otto schloss die Augen. Ein verzückter Ausdruck lag auf seinem ergrauten Gaunergesicht, und Jona fragte sich, ob der Hund all das, was gestern im Watt geschehen war, bereits vergessen hatte.

Vermisste er sein Frauchen?

Oder befahl ihm sein Selbsterhaltungstrieb, dass er sich nun einem neuen Rudel anschließen musste?

Wieder kamen ihm die Tränen. Jona wischte sich über die Augen, warm und wohlig rauschte der Gin über die Traurigkeit hinweg. Ja, er war betrunken. Ein wenig jedenfalls. Vor den Fenstern wogten die Blumen hin und her, und ihre Schatten tanzten über die bunten Fliesenwände. Da war ein Wispern, das durch die verschlossene Tür zu dringen schien, als wollte ihm das Haus seine Geheimnisse anvertrauen. Ganz kurz dachte er daran, dass er jetzt eigentlich in New York sein sollte, bei den Proben für den zeitlosen, unvergleichlichen Bach. Er sah Alan vor sich, seine subtile Art zu dirigieren, und die Reihen der Musiker, die dem Maestro mühelos folgten. Ein süßer Klang voller barocker Sinnenfreude schwebte auf ihn zu, ganz kurz, und er schloss müde die Augen.

Er musste für ein paar Minuten eingenickt sein. Als Jona aufwachte, fiel ihm ein, dass die Francesca immer noch im Kofferraum lag. Erschrocken richtete er sich auf, wie hatte Ebba sie da draußen vergessen können?

»Kommst du mit?«

Otto sprang auf, begeistert folgte ihm der Hund hinaus.

Doch der Wagen ließ sich nicht öffnen, und von Ebba war noch nichts zu sehen. Jona lief ins Haus zurück, um nach dem Autoschlüssel zu suchen. Nichts. Aber Ebbas Handtasche lag in der Küche auf dem Stuhl. Jona zögerte kurz, dann öffnete er sie.

Laptop, Notizbuch, Portemonnaie, Kosmetika, Medikamente, Kaugummi und ein Brief. Eine Box mit den widerlichen Energy Balls (die er nur ihr zuliebe aß), Taschentücher, Haargummis, Stifte und ein wiederverwendbarer Coffee-to-go-Becher. In einer Seitentasche fand er ein paar Slipeinlagen und tatsächlich sogar einen frischen Slip.

Ja, das war Ebba. Organisiert wie ein preußischer Majordomus, aber auch flexibel genug, um über Nacht alle Pflichten zu vergessen. Wenn sie wollte, konnte sie trinken wie ein Wikinger, und doch war sie morgens die Erste, die zum Frühstück erschien. Frisch wie eine Blume und voller Elan stürzte sie sich auch nach einer kurzen Nacht kopfüber in den Tag. Als Jona ihr Notizbuch mit den To-do-Listen aufblätterte, stellte er fest, dass sie ihn heimlich gezeichnet hatte. Spielend, schlafend, lesend. Mit den albernen Kopfhörern über den Ohren, die ihn wie einen Möchtegernhipster aussehen ließen. Und mit einer Flasche Champagner im Arm, die einen Parvenü aus ihm machte.

Ihr Strich war frech, fast ein wenig despektierlich. Und doch entdeckte er darin auch ihre rasche Auffassungsgabe und ihren eigenwilligen Charme, derentwegen er sie vor drei Jahren engagiert hatte. Er war ihr backstage bei einer Preisverleihung begegnet, wo sie einen anderen Künstler betreute. Als sie einem zudringlichen Rockstar einen imposanten rechten Haken verpasste, hatte er Global Music gebeten, sie abzuwerben.

Die blonde Ebba Koenig, deren Name wie ein Triumphmarsch klang und die aussah wie eine Mischung aus Jeanne d'Arc und Meerjungfrau. Frech und unwirklich schön zugleich.

Erst später hatte er erfahren, dass ihre Mutter Vergnügungsparks in aller Welt entwarf. Dass Ebba Zuckerwatte, Schiffsschaukeln und Achterbahnfahren hasste. Dass sie Gitarre spielen und mit den Augen rollen konnte. Und dass ihr nie schlecht wurde, selbst wenn das Flugzeug, in dem sie saßen, durch ein doppeltes Luftloch sackte.

Jona steckte das Büchlein zurück. In einem zweiten Seitenfach entdeckte er ein altes Schwarz-Weiß-Foto.

Ein junges Paar war darauf zu sehen, er im dunklen Anzug, sie in einem schlichten weißen Kleid und mit Perlenohrringen.

Ein verliebter Blick, stille Meergesichter.

Das Mädchen hatte etwas von Ebbas burschikoser Schönheit. Das breite Lächeln des jungen Mannes offenbarte eine kleine Lücke zwischen den Vorderzähnen, dieser kleine Makel machte auch Ebbas Lächeln unverwechselbar.

War das ein Hochzeitsbild ihrer Großeltern?

Jona betrachtete das Foto, es strahlte Ruhe und Vollkommenheit aus. Einen Moment des Glücks. Eine Melodie kam ihm in den Sinn, die er nicht festhalten konnte. Als er das Foto zurücksteckte, sah er plötzlich den Autoschlüssel neben dem Wasserkocher liegen.

Also noch einmal nach draußen. Gehorsam sprang der Kofferraum auf. Der Geigenkasten strahlte ihn an, und Jona meinte, die Francesca wispern zu hören. »Nimm mich in den Arm«, flüsterte sie ihm zu. »Spiel mich!«

Erleichtert strich er über die pinke Kunststoffhaut des

Koffers. Einmal, nach einem Konzert, war er hinter der Bühne über ein Seil gestolpert und auf die Geige gefallen. Ein Albtraum, fast hätte er der Schönen für alle Zeiten den Hals gebrochen. Die Reparatur hatte vier Wochen gedauert und Unsummen gekostet. In der Zwischenzeit musste er auf einer etwas jüngeren Stradivari spielen, sein Spiel hatte sich verändert, es war weniger leicht gewesen. Die Chemie stimmte nicht. Jona erinnerte sich noch gut an das überwältigende Gefühl, als er die Francesca nach der Reparatur wieder in den Armen hielt. Es war fast wie beim ersten Mal gewesen – schmelzende Töne, die in den Himmel schwebten, und eine nie gekannte Brillanz. Da war eine Verbindung zwischen ihnen, etwas Übersinnliches, und bisweilen dachte er, dass sie sich aus einem früheren Leben kannten.

Doch als er den Geigenkasten hochnehmen wollte, hielt ihn etwas zurück. Die Angst war wieder da, ganz plötzlich. Wie ein Raubtier sprang sie ihn aus einem Hinterhalt an. Sein Puls schnellte in die Höhe. Herzklopfen, Atemnot, kalter Schweiß.

Jona zog die Hände zurück, als hätte er sich verbrannt, dann knallte er den Kofferraumdeckel zu. Er wollte davonlaufen, um wieder Luft zu bekommen, aber seine Beine gehorchten ihm nicht. Blei schwappte schwer durch seine Adern und verdrängte die Hitze des Gins. Die Angst fletschte die Zähne und zeigte ihm ihre hässliche Fratze. Jona keuchte, seine Gedanken rasten. Was, wenn die Panik ihn das nächste Mal auf der Bühne erwischte? Vor einem großen Publikum und dem unbarmherzigen Flackern Tausender Smartphones?

Würde er je wieder spielen können?

Wimmernd sank er neben dem Wagen zusammen.

Aber da war ein Freund. Otto.

Der Hund stupste ihn immer wieder an, bis Jona die Arme um ihn schlang. Unter dem drahtigen Fell fühlte er das Hundeherz schlagen. Ein tröstlicher Takt, der gegen die Angst antrommelte und ihm Mut zusprach.

»Hilf mir«, keuchte Jona. Und Otto half ihm, als ob er ihn verstünde. Wie ein Bodyguard eskortierte er ihn, auf allen vieren bewegten sie sich beide vom Wagen weg zur Eiche.

Dann saßen sie Schulter an Schulter unter dem alten Baum. Überall lagen winzige, harte Eicheln, die ein heftiger Wind abgenabelt haben musste. Jona versuchte, zu Atem zu kommen. Er wollte nicht, dass Ebba ihn so fand. Über ihm keckerten die Möwen, sie lachten ihn aus. Ihr Spott tat ihm weh, er spürte ihn fast körperlich.

Plötzlich sahen sie ein Kaninchen, das an ihnen vorbei in den Blumengarten flitzte. Otto stellte die Ohren auf, bittend sah er ihn an.

Jona kniff die Augen zusammen, ein paar Sekunden lang beobachtete er das Kaninchen, das sich nun setzte und ruhig zu ihnen herüberschaute, als hätte es keine Angst.

Verspürte es tatsächlich keine Furcht?

Jona bemerkte, dass sein Puls sich normalisierte, als könnte er seine Panik auf das Tier übertragen.

»Los!«, flüsterte er Otto zu. »Hol's dir!« Und der Hund stob davon wie von Sinnen.

Hakenschlagend ergriff das Kaninchen die Flucht.

Jona stand auf. Er lehnte sich gegen die Eiche, verschränkte die Arme und verfolgte die Hatz. Otto sprang wie ein Wilder durch die Blumen, doch er hatte keine Chance. Das Kaninchen sauste ums Haus herum und war so plötzlich verschwunden, als hätte es sich in Luft aufgelöst.

Otto lief noch ein paar Mal hin und her, die Nase witternd gehoben, dann trottete er niedergeschlagen zu Jona zurück.

Jona gab ihm einen aufmunternden Klaps.

»Gut gemacht«, sagte er. Dann erst bemerkte er, dass sein Herz wieder ganz normal schlug. *Adagio*. Zweiundsiebzig Schläge die Minute. Ein ruhiger, gleichmäßiger Takt.

Die Panik war weg, so plötzlich, wie sie gekommen war. Jona horchte in sich hinein. Wo hatte sie ihr Quartier aufgeschlagen?

Doch in seinem Inneren war alles still und aufgeräumt. Da gab es keine dunklen Ecken, keinen unheimlichen Abgrund, kein finsteres Gruselkabinett.

Hatte die Francesca die Panik ausgelöst?

Jona sah wieder zum Wagen hinüber, wo die Stradivari auf ihn wartete. Aber die Angst ließ sich nicht in die Karten schauen. Das Nichtvorhersehbare war ihr Prinzip, und sie improvisierte so gekonnt wie ein Freestyle-Jazzer auf der Tonleiter seines Lebens.

8
Finn

Zwei weitere Stopps und ein Sandwich später hatte Finn endlich die Elbe erreicht. Danach ging es schnell, Itzehoe, Heide, Büsum, dazwischen die majestätische Hochbrücke über den Kanal. Oben auf der Brücke gab es einen Parkplatz, und er hielt ein drittes Mal an. Einfach so, um über das weite Land zwischen den Meeren zu blicken. Und um anzukommen.

Unterwegs hatte sein Handy diverse Male gesummt, doch Finn hatte nicht darauf reagiert. Jetzt sah er sich die Nachrichten an, die Julia ihm geschickt hatte.

»Schon unterwegs?«

»Ich freu mich auf dich!!!«

»Lust auf Carpaccio? Wein steht schon kalt.«

»Hey, melde dich mal …«

»Ich hab keine Lust, mir Sorgen zu machen. RUF MICH AN!«

»Finn?«

»???«

»Arschloch.«

Ja, das war er wohl. Und ein Feigling dazu.

Finn legte das Telefon in die Mittelkonsole zurück. Wie Ozeanriesen zogen Wolken über den Kanal, ein Vogelschwarm flog tief über dem Wasser, winzige, dunkle Körper. Ihr Anblick brachte etwas in ihm zum Klingen, er konnte sich nicht davon lösen. Plötzlich änderten die Vögel die Richtung, die dunkle, formlose Masse verwandelte sich in einen flirrenden, silbernen Pfeil. Waren das Knutts? Oder Küstenseeschwalben? Finn dachte, dass sein Vater ihm sagen könnte, wer dieses kunstvolle Manöver flog. Und dann dachte er, dass er nach all der Zeit unmöglich bei ihm in Husum übernachten konnte.

Seufzend nahm er das Handy wieder in die Hand und tippte eine Nachricht für Julia: »*Es tut mir leid.*«

Dann fuhr er weiter.

Hinter Husum folgte er den Schildern, die den Fährverkehr zu den Inseln anzeigten.

Vielleicht sollte er nach Amrum übersetzen? Oder nach Föhr? Er stellte sich ein kleines Dachzimmer unter Reet vor. Mit Wasserblick und einem Traumfänger im Fenster. Krabben zum Frühstück, Fahrrad fahren, im Strandkorb lesen. Barfuß joggen im tiefen Sand. Dem Tölpel davonlaufen.

Doch als er endlich Emilienkoog erreicht hatte, wusste er, dass er nicht mehr weiter wollte. Im Schritttempo rollte er den Deich entlang. Es hatte sich nichts verändert. Die roten Backsteinfassaden, die Schafe, die Kirche auf dem sumpfigen Land, die in ihrer langen Geschichte zweimal von der Flut zerstört worden war. Jedes Mal hatten die Bauern und Eismeerfahrer sie wieder in den Muschelgrund gesetzt, stur und unbeirrbar, bis endlich der Deich gebaut worden war. Er hatte das Leben hier sicherer gemacht, aber nicht einfacher. Finn lächelte, als der Wetterhahn auf dem Turmhelm in der Abendsonne aufblitzte. Der Wind und die Gezeiten – früher hatte er geglaubt, dass sich sogar die Gottesdienste nach dem Tidenkalender richteten.

Auf der schmalen Straße kamen ihm zahlreiche Autos entgegen, an der reetgedeckten Haltestelle am Hafen wartete eine Menschentraube auf den Bus, der über die Dörfer nach Husum fuhr. Ein Kamerateam packte soeben seine Ausrüstung zusammen. Unberührt von all dem Trubel lag die *Frisia* am Anleger, jemand spritzte das Deck der Ausflugsfähre mit einem Wasserschlauch ab.

Der Wal.

In den Nachrichten hieß es, dass zwei Bergungsversuche gescheitert waren. Nun wartete man auf Spezialisten aus Dänemark, die die toten Wale an Land bringen sollten.

Finn ließ den Wagen auf den Parkplatz rollen und stellte den Motor ab. Neben dem Kassenhäuschen (Amrum, Föhr, Halligen und Seehundsbänke) stand ein Imbisswagen. Sein Magen hing in den Seilen, und der Gedanke an fettige Pommes frites und Bratwurst war verführerisch. Doch als er auf den Wagen zuging, sah er, dass der Verkäufer bereits die Grillfläche schrubbte.

»Ich hab nix mehr«, sagte der Typ mit der Basecap, ohne aufzublicken, als Finn sich an den Wagen stellte.

»Noch nicht mal mehr ein Brötchen?«

Finn versuchte, über den Tresen zu linsen. Der Bratwurst-Geruch hing noch in der Luft, und das Wasser lief ihm im Mund zusammen.

»Nüscht.« Der Typ sah auf und schüttelte den Kopf. Er war wohl etwa so alt wie Finn, aber doppelt so schwer. Seine Haut glänzte ölig, das verwaschene T-Shirt hatte Schweißflecken. Das Haar unter der Kappe war grün gefärbt. »Die haben mir heute alles aus den Händen gerissen. Ich hätte dreimal so viel verkaufen können, wenn ich Nachschub bekommen hätte. Der Chef schickt morgen einen zweiten Wagen her.«

»Bis dahin bin ich verhungert.«

»Bei mir gibt's noch was«, sagte eine Stimme hinter ihm.

Verblüfft drehte Finn sich um, dann lächelte er. Ein älterer Mann stand vor ihm, mit einem verwitterten Cowboygesicht und vier goldenen Streifen auf den Schulterstücken des weißen Hemdes. Jörgen Paulsen, der Kapitän der *Frisia*. Die Wiedersehensfreude ließ seine Augen leuchten.

Verwundert schüttelte Finn den Kopf. »Immer noch auf Tour, Jörgen?«

»Was soll man machen?« Jörgen klopfte ihm jovial auf die Schulter. »Auf'm Schiff gibt's noch Bockwurst mit Kartoffelsalat. Und Wen hat garantiert noch ein paar Frühlingsrollen da. Der freut sich bestimmt auch, dich zu sehen. Hast du Lust auf ein Bier?«

»Du rettest mir das Leben.«

»Wieder mal.«

»Ja, wieder mal.«

Immer noch lächelnd schüttelte Finn den Kopf, dann folgte er Jörgen aufs Schiff. Als er die Gangway hinaufstieg, kam ihm der merkwürdige Gedanke, dass er sich auf der *Frisia* besser auskannte als in seinem Leben. Maschinenraum, Hauptdeck, Sonnendeck, Brücke. Früher wollte er selbst zur See fahren und hatte sein erstes Geld als Schiffsjunge an Bord der Fähre verdient. In seinem zweiten Sommer auf der *Frisia* hatte Jörgen ihn ans Ruder gelassen und ihm gezeigt, wie man bei den Mädchen Fahrt aufnahm. Finn hatte alles von ihm gelernt, was ein hormongeschüttelter Teenager wissen musste. Wen dagegen, der schweigsame Smutje aus Macao, hatte ihn in die Kunst der chinesischen Küche eingeweiht und ihm das Handlesen beigebracht. Lebenslinie, Kopflinie, Herzlinie und ein wenig Glückskekspoesie. Noch heute profitierte er davon, wenn er einem verängstigten Patienten vor der OP ein paar aufmunternde Sprüche mit auf den Weg gab.

An Deck bellte Jörgen etwas Unverständliches in Richtung Bordbistro, dann lief er voran nach Achtern, wo sich die Abendsonne über die orangefarbenen Sitzbänke auf dem Außendeck ergoss.

Umständlich zündete er sich eine Zigarette an.

»Was machst du hier?«

»Ich hab Urlaub. Eigentlich wollte ich an den Gardasee, dann hab ich unterwegs von dem Wal gehört.«

»Du bist von München hochgefahren?«

»Woher weißt du, dass ich in München bin?«

Jörgen zog die Augenbrauen in die Höhe. »Das spricht sich doch rum. Außerdem hab ich das Kennzeichen an deinem Wagen gesehen. Schönes Geschoss.«

Finn nickte, er atmete den würzigen Rauch der Zigarette ein, der sofort das Gefühl in ihm wachrief, wieder fünfzehn zu sein.

»Willst du auch, Jung?«

Jörgen hielt ihm das Zigarettenpäckchen hin.

Finn zögerte kurz, dann nahm er sich eine. Jörgen gab ihm Feuer.

»Ich wollte ihn sehen.«

»Den Wal?«

Finn nickte und inhalierte den Rauch.

»Sie kriegen ihn nicht raus«, fuhr Jörgen fort. »Das Vieh ist zu schwer, zwölf Tonnen oder mehr.«

»Gut für mich.«

Finn sah aufs Wasser hinaus. Die Flut rollte heran, und das Wasser stieg. Er würde bis morgen warten müssen, um ins Watt zu laufen und sich den Wal anschauen zu können.

»Warst du schon bei deinem Vater?«

Beiläufig schnippte Jörgen die Asche in den Wind, eine unnachahmlich männliche Geste, die Finn schon als Junge bewundert hatte. Er selbst hatte das nie so lässig hinbekommen, so oft er auch heimlich hinter dem Hafenschuppen übte.

»Nee«, antwortete er knapp.

»Dann weißt du noch gar nicht, dass Gesa tot ist?«

»Gesa Koenig?« Finn räusperte sich, ein zäher Kloß steckte in seinem Hals fest. Plötzlich schmeckte die Zigarette nicht mehr.

Jörgen nickte. »Sie ist einfach zusammengeklappt.«

»Oh.« Finn ertappte sich bei der Überlegung, ob er sie hätte retten können. Ratlos sah er auf seine Zigarette. »Konnte sie denn keinen Arzt mehr rufen?«

»Sie war draußen im Watt, als es passiert ist. Beim Wal. Die Küstenwache hat sie rausgeholt, aber da war schon nichts mehr zu machen.«

»Dann hat Gesa den Wal entdeckt?«

Jörgen schwieg einen Moment. »Ich glaube, sie wollte da draußen sterben«, sagte er dann. »Ehrlich gesagt bin ich ein bisschen neidisch.«

»Ach, Jörgen …« Finn stand auf und drückte die Zigarette an einem Abfalleimer aus. Mit Gesa und Henri und dem Koenigshof verband er die schönsten Erinnerungen seiner Jugend, und er war traurig, dass er die wunderbare, warmherzige Gesa nicht noch einmal gesehen hatte. Auf einmal hatte er ihr Lachen im Ohr, das immer so geklungen hatte, als wäre sie noch ein junges Mädchen. »Dann gibt's nächste Woche also eine Beerdigung im Dorf?«, murmelte er.

»Wird wohl so sein«, erwiderte Jörgen. Er rauchte seine Zigarette bis zum Filter, dann schnippte er den Stummel achtlos ins Wasser. Einen Moment lang sah er ihn aus zusammengekniffenen Augen an, als warte er auf eine Frage. Schließlich stand er auf. »Wo bleibt denn bloß Wen mit dem Bier?«, polterte er.

Eine Bockwurst mit Kartoffelsalat und ein paar von Wens herrlich krossen Frühlingsrollen mit Wollhandkrabbenfleisch. Dazu zwei Flaschen eiskaltes Bier. Und noch eine letzte Zigarette. Als Finn sich von Jörgen und Wen verabschiedete, verspürte er das zwingende Bedürfnis, sich zu bewegen. Und nachzudenken.

Er ließ den Wagen am Hafen stehen und stieg auf den Deich. Mit langen Schritten lief er gen Süden, während sich am westlichen Horizont die rot glühende Sonne der Wasserlinie näherte und den Himmel mit dramatischen Farben überzog.

Konnte das Zufall sein, dass er ausgerechnet am Tag nach Gesas Tod nach Emilienkoog zurückgekommen war?

Unwillkürlich schüttelte Finn den Kopf. Das Medizinstudium hatte einen nüchternen Analytiker aus ihm gemacht. In der Diagnostik ging es darum, Symptome zu deuten und Befunde auszuwerten. Anamnese, körperliche Untersuchung, klinische Chemie. Der hoch technisierte Apparat aus Labor, Radiologie, Mikrobiologie und Pathologie. Aber es ging auch darum, die richtigen Fragen zu stellen.

Finn horchte in sich hinein, dann rekapitulierte er seinen Tag.

Die Stunden im OP.

Die Fahrt in Richtung Gardasee.

Der Stopp an der Autobahn.

Das Mädchen mit den Sommersprossen.

Die Meldung von den gestrandeten Walen.

Und der plötzliche Drang, alle Pläne umzuwerfen und an die Nordsee zu fahren.

Was hatte dazu geführt?

Nachdenklich sog er die scharfe Meeresluft ein, dieses dichte Gemisch aus Feuchtigkeit, Salz, Schlickgeruch und Vogelgeschrei, das die Sinne schärfte. Dann begann er noch einmal von vorn.

Der Koch. (Und das flimmernde Herz.)

Die Müdigkeit. (Und Julia.)

Die Hitze. (Und die Kühle des Stausees.)

Das Mädchen. (Was war bloß mit dem Mädchen?)

Der Wal. (Ein toter Pottwal.)

Und die lange verschütteten Erinnerungen an seine Kindheit an der Nordsee. (Jeder Psychoanalytiker hätte seine Freude an ihm!)

Ja, das war schon besser, aber er war noch nicht am Ziel. Also noch einmal von vorn, Finn zwang sich, die Übung ein drittes Mal durchzuexerzieren.

Die Beinahekatastrophe im OP. (Und der Tölpel.)

Feldhusens mahnende Worte zum Abschied. (Und die Geister.)

Julia. (Und die Müdigkeit.)

Das Mädchen. (Und der Gedanke an eine Tochter.)

Der Wal. (Husum. Sein Vater. Der Tölpel.)

Schloss sich so der Kreis?

Finn blieb stehen und blickte zum Horizont. Die Sonne hatte die Wasserlinie erreicht, wie ein Topf aus geschmolzenem Gold versank sie langsam in den dunklen Fluten. In etwas mehr als fünfhundert Metern Entfernung, etwa dort, wo bei Ebbe die Süderaue ins offene Wasser hinausführte, dümpelten vier orangefarbene Bojen auf dem Wasser.

Eine Markierung.

Lag dort der Wal?

Finn beschirmte die Augen. Er versuchte, sich den gigantischen Körper unter der Wasseroberfläche vorzustellen.

Dann dachte er daran, dass er als Kind nicht Kapitän eines behäbigen Ausflugsdampfers werden wollte. Nein, er wollte einen Eisbrecher befehligen. Ein Forschungsschiff, um damit ins ewige Eis zu fahren. In die Arktis, dorthin, wo die Grönlandwale lebten, die zweihundert Jahre alt werden konnten. Und die geheimnisvollen weißen Belugas, die wie Fabelwesen aussahen.

Was hätte er dafür gegeben, diesen faszinierenden Tieren einmal in freier Wildbahn zu begegnen. Selbst während seiner Zeit in Kapstadt hatte er es nicht geschafft, den südlichen Glattwalen, die aus der Antarktis bis in die Gordon's Bay hinaufwanderten, näher als ein paar Hundert Meter zu kommen. Immer wenn die mächtige Fluke eines Südkapers vor dem Ausflugsboot aufgetaucht war, musste er sich an der Reling festklammern, um nicht hinterherzuspringen.

Finn seufzte. Die Bojen tanzten auf den Wellen, und die untergehende Sonne zeichnete eine flammende Straße auf die See. Am Fuß des Deiches warteten ein Bagger und ein Schaufelradlader.

Der Tölpel.

Das Mädchen.

Und … noch etwas, über das er nicht nachdenken wollte.

Er spürte, wie sich der feste Knoten, den er um das Durcheinander seiner Gefühle geschnürt hatte, zu lösen begann. Ein Schrei stieg in ihm auf, und er stolperte den Deich hinab.

Verdammt, er wollte zu diesem Wal!

Unten zog er sich hastig aus. Schuhe, Hose, T-Shirt, Boxer.

Das Wasser war kalt, aber nicht zu kalt. Juniwasser, achtzehn Grad. Finn musste eine Weile laufen, bis es tief genug war, um zu schwimmen. Dann kraulte er auf die Bojen zu. Linker Arm, rechter Arm, linker Arm. Atmen.

Er war immer ein guter Schwimmer gewesen, und das Meer empfing ihn wie einen verlorenen Sohn. Die Straße aus Licht trug ihn sicher, und ein Glücksgefühl stieg in ihm auf, das all die dunklen Gedanken verdrängte.

Nein, er war kein Tölpel.

Und kein Feigling.

Er war Finn Grothe, fünfunddreißig Jahre alt, Kardiologe, Lebensretter und Womanizer (in dieser Reihenfolge). Und jetzt war er dabei, zum ersten Mal in seinem Leben zu einem Wal hinabzutauchen.

Als er die Bojen erreicht hatte, hielt er einen Moment inne und trat Wasser. Es war gerade noch hell genug, um sich zu orientieren. Aber die Sonne würde jetzt sehr schnell über den Horizont rutschen, er musste sich beeilen.

Finn holte tief Luft und tauchte ab.

Der Wal lag noch nicht einmal zwei Meter unter der Wasseroberfläche. Er war riesig und schwarz, wie ein gigantischer Findling, den die letzte Eiszeit hier abgeladen hatte. Oder wie ein vom Himmel herabgefallener Stern aus Eis. Finn versuchte abzuschätzen, wie groß das Herz dieses Giganten aus Muskelmasse und Speck sein musste.

Vorsichtig berührte er das Tier. Die Walhaut fühlte sich glatt und fest und kühl zugleich an. Da waren Furchen, ähnlich wie die Rillen am Meeresgrund, aber er konnte keine Spuren von irgendwelchen Seepocken, Muscheln oder anderen Organismen auf dem Körper ertasten. Die Bewegung des Wassers ließ das Tier fast lebendig wirken, und er wünschte sich mehr Licht und eine Tauchausrüstung, um Stunden unter Wasser zu verbringen.

Als Finn wieder auftauchte, um Luft zu holen, musste er daran denken, dass man ihm in Afrika von den riesigen Walfriedhöfen erzählt hatte, die es in der Tiefsee geben sollte. Aber genau wie die sagenhaften Elefantenfriedhöfe hatte sie wohl noch nie jemand zu Gesicht bekommen.

Ein letzter Tauchgang noch, zum Kopf des Wals. Unter Wasser konnte Finn nichts mehr sehen, nur noch tasten. Luftbläschen stiegen auf und streiften sein Gesicht, sie erinnerten ihn daran, dass der Verwesungsprozess bereits eingesetzt hatte.

Plötzlich ertastete er das Blasloch des Wals. Auch hier stiegen Bläschen auf, als atmete das Tier noch. Finns Herz schlug schneller. Wenn Wale nach einem Tauchgang mit hohem Druck die verbrauchte Luft ausstießen, wurde das Blas als Nebelfontäne sichtbar. Meist war es für Walbeobachter das erste Zeichen, dass die Tiere überhaupt in der Nähe waren, und schon an der Form des ausgestoßenen Nebels konnte man erkennen, um was für einen Wal es sich handelte. Zahnwale hatten ein Blasloch, Bartenwale dagegen zwei und deshalb einen v-förmigen Blas. Der Blas des Blauwals erreichte eine Höhe von mehr als zehn Metern, und Pottwale hatten einen ganz eigenen, charakteristischen Blas, der in einem Fünfundvierzig-Grad-Winkel nach links vorne geneigt war.

Finn spürte, wie ihn der Sauerstoffmangel wieder an die Wasseroberfläche trieb. Er berührte das Tier ein letztes Mal, dann tauchte er auf.

Es war inzwischen fast dunkel, zwischen den Wolken blitzten Sterne auf. Finn orientierte sich an den Positionsleuchten der Hafeneinfahrt. Obwohl er das Gefühl hatte, geradeaus zu schwimmen, verpasste er seine Startposition um mehr als hundert Meter, und so brauchte er eine Weile, bis er seine Kleider in der Dunkelheit fand.

Zitternd zog er sich an. Als er den Deich hinaufstieg, musste er wieder an Gesa denken. Jörgen hatte ihm erzählt, dass sie neben dem Walauge zusammengesackt war. Sie war nicht allein gewesen, sondern hatte einen Hund bei sich gehabt. Das Tier hatte Gesa bis zuletzt beschützt, es hatte sie sogar gegen die Rettungskräfte verteidigt. Sein Vater musste aus Husum kommen, damit man Gesas Körper bergen konnte. Finn lachte auf, ganz kurz. Ausgerechnet Friedrich Grothe, der ihm als Kind nie erlaubt hatte, einen Hund zu halten.

Fröstelnd schüttelte er sich das Wasser aus den Haaren. Er stand nun auf der Deichkrone und rieb sich die kalten Arme.

Wo sollte er übernachten?

Irgendwie hoffte er, dass er im Pfarrhaus unterkommen konnte.

Sein Blick wanderte durch die Dunkelheit.

Auf dem Koenigshof brannte Licht. Festbeleuchtung. Das Haus strahlte wie ein Leuchtfeuer in der Nacht.

Finn wandte sich ab, doch es war schon zu spät. Mit einem Knall zerriss es den Knoten in seiner Brust. Es hatte ihn Jahre gekostet, ihren Namen zu vergessen, aber nun konnte er nichts anderes mehr denken.

Nein, er war nicht gekommen, um den Wal zu sehen.

Er war gekommen, um Ebba Koenig wiederzusehen.

9
Ebba

Jona hatte nicht nur den Kühlschrank, sondern auch den Gemüsegarten geplündert. Als Ebba von ihrem Spaziergang zum Deich zurückkam, deckte er mit einer Hand den Küchentisch. Es gab geröstete Kartoffeln aus dem Ofen mit Kräuterquark, Spiegeleier mit Schnittlauch und einen Salat aus Rauke, Gurke, Tomaten, Eichblatt und Ringelblumen. Neben den Rosen stand eine Flasche Mineralwasser. Der Gin war verschwunden, obwohl noch eine Spur davon in Jonas Atemluft hing.

Ebba setzte sich und staunte. Sie hatte nicht damit gerechnet, dass Jona sich nützlich machen würde. Auf dem Rückweg vom Deich hatte sie erschrocken festgestellt, dass sie Jona fast anderthalb Stunden allein gelassen hatte. Die letzten Meter war sie gerannt, weil sie plötzlich Angst um ihn hatte. Nun sah sie ihn ungläubig an. »Ich wusste gar nicht, dass du kochen kannst.«

Jona lächelte geschmeichelt und verneigte sich leicht, wie nach einem Auftritt. »Ich kann ja unterwegs schlecht in die Hotelküche marschieren«, murmelte er. »Und von Sushi und Molekularküche und dem ganzen Fusion-Zeug hab ich eh die Nase voll.«

Zuvorkommend füllte er ihren Teller. Er hatte sich einen von Gesas Gummihandschuhen über die verletzte Hand gezogen und trug eine gestreifte Schürze. So wie er durch die Küche tänzelte, sah er reichlich komisch aus, fast wie die Karikatur eines Kochs, aber Ebba fand, dass er einen etwas stabileren Eindruck machte. Der Hund, der auch Kartoffeln und Ei in seinen Napf bekam, verfolgte jede seiner Bewegungen, und irgendwie spürte sie, dass die beiden etwas verband. Sie wirkten so verschworen wie zwei Ganoven, die gerade eine große Sache am Laufen hatten.

»Wie war's da draußen?«, fragte Jona mit einer weiten Geste, die die Welt zu umspannen schien. Er aß mit Appetit, Eigelb tropfte von seiner Gabel.

»Hm …« Ebba kaute länger als nötig. »Der Wal ist riesig. Ein Berg aus Fleisch. Da waren noch jede Menge Leute im Watt, aber die Flut kam, und sie mussten die Bergungsarbeiten wieder abbrechen. Morgen geht's wohl weiter.«

»Du warst ganz schön lange draußen.«

Jona sah sie aufmerksam an, als ob er ihren Gefühlen nachspüren wollte.

Ebba nickte. Der endlose Blick, das Meer. Sie hatte nicht bemerkt, wie die Zeit verstrichen war. »Ich hab nachgedacht«, sagte sie ehrlich und zupfte an der Tischdecke herum.

»Über uns?«

Ebba schwieg, während Jona ihr die Pfeffermühle reichte. Sie würzte ihm das Ei und den Kräuterquark nach und wunderte sich, wie jemand, der auf die faden Energy Balls stand, auf einmal ein derartiges Verlangen nach deftiger Kost an den Tag legen konnte.

»Ebba?«

»Ich habe über dich nachgedacht. Wie es weitergeht. Ich

wollte mit Caroline telefonieren, aber da draußen hatte ich keinen Empfang.«

»Wie willst du ihr dann das Attest schicken?«

Jona hörte auf zu essen, er sah sie an. Es schien ihm nicht egal zu sein, wie die Geschäfte in New York weiterliefen.

»Ich werde nachher noch mal zum Hafen fahren«, antwortete sie und nahm sich noch mehr Salat. »Dort müsste ich Empfang haben. Außerdem gibt es hier im Haus ein Telefon.«

»Ja«, Jona lachte auf. »Mit Wählscheibe. Ein Museumsstück.«

»Du hast dich umgeschaut?«

»Otto und ich haben einen kleinen Rundgang gemacht. Ich habe überlegt, wo wir schlafen.«

»Und?« Ebba horchte dem *Wir* hinterher. Der Gedanke, sich tatsächlich auf Jona einzulassen, war verlockend. Aber er machte ihr auch Angst. Die Nacht in Amsterdam war schön gewesen, sie würde ihr immer in Erinnerung bleiben. Aber sie waren im Bett nicht allein gewesen. Ihre dunklen Begleiter hießen Trauer und Angst.

»Das große Zimmer ganz hinten ist das schönste.«

»Das ist meins.«

»Warum?«

»Weil ich immer dort geschlafen habe.«

»Gewohnheitsrecht also?«

Jona sah sie spöttisch an, und Ebba zuckte mit den Schultern. Weder in Gesas Zimmer noch in dem alten Ehebett ihrer Großeltern könnte sie schlafen.

»Du kannst das Gästezimmer haben«, sagte sie schnell. »Anneke hat alle Betten frisch bezogen.«

Jona nickte, er wandte den Blick von ihr ab.

Schweigend aßen sie weiter, während vor dem geöffneten

Fenster die Stockrosen hin und her wogten. Ebba konnte das lang gezogene Keckern der Austernfischer hören, am Fahnenmast knatterte die Flagge im Wind.

»Was ist das eigentlich für eine Geschichte mit dem Museum?«, fragte Jona, als sie nach dem Essen anfing abzuräumen.

»Da warst du auch?«

Jona nickte und reichte ihr das Besteck.

»Das hier ist ein altes Kapitänshaus«, sagte Ebba. »Jedenfalls der Museumsteil. Früher sind alle Männer aus Emilienkoog zur See gefahren. Die Leute an der Küste haben vom Walfang gelebt.«

»Walfang?«, wiederholte Jona ungläubig. »Ich dachte immer, das waren die Holländer.«

»Ja, auch.« Ebba nickte und stellte das Geschirr in die Spüle. Es gab keinen Geschirrspüler, und sie würde sich wohl erbarmen und die Berge von schmutzigen Tellern und Schüsseln, die Jona produziert hatte, abwaschen müssen. »Die Holländer hatten die Schiffe. Aber die Friesen von den Inseln und Halligen waren für ihre Navigationskünste berühmt, und die holländischen Reeder haben sie als Kommandeure ihrer Schiffe angestellt. Die Vorfahren meines Großvaters waren Eismeerfahrer, und sie waren ganz wohlhabend. Der Walfang war gefährlich, aber er hat sie auch reich gemacht.«

»Deshalb die bemalten Fliesen, all das holländische Zeug …«

Ebba nickte. »Das Bild über dem Ofen zeigt ein Schiff, das ein Ururururgroßvater meines Großvaters befehligte. Es soll vor Schweden gesunken sein.«

»Wann war das?«

»Oh«, Ebba versuchte, sich zu erinnern. »Irgendwas vor 1800? Der Kommandeur hieß Otto. Kommandeur Otto

Koenig. Er hat das Unglück überlebt und später einen riesigen silbernen Leuchter für die Kirche gestiftet.«

»Das heißt, der Hund ist nach einem Havaristen benannt?«

Jona schmunzelte und tätschelte Ottos Kopf.

»Ja, Henri hatte einen etwas eigenwilligen Humor«, gab Ebba zu. Sie lächelte. »Alle seine Hunde hießen Otto – und die meisten taugten nicht. Jedenfalls nicht für die Jagd.«

»Ja, das habe ich auch schon bemerkt.«

»Wie das?«

Ebba lehnte sich gegen die Anrichte und verschränkte die Arme.

Jona grinste. In diesem Moment hatte er nichts mit dem genialen Musiker gemein, den sie kannte. Nein, er sah wie ein zwölfjähriger Junge aus, dessen Leben aus Fußballspielen und Raufereien bestand. Und der in einer Kleinstadt in Essex zur Welt gekommen war, wo die meisten Leute darauf hofften, dass sie es irgendwann in die Hauptstadt schafften.

»Da war ein Kaninchen im Garten«, sagte er nur. »Deshalb der Salat. Otto hat 'ne Menge Grünzeug umgemäht, als er es fangen wollte.«

»Und du hast ihn nicht daran gehindert?«

»Komm schon, Ebba, das ist seine Natur.«

Jona sah sie an, als wollte er ihre Untiefen ausloten.

Ebba zuckte mit den Schultern. »Du bist doch derjenige, der kein Fleisch essen will«, erwiderte sie nur, während sie heißes Wasser in die Spüle laufen ließ.

Jona antwortete nicht. Er setzte sich wieder und sah ihr beim Abwaschen zu, als hätte er für heute genug getan. Ebba schwieg, und im Kopf begann sie, eine ihrer langen To-do-Listen zu erstellen, die Jonas dicht getaktetes Musikerleben erst möglich machten.

Das Attest für Caroline.

Die Pressemeldung.

Verschiedene Termine, die sie verschieben musste.

Die Wiederherstellung ihres Kalenders.

Plötzlich fiel ihr etwas siedend heiß ein, und sie drehte sich zu ihm um.

»Wo ist eigentlich die Francesca abgeblieben?«

Der Geigenkasten sah sie vorwurfsvoll an, als sie ihn aus dem Kofferraum befreite. Sie meinte fast, die Francesca in ihrem Bett aufseufzen zu hören: »Endlich!«

Wohin mit der Schönen?

Jona schien nicht besonders scharf darauf zu sein, die Geige in seiner Nähe zu haben. Ja, es kam ihr vielmehr so vor, als hätte er sie ganz und gar vergessen. Ebba wunderte sich. Normalerweise konnte er sich überhaupt nicht von ihr trennen, und wenn er nicht verletzt wäre, hätte er sie längst zur Hand genommen, um darauf zu spielen. In der Konzertsaison übte er bis zu vier Stunden täglich, denn die Francesca musste gespielt werden, damit sie ihren einzigartigen warmen Klang behielt. Und auch Jona musste geigen, damit sein Spiel so flexibel, geschmeidig und rhythmisch blieb, dass er sich in die Schlacht eines großen Violinkonzertes werfen konnte. Die elektronisch verstärkten Cross-over-Spektakel mit Rock und Pop und Filmmusik verziehen die eine oder andere Nachlässigkeit, aber ein seelenvoller Sonatenabend oder ein Bach-Konzert duldeten keine Schluderei in der Klangdifferenzierung.

Hatte er gegenüber der Francesca ein schlechtes Gewissen, weil er sie nicht in den Arm nehmen konnte? Weil er nicht spielen wollte?

»Willst du sie wirklich nicht bei dir haben?«, fragte sie ihn, als sie zurück in die Küche kam. Sie legte den Geigenkasten auf den Tisch.

Jona zuckte mit den Schultern, er sah über den Kasten hinweg. »Du kannst sie gern zu dir nehmen«, antwortete er gönnerhaft. »Dafür bekommst du auch das schönere Zimmer.«

»Danke«, entgegnete sie verblüfft. »Ich wusste nicht, dass es jetzt eine Strafe ist, auf die Francesca aufzupassen.«

Die Stradivari war mit einer hohen Summe gegen Diebstahl, Unfälle und Vandalismus versichert (genauso, wie Jonas Hände und Arme versichert waren), und niemand würde sie in diesem Haus vermuten, aber trotzdem wäre es ihr lieber, sie irgendwo einschließen zu können. Der Gedanke, sie einfach unters Bett zu schieben oder in den Schrank zu legen, behagte ihr nicht.

Jona schien ihr anzusehen, worüber sie nachdachte. »Vielleicht sollten wir sie doch im Kofferraum lassen«, sagte er leise. »Den kannst du wenigstens abschließen.«

Ebba schüttelte energisch den Kopf. »Ich glaube nicht, dass deine Versicherung damit einverstanden wäre«, erklärte sie.

»Und das Museum? Gibt es da keinen Platz für sie?« Jona stand auf und trat neben sie. »Eine Tür war verschlossen. Und ich konnte den Schlüssel nicht finden.«

»Oh.« Ebba dachte nach. Erinnerungen stiegen in ihr auf, sie sah ihren Großvater vor sich, wie er sich über die Schmuckstücke seiner Sammlung beugte. Da war etwas Schmerzhaftes, eine vage Empfindung, die sich tief in ihr Innerstes eingegraben hatte. Es drängte ans Licht. »Da hat Henri seine ganz besonderen Schätze aufbewahrt«, sagte sie schnell, um dem Schmerz zu entkommen.

»Na also.« Jona legte den Arm um sie, ganz leicht, als wollte er testen, wie weit er gehen könnte. »Was meinst du mit *besondere Schätze*?«

»Dies und das«, antwortete Ebba vage. Sie wollte nicht darüber sprechen, und das Gefühl, das seine Berührung in ihr auslöste, half ihr, dem Kummer etwas entgegenzusetzen. Unterhalb ihres Nabels begann es zu prickeln, zu pulsieren. Das war kein Champagner, nein, eher so, als ob ein Schwarm winziger silbriger Fische zum Leben erwachte. Ebba dachte wieder an die vergangene Nacht. An seinen Zauber. Sie wollte ihn, und gleichzeitig wollte sie ihn nicht.

»Dies und das?«

Jona ließ nicht locker, er schien ihre Zerrissenheit zu spüren. Ebba nickte, dann schaffte sie es, ein Stückchen zur Seite zu rücken. Gerade so viel, dass sie die Wärme, die von ihm ausging, nicht mehr spüren konnte. »Als er das Haus und den Stall umgebaut hatte und die Friesenstuben wieder hergerichtet waren, hat er angefangen, alte Schiffsfiguren zu sammeln und zu restaurieren«, fuhr sie zögernd fort.

»Galionsfiguren?« Darauf sprang Jona sofort an, er zog die Augenbrauen in die Höhe. Wieder sah er wie der flinke halbwüchsige Junge aus Essex aus. »Schöne Frauen mit nackten Brüsten?«

Ebba schüttelte den Kopf. »Henri nannte sie Meeresgöttinnen«, murmelte sie unbehaglich. »Und außerdem weiß ich gar nicht, wo der Schlüssel liegt.«

»Dann suchen wir ihn.« Jona sah sie eine lange Sekunde an, und die Fischchen in ihrem Bauch flitzten hin und her, als wären sie auf der Flucht vor einem hungrigen Hai. »Du hast dir das Haus noch gar nicht angeschaut. Bist du denn gar nicht neugierig, ob sich etwas verändert hat?«

Natürlich war sie neugierig. Auf eine wehmütige Art und Weise, dachte Ebba, als sie zum Hafen fuhr. Aber sie wollte allein sein, wenn sie der Vergangenheit begegnete. *Ihrer* Vergangenheit. Mit Jona im Schlepptau, so fürchtete sie, würden ihre kostbaren Erinnerungen zu harmlosen Anekdoten zusammenschnurren. Also hatte sie die Francesca kurzerhand in die Truhe gelegt, die in der Diele stand. Dort ruhte sie auf einem Stapel alter Tischtücher. Den massiven Schlüssel steckte sie in ihre Handtasche. Als sie zum Wagen gegangen war, hatte Jona sie hinausbegleitet, und sie dachte schon, dass er mitkommen wollte. Aber in letzter Sekunde entschied er sich anders und brach mit Otto zu einem Spaziergang durch die Felder auf.

Es war inzwischen nach neun, und die Sonne verschwand hinter dem Deich. Die Straße lag im Schatten. Ebba fuhr mit geöffnetem Fenster, um das Geschrei der Vögel zu hören, die noch nicht müde waren. Als sie auf den Parkplatz am Hafen rollte, parkte dort nur noch ein Auto. Ein blitzendes Cabriolet mit Münchner Kennzeichen. Es sah aus, als ob es sich verfahren hätte.

Ebba hielt in der Nähe des Imbisswagens und schaltete ihren Laptop ein. Während die Mails hereintrudelten, versuchte sie, Caroline zu erwischen.

»Ebba, endlich!« Caroline klang heiser, ihre Stimme schwappte wie eine kalte Welle über sie hinweg. »Ich versuche dich schon seit Stunden zu erreichen.«

»Ich schicke dir gleich eine Mail mit einem Foto vom Attest«, versuchte Ebba sie zu beruhigen. »Das Original kommt dann per Kurier.«

»Gut.« Caroline hielt sich nicht damit auf, sich nach Jonas Befinden zu erkundigen, sie sprang gleich weiter zum nächsten Punkt. Im Eiltempo handelte sie die Pressemeldung und alle weiteren Terminänderungen ab, die sich aus der Konzertabsage ergaben. Kein Mitgefühl für Jona, sondern *business as usual.* Die Enttäuschung darüber setzte Ebba zu, und nach dem Gespräch brauchte sie einen Moment, um sich zu fassen. Erst dann begann sie die Presseanfragen zu überfliegen, die sich in ihrem Postfach türmten. In New York hatte es sich offenbar bereits herumgesprochen, dass Jona nicht zur Probe mit den Philharmonikern erschienen war. Es gab Spekulationen, dass das Konzert nicht stattfinden würde. Auch im Netz tauschten sich die enttäuschten und besorgten Fans bereits aus. Da wartete eine Menge Arbeit auf sie.

Seufzend wählte sie die Nummer ihrer Mutter, doch in Dubai sprang lediglich die Mailbox an. Ihre Mutter schlief bereits. Ebba hinterließ ihr eine Nachricht, dass sie gut in Emilienkoog angekommen sei, und legte auf.

Dann also wieder Caroline.

Sie schickte ihr ein Foto des Attests, dass Friedrich Grothe in einem altmodischen Englisch ausgestellt hatte, und beantwortete ganz kurz die dringendsten Mails und Presseanfragen.

Ja, Jona bedauere die Konzertabsage sehr.

Nein, er sei nicht ernsthaft erkrankt. Ein grippaler Infekt, der sich mit ein wenig Ruhe auskurieren ließe.

Ja, er freue sich auf das Festival in Sacramento. Und ja, seine Fans konnten auf Jonas Facebook-Seite über das Programm mitabstimmen. Er werde dann die drei am häufigsten genannten Stücke spielen.

Die Arbeit nahm einige Zeit in Anspruch. Als Ebba alles erledigt hatte, fühlte sie sich leer und erschöpft. Nachdenklich sah sie zur Fähre hinüber. Auf dem Achterdeck saßen ein paar Leute in der Abendsonne. War das Jörgen mit seiner

Besatzung? Früher hatte er in der Saison oft auf dem Schiff übernachtet.

Ebba lächelte und klappte den Laptop zu. Sie dachte daran, wie der Kapitän damals auf Teufel komm raus mit den Damen geflirtet hatte. Ihr Großvater hatte ihr augenzwinkernd erzählt, dass es Touristinnen gab, die seinetwegen wohl zehn oder zwanzig Halligfahrten unternommen hatten. Als Kind hatte sie nicht begriffen, was er damit andeuten wollte. Jetzt fragte sie sich, wie Jörgen seine amourösen Abenteuer wohl ausgelebt hatte. Hatte er seine Freundinnen auf der Brücke empfangen, während die *Frisia* mit gerade mal zehn Knoten an den Seehundsbänken vorbei durchs Wattenmeer schipperte? Und dann war da noch der stille Wen mit seinen Frühlingsrollen und Glückskeksen gewesen. Einmal hatte Wen ihr aus der Hand gelesen und ihr blumig eine Zukunft im Rampenlicht prophezeit. All seine Versuche, dem Angebot des Bordbistros etwas mehr kulinarische Raffinesse zu verleihen, waren an Jörgens Sturheit gescheitert. Bestimmt hatte Wen längst das Weite gesucht.

Ebba schüttelte den Kopf. Als sie den Laptop in ihrer Tasche verstaute, fiel ihr der Brief ihrer Großmutter wieder in die Hand. Der Umschlag war quadratisch und aus festem weißen Papier. Er verströmte etwas Feierliches und ließ sie an Hochzeits- oder Taufeinladungen denken. »Für meine Enkelin Ebba Koenig«, stand in Gesas schwungvoller Sonntagsschrift, die sie sonst nur für ihre Rezepte und Kräutermischungen verwendet hatte, auf dem Kuvert.

Gesas letzter Gruß.

Oder hatte sie ihr noch etwas anderes hinterlassen?

Eine Ahnung beschlich Ebba, und sie zögerte kurz. Dann riss sie den Umschlag endlich auf und faltete den Brief auseinander.

10

Finn

Die Nacht war kurz gewesen. Wieder. Als Finn am nächsten Morgen aufwachte, zwängte sich das Sonnenlicht durch die Vorhangritzen in das kleine Zimmer unterm Dach. Müde rollte er sich auf die Seite, doch die Spatzen, die im Reet lärmten, ließen ihn nicht wieder einschlafen. Als er unten Küchengeräusche hörte, zwang er sich aufzustehen. Nach einer schnellen Dusche lief er die Treppe hinab, um mit seiner Tante zu frühstücken.

»Guten Morgen!« Anneke hatte den Tisch im Garten mit Blick auf die Kirche gedeckt. Es gab Rührei, Müsli und selbst gebackenes Brot. Lächelnd ließ sie die Zeitung sinken, dann musterte sie ihn mit einem prüfenden, fast mütterlichen Blick. »Habe ich dich geweckt?«

»Alles gut.« Finn gab ihr einen Kuss auf die Wange und setzte sich neben sie auf die Bank. Der Himmel war hoch, die Kondensstreifen eines Flugzeugs durchschnitten das Blau. Wie ein Pfeil zeigte der lange Schatten des Kirchturms gen Westen. »Jörgen hat mich eingeladen, nachher mit ihm rauszufahren. Außerdem ist das Wetter viel zu schön, um im Bett zu bleiben.«

»Ja«, pflichtete Anneke ihm bei und schenkte Kaffee ein.

Im Gegensatz zu ihm sah man ihr nicht an, dass sie erst weit nach Mitternacht ins Bett gekommen waren. Das Alter hatte sie nicht verändert, ihre hellen amethystfarbenen Augen funkelten unternehmungslustig, und ihre Wangen glänzten im Sonnenlicht. »Endlich. In diesem Jahr dachte ich wirklich, der Winter würde nie enden.«

»Sorry, dass ich dich gestern Abend einfach überfallen habe.«

Finn nahm sich eine Scheibe Schwarzbrot und bestrich sie mit Frischkäse und Marmelade. Er hatte einfach bei seiner Tante angeklopft, und sie hatte ihn ohne zu zögern eingeladen, bei ihr zu übernachten. Seit dem Ende seiner Schulzeit hatten sie sich nur sporadisch gesehen, selbst als vor drei Jahren sein Onkel starb, hatten sie lediglich telefoniert, weil er damals in Kapstadt war. Bei einer Flasche Wein hatten sie die vielen Jahre Revue passieren lassen.

»Ach«, Anneke legte den Kopf leicht schief und sah ihn an, »ich hatte schon so ein Gefühl …«

»Du und deine Gefühle.« Finn schüttelte den Kopf und biss von seinem Brot ab. Es schmeckte immer noch so, wie er es in Erinnerung hatte, mild und kräftig zugleich, als wäre die Seeluft darin eingebacken. Genussvoll kauend wies er auf die Zeitung, wo ein Bild des gestrandeten Pottwals die Titelseite dominierte. »Aber das mit dem Wal hast du nicht zufällig auch kommen sehen?«

»Nein.« Anneke lachte auf. »Den Wal habe ich nicht gespürt. Der hätte mir wohl auch Kopfschmerzen bereitet.«

»Jörgen sagte mir gestern, dass heute ein Bergungstrupp aus Dänemark kommt.«

»Hm.« Anneke nickte und trank einen Schluck Kaffee. »In der Zeitung steht, dass sie den Wal mit Raupenfahrzeugen über die Salzwiesen bis an den Deich heranziehen wollen. Und die beiden anderen Wale werden wohl auch hierher gebracht. Vielleicht kannst du ja helfen?«

»Bei der Obduktion?«

Finn lachte auf. Er stellte sich vor, wie er sich mit einem winzigen Skalpell durch die dicke Walhaut bis zum Herzen vorarbeitete. Litten die Riesen etwa auch an verstopften Gefäßen und Herzrhythmusstörungen? War das die Ursache für ihren Tod? Für einen kurzen Moment hatte er Feldhusens Stimme im Ohr: »*I can see clearly now …*«

»Ja, warum denn nicht? Hier steht jedenfalls, dass man Organproben entnehmen wird. Schließlich ist immer noch nicht klar, was genau das Pottwalsterben in der Nordsee auslöst.«

»Ich bin gestern Abend schon zum Wal runtergetaucht.«

Finn nahm ebenfalls einen Schluck Kaffee, nachdenklich sah er seine Tante über den Rand des Bechers an. Anneke war die ältere Schwester seiner Mutter, sie hatte sich um ihn gekümmert, als seine Mutter gestorben war und sein Vater im Kummer zu ertrinken drohte.

Anneke nickte, sie schien darüber nicht besonders überrascht zu sein. Schließlich hatte er sie damals in seine Jungenfantasien von heldenhaften Polarexpeditionen eingeweiht. »Und?«, fragte sie nur, während das Sonnenlicht die Sommersprossen auf ihrem Nasenrücken betonte.

»Faszinierend. Eine gigantische Masse aus Muskeln und Speck. Aber der Verwesungsprozess hat schon eingesetzt, bei diesen Temperaturen bleibt nicht mehr viel Zeit für die Bergung.«

»Dann stimmt es tatsächlich, dass Wale explodieren können?«

Finn nickte, er hatte viel über Walstrandungen gelesen.

»Der Bursche ist eine tickende Zeitbombe. Irgendwann wird er platzen.«

»Du lieber Gott.« Anneke rümpfte die Nase. Sie sah so aus, als könnte sie sich dieses Szenario lebhaft vorstellen. »Was machen wir dann mit all den Schaulustigen? Gestern war hier, bitte verzeih mir diesen Ausdruck, die Hölle los.«

»Na, ich denke, die Leute vom Bergungstrupp werden rund um den Wal großräumig absperren. Die machen das ja nicht zum ersten Mal. Außerdem müsste man ein paar Entlastungsschnitte setzen, damit die Fäulnisgase entweichen können.«

»Dann drängeln sich die Leute nachher alle auf dem Deich beim Koenigshof. Arme Ebba …«

»Ebba ist hier?«

Mit einem Ruck stellte Finn den Kaffeebecher ab. Sein Herz stolperte kurz, dann begann es heftig zu schlagen. Auf dem Kurvenverlauf eines EKGs würde es jetzt so aussehen, als hüpfte es auf einem Trampolin auf und ab. *Salto mortale.*

Seine Tante nickte. »Sie ist gestern gekommen. Mit ihrem Freund. Ihre Großmutter ist gestorben.«

»Ja, das hat mir Jörgen schon erzählt.«

Finn schluckte, er sah den Koenigshof vor sich, so wie er gestern Abend hell erleuchtet im dunklen, feuchten Grund der Vogelwiesen gelegen hatte.

»Die Beerdigung ist nächste Woche, am Dienstag.« Anneke schaute kurz zur Kirche hinüber. Die Backsteinfassade glühte in der Morgensonne, und auf dem Vorplatz nahmen die Spatzen ein Bad im warmen Sand. »Ich spiele Orgel, vielleicht kommst du auch?«

Finn antwortete nicht, er starrte auf seinen Teller. Eine Biene naschte von seinem Marmeladenbrot, und er betrachtete die winzigen Verästelungen in ihren hauchdünnen Flügeln.

Ebba.

Von irgendwo her tauchten die Bilder ihrer ersten Begegnung in seiner Erinnerung auf. Sie hatten sich an Bord der *Frisia* kennengelernt, ein Jahr nach dem Tod seiner Mutter. Beide hatten sie nebeneinander an der Reling gestanden und in das schäumende Fahrwasser hinabgeblickt. Und dann, in einer synchronen und jeweils aus dem Augenwinkel wahrgenommenen Bewegung, hatte jeder von ihnen eine Flaschenpost ins Meer geworfen. Im nächsten Moment hatten sie aufgeschaut und einander angesehen, ein zaghaftes, verblüfftes Lächeln auf den Lippen, so als ob sie sich erkannten. Danach war nichts mehr so, wie es vorher gewesen war. Als sie am späten Nachmittag wieder von Bord gegangen waren, wussten sie alles voneinander. Jedenfalls hatten sie das Gefühl, alles voneinander zu wissen. Ihre Vorlieben, ihre Ängste, ihre Träume. Den Schmerz über die abwesenden Eltern. Sie hatten diesen Sommer und die vier folgenden Sommer miteinander verbracht. Für ein paar Jahre waren sie unzertrennlich gewesen. Zwei Verschworene. Damals war Ebba acht Jahre alt gewesen und er zehn.

Finn schüttelte den Kopf, und die Biene flog auf. »Ich glaube nicht, dass sie mich sehen will«, sagte er schließlich.

»Unsinn.« Energisch faltete Anneke die Zeitung zusammen. »Ich habe sie gestern auf dem Koenigshof in Empfang genommen und mit ihr gesprochen. Sie ist noch genauso …«

Sie verstummte kurz, als würde sie etwas hören, einen Ton, den er nicht wahrnehmen konnte. Dann sah sie auf die Uhr.

»Anneke?«

»Da ist er ja.« Seine Tante wies auf einen schwarzen Kater, der an den Spatzen vorbei über den Hof flanierte. »Er kommt immer morgens, kurz nach halb neun, und verschwindet in der Kirche. So wie dein Onkel früher.« Sie lachte wieder auf, heiter und melancholisch zugleich. »Er läuft einfach auf die Empore und wartet dort auf mich. Wenn ich ein bisschen Bach für ihn gespielt habe, verschwindet er wieder. Niemand weiß, woher er kommt.«

»Du spielst Orgel für einen streunenden Kater?«

Finn spürte, wie sich ein Lächeln über sein Gesicht zog. Seine Tante war schon immer besonders gewesen, so als ob sie über die Grenzen der wahrnehmbaren Welt hinausblicken könnte. »Das kommt davon, dass ich neben dem Friedhof wohne«, hatte sie einmal behauptet. »Da schwirren so viele Geschichten durch meinen Garten. Man muss sich nur ein bisschen Zeit nehmen und zuhören.« Aber seine Mutter hatte ihm früher erzählt, dass Anneke schon als Kind an den Rändern der Zeit entlangbalanciert war. »Sie hat die Stürme hinter dem Horizont aufziehen sehen, schon eine Woche, bevor der Wetterdienst warnte. Und sie wusste immer, wenn sich da draußen jemand im Watt verlaufen hatte. Dann hat sie unseren Vater mit der Kutsche rausgeschickt.«

Die beiden Mädchen waren auf Südfall groß geworden, zwischen Tausenden von Küstenseeschwalben, Sandregenpfeifern, Lachmöwen und Austernfischern. In der Nähe der Hallig sollte im Mittelalter die Hafenstadt Rungholt gelegen haben – so jedenfalls wollte es die Legende. Ein weiterer sagenumwobener Friedhof also. Und tatsächlich hatten die beiden Mädchen immer wieder Scherben und Knochen im Watt gefunden. Als hätte dieser mythische Ort wirklich einmal existiert.

»Ja, warum denn nicht?« Seine Tante schaute ihn an, und für einen Moment sah es so aus, als würde ihr die Morgensonne einen Kranz aus purpurfarbenem Licht ins Haar setzen.

»Bei den Beerdigungen spiele ich doch auch nicht nur für die Angehörigen. Ich spiele auch für die Toten.«

»Ja, das stimmt.«

Finn blickte wieder zur Kirche hinüber. Nur bei der Beerdigung seiner Mutter hatte sie nicht gespielt. Denn da hatte er im Halbdunkel auf ihrem Schoß gesessen und seinem Onkel dabei zugesehen, wie er sich bemühte, seinem Vater Trost zu spenden. Doch Friedrich Grothe konnte nichts trösten – schon gar nicht die wohlmeinende Predigt seines Schwagers. Zerrieben von seinem Schmerz und den Selbstvorwürfen, die Krankheit seiner Frau nicht rechtzeitig erkannt zu haben, war er in einen Abgrund gestürzt, aus dem er sich nie wieder ganz befreit hatte. Damals hatte er nicht nur seine Frau verloren, sondern auch …

»Finn?« Anneke strich ihm über die Wange, als ob sie ihn davon abhalten wollte, noch weiter in das düstere Tal seiner Erinnerungen hinabzusteigen. »Bleib ruhig noch sitzen. Ich schau mal nach dem Kater, ja?«

Finn hatte mit Jörgen vereinbart, ihn auf die Elf-Uhr-Tour zu den Halligen zu begleiten. Nachdem Anneke, als er den Frühstückstisch abgeräumt hatte, noch nicht wieder zurück war, ging er zur Kirche hinüber. Seine Tante spielte noch, und er wollte sie nicht stören. Finn zögerte einen Moment, dann setzte er sich auf die weiße Friesenbank, die am Eingang des kleinen Friedhofs stand. Leise, fast wie Vogelzwitschern, hörte er die Orgel singen.

Das Grab seiner Mutter befand sich etwa in der Mitte des Gräberfeldes. Die beiden Schwestern hatten täglich miteinander gesprochen, und seine Mutter hatte sich gewünscht, auch nach ihrem Tod in Annekes Nähe zu sein. Er sah, dass Rosen und Hortensien zwischen den niedrigen Buchsbaumhecken wuchsen. Plötzlich erinnerte er sich, dass er mit Ebba einmal Erdbeerpflanzen aus Gesas Garten auf das Grab gesetzt hatte. Hatten die Pflanzen die Jahre überdauert?

Finn drehte das Gesicht zur Sonne und schloss ganz kurz die Augen, dann stand er auf und betrat den Friedhof. Das Tor flankierten die verwitterten Kieferknochen eines Pottwals, die die Eismeerfahrer vor mehr als hundert Jahren nach Emilienkoog mitgebracht hatten. Durch den Mittelgang ging er an den alten Grabplatten für die Walfänger und die an Land gespülten Namenlosen vorbei zum Grab seiner Mutter.

Dort hatte sich nichts verändert. Der Stein und darauf die Inschrift, die den unbegreiflichen Schmerz seiner Kindheit in Worte fasste: »Der Strand ist leer. Das Meer ist still. Der Wind hat sich gelegt.« Ein wenig Moos wuchs auf dem unbehauenen Stein, die Rosen blühten in zarten Pastelltönen, die Hortensien waren blau wie der Himmel. Und dazwischen, tatsächlich, ein paar kräftige Erdbeerpflanzen.

Finn spürte, wie die Traurigkeit durch seinen Körper rollte. Er ging in die Knie, pflückte sich eine der sonnenwarmen Beeren und roch daran.

»Hey …« Ein Schatten fiel auf ihn, Anneke hatte ihr kleines Konzert beendet. Mit einem Grashalm kitzelte sie ihn am Ohr. »Die reichen jeden Sommer gerade mal für ein Glas Marmelade, und das bekommt Friedrich.«

»Wirklich?«

Finn richtete sich auf, vor der Kirche erblickte er wieder den schwarzen Kater, der noch einmal zu ihnen herübersah und dann in Richtung der Felder lief.

Anneke nickte und betrachtete die Erdbeeren prüfend. »Die sind über Nacht reif geworden. Willst du sie pflücken, bevor die Vögel sie holen? Dann kann ich sie nachher einkochen. Und morgen bringst du das Glas nach Husum. Dein Vater wird sich freuen, dich zu sehen.«

Schon auf dem Weg zum Hafen fielen Finn die vielen Autos auf, die am Straßenrand parkten. Auch der Parkplatz am Anleger war voll, und es kamen noch mehr Schaulustige. Der Imbissbetreiber hatte aufgerüstet, ein zweiter Wagen stand neben dem ersten. Und soeben öffnete eine mobile Kaffeebar mit Latte macchiato und Gebäck, die zum Hafen passte wie eine Fischbrötchenbude nach Mailand oder Rom. Finn stellte das Fahrrad seiner Tante hinter dem Hafenschuppen ab und drängelte sich durch die Wartenden vor bis zur *Frisia*.

An der Gangway stand Wen und kontrollierte die Fahrkarten. Er trug ein blaues Fußballtrikot, offenbar war er immer noch ein treuer Fan des HSV. Als der Smutje Finn bemerkte, begrüßte er ihn mit Handschlag und winkte ihn durch.

Jörgen wartete auf der Brücke, er hatte bereits die erste Morgentour zu den Halligen hinter sich gebracht.

»Moin«, sagte er und reichte Finn das Fernglas, das auf dem kleinen Kartentisch neben einem Aschenbecher stand. Mit dem Arm wies er durch die breite Fensterfront in Richtung Südwest. »Da ist er wieder«, sagte er düster, als hätte er im Stillen gehofft, dass die Flut den Wal mit sich hinaus in den Atlantik ziehen würde.

»Der Wal?«

Finn justierte die Brennweite und schaute durch das Glas. Das Wasser lief ab, und er sah, wie der Kadaver langsam auftauchte. Wie ein eiszeitlicher Grabhügel ragte er aus dem Watt.

»Der Bursche ist wohl über die Süderaue aus der Nordsee

reingekommen. Weiß der Himmel, was die Tiere vom Kurs abbringt«, brummte Jörgen.

Die Süderaue war ein Priel, der nordwestlich von Pellworm durch das Wattenmeer verlief. Die Wasserrinne war auch bei Niedrigwasser für Schiffe befahrbar. Offenbar hatte der Wal sich darin verirrt und war dann auf dem flachen Grund gestrandet.

Finn nickte und reichte Jörgen das Fernglas zurück. »Und nu?«

Jörgen zuckte mit den Schultern. »Dummerweise sind heute Nacht auch noch fünf Wale vor Rømø gestrandet. Das ist die größte Pottwalstrandung seit Jahrzehnten. Der Bergungstrupp ist erst einmal dorthin beordert worden.«

»Dann muss doch wieder die Küstenwache ran?«

Jörgen nickte, er sah mitgenommen aus, fast traurig. Als Kapitän der *Frisia* hatte er schon einiges erlebt: todbringende Winterstürme, gekenterte Segler, ertrunkene Wattwanderer. Aber nun wirkte es tatsächlich so, als wäre ihm das Schicksal der gestrandeten Wale auf den Magen geschlagen. Und auch Finn spürte, dass ihn so etwas wie Mitleid überkam. Während Jörgen mit dem Maschinenraum sprach und die Schiffsmotoren starten ließ, dachte er darüber nach, wie sehr sich das Verhältnis der Menschen zu den Walen verändert hatte. Wie kaum ein anderes Tier riefen sie Faszination und Zuneigung hervor. Früher hingegen hatte man die Tiere ganz selbstverständlich als Rohstofflieferanten betrachtet und fast bis zur Ausrottung gejagt. Walrat für Farbe und Seife, Tran als Lampenöl und Schmierstoff und Walfischbein für Damenkorsetts. Auch die Leute von Emilienkoog hatten über lange Zeit vom Walfang gelebt, denn die Eismeerfahrten ließen sich gut mit der Landwirtschaft und der Wattfischerei verbinden.

Wenn die Männer im Sommer nach Grönland aufgebrochen waren, hatten die Frauen das Regiment auf den Höfen und Fischkuttern übernommen. Jörgens Vater war noch auf Walfang gewesen, genau wie Ebbas Großvater Henri.

»Na, meine Passagiere werden sich jedenfalls freuen«, sagte Jörgen, als sie abgelegt hatten und er die *Frisia* aus dem Hafen hinausmanövrierte. Er stand breitbeinig am Ruder, die Knie leicht gebeugt, sein Kinn zeigte zum Horizont. Das Dröhnen der Dieselmotoren ließ das Schiff vibrieren. In einer lang gezogenen Linkskurve ging es auf die Süderaue hinaus in Richtung Hallig Hooge. »Das ist doch mal ein Spektakel.«

»Ich kann schon verstehen, was die Leute herzieht. So was sieht man ja nicht alle Tage«, erwiderte Finn. »Ich bin gestern auch noch zum Wal rausgeschwommen.«

Jörgen lachte auf. »Das sieht dir ähnlich. Du wolltest ja schon als Junge zu den Walen ins Eis.«

»Hab ich dich auch damit vollgequatscht?«

Jörgen winkte lächelnd ab. »Wir waren doch froh, dass du überhaupt wieder gesprochen hast. Wir haben uns doch alle Sorgen um dich gemacht. Du warst so traurig, 'ne Zeit lang dachte ich, der Lütte geht uns vor die Hunde.«

»Ja, das war wohl so.« Finn räusperte sich, ganz kurz hatte er den Geschmack der Friedhofserdbeere auf der Zunge – ihre bittere Süße. Nach dem Tod seiner Mutter hatte sich nicht nur Anneke mit all ihrer Liebe und Herzlichkeit um ihn gekümmert, nein, das ganze Dorf hatte ihn adoptiert. Und dann war Ebba in seinem Leben aufgetaucht wie eine Insel des Glücks. Ein Mädchen wie ein federleichter Sommertag. Blond, witzig, schnell und unerschrocken. Sie hatte ihm einfach keine Zeit zum Grübeln gelassen. Plötzlich hatte er sich wieder lebendig gefühlt, er hatte sogar wieder lachen können.

Finn beschirmte die Augen und sah über den stillen Spiegel der zurückweichenden See. Er liebte diesen Anblick, der etwas berührte, was ganz tief in seinem Inneren saß. Etwas Ursprüngliches, seine Seele. In wenigen Minuten würden sie die Stelle erreichen, wo der Pottwal gestrandet war. Über den Bordfunk machte Jörgen eine Ansage, dass sie das Tier in Fahrtrichtung links passierten. Eine Bewegung erfasste das Schiff, knapp dreihundert Passagiere stürzten an die Reling. Die *Frisia* stöhnte auf und neigte sich leicht zur Seite. Jörgen verdrehte die Augen. »Jetzt rennen die alle nach backbord. Das ist ja noch schlimmer als bei den Robben.«

»Die wollen den Wal sehen. Deshalb sind sie ja an Bord. Freu dich doch, dass der Kahn mal wieder voll ist.«

»Tu ich ja auch.«

Jörgen nickte gedankenverloren, er sah zur Tür.

»Soll ich uns mal einen Kaffee holen?«, fragte Finn.

»Ich trink inzwischen grünen Tee, ist besser für den Magen. Wen hat mich bekehrt.«

»Aber das mit dem Rauchen kannst du nicht sein lassen, was?«

Finn deutete auf den halb vollen Aschenbecher. Auf der Brücke sah es wie in einem Wohnzimmer aus. Neben nautischen Instrumenten hing reichlich Nippes an den Wänden, ein Ohrensessel mit Wolldecke stand in der Ecke, und am Ruder lag ein abgetretener Orientteppich. Eigentlich fehlten nur noch ein Paar Puschen.

»Ach«, Jörgen winkte ab. »Das ist auch schon viel weniger geworden. Ich rauch nicht mal mehr 'ne halbe Schachtel pro Tag. Dein Vater meint, ich bin ganz gut in Schuss. Kannst ja auch mal horchen.«

»Nee, lass mal«, grinste Finn. »Also, einmal grüner Tee,

einmal Kaffee. Ich bin gleich wieder da.« Er wandte sich zur Tür.

»Warte mal, Jung!«, rief Jörgen hinter ihm her, und gehorsam drehte er sich wieder um. »Willst du nicht mal ans Ruder?«

»Meinst du?«

Unwillkürlich sah Finn auf seine Hände. Das letzte Boot, das er gesteuert hatte, war ein Paddelboot in den Isarauen gewesen. Er hatte eine Flasche Champagner an Bord gehabt. Und Julia.

»Und ob ich das meine. Wenn du Herzen reparieren kannst, dann kannst du auch ein Schiff auf Kurs halten. Das verlernt man doch nicht.«

»Aber …«

»Keine Widerrede, Jung.«

»Aye, aye, Kapitän.«

Finn trat zu ihm und legte die Hände ans Ruder. Wuchtig und schwer lag das hölzerne Rad in seinen Händen. Er versuchte, sich daran zu erinnern, was er damals von Jörgen gelernt hatte. Wie fühlte sich das Wasser unter dem Kiel des Schiffes an? Woher kam der Wind? Blinzelnd fokussierte er die Horizontlinie. Obwohl er sich noch nicht besonders sicher fühlte, blieb die *Frisia* unbeeindruckt auf ihrem Kurs. Das Schiff war seit mehr als vierzig Jahren im Wattenmeer unterwegs, wie ein alter Gaul schien es seinen Weg von ganz allein zu finden.

Schweigend beobachtete Jörgen ihn ein paar Minuten von der Seite.

»Schade, dass du weggegangen bist«, sagte er schließlich. »Ich hätte dir noch viel beibringen können.«

»Du hast mir doch alles beigebracht«, erwiderte Finn. Das

Gefühl für das Schiff stellte sich allmählich ein, und auf einmal machte es ihm Spaß, am Ruder zu stehen.

»Was hab ich dir denn beigebracht? Du hast dir doch alles abgeguckt, plietsch wie du warst. Auch das mit den Damen.«

»Da gab's ja auch ordentlich was zu gucken!« Finn lachte. »Bist du immer noch aktiv?«

»Nee, jetzt bin ich treu.«

»Und das ist kein Seemannsgarn?«

»Das kannst du mir ruhig glauben, Jung.«

Jörgen sah ihn mit einem treuherzigen Augenaufschlag an, und in seinem Blick lag tatsächlich eine rührende Offenheit. Für einen Augenblick musste Finn wieder an Julia denken. War sie ihm noch böse? Oder hatte sie seinen Namen längst aus dem Speicher ihres Telefons gelöscht?

»Kenne ich sie?«, fragte er dann.

»Ja, das kann man wohl so sagen«, erwiderte Jörgen mit einem breiten Lächeln.

»Bist du jetzt etwa bei meiner Tante gelandet?«

Finn sah ihn neugierig an. Er dachte, dass Anneke und Jörgen ein gutes Paar abgeben würden. Ja, früher hatte er sich sogar manches Mal gewünscht, die beiden wären seine Eltern.

Jörgen lachte auf, er hörte gar nicht mehr auf zu lachen. Verdutzt schaute Finn ihn an.

»Immer schön auf Kurs bleiben«, murmelte Jörgen, als er wieder Luft bekam. Er wandte sich zum Gehen. »Ich bin gleich wieder da.«

11

Ebba

War das ein Traum? Ebba hatte das Gefühl, auf einem Schiff zu sein. Das Schiff fuhr durch stürmische See, es hob und senkte sich, krachend schlugen die Wellen gegen den Bug. Windstärke zehn, mindestens, doch sie verspürte keine Angst. Da war etwas, das sie mit Zuversicht erfüllte, und so lag sie in ihrer Koje auf der schmalen Pritsche und überließ sich den Bewegungen des Schiffs. Auf und ab, auf und ab.

Mal war sie wach, dann schlief sie wieder ein, während das Licht, das von draußen hereinfiel, sich veränderte. Aus der dunklen Nacht entsprang fahles Morgenlicht, schließlich besänftigte die Sonne die aufgewühlte See. Irgendwann legte sich der Sturm.

Als Ebba aufwachte, war es heller Tag. Sie hatte mehr als zehn Stunden geschlafen. Irritiert schaute sie sich in dem lichtdurchfluteten Zimmer um, bis ihr wieder einfiel, wo sie war.

Emilienkoog, das Haus ihrer Großeltern. Sie hatte in ihrem alten Zimmer geschlafen, wo jedoch nichts mehr an das Mädchen von früher erinnerte. Die Puzzles und Teddybären waren fort, ebenso die Schatzkiste mit den Muscheln und Versteinerungen, die sie im Watt gefunden hatte, und die selbst gemalten Bilder. Sogar das Bett war ein anderes, nur die kleine

Lampe auf dem Nachttisch war die alte. Ihr sanftes Licht hatte sie in den Schlaf begleitet.

Benommen richtete Ebba sich auf. Im Haus war es sehr still, nur vor dem Fenster zankten sich ein paar Austernfischer. Einen Moment lang lauschte sie dem aufgeregten Gezeter, dann fiel ihr der Brief ihrer Großmutter wieder ein. Als sie zu Bett gegangen war, hatte sie ihn unter ihr Kopfkissen geschoben. Seufzend zog sie ihn hervor und überflog noch einmal die wenigen Zeilen.

Gesas Worte hatten alles noch komplizierter gemacht. »Wie schön, dass Du zurückgekommen bist«, hatte sie geschrieben. »Henri hätte gewollt, dass ich Dir den Hof hinterlasse. Möge das Glück wieder auf dem Koenigshof einziehen. Ich wünsche es Dir – von Herzen.«

Der Koenigshof – sein Schicksal lag nun in ihren Händen.

Ebba stöhnte auf, wie Eiswasser stürzten die mit dem Erbe verbundenen Verpflichtungen auf sie ein, und die schläfrige Benommenheit wich einem Zustand schmerzhafter Klarheit.

Gestern Abend noch hatte sie für einen kurzen, unvernünftigen Moment darüber nachgedacht, wie es wäre, das Erbe anzutreten. Könnte sie auf dem Koenigshof leben – zumindest im Sommer, wenn Jona pausierte?

Das Haus, der Garten, das Meer.

Und Henris Schätze.

All das, was sie in ihrer Kindheit so geliebt hatte.

Aber schon auf dem Rückweg vom Hafen zum Hof war ihr dieses Gedankenspiel wie ein lächerlicher Traum erschienen. Eine verklärte Erinnerung an eine Zeit, die längst vorbei war. Ebba konnte ihr Leben an Jonas Seite unmöglich aufgeben, er brauchte sie mehr denn je. Und sie … Da waren Luftblasen in ihren Gedanken.

Ebba faltete den Brief zusammen und legte ihn wieder unter das Kissen. Nachdenklich schob sie die Bettdecke zurück, dann stand sie schwerfällig auf. Ihr war schwindelig, die Schläfen pochten, und da lag ein bitterer Geschmack auf ihrer Zunge. Die Nachwehen des Weins. Als sie am Abend vom Hafen zurückgekommen war, hatte der Koenigshof in der Dunkelheit geleuchtet wie ein Kreuzfahrtschiff. In jedem Zimmer brannte Licht. Jona hatte mit Otto in der Küche gesessen und auf sie gewartet.

»Trinkst du noch ein Glas Wein mit mir?«

»Was hast du denn gefunden?«

Ebba hatte an den Gin gedacht, den er am Nachmittag getrunken hatte, aber dann doch genickt und sich zu ihm gesetzt. Gesas Brief wühlte sie auf, und sie konnte einen Schluck vertragen.

»Rotwein.« Unter dem Tisch hatte Jona zwei Flaschen hervorgezogen, die er dort versteckt hatte. »Mit einer Hand krieg ich die allerdings nicht auf.«

Ebba seufzte und rieb sich die Schläfen. Der Wein war gut gewesen, ein Rotspon aus Lübeck, mehr als dreißig Jahre alt und wohl noch aus Henris Beständen. Etwas für ganz besondere Anlässe. Sie hatte Jona nichts von Gesas Brief erzählt, aber sie hatte darauf getrunken. Im Stillen hatte sie sich bei ihrer Großmutter entschuldigt, weil sie dieses große Geschenk nicht annehmen konnte.

Natürlich war es nicht bei einem Glas geblieben.

Wie viel hatten sie beide getrunken?

Und wo war Jona?

Wieder horchte Ebba in die beklemmende Stille hinein, dann klopfte sie an seine Zimmertür.

Keine Antwort.

»Jona?«

Sie pochte etwas lauter gegen das Holz.

»Bist du wach?«

Wieder nichts. Vorsichtig drückte Ebba die Klinke herunter. Das Bett war leer. Es sah so aus, als hätte er überhaupt nicht darin geschlafen. Wie Wesen aus einer anderen Welt standen seine beiden riesigen Tourneekoffer vor dem Bett und blickten sie ausdruckslos an. Ebba streckte ihnen die Zunge heraus und schloss die Tür.

War er etwa in der Nacht in das größere Schlafzimmer ihrer Großmutter umgezogen? Oder hatte ihn sein Dämon aus dem Haus getrieben?

War er fort?

Ebbas Herz begann zu pochen. Sie lief weiter und öffnete die Tür zu Gesas Zimmer. Das Bett war unbenutzt, ein Kleid lag über einem Stuhl, ein aufgeschlagenes Buch auf dem Nachttisch. Da stand auch ein Bild: Henri mit dem zehnjährigen Mädchen, das sie einmal gewesen war. Lauter herzzerreißende Kleinigkeiten, es sah fast so aus, als würde ihre Großmutter jeden Moment zurückkehren.

Ebba schloss die Tür. Das Pochen hinter ihren Schläfen verstärkte sich, hätte sie bloß nicht so viel Wein getrunken.

»Jona?«

Sie schaute ins Bad, dann lief sie in die Küche. Auf dem Küchentisch sah sie die benutzten Gläser. Eine leere Weinflasche stand auf der Anrichte, die zweite fehlte. Ihr Blick fiel auf die Hundeschüssel. Wo war der Hund?

»Otto?«

»Jona?«

In der Diele hörte sie etwas. Kratzgeräusche. Hatte Jona den Hund etwa im Museumstrakt eingeschlossen?

Vorsichtig öffnete sie die Tür zu den Friesenstuben.

»Da bist du ja!«

Otto sah sie erleichtert an, dann sauste er zur Haustür und winselte.

»Du musst mal raus, was?«

Ebba ließ den Hund in den Garten. Einen Moment blieb sie auf der Türschwelle stehen. Die Luft, die ihr um die Beine strich, war warm. Blütenduft strömte auf sie ein, und durch die verschiedenen Etagen der Stockrosen summten Bienen und Hummeln.

Die Seeluft beruhigte sie. Ebba atmete ein, ganz tief, bis in den hintersten Winkel ihres Körpers, und das Pochen in den Schläfen ließ ein wenig nach. Wie eine gigantische blaue Kuppel spannte sich der Himmel über die Eiche. In einiger Entfernung sah sie Menschen auf dem Deich stehen. Viele Menschen.

»Whalewatching«, hatte sie Jonas Stimme im Ohr.

Verdammt, wo hatte er sich nur verkrochen?

Ebba seufzte. Als sie wieder ins Haus trat, bemerkte sie die Kerben im Türrahmen. Die letzte reichte ihr bis zur Nasenspitze.

Wie oft hatte Gesa davor gestanden und an sie gedacht?

Mit den Fingerspitzen strich sie über das Holz, und plötzlich blitzte der Gedanke an ein Kind in ihr auf. Eine Tochter. Rotblondes Haar, Sommersprossen, eine zarte, empfindliche Haut, die vor der Sonne geschützt werden musste. Ganz kurz, wie eine Vision. Sie schüttelte den Kopf und spürte doch ein leises Ziehen unter ihren Rippenbögen. Irritiert schloss sie die Tür.

Jona schlief tatsächlich noch, Ebba fand ihn im Prunkzimmer mit den blau bemalten Fliesen. Er hatte es sich mit angezogenen Beinen im Alkoven gemütlich gemacht. Das Zimmer war nicht wiederzuerkennen, überall lagen seine Klamotten herum, ein Stuhl war umgefallen, und von der Lampe baumelten die Kopfhörer. Neben dem Bett lag die zweite Weinflasche. Und der Gin. Die beiden Flaschen waren ebenfalls leer.

Etwas in ihr schrie auf. Am liebsten hätte sie ihm einen Eimer Wasser über den Kopf geschüttet, aber dann hielt sie doch inne, schob den Vorhang zur Seite und musterte ihn. Seine bandagierte Hand lag auf der Brust, die bunte Decke war heruntergerutscht, und in seinem zerknautschten T-Shirt und den weiten Boxershorts sah er wie ein Welpe aus. Was würden seine Fans dafür geben, ihn nur einmal so zu sehen, fuhr es ihr durch den Kopf. Ebba hätte ihn jetzt gerne gezeichnet und dieses Bild rührender Verletzlichkeit festgehalten. Ein Lächeln schlich sich in ihr Gesicht und kräuselte die Lippen, wie ein Soufflé fiel ihre Wut in sich zusammen.

Vorsichtig setzte sie sich auf die Bettkante und berührte seine Schulter.

»Jona ...«

Er antwortete ihr nicht. Stattdessen schlang er die Arme um sie und zog sie blitzschnell zu sich in den Alkoven.

»Hey, pass auf, deine Hand!«

Ebba wagte nicht, sich gegen die Attacke zu wehren, sie hatte Angst, ihm wehzutun. Und je länger sie seine Wärme in ihrem Rücken spürte, desto nachgiebiger wurde sie. Jona begann zu summen – Vivaldi, *Der Sommer* aus den *Vier Jahreszeiten*. Hitze, Spannung, Vogelstimmen. Er schmiegte sich an sie, und sie konnte seine Lust spüren.

»Jona«, murmelte sie noch einmal, aber dann sprang sein Verlangen schon wie ein Funke auf sie über, und nach wenigen Augenblicken schmolz ihr Widerstand zu einem kleinen, lächerlichen Klumpen zusammen. Eine heiße Flüssigkeit füllte sie aus. Auf einmal schien sie nur noch aus geschmolzenem Sonnengold zu bestehen. Winzige Schweißperlen benetzten ihre Haut.

»Ich will dich«, murmelte Jona an ihrem Ohr, und sie spürte seine Hand auf ihrem Bauch. Die silbrigen Fischchen waren wieder da, sie flitzten in dem See aus geschmolzenem Gold herum und verstärkten ihr Verlangen. Alle Zurückhaltung fiel von ihr ab, und sie dachte nicht mehr über Gesas Brief und das Erbe nach. Vor dem Fenster verrenkten sich die Stockrosen die Köpfchen, aber die Stoffbahnen des Alkovens umfingen sie wie ein schützender Kokon. Sie dämmten das Licht zu einem wohligen Halbdunkel, als ob sich am Horizont Wolken vor die Sonne schoben.

Jona summte wieder, er steigerte sich in das Presto des dritten Satzes hinein, der in einem Gewittersturm endete.

Ebbas Verstand sank unter ihr Herz, und sie schmiegte sich an ihn. Als er ihren Nacken küsste und eine Hand in ihren Slip schob, schloss sie die Augen. Sie dachte an ihren Traum. Ja, da zog ein Sturm auf über dem Meer. Und wie ein Vogel auf der Jagd tauchte sie hinein in die aufgepeitschte See. Immer tiefer, bis hinab zum brodelnden Grund.

Der Sex war noch besser als in ihrer ersten Nacht, aufregend und beglückend zugleich. Wieder liebte Jona sie mit jener Hingabe, mit der er auch spielte, und auch jetzt kam es ihr so vor, als ob er nach ihrer Melodie suchte. Schauer liefen ihr über den Rücken, so wie sie es bisweilen in seinen Konzerten erlebte, wenn Klang und Raum und Zeit zu einem sphärischen Erlebnis verschmolzen und er aus dem Stand ein musikalisches Wunder vollbrachte.

»Guten Morgen«, murmelte er, als sie danach in seinen Armen lag und ihren Atem suchte.

»Guten Morgen?« Ebba lachte leise. »Ich glaube, es ist schon ein bisschen später«, spottete sie und gab ihm einen Kuss auf die Wange. »Was machst du hier, Vivaldi?«

»Ich konnte nicht einschlafen und bin noch ein bisschen durchs Haus gewandert. Irgendetwas zieht mich hierher.«

»Das war wohl der Alkohol.« Ebba zog ihr T-Shirt nach unten und setzte sich auf, sie suchte ihr Höschen. »Das muss aufhören«, sagte sie leise. »Bitte.«

Jona ging nicht darauf ein. »Ich hatte ein paar wirklich merkwürdige Träume«, erwiderte er und versuchte, sie wieder in seine Arme zu ziehen. Er sah gut aus, ausgeschlafen, heiter, entspannt.

»Das sind die Geister.«

»Welche Geister?«

»Du weißt schon, die Geister der Vergangenheit. All die Menschen, die hier lebten und die in diesem Haus gestorben sind. Da hängt eine Menge Energie zwischen diesen Wänden. In diesem Bett hat zum Beispiel einmal der dänische König übernachtet. Jedenfalls hat mir das mein Großvater erzählt.«

»Dann bin ich also in ein Stück von Shakespeare geraten? *Hamlet* oder so?« Jona sah sie so an, als ob er ihr keinen Glauben schenkte.

»Ich glaube, er hieß Friedrich. König Friedrich VI. von Dänemark. Er übernachtete in diesem Haus in der guten Stube, als er nach einer Sturmflut die Schäden an der Küste inspizierte, die das Hochwasser angerichtet hatte. Damals war das hier noch alles dänisch.«

»So wie du.«

Jona strich ihr das Haar aus der Stirn, er sah sie liebevoll an.

Ebba lachte.

»Ich bin nicht dänisch. Ich bin …«

Plötzlich war da ein Schatten vor dem Fenster, und sie zuckte zusammen. Für den Bruchteil einer Sekunde flimmerten alle möglichen Schreckensszenarien vor ihrem inneren Auge vorüber. War das etwa ein Paparazzo, der Jona aufgespürt hatte? Oder einer der seltenen Gäste, die das versteckt liegende Museum besuchen wollten? Hektisch bemühte sie sich, den Vorhang vor dem Alkoven zu schließen.

»He, Ebba.«

Jona blieb ganz cool, er schloss sie wieder in die Arme und pustete ihr sanft ins Ohr. »Kein Shakespeare. Keine Dramen.«

»Aber …«

»Schau doch mal!«

Mit klopfendem Herzen blickte sie wieder zum Fenster. Der Schatten war noch da, zwischen den Stockrosen. Das Wesen sah ihr direkt in die Augen, seine Schnauze hinterließ einen feuchten Fleck auf der Scheibe.

Jona lachte auf. »Ich glaube, Otto hat Frühstückshunger.«

Der Kontrast hätte nicht größer sein können, dachte Ebba, als sie die Räume des Bestattungsinstituts Fassler in der Nähe des Husumer Schlosses betrat. Gerade erst hatte sie in Jonas Armen gelegen und sich so lebendig gefühlt, und nun sah sie sich verschiedenen Sarg- und Urnenmodellen gegenüber. Weiße Orchideen blühten in flachen Schalen, und verschiedene Aufsteller informierten über Erd-, Feuer- und Seebestattung. Die sommerliche Hitze wich der kühlen Aircondition, leise wehte klassische Musik aus unsichtbaren Lautsprechern durch den Raum. Bachs *Largo ma non tanto*, eine besinnliche, tröstliche Melodie.

»Frau Koenig?« Aus dem Hintergrund trat ein Herr im

dunklen Anzug auf sie zu und reichte ihr die Hand. Sein Jackett spannte etwas über dem Bauch, und alles in allem sah er aus wie ein zu groß geratener Konfirmand. Hinter den runden Brillengläsern blitzten gesellige Augen auf. »Mein Name ist Jens Fassler, ich möchte Ihnen mein tief empfundenes Beileid aussprechen.«

Sein Händedruck war angenehm, kräftig und tröstlich zugleich, und neben aller Professionalität fand sie auch eine Spur aufrichtiger Anteilnahme in seinem Blick. Offenbar hatte Anneke ihm ihren Besuch bereits angekündigt.

»Vielen Dank, Herr Fassler.« Ebba räusperte sich. Auf der Fahrt hatte sie sich im Kopf eine Liste mit Fragen zurechtgelegt, die sie klären wollte, aber nun wusste sie nicht, wie sie beginnen sollte.

»Wollen wir uns vielleicht setzen?«

Herr Fassler wies in den hinteren Bereich, und sie folgte ihm zu einer Sitzgruppe mit kleinen, geschmackvollen Sesseln und einem Tischchen.

»Ihre Großmutter hat sich Anfang des Jahres mit uns in Verbindung gesetzt«, fuhr Herr Fassler fort, nachdem er ihr ein Glas Wasser angeboten hatte. »Sie hat alles auf das Wunderbarste geregelt. Es gibt sogar eine Liste mit Musik, die sie sich für ihre Trauerfeier wünscht.«

»Dann muss ich mich also um nichts mehr kümmern?«

Ebba wies auf einen Prospekt mit Angeboten für Blumenschmuck und Grabpflege, der auf dem Tisch lag. So etwas wie Erleichterung durchströmte sie.

»Nein, da kann ich Sie beruhigen. Frau Koenig hat alles im Vorfeld erledigt, sie hat sogar schon den größten Teil der Kosten beglichen. Ihre Großmutter war eine bemerkenswerte Persönlichkeit, wenn Sie mir diese Bemerkung gestatten. So viel vorausbedenkende Planung erlebe ich selten. Das ist ein großes Geschenk für die Angehörigen.«

Ebba lächelte, offenbar hatte Gesa alles richtig gemacht. Im Stillen schickte sie ihr ein Dankeschön an den Ort, an dem sie sich jetzt befand.

»Wir würden meine Großmutter gerne am kommenden Dienstag beisetzen, auf dem Friedhof in Emilienkoog.«

»Ja, das ist mir bekannt. Ich habe mich bereits mit dem Pastor in Verbindung gesetzt. Pastor Beutin schlägt elf Uhr für die Beisetzung vor. Er kommt dann direkt zur Kirche.«

Herr Fassler lächelte leise, er zog ein Kuvert aus seinen Unterlagen hervor und reichte es ihr. Der Umschlag sah genauso aus wie der erste Brief, den Anneke ihr übergeben hatte. »Wie gesagt, Ihre Großmutter hat alles ganz wunderbar geregelt.«

»Ja, danke.« Verblüfft blickte Ebba auf den Umschlag in ihren Händen. Noch ein Brief? Für einen kurzen Moment fragte sie sich, ob sie auch aus New York herübergeflogen wäre, zwischen zwei Konzerten. Sie dachte an ihr ausgeräumtes Mädchenzimmer auf dem Koenigshof zurück. Wie hatte Gesa so sicher sein können, dass sie nach all den Jahren da sein würde?

Herr Fassler schien ihre Gedanken zu erahnen. »Ihre Großmutter hatte keine Zweifel, dass Sie kommen«, sagte er und lächelte wieder, fast ein wenig verschmitzt. »Sicherlich wollen Sie sie noch einmal sehen und sich von ihr verabschieden?«

Verabschieden.

Ebba sah wieder auf den Prospekt mit dem Blumenschmuck. Weiße Rosen, Gerbera und Lilien.

Auf einmal war da wieder dieses Lied, es legte sich über den

Teppich aus klassischer Musik. Sie meinte, Henris klangvollen Bass zu hören.

»Goodbye Ruby Tuesday …«

Tränen stiegen ihr in die Augen, und sie brauchte einen Augenblick, bis sie Herrn Fassler zunicken konnte.

Der Sarg war aus Eichenholz und bemalt. Möwen, die über dem Meer schwebten. So wie ihre Großmutter dalag, mit geschlossenen Augen, gefalteten Händen und in einem silbrig schimmernden Kleid, den Kopf mit dem schlohweißen Haar auf ein blaues Kissen gebettet, sah es tatsächlich so aus, als wäre sie im Himmel gelandet. In ihrem Himmel.

Unwillkürlich senkte Ebba die Stimme.

»Kann ich einen Moment mit ihr allein sein?«

»Aber natürlich, lassen Sie sich Zeit. Ich bin nebenan, falls Sie mich brauchen.« Diskret zog Herr Fassler sich zurück.

Ebba trat näher an den Sarg heran. Gesa sah anders aus, als sie sie in Erinnerung hatte. Zerbrechlicher, die Haut so durchscheinend wie altes Porzellan. War das der Tod, oder waren es die Spuren des Alterns?

»Hallo, Oma«, sagte sie, die Worte stolperten aus ihr heraus. »Es tut mir so leid, dass wir uns nicht mehr gesehen haben. Ich bin zu spät.« Ebba schwieg, sie suchte nach einer Entschuldigung. Aber dann dachte sie, dass Gesa vielleicht sogar gewusst hatte, warum sie nie wieder nach Emilienkoog gekommen war. Vielleicht hatte sie ihre Enkelin sogar ein wenig verstehen können.

Vorsichtig strich Ebba ihr über die Wange, sie berührte die Perlenohrringe, dann legte sie ihr die Herzmuschel, die sie auf dem Deich gefunden hatte, in die gefalteten Hände. Irgendjemand hatte Gesa Rouge und einen zart schimmernden

Lipgloss aufgelegt, und ganz kurz stellte sie sich vor, wie Herr Fassler sich über ihre Großmutter beugte, um ihr die Haare zu richten und sie zu schminken.

Hatte er ihr auch den Schlick und den Geruch des Pottwals herunterwaschen müssen?

Und wer hatte ihm dieses Kleid gebracht?

Ebba fragte sich, ob Gesa einen Koffer mit diesen Letzten Dingen bei Herrn Fassler deponiert hatte. Seufzend blickte sie auf. Der Raum war fensterlos und sehr kühl, und sie fror in ihrem leichten Kleid. Noch mehr Orchideen und immer noch Bach. Wie ein sanfter Regen rieselte die Musik von der Decke herab. In zwei großen silbernen Leuchtern brannten Kerzen.

Ganz kurz dachte sie an Jona, der mit Otto im Auto auf sie wartete. Sie hätte ihn Gesa so gerne einmal vorgestellt, und vielleicht hätte er sogar für sie gespielt. Die Jona-Bennett-Version des alten Stones-Klassikers mit seinem unverwechselbaren Intro: C, G, C, G, D. C, G, C, G, D.

»Goodbye Ruby Tuesday …«

Ebba begann zu summen. Die Verse segelten auf Jonas schmelzendem Vibrato, dann wogten die majestätischen Wellen der Bach-Partitur darüber hinweg.

Da war ein Luftzug, den Ebba plötzlich an ihren Armen spürte. Als ob sich irgendwo ein Fenster öffnete. Das Kerzenlicht flackerte. Für einen winzigen Augenblick meinte sie, Gesa lächeln zu sehen. So, als würde sie ihre Enkelin auf dem Koenigshof in die Arme schließen. Im nächsten Moment überflutete Ebba ein Gefühl großer Dankbarkeit, und sie dachte, dass sie dieses friedliche Bild ihrer Großmutter in sich tragen würde. Für alle Zeiten und an einem stillen Ort.

12

Jona

Jona hatte keine Vorstellung davon, wie lange es dauerte, die Letzten Dinge zu regeln. Als Ebba im Bestattungsinstitut verschwunden war, begann er, nervös auf seinem Handy herumzuflippen. Auf seinem Facebook-Profil gab es einige Hundert Kommentare zu seiner Konzertabsage in New York, die sich inzwischen herumgesprochen hatte. Die meisten Fans wünschten ihm gute Besserung, ein paar wenige Enttäuschte ätzten, er habe sich nicht verkühlt, sondern seine Freundin (eine Tänzerin, die die Klatschpresse ihm angedichtet hatte) habe ihm die kalte Schulter gezeigt. Nur ein Konzertbesucher, der in Amsterdam dabei gewesen war, schrieb, man habe ihm bei seinem Auftritt im Concertgebouw eine gewisse Erschöpfung angemerkt. Bei der Zugabe habe sein Spiel müde und uninspiriert geklungen.

Ja? War das so gewesen?

In seinem Inneren suchte Jona nach einem Gefühl für all die Zettelchen mit Nachrichten, die an seiner virtuellen Pinnwand hingen. Aber da war kein Gefühl – weder Freude über die vielen Genesungswünsche noch Ärger über die Nörgler. Da war nur Müdigkeit, ein graues, bleiernes Gewicht, das alles zu beschweren schien, was mit seiner Musik zu tun hatte.

Auf Zehenspitzen trippelte die Angst aus ihrem Versteck hervor, und er begann zu schwitzen.

Schnell steckte Jona das Handy wieder weg. Er griff sich den Pullover, den Ebba im Wagen zurückgelassen hatte, schloss die Augen und versuchte das Gefühl, sie in den Armen zu halten, noch einmal in sich wachzurufen. Von der Rückbank gab Otto ihm einen feuchten Kuss auf die Schulter.

Ebbas Geruch, der in den Fasern hing, beruhigte seine Nerven. Träge gab er sich den Erinnerungen an ihren Körper hin. Ihre Beine, ihr Bauch, ihre Brüste, ihr Verstand, der in der brodelnden See ihres Verlangens versank. Ihre Melodie, nach der er immer noch suchte.

C, G, C, G, E vielleicht?

Verwundert fiel ihm auf, dass er sich immer noch auf seine Verführungskünste verlassen konnte. So wie er sich stets bedingungslos auf die magische Kraft der Musik verlassen konnte – bis vor wenigen Tagen.

Leise begann Jona vor sich hin zu summen. Es gefiel ihm, hier zu sitzen und die Leute zu beobachten, die über den Schlossplatz flanierten. Wie in einem Film spielte sich ihr vermeintlich heiteres Kleinstadtleben vor seinen Augen ab, das sich so nachdrücklich vom Getöse der Metropolen unterschied. Kein Taxi hupte, keine Sirene heulte, selbst die Tauben kamen ihm entspannter vor. Durch das geöffnete Fenster konnte er sie miteinander plaudern hören, ein wohliges Gurren. Jona gähnte und streckte sich. Es tat ihm gut, dass niemand wusste, wer er war. Und wo er war. Er war berühmt geworden, weil er Musik machte, aber mittlerweile kam es ihm so vor, als wäre er berühmt fürs Berühmtsein. Wie war er nur in diesen schrecklichen Superstarzirkus hineingeraten?

Kopfschüttelnd klappte er die Sonnenblende herunter und

streckte seinem Spiegelbild die Zunge heraus. Auf einmal fühlte er sich an einen Sommertag in seiner Kindheit erinnert. Er sah sich mit Ben auf der weißen Pier in Southend-on-Sea sitzen. Baumelnde Beine, aufgeschürfte Knie und die Sehnsucht nach seinem Vater im Herzen. Irgendwie hatte er doch immer gehofft, dass Mister Oliver eines Tages zurückkommen würde. Wie oft hatte er sich mit seinem Bruder ausgemalt, ihr Vater könnte an Bord des nächsten Schiffes sein, das in den kleinen Hafen einlief? Und wann hatten sie diese Hoffnung aufgegeben?

Jona klappte die Blende wieder hoch, dann schloss er die Augen. Die Tauben gurrten freundlich. Doch als Ebba nach einer Dreiviertelstunde immer noch nicht zurück war, wurde er unruhig. »Vielleicht braucht sie uns?«, fragte er Otto, der auf der Rückbank hin und her rutschte und hechelte. Obwohl Ebba im Schatten geparkt hatte, war es heiß im Wagen. Zu heiß für einen Hund.

Erfreut sah Otto ihn an.

»Also los!«

Jona setzte sich sein Basecap auf und stieg aus. Mit einem Satz sprang der Hund ins Freie, dann lief er zielstrebig auf das Bestattungsinstitut zu.

»Du warst schon einmal hier, was?«

Jona folgte ihm und stemmte sich gegen die Tür.

Drinnen war es angenehm kühl. Die Luft roch nach Orchideenerde und Ebbas Parfüm. Pampelmuse, Rose, Zitronenblätter. Bachs *Largo* umarmte ihn. Eine alte Aufnahme, Yehudi Menuhin und Dawid Oistrach. Menuhins Spiel war sensibel und emotional zugleich, Oistrach übernahm den besonneneren, ruhigeren Part. Die beiden Stradivaris sangen, ein Moment absoluter Schönheit. Jona bemerkte, wie seine

Finger zuckten, und er spürte einen diffusen Schmerz in der linken Hand.

»Kann ich Ihnen helfen?«

Ein Herr kam auf ihn zu, seinem klangvollen Bass hörte Jona an, dass er gerne sang. Im Kirchenchor vielleicht?

»Ich suche Frau Koenig.«

»Frau Koenig nimmt noch Abschied. Möchten Sie vielleicht einen Moment warten?«

Jona nickte, er befahl dem Hund, sich zu setzen. Aber Otto gehorchte ihm nicht. Er spitzte die Ohren, dann lief er nach hinten. Im nächsten Moment sprang er vehement gegen eine Tür.

»Otto!«

Jona hob entschuldigend die Hände, aber der Herr vor ihm sah überhaupt nicht verärgert aus.

»Das ist der Hund von der alten Frau Koenig, nicht wahr?«

Jona nickte.

»Na, dann wird er sich wohl auch noch einmal verabschieden wollen.«

Als sie wieder im Auto saßen, funkelte Ebba ihn immer noch wütend an. Mit zusammengekniffenen Lippen startete sie den Wagen.

»Er hat mich nicht erkannt, Ebba.«

»Aber irgendwann wird dich jemand erkennen«, fauchte sie zurück und gab Gas. »Deinen Gang, dein Gesicht, deinen Akzent. Außerdem habe ich mich buchstäblich zu Tode erschrocken, als Otto plötzlich hereinstürmte und auf den Sarg zu sprang.«

»Er wollte sich wohl auch noch einmal verabschieden …« Schmunzelnd wiederholte Jona die Worte des Bestatters. Er schnallte sich an, dann musterte er den Brief, den sie achtlos auf die Ablage geworfen hatte. »Was ist das?«

»Ein Brief«, schnaubte Ebba.

»Das sehe ich auch.«

»Von meiner Großmutter. Herr Fassler hat ihn mir gegeben.«

»Willst du ihn nicht lesen?«

»Jetzt nicht.«

Ebba fädelte in den fließenden Verkehr ein. Als sie am Hafen abbog, fiel Jona ein, dass sie noch einen Termin bei Friedrich Grothe hatten.

»Müssen wir da wirklich noch mal hin?«, fragte er.

Sie erwiderte nichts, sondern warf ihm nur einen vernichtenden Blick zu.

»Der Verband sitzt noch tadellos. Und es tut auch überhaupt nicht mehr weh. Du hast doch vorhin gemerkt, dass ich wieder ganz der Alte bin.« Sachte schob Jona die Hand unter ihren Rock und ließ seine Finger über ihr Bein tänzeln.

»Verdammt noch mal, Jona!«

Mit Wucht trat Ebba auf die Bremse, und ganz kurz tauchte der Hund zwischen ihnen auf, bevor ihn die Fliehkräfte auf die Rückbank zurückschleuderten. Hinter ihnen hupte jemand.

Jona schwieg. Er fragte sich, wohin das Vogelwesen verschwunden war, das er noch vor wenigen Stunden in seinen Armen gehalten hatte. Doch als sie die Praxis erreicht hatten, folgte er Ebba ohne Widerspruch hinein.

Dieses Mal saß noch ein Patient im Warteraum. Jona zog sein Basecap tiefer ins Gesicht und versteckte sich hinter einer Zeitschrift. Klatschgeschichten, ausgerechnet. Er ertappte sich dabei, wie er nach der Tänzerin Ausschau hielt, die die Presse ihm angedichtet hatte, weil sie in einem seiner Musikvideos tanzte. Und tatsächlich, da gab es ein Bild und einen kurzen Text: »Jona Bennetts Freundin Alexa Sterling beim Verlassen eines Ballettstudios in New York. Die Tänzerin ist auch für die nächste Calvin-Klein-Kampagne im Gespräch.«

Jona schüttelte den Kopf. Die Meldung stammte aus einem amerikanischen Magazin, und dessen Redakteurin hätte es besser wissen müssen. Letztes Jahr, in den Hamptons, hatte er etwas mit ihr gehabt.

Nach einer halben Stunde waren sie endlich an der Reihe. Doktor Grothe wechselte nicht nur den Verband, sondern horchte ihn auch ab, maß seinen Blutdruck und ließ sich einige Fragen zu seinen Lebensgewohnheiten beantworten.

»Kann ich sonst noch etwas für euch tun?«, fragte er, als er sich alles notiert hatte und Jona sich sein T-Shirt wieder überzog. Im Gegensatz zu ihrem ersten Besuch gab er sich zugewandt, fast schon besorgt. Er sah zunächst Ebba prüfend in die Augen, dann heftete er seinen Blick wieder auf Jona.

Jona schüttelte den Kopf, er hatte das Gefühl, sich für sein abweisendes Verhalten vom Vortag entschuldigen zu müssen. »Ich war gestern wohl ein wenig durcheinander.«

»Und heute?«

»Heute fühle ich mich gut.«

»Er hat mindestens zehn Stunden geschlafen«, fiel Ebba ein. »Vielleicht …«

Jona nickte bekräftigend, er vermied es, einen Blick auf die ausgestopfte Ente im Fenster zu werfen.

»Das ist gut«, sagte Grothe, er schaute noch einmal auf seine Notizen. »Aber so ein Burn-out ist eine tückische Angelegenheit. Eine Depression verschwindet nicht mal eben so über Nacht. Du musst dich behandeln lassen, Jung.«

»Ein Burn-out?« Jona lachte auf, das war doch wohl ein Witz. Er blickte zu Ebba, erwartete ein Lächeln, aber dann sah er, wie sie sich auf die Lippen biss. Im nächsten Moment hallten die Worte des Arztes wie Paukenschläge in seinem Inneren nach. Betäubt lehnte er sich zurück.

»Du brauchst Ruhe«, fuhr Grothe fort, wie durch eine Wattewand drangen die Worte zu ihm durch. »Wie lange bleibt ihr denn hier?«

»Bis Ende nächster Woche.« Ebba bemerkte, dass Jona nicht antworten konnte, unruhig trat sie von einem Bein aufs andere. »Ich war eben bei Herrn Fassler am Schloss. Gesa wird kommenden Dienstag in Emilienkoog bestattet. Vielleicht magst du auch kommen?«, sagte sie schnell, als wollte sie den Arzt von ihm ablenken.

»Ich hab schon eine Einladung bekommen. Von deiner Großmutter.« Grothe fischte einen Brief von seinem Schreibtisch und zeigte ihn Ebba. Erleichtert registrierte Jona, dass er tatsächlich von ihm abließ.

Ebba schüttelte den Kopf, dann lächelte sie. »Herr Fassler sagte mir, dass sie alles bestens vorbereitet hat. Aber er hat wohl vergessen zu erwähnen, dass er bereits Einladungen in ihrem Namen verschickt hat.«

»Ja, deine Großmutter hat immer alles bedacht. Nur an ihr Herz hat sie keinen mehr herangelassen.« Grothe hob die Arme, ein wehmütiges Lächeln zuckte um seine Mundwinkel. Er schaute zum Fenster hinaus in den Vorgarten, wo sie den Hund im Schatten angeleint hatten. »Was macht ihr denn mit ihm?«, fragte er und zeigte auf Otto.

»Der Hund?« Ebba seufzte, und Jona bemerkte, dass sie es vermied, ihm in die Augen zu schauen. »Eigentlich wollte ich Anneke fragen, ob sie ihn nimmt.«

»Ja«, Friedrich Grothe nickte, »das ist eine gute Idee. Und wenn sie ihn nicht will, könnte ich mich um ihn kümmern.«

Zurück im Wagen saßen sie für einen Moment schweigend nebeneinander. Wie eine Wand stand Grothes Diagnose zwischen ihnen.

Burn-out.

Depression.

Jona dachte an all die Artikel, die er darüber gelesen hatte. An Kollegen, die dem Druck, ständig Spitzenleistungen abrufen zu müssen, nicht mehr standgehalten hatten. An all die zerbrochenen Wunderkinder und Genies, die die Musikgeschichte hervorgebracht hatte.

Yehudi Menuhin fiel ihm ein, der nach einer Auszeit von anderthalb Jahren nie wieder so spielen konnte wie zuvor.

Und davor: Beethoven, Liszt, Mozart.

Hysteriker, Alkoholiker, Depressive. Und allesamt unvergleichliche Künstler und Musiker.

War er etwa einer von ihnen?

Das Karussell seiner Ängste nahm wieder Fahrt auf. Sein Magen zog sich zusammen, und seine Hände zitterten. Er blickte zu Ebba hinüber, doch sie sah so aus, als hinge sie in ihrem eigenen Gedankenkarussell fest. Schließlich drehte er sich Hilfe suchend zu Otto um und streckte ihm die Hände entgegen.

Der Hund schnupperte an seinem Verband, dann leckte er ihm über die Rechte. Jona fiel Grothes Frage nach dem Verbleib des Hundes wieder ein. Warum hatte Ebba keine Sekunde darüber nachgedacht, ob Otto vielleicht bei ihnen bleiben könnte?

Ruckartig drehte er sich wieder nach vorn.

»Warum hast du eigentlich …«

Dann brach er ab. Vor seinem inneren Auge sah er, wie Otto in einer Transportkiste im dunklen Frachtraum eines Airbus verschwand.

»Ja?«

Ebba wandte sich ihm zu. Auch sie schien mit ihren Gedanken noch bei Friedrich Grothe zu sein. Als er ihr nicht antwortete, zuckte sie mit den Schultern. Ihr Blick fiel auf den Brief, der in einem Sonnenfleck auf der Ablage lag, und sie nahm ihn wieder an sich und riss den Umschlag auf.

»Was steht denn da drin?«

Ebba hatte den Brief in ihre Tasche gestopft. Ihre Hand lag am Zündschlüssel, doch sie startete den Motor nicht. Auf ihren Wangen und im Dekolleté breiteten sich hektische rote Flecken aus.

»Das ist nicht der erste Brief«, sagte sie leise, als müsste sie ihm etwas beichten. »Ich habe gestern schon einen bekommen. Von Anneke. Meine Großmutter hat mir den Hof vererbt.«

»Echt? Alles? Auch das Museum?«

»Ja, alles.«

Jona pfiff leise durch die Zähne. Er dachte an die Delfter Fliesen, die gewiss ein kleines Vermögen wert waren. Vor ein paar Jahren hatte er in einem Auktionskatalog etwas darüber gelesen.

»Ich hatte gehofft, dass sie die Sammlung einem anderen Museum vermacht. Aber sie will, dass alles so bleibt, wie es ist. Jedenfalls schreibt sie das hier.« Ebba klopfte auf ihre Tasche. »Jetzt muss ich mich nicht nur um den Verkauf des Hauses kümmern, sondern auch noch einen Käufer finden, der Henris Schätze liebt«, fuhr sie fort. »Aber wer kauft schon ein Museum?«

Jona nickte, er sah ihr an, wie es in ihr arbeitete. Noch mehr Posten, die sie auf ihre Liste setzen und erledigen musste. Auf einmal nahm er ihre Erschöpfung wahr, die sie sich selbst nicht eingestand.

»Was ist denn mit deiner Mutter?«, fragte er und strich ihr besänftigend über den Arm. »Könnte sie dir nicht helfen?«

»Gute Frage. Ich habe ihr gestern auf die Mailbox gesprochen, und sie hat es noch nicht einmal für nötig befunden, mich zurückzurufen. Gesa und sie hatten kein besonders inniges Verhältnis. Ich glaube …«

Ebba brach ab und startete den Motor.

»Was glaubst du?«

»Ich denke, dass Gesa ihr den Tod meines Vaters angelastet hat. Im Stillen hat sie ihr wohl immer vorgeworfen, dass sie ihn nicht daran gehindert hat, aufs Wasser zu gehen. An dem Tag, als er verunglückte, war Sturm angesagt, aber er konnte dem Wind und den Wellen einfach nicht widerstehen.«

»Und du?«, hakte Jona nach. »Wie denkst du darüber?«

»Du meine Güte …« Ebba warf ihm einen kurzen, schnellen Blick zu, als ob sie sich versichern wollte, dass er diese Frage wirklich ernst meinte. »Wie gesagt, ich war damals zwei Jahre alt. Und obwohl ich meinen Vater nur von Bildern oder aus Erzählungen kenne, habe ich ihn als Kind sehr vermisst. Und meine Mutter habe ich genauso vermisst. Ich weiß nicht, ob du mich verstehen kannst. Aber ich war ein Mädchen mit einer Mutter, die ihren Kummer mit Arbeit betäubte. Ich war keine Halbwaise, ich war … allein.«

Wieder stockte sie, als sie an einer roten Ampel halten musste, sah er wütende Tränen in ihren Augen glitzern.

»Vielleicht hatte Gesa Angst, dass Mutter den Hof in einen Vergnügungspark umgestalten würde«, fuhr sie leise fort. »Und wer weiß, vielleicht würde sie das sogar tun.« Dann lachte sie auf, heiser und rau. Ihr ersticktes Lachen klang wie ein Möwenschrei.

Jona fragte nicht weiter. Aber er verstand, warum sie wie ein Vogel küsste. Und warum sie einander bisweilen so nahe waren.

13
Finn

Auf dem Deich war tatsächlich der Teufel los. Es war Nachmittag geworden, und nach der Halligfahrt lief Finn vom Hafen aus noch einmal zum Wal. In der Nähe des Koenigshofs, dort, wo man den besten Blick auf die Bergungsarbeiten hatte, standen sie zu Hunderten auf der Deichkrone. Jung und Alt, Urlauber, die von den Inseln herübergekommen waren, und Schaulustige aus ganz Norddeutschland. Einige hatten ihre Kameras mitgebracht, andere Decken und Picknickkörbe. Das herrliche Sommerwetter verführte dazu. Ein Eisverkäufer schob seinen Handwagen durch die Menge, Möwen kreisten stumm und lauernd über dem Watt.

Finn blieb etwas abseits stehen und beobachtete die Männer in Orange, die sich an dem Pottwal zu schaffen machten. Offenbar hatte man sich dafür entschieden, den Koloss mit der Flut in den Hafen zu bringen. Das Wasser stieg, und ein Schaufelradlader versuchte, den tonnenschweren Kadaver an den Rand des Flutsaums zu ziehen, wo ein Schiff der Küstenwache wartete, um ihn an den Haken zu nehmen.

Rund um den Wal war inzwischen weiträumig abgesperrt worden, und zwei Polizisten versuchten, die Leute aus dem Watt herauszuhalten. Megafondurchsagen hallten über den

Deich und warnten vor der Gefahr, die von dem Wal ausging, dennoch liefen immer wieder Neugierige hinter die Flatterbänder, um Fotos zu machen. Im Watt filmte ein Kamerateam die Bergungsarbeiten. Die beiden Männer hatten offenbar eine Sondergenehmigung erhalten, denn sie näherten sich dem toten Tier bis auf wenige Meter.

Finn runzelte die Stirn. Offenbar war den Journalisten überhaupt nicht bewusst, dass sie sich in Gefahr begaben. Die Leute von der Küstenwache waren durch Helme und Schutzanzüge gesichert, aber Kameramann und Reporter stapften im T-Shirt und mit hochgekrempelten Hosenbeinen durch den Schlick, als wären sie auf einem harmlosen Strandausflug.

Finn lief ein Stückchen den Deich hinab. Bilder aus der Notaufnahme flackerten vor seinem inneren Auge auf. Sollte er sich einmischen? Er sah zu den Polizisten hinüber, aber die waren damit beschäftigt, die Menge auf dem Deich und in den Salzwiesen in Schach zu halten.

Wieder heftete er den Blick auf die beiden Hasardeure, die nun neben dem straff gespannten Stahlseil herliefen, an dem der Wal hing. Aber gut, was gingen ihn die Männer an? Finn wollte sich abwenden, weil ihn das Spektakel anwiderte, aber dann lief er doch weiter. Er hatte gerade den Rand der Salzwiesen erreicht, als er ein Surren wahrnahm. Ein übles Geräusch, es fuhr ihm direkt in den Magen. Erschrocken blickte er auf. Das Stahlseil war gerissen, fauchend sauste es durch die Luft. Im nächsten Moment sah er, dass der Kameramann wie von einem Peitschenhieb getroffen zusammensackte.

Ein Aufschrei ging durch die Menge, ein entsetztes Brausen. Finn spürte das Adrenalin, das seinen Körper überschwemmte. Sein Instinkt zu helfen war sofort da. »Ich bin Arzt«, schrie er und bahnte sich einen Weg durch die Menschen. Mit einem Sprung setzte er über das Flatterband und joggte durch den Schlick zu dem Verletzten.

Auch die Männer von der Küstenwache kamen herangelaufen. Schuldbewusste Gesichter hinter den Schutzbrillen. Finn kniete sich neben den Verletzten, der stöhnend auf der Seite lag. Der Kameramann blutete am Arm, aber er war ansprechbar. Er hatte riesiges Glück gehabt, offenbar hatte die Kamera die Wucht des Schlages abgemildert.

Finn prüfte seinen Puls, dann schaute er sich die Wunde genauer an. Sie sah wie ein Axthieb aus, ein glatter Schnitt, etwa fünf Zentimeter lang und einen Zentimeter tief, und blutete stark.

»Verdammtes Seil«, fluchte der Reporter, der nichts abbekommen hatte. Er hob die zerstörte Kamera auf und betrachtete sie ratlos. »In einer halben Stunde müssen wir den Beitrag überspielen.«

»Daraus wird wohl nichts«, erwiderte Finn. Er verkniff sich die Bemerkung, in welche Gefahr die beiden sich begeben hätten, als sie den Abtransport des Wals filmten. »Ihr Kollege muss ins Krankenhaus. Wir bringen ihn jetzt zum Deich zurück, dort kann ich die Wunde provisorisch versorgen.«

»Aber …« Der Reporter sah noch einmal zum Wal, dann gab er sich geschlagen. Gemeinsam halfen sie dem Kameramann auf, dann brachten sie ihn an Land, wo einer der beiden Polizisten inzwischen einen Verbandskasten organisiert hatte. Als Finn den Verletzten versorgte, bildete sich ein Ring aus Schaulustigen um sie. Die meisten guckten nur neugierig, aber einer hatte sein Handy gezückt und filmte.

»Lassen Sie das«, herrschte Finn ihn an, aber der Typ ließ sich überhaupt nicht beirren. Erst als der Polizist damit drohte, seine Personalien aufzunehmen, steckte er das Handy ein.

»Idiot!« Finn säuberte die Wunde und legte dem Kameramann einen straffen Verband an, der die Blutung stillte. Die Arbeit ging ihm leicht von der Hand; wenn er die nötige Ausrüstung dabeigehabt hätte, hätte er auch gleich an Ort und Stelle nähen können. Erleichtert registrierte er, dass seine Hände nicht zitterten wie bei der letzten Herz-OP. Er fühlte sich sehr sicher bei dem, was er tat. Fast ein Kinderspiel.

»Sind Sie von hier?«, fragte ihn der Reporter, als er ihm für seine Hilfe dankte.

Finn zögerte kurz, dann nickte er.

»Ich habe gehört, dass man vorgestern eine tote Frau im Watt geborgen hat«, fuhr der Journalist fort. Seine Stimme klang so, als witterte er bereits die nächste heiße Story. »Können Sie mir etwas darüber erzählen?«

Finn schüttelte den Kopf, und ganz kurz dachte er, dass der Bursche keinen Deut besser war als der Gaffer, den der Polizist gerade in die Schranken gewiesen hatte.

»Wo haben Sie das denn her?«, fragte er barsch, während er den Verbandskasten wieder schloss. Als er ihn zurückgab, musterte er den Polizisten scharf, doch der zuckte nur mit den Schultern.

»Ach, die Jungs von der Küstenwache sind ganz gesprächig«, antwortete der Reporter arglos. »Die haben uns auch erzählt, dass die Leute hier früher vom Walfang lebten. Eigentlich wollten wir uns ja nachher noch auf dem Museumshof umschauen. Da soll es noch Bilder von früher geben. Bestimmt kann man uns da etwas über die Eismeerfahrer erzählen.«

»Da ist niemand«, sagte Finn schnell. »Die sind verreist.« Er dachte, dass Ebba sich jetzt wohl kaum mit Journalisten herumschlagen wollte. »Woher kommen Sie denn?«

»Aus Kiel«, erwiderte jetzt der Kameramann, der sich

wieder aufhelfen ließ. »Die Bilder sind für die regionalen Nachrichtensendungen.«

Finn nickte, dann fiel ihm etwas ein. »In Husum gibt es auch ein Museum, dort kann man Ihre Fragen sicherlich beantworten. Vielleicht könnten Sie das mit Ihrem Besuch im Krankenhaus verbinden?«

Finn begleitete die beiden Männer noch über den Deich bis zu ihrem Wagen, der zwischen den vielen anderen Autos an der Straße stand. Als er sich umdrehte, um zum Hafen zurückzukehren, fiel sein Blick auf eine Frau in einem hellen, weit schwingenden Kleid. Das Sonnenlicht lag auf ihren Schultern und hüllte sie in einen Umhang aus flirrenden Farben. Es war fast, als hätte der Himmel sein Spotlight auf sie gerichtet.

Ebba.

Sie stand auf der anderen Straßenseite, kaum dreißig Meter von ihm entfernt, wo der Feldweg zum Koenigshof hinaufführte. Unter ihrem Arm klemmte das Museumsschild, offenbar hatte sie es gerade abmontiert.

Finn zuckte zusammen, als hätte er sich verbrannt. Im nächsten Moment sah er, wie sie eine Hand vor den Mund schlug, als wollte sie einen Schrei unterdrücken. Sie hatte ihn ebenfalls erkannt.

Ebba drehte sich um, als wollte sie davonlaufen, aber dann blieb sie doch stehen und wartete ab, bis er die Straße überquert hatte.

Ein paar Sekunden später standen sie voreinander, sprachlos, eine Armlänge voneinander entfernt, während das Gerüst der Zeit, all die Jahre, die sie sich nicht gesehen hatten, lautlos in sich zusammenfiel.

Sie hat sich verändert, dachte Finn. Natürlich hatte sie sich verändert, aus dem Mädchen war eine Frau geworden. Sie war größer und ernster als in seiner Erinnerung. Selbstbewusst. Stolz. Nicht so schön wie Julia, aber doch ... *schön*. Anders schön, wie eine wilde Blume in einem Garten voller Rosen. Unter ihrem Sommerkleid (puristisch, edel, teuer) zeichnete sich ihr schlanker Körper ab, das flachsfarbene Haar, das früher im Wind um ihren Kopf wirbelte, war zu einem strengen Zopf zurückgebunden. Wenn man nur flüchtig hinblickte, sah sie fast so aus wie eine der Fifth-Avenue-Schönheiten aus den Hochglanzmagazinen. So, als gehörte sie nicht hierher. Und doch hätte er sie unter Millionen Frauen wiedererkannt.

Auch sein Herz erkannte sie wieder, es trommelte gegen seine Rippen. Bei ihrem Anblick wurde ihm bewusst, was er damals verloren hatte. Und wie schmerzlich er sie all die Jahre vermisst hatte.

Ebba, Ebba, Ebba.

Die süße, verwegene, einzigartige Ebba.

Finn konnte den Blick nicht von ihr lösen. Er hätte sie so gern berührt, schmerzhaft pulsierte das Blut in seinen Fingerspitzen.

Ebba brach zuerst das Schweigen.

»Was machst du hier?«, fragte sie. Ihre Stimme klang heiser, wie außer Atem. Sie trat einen Schritt zurück und musterte ihn, so wie er sie gemustert haben musste. Als sie seine schmutzige Hose und die matschigen Turnschuhe registrierte, schlich sich ein winziges Lächeln auf ihre Lippen.

»Leben retten«, antwortete er leichthin und strich sich das Haar aus der Stirn, damit sie das Zittern seiner Hände nicht bemerkte. Als Ebbas Blick sich verdüsterte, hätte er sich am liebsten auf die Zunge gebissen. »Entschuldige, Ebba«, sagte er, um seine Worte abzumildern. »Deine Großmutter … Es tut mir so leid. Du musst furchtbar traurig sein.«

Sie nickte nur und vergrößerte den Abstand zwischen ihnen um einen weiteren Schritt. Ihre Schuhe versanken im hohen Gras, und er dachte, dass sie gleich in den Graben fallen würde, der parallel zur Straße verlief.

»Meine Tante hat mir erzählt, was passiert ist«, versuchte Finn es erneut. Seine Stimme klang belegt, und er räusperte sich. Am liebsten hätte er sie festgehalten.

»Du wohnst bei Anneke?«

»Ich bin gestern Abend angekommen. Ich wollte den Wal sehen.«

»Der Wal …« Ihre leise Stimme verlor sich im Stimmengewirr, das vom Deich her über die Straße wehte. »Immer noch die alten Träume?«

»Und du?«, fragte er, obwohl er wusste, was sie antworten würde. »Ich hätte Gesa so gern noch einmal gesehen«, setzte er schnell nach. »Sie war ein ganz besonderer Mensch.«

Ebba nickte, ganz leicht, kaum wahrnehmbar. Sie klammerte sich an das Schild, als würde es ihr Halt geben. Ihre Halsschlagader pulsierte.

»Merkwürdige Sache, oder?«, sagte sie.

Sie wies mit dem Kinn auf den Deich, die vielen Menschen schienen sie zu beunruhigen. Oder meinte sie den toten Wal?

»Ja.«

»Dass er ausgerechnet hier …«

Ihre Worte wehten davon.

Finn dachte daran, wie Henri ihnen früher die alten Geschichten erzählt hatte. Walfängergeschichten. Die Abenteuer der Grönlandfahrer, sagenhafte Schlachten im Eis, der Untergang der *Essex*. Sie hatten sogar *Moby Dick* zusammen gelesen, und Henri hatte behauptet, dem weißen Wal einmal vor der peruanischen Küste begegnet zu sein.

Düster breiteten sich die Schatten der Vergangenheit um sie herum aus.

»Ich war seit Henris Tod nie wieder in Emilienkoog«, sagte Ebba nach einer Weile.

»Ich weiß«, entgegnete Finn hastig, und ein widerwärtiges, fast existenzielles Gefühl, das er nicht kontrollieren konnte, stieg in ihm auf. Auch nach zwanzig Jahren hatten die Erinnerungen ihren Schrecken nicht verloren. Er hatte sich damals so schuldig gefühlt. Henris Tod hatte alles kaputtgemacht, was zwischen ihnen gewesen war. Und dann war sie mit ihrer Mutter abgereist und nie wieder zurückgekommen. Er hatte ihr wohl an die hundert Briefe geschrieben, sie immer wieder um Verzeihung gebeten, doch sie hatte ihm nie geantwortet. Ihr Schweigen hatte ihn fast umgebracht.

Die Härchen auf seinen Armen stellten sich auf. So viel Gefühl, es zerriss ihn fast. Der Boden unter seinen Füßen schwankte, seine Hände flatterten, und er griff sich ans Handgelenk und fühlte seinen rasenden Puls.

Ebba sah ihn an, als ob sie wüsste, was er gerade empfand. Da war ein Funken Mitgefühl in ihren Augen, das ihm über den dunklen, gähnenden Abgrund hinweghalf.

»Anneke hat mir erzählt, dass du mit deinem Freund hier bist«, stammelte er. Seine Stimme klang so, als ob er wieder mitten im Stimmbruch steckte.

»Ja.« Sie zögerte kurz, bevor sie fortfuhr. »Es geht ihm nicht besonders gut.«

»Was ist mit ihm?«

Finn atmete tief durch. Nach vorne schauen, bloß nicht zurück. Er konzentrierte sich auf das, was er am besten konnte.

Professor Feldhusen hatte einen guten Diagnostiker aus ihm gemacht, und die Professionalität half ihm, sich wieder zu sammeln.

Ebba schürzte die Lippen, sie schien zu überlegen, ob sie ihm antworten wollte. Dann gab sie sich einen Ruck. »Er ist Musiker«, sagte sie. »Aber er rührt seine Geige nicht mehr an.«

»Einfach so?«

Sie schüttelte den Kopf, und dann begann sie zu erzählen. Von der Flugangst ihres Freundes, von seiner Panikattacke und der Verletzung, die er sich selbst zugefügt hatte. Finn spürte, wie sie mit ihm litt. Und ihre Sorge um den Freund versetzte ihm einen weiteren Stich. Eine lange, hohle Nadel, die sich tief in den Herzmuskel bohrte.

»Dein Vater meint, es ist ein Burn-out.«

»Du warst mit ihm bei meinem Vater?«

»Seine Hand musste versorgt werden.«

»Du hättest ihn ins Krankenhaus bringen können.«

»Ja …« Sie schwieg und sah ihn prüfend an. »Wie lange warst du nicht mehr zu Hause?«

»Zu Hause?« Eigentlich wusste er überhaupt nicht, wo sein Zuhause war. »Friedrich und ich – wir haben uns nicht mehr viel zu sagen.« Ebba nickte. Sie schien über seine Antwort nachzudenken, dann trat sie noch einen Schritt zurück. »Wiedersehen, Finn.«

»Ebba …«

Er wollte sie vor dem Graben warnen, aber da stolperte sie schon, verlor das Gleichgewicht und rutschte die Böschung herab.

Im nächsten Moment hörte er sie lachen. Sie lachte so, wie sie immer gelacht hatte – ansteckend und sorgenfrei. Eine mitreißende Heiterkeit, deren silbriger Klang in den Himmel stieg.

Erleichtert reichte er Ebba die Hand und zog sie wieder nach oben. Sie war bis zu den Knien im Wasser versunken, ihre Schuhe waren nass und ihr Kleid ebenfalls. Das Schild hatte sie verloren, es lag noch im Graben, und sie ließ es einfach im Wasser, als brauchte sie es nicht mehr.

Unbekümmert wrang sie den Stoff ihres Kleides aus, dann schlüpfte sie aus den Schuhen. »Das wäre mir früher nicht passiert.«

»Ich hätte besser auf dich aufgepasst.«

»Nein, ich hätte auf *dich* aufgepasst. Und auf mich.«

Sie sah ihn von unten herauf spitzbübisch an, und er wusste, dass sie recht hatte. An ihrer Seite hatte er sich wieder sicher gefühlt. Wenn sie durch die Wellen hüpfte, besänftigte sie die Wut, die ihn seit dem Tod seiner Mutter in ihren eisigen Fängen gehalten hatte. Die Wut auf Gott, auf seinen Vater und auf all die anderen Mächte, denen er sich ausgeliefert fühlte. Sie war ein Mädchen gewesen, das selbst das tosende Meer zu beherrschen schien. Bei ihr hatte es keine Zweifel gegeben, vielleicht hatte er sie deshalb so … geliebt?

»Soll ich dir nach Hause helfen?«

»Nein, nein.« Immer noch lachend winkte sie ab. Ihre Augen blitzten, und ihr Mund war immer noch der schönste Mund, den er kannte. Ein Herzmuschelmund. Er hätte sie so gerne in die Arme gezogen und geküsst. »Das schaffe ich schon.«

Und dann schaute er ihr nach, wie sie barfuß den Feldweg hinauflief. Auf einmal sah sie wieder aus wie die Ebba von früher. Ihr rhythmisches Hopsen von einem Bein aufs andere und dieser winzige Augenblick zwischen den Sprüngen, in dem es so aussah, als könnte sie schweben. Als würde sie gleich ihre Arme ausbreiten und davonfliegen.

»*Töffel*«, hämmerte die Stimme in seinem Kopf, und sein Herz zog sich zusammen. Es fühlte sich so an, als ob jemand Silberdraht darum wickelte und es einschnürte.

»*Töffel, Töffel, Töffel.*«

Nach ein paar Metern drehte Ebba sich um.

»Vielleicht schaust du ihn dir mal an«, sagte sie, und er wusste, dass sie ihren Freund meinte. Diesen Musiker, der nicht mehr spielte.

Ich bin Kardiologe, dachte er. Ich repariere Herzen und nichts anderes.

Aber natürlich sagte er Ja.

Er konnte gar nicht anders.

14

Ebba

Im Haus war es kühl. Ebba lief in die Küche, schleuderte die nassen Schuhe in die Ecke und trank ein Glas Wasser, um ihre flatternden Nerven zu beruhigen.

Was für ein Tag!

Erst die Briefe ihrer Großmutter, die sie mit deutlichen Worten (Andenken, Liebe, Pflicht) ermahnten, das Erbe ihres Großvaters zu bewahren. Und dann war sie auch noch Finn begegnet. Plötzlich hatte er vor ihr gestanden, als wäre er nie aus ihrem Leben verschwunden. Die Hitze und der Schock hatten ein Loch in ihre Gedanken gebrannt.

Finn.

Ihr Freund aus Kindertagen.

Ihr Sommergefährte, Muschelerklärer und Wolkenzauberer. Der große Bruder, den sie sich gegen das Alleinsein immer gewünscht hatte.

Bilder stiegen in Ebba auf, die untrennbar mit dem Sommerglück jener Jahre verbunden waren.

Sie sah den Jungen von damals vor sich, blond, dünn, mit langen Armen und großen Füßen. Seine unergründlichen Augen, dunkel, fast schwarz. Er hatte sie mit den Geheimnissen der Gezeiten vertraut gemacht, und gemeinsam hatten sie ausprobiert, wie weit sie gehen konnten. Wie tief war der Priel, und wie schnell stieg das Wasser an, wenn die Flutwelle aus dem Atlantik heranrollte? Wann mussten sie auf ihren Wanderungen durchs Watt umkehren, um sicher an Land zu gelangen? Wind und Wasser, Schwerkraft und Fliehkraft, Sonne und Mond – die Elemente waren ihre Komplizen gewesen. Immer wollten sie den Horizont erreichen, jene Grenze zwischen Himmel und Erde, Realität und Traum. Und nie wollten sie zu früh aufgeben. Hand in Hand waren sie zu ihren Abenteuern aufgebrochen.

Einmal hatten sie zu viel gewagt, das Wasser zerrte schon an ihnen, und Jörgen musste sie mit einem Schlauchboot von einer Sandbank retten. Damals hatte Henri ihnen für alle Zeiten verboten, allein ins Watt zu laufen. Gesa hatte Finn eine Ohrfeige gegeben und ihn danach in die Arme geschlossen.

Natürlich hatte Ebba sich nicht davon beeindrucken lassen. Von Bedenken und Verboten hatte sie sich nie entmutigen lassen, sie wollte ihre Grenzen selbst ausloten. Vielleicht war das ein Erbe ihres Vaters?

Ebba seufzte und stellte das Glas in die Spüle. Sie war damals noch ein Kind gewesen, während der zwei Jahre ältere Finn schon die Schwelle zu einer anderen Welt übertreten hatte. Er war bereits ein junger Mann gewesen, zumindest fast. Doch das hatte sie nicht verstanden. Sie hatte überhaupt nichts verstanden, dachte sie nun. Auch die Blicke nicht, die er ihr in ihrem letzten gemeinsamen Sommer in vermeintlich unbeobachteten Momenten zugeworfen hatte. Sein geduldiges Warten auf den Moment, in dem sie ihn erkennen würde. Das hatte sie erst jetzt begriffen, gerade eben, als sie ihm wiederbegegnet war.

Oder hatte sie damals doch etwas davon geahnt?

Ebba wischte sich über das Gesicht und befeuchtete ihre Lippen. Einmal hatte sie ihm erlaubt, sie zu küssen. Sie war zwölf Jahre alt gewesen, und sie hatte gelacht, als sie seine Zunge zwischen ihren Lippen spürte. Fühlte sich so die Liebe an? Dieses große Gefühl, auf das sie so sehnsüchtig wartete? Nein, Finn war nicht der Mann gewesen, auf den sie hoffte. Verletzt hatte er das Gesicht zur Seite gedreht, aber er hatte ihr verziehen. Vielleicht hatte er auf eine zweite Chance gehofft. Später einmal.

Doch dann war Henri gestorben, und sie hatte jede Erinnerung an diese Zeit aus ihrem Gedächtnis getilgt. Nicht Finn war verschwunden, nein, sie hatte ihn aus ihrem Leben gestrichen.

Ebba schüttelte den Kopf, ihr Blick fiel auf die Tasche, die auf der Küchenbank lag. Gesas zweiter Brief befand sich noch in dem Seitenfach, wo sie ihn hineingesteckt hatte. Und doch sagte ihr eine innere Stimme, dass Jona ihn gelesen hatte. Sie konnte es förmlich spüren.

Jona.

Seine Musik fehlte ihr. Sie hätte ihn jetzt gerne spielen hören, um die Erinnerung an die Sommer auf dem Koenigshof zu vertreiben. An die Zeit mit Henri – und mit Finn.

Angespannt lief sie in die Diele zurück, wo die Francesca noch immer in der Truhe lag.

»Jona?«

Sie öffnete die Tür zum Museum und fand ihn im Alkoven sitzend, den Hund an seiner Seite. Um die beiden herum herrschte das blanke Chaos. Jona hatte alle Schubladen und Schränke geöffnet und das Geschirr herausgeräumt und so auf den Tischen verteilt, als hätte er für eine Gesellschaft gedeckt. Offenbar hatte er jedes Ausstellungsstück in die Hand genommen und die Friesenstuben einer Inventur unterzogen. An den Schränken und Vorhangstangen hingen seine Bühnenoutfits, als wären sie nun Teil des Museums.

Ebba seufzte. »Musste das sein?«

Jona zuckte mit den Schultern.

»Ist doch egal. Du verkaufst ja eh bald alles.«

»Trotzdem …«

Sie fasste Otto am Halsband und zog ihn aus dem Bett. Mit einem beleidigten Schnaufen verzog sich der Hund in die Diele.

»Warst du baden?« Jona zeigte auf ihren nassen Rock, der ihr an den Beinen klebte. »Ich dachte, du wolltest das Schild holen.«

»Hab ich auch.«

Jona zog die Augenbrauen in die Höhe, aber Ebba fand, dass sie ihm keine Rechenschaft schuldig war. Sie sah ihn an, während er gereizt an seinem Verband herumzupfte.

»Meinst du, dass er recht hat?«, fragte er plötzlich. Seiner Stimme hörte sie die Unsicherheit an, gegen die er seit Tagen ankämpfte. Seine Augen waren traurig und voller dunkler Schlieren.

»Doktor Grothe?«

Finn nickte.

Ebba schwieg, sie drehte sich um und öffnete ein Fenster. Von draußen strömte die warme Nachmittagsluft ins Zimmer, nachdenklich streckte sie die Hände nach den Stockrosen aus und zog eine Blüte zu sich heran. Eine Biene saß auf dem gelben Stempel, Pollenstaub klebte an ihren Hinterbeinen. Was sollte sie ihm antworten? War er wirklich krank oder suhlte er sich lediglich in seinem Formtief? Eigentlich sollte sie ihn nicht weiter verunsichern.

»Ebba?«

Sie hörte, wie Jona aufstand und hinter sie trat. Er berührte sie nicht, aber sie konnte seinen Atem spüren, der über ihren Nacken strich.

»Du hast den Brief gelesen«, murmelte sie.

»Ich hab nur nach ein paar Energy Balls gesucht«, verteidigte er sich. »Du hast wieder nicht eingekauft …«

»Ja.« Ebba seufzte. Nachdem sie Gesas zweiten Brief gelesen hatte, war ihr, als müsste sie ersticken. Sie hatte es gerade so zur Post geschafft, um das Attest nach New York zu schicken. Wie hätte sie danach noch einkaufen sollen? »Der Kühlschrank ist doch noch voll, wir werden schon nicht verhungern«, antwortete sie leichthin, um ihre Gereiztheit zu verbergen. »Du könntest angeln gehen. Und dann räumst du hier wieder auf.«

Jona brummte etwas, dann zog er ihr das Zopfgummi aus dem Haar. Er küsste ihr Ohr, ihren Hals, ihre Schulter. Seine Hände umfassten ihre Taille.

»Willst du das nasse Zeug nicht endlich ausziehen?«

Ebba zuckte mit den Schultern und ließ den Blütenstängel zurückschnellen. Die Biene flog davon. Der Blick in den Garten war wunderschön, eine üppige Pracht, wie auf einem Gemälde von Nolde. So würde der Terrassengarten ihres Kopenhagener Apartments niemals aussehen, und trotzdem wurde ihr plötzlich klar, dass sie das Stadtleben vermisste. Die Geräusche und Lichter, den Takt der schnellen Entscheidungen und den Rausch der Möglichkeiten. Was hätte sie heute in New York getan?

Sehnsüchtig schloss sie die Augen, sie sah sich an Jonas Seite durch die Stadt fahren. Vom Hotel zum Lincoln Center, das im Westen von Manhattan zwischen der Amsterdam Avenue und der Colombus Avenue lag. Die vielen Menschen, die Läden, Cafés und Bars, das Stimmengewirr und die Gerüche, die aus den U-Bahn-Schächten aufstiegen. Auf dem riesigen Areal waren einige der bedeutendsten kulturellen Institutionen der Stadt angesiedelt, die Metropolitan Opera, die Ballettschule des New York City Ballet, die Juilliard School, die Musiker und Schauspieler ausbildete, und schließlich die David Geffen Hall mit ihren mehr als zweitausend samtgepolsterten Stühlen, wo die Philharmoniker ihre Spielstätte hatten. So viel Leben an einem Ort.

Und hier?

Hier lag ein toter Wal im Watt. Und außerdem jede Menge schöner und schrecklicher Erinnerungen.

Ebba drehte sich zu Jona um und erwiderte seine Küsse. »Du bist nicht krank«, murmelte sie zwischen zwei Küssen. »Du bist erschöpft, aber das ist doch verständlich nach diesem Mammutprogramm, das hinter dir liegt. Du bist seit Jahren pausenlos unterwegs, wir hätten mehr auf dich Rücksicht nehmen müssen.«

»Ich weiß nicht, wie ich damit weitermachen soll«, erwiderte er und zog sie noch näher zu sich. Seine Hand fuhr an ihrer Wirbelsäule auf und ab, sie spürte den Verband. »Ich habe das Herumreisen so satt.«

»Dann müssen wir neu denken. Weniger Konzerte, weniger Flugmeilen.«

Ebba wusste, dass Jona Verpflichtungen für die nächsten drei Jahre eingegangen war. Und er wusste das auch. Aber vielleicht ließe sich die Zeit zwischen den Konzerten anders gestalten. Weniger Promo-Auftritte, weniger Talkshows, weniger Presse. Mehr Zeit in den Hamptons oder an einem anderen Ort, wo er durchatmen konnte. Das wäre alles eine Frage der Planung. Und wenn sie zusammenblieben, wenn er es tatsächlich ernst mit ihr meinte, dann könnte sie ihn noch besser schützen. Und unterstützen. In ein paar Jahren könnten sie den Vertrag mit Global Music auslaufen lassen, und dann würde sie ihn selbst managen. Sie wäre seine Firewall, und er könnte sich nur noch um seine Musik kümmern. Vielleicht würde er auch wieder eigene Stücke komponieren, so wie er es früher getan hatte. Sie wusste, dass er davon träumte.

Ebba versuchte, diesen Weg zu Ende zu denken, Schritt für Schritt. Wäre das möglich? Und wäre es gut für Jona? Und für sie? Dann dachte an die vielen Mails, die sich schon wieder in ihrem Postfach stapelten. Sogar Magnus hatte sich aus Kopenhagen gemeldet, er hatte ein Ferienhaus auf Bornholm gemietet und fragte, ob sie ihn besuchen wolle. Sie hatte die Post heruntergeladen, während sie bei Doktor Grothe gewartet hatten. Die Presse wollte nicht so recht an die vorgeschobene Erkältung glauben. »Was ist wirklich los?«, fragten die ersten Journalisten. Und wenn sie ihnen noch mehr Raum zum Spekulieren gab, würden die Schlagzeilen nicht lange auf sich warten lassen: »Zusammenbruch – so schlimm steht es wirklich um Stargeiger Jona Bennett« oder ähnlich treffsichere Spitzen. Jedes Konzert, das auf solche Schlagzeilen folgte, würde den Druck auf Jona noch weiter erhöhen.

Unruhig trat Ebba von einem Bein auf das andere. Sie hätte jetzt gern eine Liste geschrieben, etwas getan, um voranzukommen. Eigentlich hätte sie schon längst anfangen müssen, an einer glaubhafteren Legende für Jonas plötzliches Abtauchen zu stricken. Und dann musste sie sich auch noch um die Zukunft des Koenigshofs kümmern. Wer würde sich der Schätze annehmen, die Henri zusammengetragen und Gesa liebevoll bewahrt hatte? Wie sollte sie ihrem Erbe gerecht werden, ohne den Wunsch ihrer Großmutter zu verraten?

Ebba küsste Jona, doch in Gedanken war sie längst dabei, die Mails nach ihrer Dringlichkeit zu sortieren und mögliche Antworten zu entwerfen. Sie protestierte kurz, als er ihr das Kleid von den Schultern streifte und den BH öffnete, aber dann folgte sie einfach seinen Bewegungen wie Wellen dem Wind. Wenn sie ihm gab, wonach er verlangte, könnte sie sich gleich danach zurückziehen und mit der Arbeit beginnen. Sie könnte den ersten Grundstein einer gemeinsamen Zukunft legen. Und vielleicht wäre dann alles besser, schöner, ein Himmel voller Sterne.

Jonas Küsse wurden dringlicher, doch dann hielt er inne und schob sie ein Stückchen von sich. Prüfend schaute er sie an: »Wo bist du denn, Ebba?«

»Hier«, erwiderte sie, während sie sich anstrengte, ungezwungen zu lächeln. »Ich bin nur ein bisschen müde, das ist alles.«

»Wirklich?«

Ebba nickte, aber sie merkte, dass sie sich im Prunkzimmer nicht wohlfühlte. All diese Erinnerungen und all das, was nun ihr gehören sollte: die uralte japanische Taufschale, die Rubingläser, die Messinggeräte, die Alabasterfiguren aus Italien, zusammengetragen auf langen, gefährlichen Fahrten rund um die Welt. Die Schätze bedrängten sie, und die Figuren auf den Delfter Kacheln schauten sie an, als könnten sie ihre Gedanken lesen.

Jona küsste sie erneut, und sie bemerkte, dass er hinter ihrem Rücken eine der Stockrosen pflückte. Im nächsten Moment strich er ihr mit den Blüten über die Haut. Das Gefühl war neu, es fühlte sich so an, als würde sie durch ein blühendes Feld laufen. Das Sonnenlicht, das durch das geöffnete Fenster auf ihren Rücken fiel, war wie ein Streicheln. Die Haut unter ihren Schulterblättern prickelte, und nach einer Weile wurde ihre Brust ganz weit. Tief in ihrem Inneren regten sich die silbrigen Fischchen.

Ebba atmete tiefer, sie spürte, dass sie ihren Rhythmus fand. Wie die Flut rollte ihr Verlangen heran. Als Jona ihren Hals küsste, verdrängte die aufsteigende Lust alle Last, und für einen schwerelosen Augenblick versanken alle Probleme in der schäumenden Gischt ihrer Begierde.

»So wird das nichts«, sagte Ebba, als sie wenig später Arm in Arm hinter den Vorhängen lagen und in den stoffbezogenen Himmel des Alkovens blickten. Bläuliche Schatten mischten sich in das goldene Nachmittagslicht, eine Hummel hatte sich durch das offene Fenster hereinverirrt, im Garten lärmten die Vögel.

»Was meinst du damit?«, erwiderte Jona. »Ich finde, wir machen das sehr gut.«

Ebba knuffte ihm mit dem Ellenbogen in die Seite. »So kriege ich dein Leben nicht in den Griff. Da warten zweiundsiebzig Mails auf mich. Und Caroline braucht auch noch ein Update.«

»Caroline …« Jona schnaufte, in seiner Stimme schwang Empörung. »Wirklich großartig, dass du sie jetzt erwähnst. Haben wir nicht gerade erst miteinander geschlafen?«

»Sie sitzt mir halt im Nacken.«

Ebba verstummte und dachte darüber nach, was sie gerade gesagt hatte.

Jona sah sie kurz an, dann schaute er wieder in den Stoffhimmel hinauf.

»Da hängt ein Schlüssel«, sagte er nach einer Weile.

»Ein Schlüssel?«

»Ja, ein Schlüssel.«

Er setzte sich auf und deutete in eine Ecke. Tatsächlich, jetzt sah sie es auch. Zwischen den Stoffbahnen blitzte Metall auf, als hätte dort jemand etwas verbergen, aber nicht für alle Zeiten verstecken wollen.

»Soll ich?«

Jona sah sie fragend an, und Ebba nickte. Beklommen beobachtete sie, wie er an dem Schlüssel zog.

»Festgenäht«, murmelte er. »Wenn ich noch stärker daran ziehe, mache ich den Vorhang kaputt.«

»Warte …« Ebba kniete sich neben ihn, und als sie den Schlüssel nicht lösen konnte, zerrte sie ungeduldig daran.

»Hey …«

Jona wollte sie zurückhalten, aber sie winkte nur ab. Nach einem weiteren Ruck hielt sie den Schlüssel in der Hand. Sie wusste sofort, dass er zur Tür von Henris Schatzkammer gehörte.

Jona schien dasselbe zu denken.

»Sollen wir probieren, ob er passt?«, fragte er und zeigte auf die Tür.

Ebba schüttelte den Kopf, der Schlüssel lag kalt und schwer in ihrer Hand. Sie dachte an das, was sich hinter der Tür verbarg, all das, was sie nicht sehen und nicht an sich heranlassen wollte. »Jetzt nicht.«

»Warum nicht?«

»Weil …« Ihr Herz schlug schnell, und sie hatte das Gefühl, dass ihr das Haus die Luft zum Atmen nahm. »Ich brauche erst einmal was zu essen.«

»Das ist nicht dein Ernst.«

»Doch!«

Sie schloss ihre Faust um den Schlüssel, dann stand sie auf und zog sich Jonas T-Shirt über.

»Alles klar bei dir?«

Jona streckte die Hand nach ihr aus, aber sie wich aus.

»Ich mach uns was zu essen. Und dann muss ich dringend meine Mutter wegen der Beerdigung anrufen. Vielleicht könntest du mal nach dem Hund schauen?«

»Okay.«

Jona zuckte mit den Schultern. Als sie mit dem nassen Kleid und dem Schlüssel in der Hand in ihr Zimmer flüchtete, spürte sie seinen verdutzten Blick im Rücken. Hastig zog sie sich etwas Trockenes an. Sie wollte den Schlüssel nicht bei sich haben. Ganz sicher nicht.

Wohin damit?

Ebba überlegte einen Moment, dann eilte sie in die Küche. Aus dem Vorratsschrank zog sie eines der Gefäße mit Tee hervor. *Gegen kalte Füße*. Sie zögerte kurz, dann versenkte sie den Schlüssel in der nach Erdbeeren duftenden Teemischung.

15
Finn

Du hast sie gesehen.«

Anneke genügte ein kurzer Blick, dann sagte sie ihm auf den Kopf zu, dass er Ebba begegnet war. Sie schien es von seinem Gesicht ablesen zu können. Finn nickte.

»Und?«

»Sie sieht großartig aus.«

»Findest du?«

Finn zuckte mit den Schultern, dann ließ er sich auf die Gartenbank fallen, wo Anneke im Halbschatten saß und las. Wieder dachte er, dass Ebba eine subtile Schönheit besaß, dass sie von innen heraus leuchtete. Er hatte viele Frauen geküsst, doch nie wieder ein Mädchen mit einem Herzmuschelmund. Gedankenverloren berührte er das kleine Tattoo an seinem Handgelenk.

»Wo seid ihr euch begegnet?«

Seine Tante ließ nicht locker, sie legte das Buch zur Seite.

»Am Deich«, antwortete Finn einsilbig. »Zufällig.«

»So, zufällig.«

Anneke lächelte, sie sah zum Friedhof hinüber. Es war fast windstill, einer dieser wunderbaren Tage am Meer, die so selten und kostbar waren. Möwen dösten auf dem Kirchendach,

Rosenduft lag in der Luft, Insekten summten von Blüte zu Blüte. Das Licht war strahlend, der Himmel wie aus Glas. Finn schwieg und zog sich die schlammverkrusteten Turnschuhe aus, dann streckte er die Beine von sich. Er hätte jetzt gerne ein Bier getrunken.

»Sie hat mich gebeten, mal nach ihrem Freund zu sehen«, sagte er nach einer Weile. Er wusste selbst nicht, warum.

»Wegen seiner Hand?«

Finn schüttelte den Kopf.

»Was hat er dann?«

»Das bleibt aber unter uns.«

Anneke nickte und strich ihm über die Wange, so wie sie es früher getan hatte. »Natürlich.«

»Er ist Musiker, aber er weigert sich zu spielen. Und er will nicht mehr reisen.«

»Ein Burn-out?« Das Wort kam Anneke ganz selbstverständlich über die Lippen, als wäre es ihr so geläufig wie Erdbeermarmelade und Fahrrad fahren. Oder als hätte sie gerade mit seinem Vater darüber gesprochen.

»Irgendetwas wird sein«, nickte Finn verhalten. »Aber ich bin kein Psychiater.«

»Dann wirst du ihm nicht helfen können?«

»Ich bin Kardiologe, Anneke.«

»Eben. Etwas wird ihm auf dem Herzen liegen.«

Finn lächelte. »So einfach ist das nicht.«

»Das wirst du nicht herausfinden, wenn du nicht mit ihm sprichst.«

»Das habe ich auch nicht gesagt.«

»Dann habt ihr euch also verabredet?«

»Anneke …« Finn hob seufzend die Arme, es kam ihm so vor, als ob sie mit ihm Pingpong spielte. Vielleicht hätte er nicht damit anfangen sollen. »Ich habe ihr versprochen, dass ich mal vorbeischaue. Aber wir haben nichts Konkretes vereinbart.«

»Paul hat die Leute immer reden lassen«, sagte Anneke. Sie sah zum Himmel hinauf, wo die Schwalben durch das gläserne Blau schossen. »Man braucht Zeit, aber irgendwann kommt alles auf den Tisch.«

Finn lachte auf. Seinem Vater hatte der Onkel nicht helfen können. »In zwei Wochen muss ich wieder in München sein«, sagte er.

»Na siehst du.«

»Was?«

»Jede Menge Zeit.«

»Du machst dich lustig über mich.«

Anneke schüttelte entschieden den Kopf. »Ich würde mich freuen, wenn du Ebba helfen könntest. Ihr Freund sah wirklich ein bisschen blass aus.«

Finn nickte, dann stand er auf. »Ich geh mir mal ein Bier holen. Möchtest du auch?«

»Gern.« Anneke nahm ihr Buch wieder zur Hand, aber sie sah so aus, als ginge sie das Gespräch in Gedanken noch einmal durch. Irgendwie schien sie mit seinem Verlauf nicht zufrieden zu sein.

Achselzuckend lief Finn in die Küche und holte zwei Flaschen Bier aus dem Kühlschrank. Als er nach dem Öffner suchte, bemerkte er das Glas mit Erdbeermarmelade auf dem Küchentisch. »Für Friedrich«, stand in Annekes großzügiger Handschrift auf dem Etikett. Die beiden F sahen aus wie die Masten eines Segelschiffs.

Friedhofserdbeermarmelade.

Für seinen Vater.

Finn fragte sich, ob Friedrich tatsächlich etwas davon aß.

Hatten die Jahre ihn mit dem Tod seiner Mutter versöhnt?

Hatte er sich selbst verzeihen können?

Er sah seinen Vater vor sich, wie er sich damals in sich selbst zurückgezogen hatte. Er hatte aufgehört zu arbeiten – von einem Tag zum anderen. Und er hatte aufgehört, ein Vater zu sein. Friedrich Grothe hatte einfach nur noch dagesessen und geschwiegen. Als hätte er sich in einen Stein verwandelt. Nach einem halben Jahr hatte er dann ganz plötzlich damit begonnen, tote Vögel auszustopfen. Vögel, die er draußen in der Natur fand. Doch da hatte Finn längst bei seiner Tante gelebt. Nach und nach hatte Friedrich die Praxis in ein Vogelhaus verwandelt. Die präparierten Vögel saßen einfach überall, und das Haus, das früher nach Blumen und nach seiner Mutter geduftet hatte, roch nach Holzwolle und Kleber. Immer wenn er seinen Vater mit seiner Tante besucht hatte, zeigte er ihnen einen neuen Vogel. Eine Sisyphusarbeit: Jede Feder klebte er einzeln mit der Pinzette auf den Balg. Aber die Beschäftigung mit den toten Vögeln schien ihm zu helfen, denn nach einem weiteren Jahr konnte er seine Praxis wieder öffnen. Und er hatte versucht, auf seinen Sohn zuzugehen. Finn hatte ihn respektiert, aber er konnte ihn nicht mehr lieben.

Geliebt hatte er Ebba.

Ebba, Ebba, Ebba.

Er hatte ihr sein Herz geschenkt. Und dieses Gefühl der ersten Liebe, das so neu und aufregend gewesen war wie alles, was zum ersten Mal geschah, hatte ihn wie auf Flügeln getragen. Mit Ebba war sein Leben wieder reicher, verspielter, weniger ernst geworden. Er hatte es sogar geschafft, Erdbeersetzlinge auf das Grab seiner Mutter zu pflanzen.

Doch nach Henris plötzlichem Tod im Sommer vor zwanzig Jahren …

Finn öffnete die Bierflasche und nahm einen großen Schluck, aber er konnte die Gedanken an die Katastrophe einfach nicht zurückdrängen. Wie die dunklen, regenschweren Wolken einer gewaltigen Sturmfront rauschten die Bilder heran.

»Myokardinfarkt«, murmelte er, um sich an das sichere Ufer einer ärztlichen Diagnose zu retten.

Henri hatte einen Herzstillstand gehabt, er war in seiner Werkstatt einfach zusammengebrochen. Finn hatte ihn damals gefunden, und obwohl er doch durch seinen Vater alles über Erste Hilfe wusste, über Druckmassagen und Mund-zu-Mund-Beatmung, hatte er sich nicht rühren können. Der Schock hatte ihn gelähmt. Er hatte noch nicht einmal um Hilfe gerufen. Es war Ebba gewesen, die wenig später dazukam und ihn anschrie, Gesa zu holen, den Arzt zu rufen, irgendwas zu tun. Doch da war bereits alles zu spät gewesen.

Töffel.

Töffel, Töffel, Töffel!

Finn umklammerte das Bier. Nie würde er den Anblick der am Boden knienden Ebba vergessen. Sie hatte geschrien. Immer wieder hatte sie Henris Namen gerufen, als könnte sie ihn auf seiner letzten Reise noch einmal zur Umkehr bewegen, bis die Rettungskräfte sie schließlich aufgesammelt und zur Seite geführt hatten.

Ebba hatte ihn damals nicht angeklagt, sie hatte einfach nur geschwiegen. Und dieses Schweigen, das sein Versagen kommentierte, war fast noch schlimmer gewesen als der Tod seiner Mutter. Es hatte sein Herz zerschmettert.

Irgendwann hatte er begriffen und versucht, sie zu vergessen. Er hatte Ebba vergessen müssen, um zu überleben. Und er hatte sich geschworen, sich nie wieder auf so eine Liebe einzulassen. Sein Herz war zwei Mal zerbrochen, ein drittes Mal würde es nicht überstehen.

Im darauffolgenden Sommer hatte er in den Ferien bei Jörgen auf dem Schiff angeheuert. Und Jörgen hatte ihn machen lassen, mit seiner Hilfe hatte Finn seinen inneren Kompass neu justiert. Mit sechzehn hatte Finn zum ersten Mal mit einem Mädchen geschlafen. Christina war älter gewesen – und erfahrener. Zwei Wochen sahen sie sich jeden Tag, dann musste sie zurück nach Berlin. Und Finn suchte sich das nächste Abenteuer. Mit jedem Schwung Urlauber, die es im Sommer auf die Halligen und Inseln zog, fand sich ein neuer Flirt für ihn. Einmal hatten Jörgen und er sogar Mutter und Tochter am Start gehabt. Die Mädchen mochten sein vom Wind zerzaustes Haar, seine dunklen, verwegenen Augen und die zupackenden Hände. Vielleicht spürten sie auch etwas von der Traurigkeit, die er tief vergraben in sich trug. Ein paar von ihnen sah er jeden Sommer wieder, aber er meldete sich nie zurück, wenn sie anriefen oder ihm schrieben. So war das Leben.

Finn setzte die Flasche an die Lippen und stürzte das Bier hinunter. Sein vernarbtes Herz schmerzte, und er dachte, dass es wohl ein Fehler gewesen war, nach Emilienkoog zurückzukehren. Nachdenklich nahm er das Glas mit Erdbeermarmelade und stellte es in den Kühlschrank. Dann überlegte er, ob er nicht gleich nach München zurückfahren sollte.

Er war Ebba nichts schuldig. Sie hatte ihn damals sitzen lassen. Sollte sie doch sehen, wie sie mit ihren Problemen fertigwurde.

Nach dem Abendessen half Finn seiner Tante mit dem Abwasch. »Ich fahre morgen früh zurück«, sagte er.

»Wirklich?« Anneke stand an der Spüle. Sie sah ihn nicht an, sondern schüttelte nur leicht den Kopf. »Du verpasst die Beerdigung. Und was ist mit Ebbas Freund?«

»Ebba wird das verstehen.«

»Das glaube ich nicht.«

Anneke reichte ihm einen Teller, und er fuhr mit dem Handtuch über das Porzellan. Plötzlich kam es ihm in den Sinn, dass er seiner Tante nie gedankt hatte für all das, was sie für ihn getan hatte. Er stellte den Teller ab, zog sie in seine Arme und gab ihr einen Kuss auf die Stirn.

»Danke. Für alles.«

»Immer gern, mein Lieber.«

Sie sah zu ihm hinauf, ein Zwinkern in den Augen. Einmal hatte sie ihm gestanden, wie hart es für sie war, keine eigenen Kinder zu haben. Es hatte an seinem Onkel gelegen, nicht an ihr.

»Du musst dich von Jörgen verabschieden«, sagte sie.

»Ich mach mich gleich auf den Weg.«

Anneke nickte und löste sich aus seinen Armen.

»Du musst mir nicht helfen«, sagte sie. »Lauf einfach los.«

»Aber …«

Sie nahm ihm das Geschirrtuch aus der Hand und gab ihm einen Klapps.

»Ab mit dir!«

Finn hob abwehrend die Hände.

»Ich bin schon weg.«

Draußen sah er, dass sie seine Turnschuhe abgebürstet hatte. Finn überlegte, ob er das Fahrrad nehmen sollte, aber dann entschied er sich, zu Fuß zu gehen.

Auf der Straße war es still geworden, die meisten Touristen waren fort. Finn lief schnell, nach etwa zehn Minuten war er am Hafen. Die beiden Imbisswagen hatten die Klappen geschlossen, die Kaffeebar war verschwunden, die *Frisia* lag still am Anleger. Hinter dem Hafenschuppen, wo in der kalten Jahreszeit ein paar Segelschiffe überwinterten, lag der Wal. Offenbar war es der Küstenwache gelungen, den Kadaver über die Rampe am Anleger aus dem Wasser zu ziehen. Nicht weit davon entfernt saß Jörgen auf einem Klappstuhl und rauchte.

Als Finn näher kam, sah er, dass man bereits ein paar Entlastungsschnitte am Rücken des Wals, über der Wirbelsäule, gesetzt hatte. Es roch nach ranzigem Fett und Lebertran. Der Wal lag auf der Seite, der Kopf so groß wie ein Rettungsboot, das Maul mit den spitzen Zähnen geöffnet. Etwas Blut rann ihm über die Flanken, und es sah fast so aus, als wäre er von einer Harpune getroffen worden. Unwillkürlich kamen Finn Bilder von der Eismeerfischerei in den Sinn. Ganz früher hatte man die Wale noch mit Handharpunen gejagt. Sobald ein Walfisch vor dem Fangschiff auftauchte, gellte der Ruf »*Fall, överall*« über Bord, und die Männer ließen alles stehen und liegen. Dann wurden kleinere Beiboote ausgesetzt, die dem Wal entgegenfuhren. In der Nähe des Wals warfen die Männer eine leere Mehltonne ins Wasser, und während das Tier mit der Tonne spielte und abgelenkt war, zielten sie mit den Harpunen nach ihm. Auf den Fliesenbildern, die es auf dem Koenigshof gab, waren diese Jagdszenen dargestellt. Die Walfänger brauchten dreißig bis vierzig Treffer, bis das Tier schwach genug war, um es längsseits an das große Schiff zu ziehen. Dann begann das Abspecken.

»Hey, Finn.« Jörgen stand auf, als er ihn bemerkte. »Willst du dir den Burschen noch mal anschauen?«

»Ich wollte dir Tschüss sagen«, entgegnete Finn.

»Du willst schon zurück?«

»Ja.«

Jörgen nickte und bot Finn eine Zigarette an. »Wenn du rauchst, riechst du ihn nicht«, erklärte er und gab ihm Feuer.

»Okay.«

Finn zog an der Zigarette. Wenn er noch länger in Emilienkoog blieb, würde er wieder mit dem Rauchen anfangen. »Warum sitzt du hier?«, fragte er Jörgen.

»Wen hat die Jungs von der Küstenwache zum Essen aufs Schiff eingeladen, die sind ja schon den ganzen Tag am Ackern. Ich pass so lange auf den Burschen auf. Nicht dass sich da noch jemand ein Souvenir stibitzt.« Jörgen klopfte auf das Funkgerät, das an seiner Gürteltasche steckte, dann deutete er auf die Walzähne. »Morgen kommen zwei Tierärzte von der Uni aus Hannover, die ihn untersuchen wollen. Die Dänen haben endgültig abgesagt, die haben genug mit ihren eigenen Walen zu tun.«

»Das wird 'ne ganz schöne Plackerei.«

»Das kannst du wohl laut sagen. Da liegen ja auch noch zwei Tiere im Watt vor den Inseln. Was meinst du, wie lange werden die brauchen?«

»Zu zweit? Keine Ahnung.« Finn blies den Rauch energisch aus. Jörgen hatte recht, der Qualm half gegen den Geruch. Früher hatte man die Wale geschält, Schicht für Schicht. Der Speck war an Land in großen Trankesseln zu Öl verkocht worden. »Zuerst müssen sie die Fettschicht abtragen und sich dann durch die Muskulatur arbeiten«, sagte er. »Ich schätze mal, das sind ein paar Container Fleisch. Und dann werden sie Proben von den inneren Organen entnehmen, wahrscheinlich schauen sie sich auch den Magendarmtrakt genau an. Drei, vier Tage wird das schon dauern.«

»Pro Wal?«

Finn nickte. »Mindestens.«

»Könntest du nicht helfen?«

Finn lachte, dann schüttelte er den Kopf. »Das hat Anneke mich auch schon gefragt.«

»Und – kein Interesse?«

»Hm.« Finn zog wieder an seiner Zigarette. Er dachte an die Geschichten, die Henri ihnen früher erzählt hatte. Von den Schätzen, die man im Inneren eines Wals finden konnte: Ambra, Perlen und den silbernen Schweif einer Meerjungfrau. Dann dachte er, dass das Herz eines Pottwals riesig sein musste. Und dass er gewiss der erste Kardiologe am Münchener Herzzentrum wäre, der von sich behaupten könnte, ein Walherz seziert zu haben.

»Ich sitze jetzt seit einer Stunde hier«, fuhr Jörgen fort und unterbrach seine Gedanken. »Und die ganze Zeit frage ich mich, wie unsere Vorfahren das damals ausgehalten haben.«

»Du meinst das Schlachten?«

»Ja. Die Fahrten ins Eis, die Strapazen, die gefährliche Jagd, die Unsicherheit, ob man wieder nach Hause kommt. Mein Urgroßvater ist im Eis verreckt, und mein Großvater ist trotzdem wieder nach Grönland gefahren. Gut, dass dann irgendwann Schluss damit war.«

»Henri ist doch auch noch auf Walfang gewesen.«

»Ja, einmal. Mit dem verrückten Onassis. Davon ist er auch nicht mehr losgekommen, du kennst doch seine Sammlung.«

Finn nickte und rauchte schweigend weiter. Ja, er kannte Henris Sammlung. Die Friesenstuben, die Henri wieder hergerichtet hatte, und seine Werkstatt mit der Reisekiste voller

Bücher, Illustrationen und Fotografien zum Walfang. Ebba und er hatten es geliebt, dort bei schlechtem Wetter Musik zu hören und in der Kiste herumzustöbern. Henri hatte Ebba auf der Gitarre ein paar alte Walfanglieder beigebracht, und wenn sie auf der Werkbank saß, spielte und dazu mit ihrer dunklen, leicht kratzigen Stimme sang, hätte er geschworen, dass sie eines Tages auf der Bühne stehen würde. Stattdessen reiste sie nun mit diesem zartbesaiteten Musiker herum und ordnete sein Leben.

»Was passiert eigentlich mit den Skeletten?«, fragte er Jörgen.

»Keine Ahnung. Ich nehme mal an, das entscheidet die Nationalparkverwaltung. Hast du Interesse?«

Finn lächelte. »Ich dachte nur …«

»Du meinst Henris Museum? Weiß ja keiner, was jetzt nach Gesas Tod damit passiert. Hab gehört, dass Ebba die Erbin ist.«

»Ebba?« Finn sah sie vor sich, ihr teures Kleid und ihre Großstadtattitude. »Woher weißt du das?«

»Man hört so dieses und jenes …« Jörgen schaute ihn von der Seite her an, er grinste. »Fünfundzwanzig Hektar Muschelgrund und jede Menge Eismeergeschichten. Ebba ist jetzt wirklich 'ne gute Partie.«

»Meine Güte, Jörgen, du weißt doch, dass sie mich damals sitzen gelassen hat.«

»Ihr wart Kinder, Finn. Und ihr habt beide viel zu jung Berührung mit dem Tod gehabt. Außerdem hat Gesa …«

Ein Auto fuhr hinter ihnen am Schuppen vorbei auf den Parkplatz. Sie drehten sich um, und Finn sah gerade noch, dass Ebba am Steuer saß.

»Was macht sie hier?«

Jörgen zuckte mit den Achseln, die goldenen Schulterstücke auf seinem Hemd blitzten in der Abendsonne auf. »Gestern Abend hat sie im Wagen gesessen und gearbeitet«, sagte er, seine Hände imitierten das Tippen auf einer Tastatur. »Wen hat's mir erzählt. Ich vermute mal, dass sie auf dem Koenigshof kein Internet hat. Gesa hat sich immer dagegen gewehrt, aus Angst vor den Strahlen. Wär schlecht für die Tomaten, hat sie behauptet.«

Finn lächelte, er beobachtete, wie Ebba in der Nähe der Imbisswagen parkte. Er konnte sich gut vorstellen, dass Gesa etwas Derartiges von sich gegeben hatte. Der Garten war ihr immer heilig gewesen, und ihre besondere Liebe galt dem Obst und Gemüse. Sie hatte stundenlang über die Schönheit eines Rhabarberblattes oder die Raffinesse von Erbsenranken philosophieren können.

»Willst du ihr nicht Hallo sagen?«, fragte Jörgen, er deutete mit dem Kinn zum Wagen. Ebba schien sie noch nicht bemerkt zu haben.

»Ich habe sie schon heute Nachmittag getroffen«, erwiderte Finn. Er sah, wie im Inneren des Wagens bläuliches Bildschirmlicht aufflackerte und Ebbas Profil erleuchtete. Sie hatte das Haar gelöst, es war etwas kürzer als früher und fiel ihr über die Schultern. Auf einmal stellte er sich vor, wie ihr Freund sie in seinen Armen hielt. Ein Streicher, ausgerechnet. In welchem Orchester spielte er? Finn wandte den Blick von ihr ab.

»Früher konntet ihr nicht genug voneinander kriegen«, brummte Jörgen. Er trat seine Zigarette im Sand aus, wedelte mit der Hand und zündete sich gleich eine neue an. »Dieser Geruch«, grummelte er, »wie ein Kutter voll mit verfaulten Krabben.«

»Na, hoffentlich tischt Wen der Küstenwache nicht auch noch seine Acht Köstlichkeiten zum Nachtisch auf«, murmelte Finn, »sonst sitzt du hier die halbe Nacht.«

»Nicht so schlimm, wenn du noch ein bisschen bei mir bleibst.« Jörgen stützte sich auf den Klappstuhl. »Erzähl mir was – von München.«

»Also eigentlich …« Verstohlen blickte Finn sich noch einmal zum Wagen um. Er sah, dass Ebba telefonierte und dabei aufgeregt gestikulierte.

»Komm schon, Jung. Gib dir einen Ruck. Hast du 'ne Freundin?«

»Ich hatte eine«, erwiderte Finn, »bis gestern.«

»Was ist passiert?«

»Hab's vermasselt.« Finn drückte seine Zigarette aus und verscharrte die Kippe mit den Schuhen im Sand. »Ich hätte gestern an den Gardasee fahren sollen. Zu ihr. Stattdessen bin ich hier gelandet.«

»Hatte dein Navi einen Aussetzer?«

Jörgen grinste und knuffte ihn in die Seite.

»Nee, ich hatte Sehnsucht – nach dir.«

»Komiker.« Jörgen klopfte eine weitere Zigarette aus seinem Päckchen und bot sie Finn an.

Finn schüttelte den Kopf. »Geht schon.«

»Und jetzt ist die Dame sauer?«

»Sie hat mich Arschloch genannt, und ich kann es ihr noch nicht mal übel nehmen.«

»Wart ihr lange zusammen?«

Finn schürzte die Lippen. »Sechs Wochen oder so.«

»Und die davor?«

»Drei, vier Monate vielleicht.«

»Und davor?«

»Was weiß ich, ein halbes Jahr?«

»Schon mal 'ne längere Beziehung gehabt?«

»Länger als ein halbes Jahr?«

Finn schüttelte den Kopf, auch weil Jörgen ihn mitleidig ansah. Er trat ein paar Schritte auf den Wal zu, um die Zähne genauer betrachten zu können. Früher hatten die Seeleute auf den Walfängern kleine Kunstwerke aus den elfenbeinartigen Zähnen geschnitzt. Henri hatte eine kleine Sammlung dieser *Scrimshaws* zusammengetragen, die Anfang des 19. Jahrhunderts in Mode gewesen waren.

»Du warst mir halt kein gutes Vorbild«, sagte er über die Schulter, dann drehte er sich wieder zu Jörgen um.

»Aber jetzt …«, erwiderte Jörgen, und ein Strahlen zog sich über sein Gesicht. »Jetzt bin ich das beste Vorbild, das du dir vorstellen kannst.«

»Ach was, warum kann ich dir das nur nicht glauben?«

Finn drehte sich wieder zum Wal und ging in die Knie. Er streckte die Hände nach den Zähnen aus. Aus dem Wal schienen Geräusche zu kommen. Ein Gurgeln und Stöhnen, Abermillionen von Fäulnisbakterien, die im Inneren des Riesen eine Party veranstalteten.

»Weil ein Zyniker aus dir geworden ist«, rief Jörgen ihm zu, seine Worte rauschten an ihm vorbei und verschwanden im dunklen Schlund des Wals. Finn beschloss, sie zu ignorieren.

»Ist sie von hier?«, fragte er und stand wieder auf.

»Meine große Liebe?« Jörgen überlegte kurz, dann schüttelte er den Kopf.

»Und wie lange seid ihr jetzt zusammen?«

»Fast acht Jahre. Und wenn's nach mir geht, bleiben wir so lange zusammen, bis ich auf meine letzte Fahrt gehe.«

»Nicht schlecht.« Finn trat wieder zu Jörgen. »Wo habt ihr euch kennengelernt?«

»Auf dem Schiff natürlich, wo sonst? Meine große Liebe ist genauso viel unterwegs wie ich.«

»Ist sie jünger?«

Jörgen wiegte den Kopf.

»Zehn Jahre.«

Finn pfiff leise durch die Zähne, dann schaute er wieder zum Wagen hinüber. Ebba hatte aufgehört zu telefonieren, sie öffnete das Fenster. Im nächsten Moment schien sie den Wal zu riechen. Sie sah sich suchend um, dann entdeckte sie ihn. Ihre Blicke begegneten sich. Für einen Moment sah es so aus, als würde sie sich wieder ihrem Laptop zuwenden, aber dann öffnete sie die Tür und stieg aus.

Sie trug ein T-Shirt, Jeans und Turnschuhe, mit entschlossenen Schritten kam sie auf sie zu. Der Gestank schien ihr nichts auszumachen.

»Hallo, Jörgen«, sagte sie und reichte ihm die Hand. »Schön, dich mal wieder zu sehen.«

»Freut mich auch, Ebba«, erwiderte Jörgen und schüttelte ihre Hand wie einen Pumpschwengel. »Wenn man das unter diesen Umständen so sagen darf.«

»Ich nehme mal an, Gesa hat dir schon eine Einladung zu ihrer Beerdigung zukommen lassen?«, fragte sie. Ein schiefes, aber bezauberndes Ebba-Lächeln lag auf ihren Lippen.

Jörgen nickte. »Ich lass die Elf-Uhr-Tour am Dienstag ausfallen. Und Wen kommt natürlich auch mit.«

»Und du«, Ebba wandte sich an Finn. »Kommst du auch? Ich würde mich freuen. Dann kannst du auch meinen Freund kennenlernen.«

16

Jona

Beerdigungen waren ihm immer schon ein Gräuel. Jona erinnerte sich an die tränenreiche Bestattung seiner Großmutter in Heidelberg. Er war zehn Jahre alt gewesen, und er hatte an ihrem Grab Geige gespielt. Ein dahingehauchtes, flüchtiges *Ave-Maria*. Grandma's Freundinnen hatten ihn mit feuchten Küssen überhäuft, während er sich vorzustellen versuchte, dass sie da unten in der Erde lag. Tot. Er hatte nichts von der salbungsvollen Zeremonie mit ihr in Verbindung bringen können. Aber noch heute hatte er die Bemerkung seines Bruders im Ohr: »Wie lange dauert es wohl, bis die Würmer sie aufgefressen haben?«

Und dann war da noch die Beerdigung von Eleonore Grande vor ein paar Jahren gewesen. Miss Eleonore Grande – seine Entdeckerin, Förderin, Ersatzmutter. Jona wollte nie Klavier spielen wie seine Schwestern. Und wie sein Vater. Stattdessen hatte er mit fünf Jahren seine ersten Versuche auf der Geige unternommen. Miss Grande wohnte nebenan, und sie war Geigenlehrerin. Jeden Tag drang das zittrige Spiel ihrer Schüler durch die dünnen Wände zu ihnen herüber, und er hatte gespürt, dass er es besser machen könnte. Oh, wie hatte er es geliebt, mit dem Bogen über die Saiten zu tanzen!

Die atemlosen Läufe bis hinauf zum hohen C, die Arpeggios, Salti und Fantasien. Zwei Jahre später hatte er schon seinen ersten Wettbewerb gewonnen, und sein Vater zog es vor, sein Glück in der Karibik zu suchen. Mit elf debütierte er in der Royal Albert Hall in London. Ein Wunderkind. Da hatte ihn längst der legendäre Ziv Kapellmann unter seine Fittiche genommen, und Nigel Kennedy bezeichnete ihn mit einem gönnerhaften Grinsen als »*fucking great bastard*«. Von da an galt Jona als bester Geiger seiner Generation, aber er hatte Miss Grande, ihre Herzenswärme und die mit Lavendelöl getränkten Pulswärmer, die sie trug, nie vergessen. Nachdem er in ihrem Wohnzimmer die ersten Töne auf seiner Kindergeige fabriziert hatte, hatte sie ihn in die Arme geschlossen und an seinem Ohr gemurmelt, daraus ließe sich etwas machen. O ja, sie hatte einen Künstler aus ihm gemacht. Sie hatte ihm gezeigt, wie man mit dem Bogen Klangskulpturen schaffen konnte. Mit dreizehn hatte er seinen ersten Plattenvertrag bekommen, und sein erstes Album widmete er ihr: *La Grande Étude*. Damals übte er jeden Tag mindestens sechs bis sieben Stunden. Aber es hatte ihm Spaß gemacht, und bisweilen hatte er gedacht, er sei auserwählt. Ein alberner Gedanke, der ihm heute fernlag. Nein, er war nicht auserwählt. Er war nur jemand, der ein verdammt gutes Gehör hatte und immer fleißig gewesen war. Irgendwie hatte er wohl die Versäumnisse seines Vaters wettmachen, es besser machen wollen. Und er wollte der Beste sein. Immer.

Jona seufzte leise und blickte sich in der kleinen Kirche um. Er verstand nicht viel von Kirchen, er hatte sie immer gemieden, aber diese hier war ganz hübsch. Ein kleiner backsteinerner Saal, von innen weiß getüncht und mit einer himmelblauen Balkendecke. Auch das geschnitzte Gestühl und die

Taufe waren blau bemalt. Jesus am Kreuz schien milde zu lächeln. Rechts vom Altar, etwa einen Meter über dem Boden, war eine Markierung angebracht. Bis dorthin, so hatte Ebba ihm flüsternd erklärt, war das Hochwasser nach der letzten großen Sturmflut 1962 gestiegen. Sonnenlicht rieselte durch die kleinen Buntglasfenster, und der schwerelose Gesang der Vögel schwebte von draußen herein.

Die Kirche war so klein, dass der Sarg mit den Möwen im Mittelgang stehen musste. Etwa dreißig Gäste waren zur Beerdigung erschienen. Ebba saß neben ihm in der zweiten Reihe. Sie lauschte der Predigt, genau wie Otto, der quer vor dem Altar lag. Ihre Hand lag in seiner, und es fühlte sich gut an, sie zu halten.

Immer wieder unterbrach Orgelmusik die Worte des Pastors. Eine seltsame Mischung aus Bach, Rock'n'Roll- und Jazz-Klassikern. Anneke saß an der Orgel, die Frau, die ihn beim Empfang auf dem Koenigshof so wissend angelächelt hatte. Der Blick aus ihren hellen, lichten Augen war ihm unter die Haut gegangen. Ihr Vortrag war bestenfalls solide, einige Stücke klangen, als hätte sie die Lieder erst kurz vor der Beerdigung einstudiert. Aber sie spielte seelenvoll und mit Herz.

Jonas Blick streifte die Trauergäste, die auf der anderen Seite des Mittelgangs saßen. Er erkannte Friedrich Grothe, steif und unnahbar, die Lippen so fest zusammengepresst, als müsste er ein Schluchzen zurückhalten. Schräg dahinter saß ein Mann, der wie die etwas jüngere Version von Kirk Douglas aussah, das Gesicht rau und schön wie eine Klippe. An seiner Seite wiegte sich ein Chinese zur Musik, ab und zu schnupperte er an den Rosen, die die Kirchenbänke wie bei einer Hochzeit schmückten. In der nächsten Reihe saß ein

Typ, der in etwa so alt war wie er selbst. Groß, blond, distanziert. Zur dunkelblauen Stoffhose trug er ein weißes Hemd, die Stirn hatte er in Falten gelegt. Er sah so aus, als ob er nur hier war, weil er jemandem einen Gefallen tat. Als Jona mit Ebba die Kirche betrat, hatte der Typ ihn mit einer Mischung aus Neugier und Verachtung gemustert. Für einen kurzen Augenblick hatte Jona gedacht, dass er ihn erkannt hatte. Aber Ebba hatte ihn beruhigt: »Mit diesem Bart? Das bist doch nicht du.«

Vermutlich hatte Ebba recht, er war sich ja inzwischen sogar selbst fremd. Unsicher fuhr sich Jona übers Gesicht. Er hatte sich zum letzten Mal vor seinem Konzert in Amsterdam rasiert, und aus dem dunklen Schatten war ein überraschend kräftiger Siebentagebart geworden, der alle Konturen verwischte. Außerdem hatte Ebba ihm die Locken abgeschnitten, und nun sah er aus wie ein Straßenmusiker. Und ohne die Francesca in seinem Arm … Wer war er denn ohne die Schöne und ohne seine Musik?

Jona bewegte die Finger, und Ebba drückte ganz leicht seine Hand. Sie hielt sich gut, keine Tränen. Wahrscheinlich hatte sie genug geweint. Vor zwei Tagen, am Sonntag, hatte ihre Mutter angerufen und erklärt, dass sie nicht käme. Irgendein Chaos auf ihrer Großbaustelle hielt sie davon ab, ihr Versprechen einzulösen. Ebba hatte nichts dazu gesagt. Aber in der folgenden Nacht hatte er sie schluchzend durchs Haus wandern hören. Schließlich war sie zu ihm in den Alkoven gekrochen und hatte die Arme um ihn geschlungen. Sie hatten beide nicht mehr schlafen können.

»Die Baustellen waren ihr immer wichtiger als unser Leben«, hatte sie ihm am nächsten Morgen beim Frühstück erklärt und dabei ausgesehen wie ein kleines, trotziges Mädchen. »Ich glaube, sie ist die schlechteste Mutter, die man sich vorstellen kann.« Jona hatte genickt, im Stillen hatte er an seinen Vater gedacht. Thomas Oliver hatte immer die nächste Tour, das nächste Schiff vor Augen gehabt. Als fände das Leben nur in der Zukunft und an einem anderen Ort als zu Hause statt.

Vor dem Altar richtete der Pastor das Wort an die Trauergemeinde. Er sprach über Ebbas Großmutter, rühmte ihr großes Herz und ihre Hilfsbereitschaft sowie die Beharrlichkeit, mit der sie das Erbe ihres Mannes und die Geschichte des Ortes bewahrt hatte. In der Kirche war es sehr still, und in die Stille hinein erzählte er, dass sie ihn Anfang des Jahres aufgesucht habe, um mit ihm über ihre Beerdigung zu sprechen. »Gesa Koenig hatte eine genaue Vorstellung davon«, sagte er mit einem leisen Lächeln, »und sie war sehr zuversichtlich, dass alle Menschen, die ihr etwas bedeuteten, heute hier zusammenkommen würden. Das war ihr Herzenswunsch.« Dann sprach er über den Wal. Über Jonah und den Wal, der den Propheten verschluckt und wieder ausgespien hatte. Er nutzte die biblische Erzählung, um über Gottes Gnade und Mitleid mit allen Geschöpfen zu sprechen, über Tod und Auferstehung. Jedes Mal, wenn der Pastor seinen Namen in den Mund nahm, zuckte Jona zusammen.

Dann, nach einem letzten Gebet, war es endlich vorbei. Das letzte Lied erklang, und die Männer von Emilienkoog trugen den Sarg hinaus.

Jona brauchte einen Moment, bis er das Stück erkannte.

War das etwa *Ruby Tuesday*? Die Rolling Stones?

Anneke verpatzte das Intro, und so dauerte es ein paar Sekunden, bis er sich sicher war. Er sah Mick Jagger vor sich, seinen goldenen Gehrock, die dramatischen Gesten, seine unfassbare Präsenz. Sie hatten einmal bei einem Benefizkonzert zusammen auf der Bühne gestanden und diesen Song gespielt. Er war sehr einfach, nur wenige Akkorde, vermutlich in zehn Minuten komponiert, so wie die meisten großen Songs.

C, G, C, G, D. C, G, C, G, D.

Plötzlich war ihm, als schreite Ebbas Großmutter hinter dem Sarg aus der Kirche hinaus. Die Musik schien ihr Bild in den Raum zu projizieren wie ein Hologramm. Auf einmal konnte er spüren, wie sie gewesen war. Und wer.

Der Hund jaulte auf, und an seiner Seite konnte Ebba die Tränen nicht mehr zurückhalten.

Auf dem Friedhof hielt Jona sich im Hintergrund. Er konnte den Blick in die dunkle Grube nicht ertragen und fürchtete, dass die Angst aus ihrem Versteck hervorspringen würde. Ebba hatte sich wieder gefasst, tapfer ließ sie die Umarmungen und Beileidsbekundungen über sich ergehen. Immer wieder zupfte sie einzelne Blüten aus den Blumensträußen, um sie ins Grab zu werfen.

Danach versammelten sich die Trauergäste im alten Pastorat, und die gedrückte Stimmung wich einem gelösteren Beisammensein. Es war ein munteres Kaffeetrinken (soweit Jona das beurteilen konnte) mit sahnigen Torten (typisch norddeutsch, wie er von Ebba erfuhr) und chinesischen Leckereien (ganz und gar untypisch). Und es gab Schnaps. Klar, scharf, hochprozentig. Die Gespräche kreisten um Ebbas Großmutter. Und um den Wal. Inzwischen waren auch die beiden anderen Tiere, die vor den Inseln gestrandet waren, nach Emilienkoog geschleppt worden. Ein Schiff von Greenpeace kreuzte in der Nordsee, um zu verhindern, dass noch mehr

Wale auf ihrer Wanderung in die Arktis falsch abbogen und im Wattenmeer strandeten.

Jona beteiligte sich nicht an den Gesprächen, er verzog sich in eine stille Ecke, saß auf der Fensterbank, trank Schnaps und schaute in den Garten des Pastorats. Auch in Annekes Beeten wetteiferten die Stauden miteinander in ihrer Pracht, wie auf der Chelsea Flower Show. Ein wogendes Meer in Beerenfarben, herrlich anzuschauen. Er beobachtete Friedrich Grothe, der mit dem Hund durch den Garten streifte, als traute er sich nicht zu den anderen hinein. Blauer und weißer Rittersporn, violette Alliumkugeln und Silberdisteln schunkelten in der leichten Brise.

»Ich hasse Beerdigungen …«, sagte plötzlich eine Stimme neben ihm.

Jona sah auf, es war der blonde Typ, die Hände in den Hosentaschen, ein verhaltenes Lächeln auf den Lippen. Jona nickte und schaute wieder hinaus, er hatte keine Lust auf ein Gespräch.

Der Blonde ließ sich nicht einschüchtern. »Ich bin Finn. Finn Grothe.«

»Hallo …«, erwiderte Jona lustlos, er musste sich überwinden, den Handschlag zu erwidern. »Jonas.«

»Hi, Jonas.« Finns Lächeln wurde breiter, er schien irgendwie irritiert und amüsiert zugleich, sein Blick streifte den Verband, bevor auch er hinaus in den Garten schaute. Als er Friedrich Grothe bemerkte, runzelte er die Stirn und presste die Lippen zusammen. Angespannt schob er die Hände in die Hosentaschen zurück.

Finn Grothe.

Jona sah ihn noch einmal an, dann hatte er kapiert. Der Typ musste der Sohn vom alten Grothe sein. Zu Beginn des

Gottesdienstes hatten sich die beiden Männer kurz mit Handschlag begrüßt. Ungelenk und steif. Wie zwei alte Bekannte hatten sie voreinander gestanden, die sich vor langer Zeit aus den Augen verloren hatten und nun nicht mehr wussten, warum.

»Bist du auch Arzt, so wie er?«, fragte Jona und deutete auf den Alten. Sein Puls beschleunigte sich, und vor seinen Augen flackerten hektische rote Lichter auf.

»Hm. Eigentlich nicht, nein.« Finn schien kurz nachzudenken. »Ich bin wohl eher so etwas wie ein … Zauberer.« In seiner Stimme schwang der helle, eisige Klang der Lüge. Ein Fis, das kurz in Jonas Ohren schmerzte und sich dann in einen weicheren Mollakkord auflöste.

»Ein Zauberer?«

»Ja, Kindergeburtstage und so.«

Finn zog die Hände aus den Hosentaschen und ließ sie auffahren wie eine Traube Luftballons, die davonflog.

Jona kniff die Augen zusammen, er betrachtete ihn genauer. Finn hatte dunkle Augen, die in einem merkwürdigen Kontrast zu seinem dichten, blonden Haar standen, und ein gewinnendes Lächeln, das den verletzenden Biss seiner Lüge milderte. Er war kein Zauberer, aber in seiner Stimme schwang die Traurigkeit eines Clowns.

»Zeig mir was«, forderte Jona ihn auf.

Finn verzog die Lippen zu einem spöttischen Lächeln, als hätte er damit gerechnet. Er griff nach Jonas Schnapsglas, das auf der Fensterbank stand. Seine Hände wirbelten wieder durch die Luft, und im nächsten Augenblick hielt er statt des Schnapsglases ein Glas mit Marmelade in den Händen. Erdbeermarmelade.

Jona grinste anerkennend, er war ehrlich verblüfft.

»Nicht schlecht.«

Finn stellte die Marmelade auf der Fensterbank ab. »Eigentlich bin ich besser darin, Dinge verschwinden zu lassen«, sagte er. »Und was machst du?«

»Auch zaubern.«

Finn zog eine Augenbraue in die Höhe, für ein paar Sekunden maßen sie sich mit Blicken, als trügen sie ein Duell aus, dann nickte er. »Zeig's mir«, sagte er.

Jona grinste. Sachte klopfte er gegen das Fenster. Lang, kurz, kurz, lang, als würde er Morsezeichen senden. Draußen schaute der Hund auf, dann ließ er Friedrich Grothe stehen und lief ums Haus. Kurze Zeit später tauchte Otto neben ihnen auf.

»Auch nicht schlecht.«

Finn lachte und strich dem Hund ruppig über den Kopf. Aus dem Hintergrund schaute Ebba zu ihnen herüber. Ein Blick, der nicht zu deuten war.

»Die Marmelade ist für deinen Vater, oder?«, fragte Jona und tippte auf das Etikett. »Ich habe die Erdbeerpflanzen auf dem Friedhof gesehen. Und das Grab und den Spruch auf dem Grabstein. Du hast deine Mutter früh verloren.«

Finn nickte, ehrlich verblüfft. »Du bist kein Zauberer«, stellte er fest. »Du bist ein Detektiv.«

Jona schüttelte den Kopf. »Musik«, sagte er dann, »ich mache Musik. Und ich habe ein gutes Ohr für die Zwischentöne.« Er bemerkte, dass Finn wenig überrascht reagierte, so als hätte er das längst gewusst.

»Ich hab gesehen, wie du in der Kirche ein paar Mal zusammengezuckt bist«, erklärte Finn. »Meine Tante …«

»Anneke ist deine Tante?«

Finn nickte.

»Sie hat der Orgel ein paar ganz … außerordentliche Töne entlockt«, beeilte sich Jona zu sagen. Er lächelte wieder, fast gegen seinen Willen.

Finn erwiderte das Lächeln und drehte sich ganz kurz zu Ebba um.

»Was spielst du?«

»Geige.«

»Schwieriges Instrument.«

Jona zuckte mit den Schultern. »Eigentlich nicht.«

»Eigentlich?«

Jona deutete auf den Verband.

»Das ist ein Friedrich-Grothe-Verband«, sagte Finn anerkennend. »Keine Sorge, er kann ganz ordentlich nähen. Er hat an seinen Vögeln geübt.«

»Das tröstet mich.«

Jona blickte auf seine Hand. Plötzlich sah er die ausgestopfte Ente wieder vor sich, ihr dämonisches Lächeln. Ganz kurz trippelte die Angst unter seinen Rippenbögen auf und ab. Endlich hatte sie ein Gesicht. Sie sah aus wie eine Ratte, mit spitzen Klauen und einem langen, schuppigen Schwanz.

»Warum geht ihr euch aus dem Weg?«, fragte er Finn, um der Panik etwas entgegenzusetzen.

»Mein Vater und ich?« Finn atmete hörbar aus. »Lange Geschichte.«

»Und die Kurzfassung?«

»Hör mal, bist du immer so direkt?«

Jona zuckte mit den Schultern. Er wusste selbst nicht, warum er danach gefragt hatte. Vielleicht war es das Vater-Sohn-Thema, das sie verband. Irgendwie schienen sie beide ordentlich Ballast mit sich herumzuschleppen.

»Ich weiß nicht, ob es überhaupt eine Kurzfassung gibt«,

fuhr Finn zögerlich fort, aber da kam Ebba zu ihnen, als wäre sie der Meinung, dass sie nun lange genug miteinander geredet hätten. Sie legte den Arm um Jona und den Kopf an seine Schulter. »Darf ich dir Finn, den Wolkenflüsterer vorstellen«, sagte sie. Dem Flattern in ihrer Stimme konnte er anhören, dass sie auch schon ein paar Schnäpse getrunken hatte. »Früher konnte er mir die Sterne vom Himmel zaubern.«

17
Ebba

Es war seltsam, welchen Trost die alten Rituale spenden konnten. Ebba hatte Angst vor der Beerdigung gehabt, große Angst. Aber dann war es überhaupt nicht schlimm gewesen. Jedenfalls nicht so schlimm, wie sie befürchtet hatte. All die mitfühlenden Worte, Gesten und Beileidsbekundungen, die wie eine Umarmung waren. Das Essen, der Blumenschmuck, das Beisammensein, die Erinnerungen (die guten). Nur die Musik …

Die Musik riss an den alten Wunden, und als sie sich in der Kirche umblickte, hatte sie bemerkt, dass es Finn genauso ging. Er hatte die Augen schließen müssen.

Ebba biss sich auf die Lippen, es war früher Abend, und sie fuhr mit dem Wagen vom Pastorat zurück zum Koenigshof. Auf der Rückbank türmten sich die Reste des Leichenschmauses: Schnittchen, Tortenreste und eine Platte mit kleinen chinesischen Köstlichkeiten. Mandarinenmus, frittierte Bananen, Reispudding, Pfirsiche mit Honig. Und Glückskekse. Wahrscheinlich hatte Wen die ganze Nacht gebacken und gekocht. Anneke hatte ihr alles eingepackt. Das Auto duftete wie eine Garküche, und das Durcheinander der Gerüche bereitete ihr eine leichte Übelkeit, die wie ölige Flüssigkeit in ihrem Magen hin- und herschwappte. Oder hatte sie einfach nur ein bisschen zu viel gegessen und getrunken? Und zu viele Erinnerungen in sich aufsteigen lassen?

Ebba öffnete das Fenster einen Spaltbreit und sog die Seeluft ein. Finn und Jona waren schon vorausgegangen, sie hatten den Hund mitgenommen. Eigentlich war ihr das nicht recht gewesen, sie hätte Jona lieber in ihrer Nähe gehabt. Aber sie konnte ihn schlecht wie ein Kind behandeln, schon gar nicht vor Finn. Jona (nein, Jonas!) war ihr Freund – ein wenig angeschlagen, das ja, aber doch nicht komplett durch den Wind. Es schien ihm etwas besser zu gehen, dachte sie nun. Sie waren seit sechs Tagen an der Nordsee, und der Abstand zur Francesca, zur Musik und die salzgeschwängerte Nordseeluft bekamen ihm gut. Er hatte keine Panikattacke mehr gehabt und trank weniger. Und er hatte sie nur einmal nach dem Schlüssel zu Henris Werkstatt gefragt. Ja, Jona hatte sie sogar ein wenig über den Kummer mit ihrer Mutter hinwegtrösten können. Seine Umarmungen gaben ihr Halt, sie mochte es, wenn sie den Kopf in seiner Schulterbeuge bergen konnte.

Ebba schüttelte den Kopf und schluckte eine saure Welle hinunter, die aus ihrem Magen aufstieg. Warum nur ließ sie sich immer wieder auf die Versprechungen ihrer Mutter ein?

Natürlich war sie nicht zur Beerdigung gekommen. Sie hatte lediglich einen Kranz groß wie ein Riesenrad geschickt. Ihre Mutter war nur einmal noch in Emilienkoog gewesen. Damals, direkt nach Henris Tod. Als Ebbas Kindheit schlagartig endete, weil Gesa ihr diesen einen Satz entgegengeschleudert hatte: »Du bist schuld.«

DU. BIST. SCHULD.

Wie hätte sie da noch bleiben können?

Am Telefon hatte sie so sehr geweint, dass ihre Mutter nicht umhingekommen war, sie abzuholen. Dieses eine Mal hatte sie eingesehen, dass ihr Kommen unbedingt notwendig war. Nach Henris Beerdigung waren sie gemeinsam nach Sandusky, Ohio, geflogen. »*The Roller Coaster Capital of the world*«, murmelte Ebba, während sie die Straße zum Hafen hinunterfuhr. Sechzehn Achterbahnen. Der größte Vergnügungspark der Welt hatte sie über ihren Kummer hinwegtrösten sollen. Gleichzeitig hatte ihre Mutter dort das Modell einer noch höheren, noch schnelleren, noch spektakuläreren Bahn präsentiert.

The Terrible Witch.

War sie je gebaut worden?

Ebba drosselte das Tempo, dann hielt sie an und warf einen Blick zur Fähre hinüber. Obwohl es noch lange nicht dunkel war, brannte ein kleines Licht auf der Brücke. Jörgen hatte alle Fahrten für den Nachmittag abgesagt, und die *Frisia* schaukelte träge in der leichten Dünung. Der Gestank nach Walfischtran und Verwesung zog herein, und sie schloss schnell das Fenster.

Nach ein paar Sekunden verschmolz der Gestank mit den blumigen Essensgerüchen. Früher hatte Wen davon geträumt, ein Restaurant zu eröffnen. Irgendwo, an einem idyllischen Ort. Die Speisekarte war schon fertig gewesen, er hatte sie ihr einmal vorgelesen. Die Gerichte hatten sich in Ebbas Ohren wie Gedichte angehört, sie erinnerte sich an ein Steckrübenmus mit Wasserkastanien und Mu-Err-Pilzen oder Wollhandkrabbenfleisch an süßsaurem Wirsing. Eine Mischung aus klassisch norddeutschen Gerichten und den raffinierten Aromen der chinesischen Küche. Und zwanzig Jahre später schuftete Wen immer noch im Bordbistro. Aber er sah zufrieden aus, fast glücklich. Sein Haar war noch immer so schwarz wie früher, und seine Augen lächelten vergnügt.

»Ich bin angekommen«, hatte er am Nachmittag zu ihr gesagt, und sie hatte ihn sogar ein wenig beneidet. Wie hatte er es bloß all die Jahre in der nordfriesischen Provinz ausgehalten?

Ebba schüttelte den Kopf. Als Kind hatte sie sich diese Fragen nie gestellt. Es war ihr noch nicht einmal merkwürdig vorgekommen, dass ein Chinese aus Macao hier gestrandet war. So vieles war ihr damals ganz selbstverständlich erschienen. Im Emilienkoog ihrer Kindheit schien alles möglich zu sein. Nur den Tod ihres wunderbaren Großvaters, den hatte sie nie für möglich gehalten.

Wieder schluckte Ebba eine Welle von Übelkeit hinunter. Das klebrige Duftpotpourri benebelte ihre Sinne, aber sie traute sich nicht, das Fenster noch einmal zu öffnen. Benommen ließ sie den Wagen weiterrollen. Die Nationalparkverwaltung hatte inzwischen ein riesiges Zelt hinter dem Hafenschuppen aufstellen lassen, wo man die toten Wale aus dem Watt sezierte. Der Besucheransturm hatte nach dem Wochenende nachgelassen, aber dafür hatten sich ein paar Freiwillige gemeldet, die mithalfen, die Wale abzuspecken. Auch Finn war dabei, er hatte ihr vorhin ganz kurz davon erzählt.

Was hätte ihr Großvater dazu gesagt? Ebba erinnerte sich, wie Finn ihn früher immer wieder über die Waljagd ausgefragt hatte. Er wollte alles darüber hören, einfach alles.

Langsam fuhr sie auf das Zelt zu und hielt wieder an. Eine Kamera scannte das Areal, sodass die Kadaver nachts nicht mehr bewacht werden mussten. Die Zeltbahnen bauschten sich ganz leicht im Wind. Zwei Container zum Abtransport der Überreste standen neben dem Zelt, sie waren leer. Dahinter wartete ein Bagger auf seinen nächsten Einsatz.

Sie wollte weiterfahren, aber in diesem Moment summte ihr Telefon. *Caroline*, las sie auf dem Display. New York war aufgewacht.

»Hallo?«, meldete sie sich betont munter, während sie gegen die nächste Welle von Übelkeit, die sich in ihrem Magen aufbaute, ankämpfte.

Caroline hielt sich nicht mit einer Begrüßung auf. »Wir haben ein Problem«, sagte sie, ein alarmiertes Kieksen in der Stimme. »Der *Big Star* macht morgen mit einer Story über Jona auf.«

»Was haben sie?«, fragte Ebba. Sie machte den Motor aus und beobachtete eine Möwe, die durch einen Spalt ins Zelt marschierte. Der *Big Star* war ein viel gelesenes Online-Portal, das für seine halb garen Geschichten aus der Promiwelt berüchtigt war.

»Die Tänzerin«, antwortete Caroline. »Du weißt schon, die aus dem Musikvideo. Angeblich ist sie von ihm schwanger.«

»Das stimmt nicht«, sagte Ebba schnell. »Da war nie etwas zwischen ihnen.«

»Bist du dir sicher?«

Caroline klang gereizt, und ihr Misstrauen machte Ebba fassungslos.

»Ja«, antwortete sie knapp. »Jona war in den letzten Monaten ständig unterwegs, das weißt du doch. Er hatte gar keine Zeit, um …«

Ebba stutzte, plötzlich erinnerte sie sich, dass Jona nach Abschluss der Dreharbeiten einen Abend mit Alexa verbracht hatte. Sie hatte im Daniel's einen Tisch für die beiden gebucht. Waren sie miteinander im Bett gelandet?

»Ich will mit Jona sprechen.«

»Caroline, ich kann dir versichern, dass an der Story nichts dran ist. Das ist doch eine Finte. Wahrscheinlich wollen sie euch ein Exklusivinterview zu Jonas Gesundheitszustand abpressen.«

»Wenn wir mit einer Unterlassungserklärung dagegen vorgehen, muss ich mir ganz sicher sein.«

»Okay.« Ebba presste die Lippen zusammen, die Übelkeit ließ sich nicht mehr wegatmen, und sie begann zu schwitzen. Jona war gerade erst ein wenig zur Ruhe gekommen, und sie wollte nicht, dass Caroline ihn mit dieser Geschichte wieder aus dem Gleichgewicht brachte. Vor allem aber wollte sie nichts davon hören. Ebba versuchte, etwas zu sagen, aber Caroline ließ sie nicht zu Wort kommen.

»Ebba, zum Teufel, was treibt ihr da drüben? Und wo steckt ihr? Ich muss Jona sprechen. Jetzt.«

»Ich ruf dich zurück.«

»Du hast eine Stunde.«

Ebba antwortete nicht, sie legte einfach auf.

Jona.

Und die Tänzerin.

Sie hatte die Bilder aus den Magazinen vor ihrem inneren Auge, die junge, schöne, talentierte Alexa Sterling, die gerade dabei war, nach den Sternen zu greifen. Wie konnte sie so sicher sein, dass da nichts gelaufen war? Eifersucht flackerte in ihr auf und grub ihr den Magen um.

Gequält stöhnte Ebba auf. Im nächsten Moment bemerkte sie, dass die Möwe wieder aus dem Zelt herausspazierte. Der Vogel wirkte sehr zufrieden, in seinem Schnabel hing etwas, was wie ein Stück Speck aussah.

Ebba wandte sich schnell ab. Sie wollte den Motor starten, aber die Übelkeit war inzwischen so groß, dass sie alles lähmte. Sie konnte noch nicht einmal den kleinen Finger bewegen. Sie saß in der Falle. Der Schweiß schoss ihr aus allen Poren, und einen Moment war sie sicher, dass sie gleich das Bewusstsein verlieren würde. Sie verspürte einen Anflug von Panik. Ein gleißender, sengender Blitz, der alle ihre Nerven erzittern ließ.

Im nächsten Moment klopfte jemand von außen an die Scheibe, dann öffnete sich die Tür. Der Gestank, der sie traf, war einfach unglaublich. Eine beißende Woge aus Fäulnis und Verwesung und süßem Walfischtran.

Entsetzt bemerkte Ebba, dass sie sich nicht mehr würde beherrschen können. Mit einer letzten Willensanstrengung drehte sie den Kopf zur Seite. Im nächsten Moment schoss alles aus ihr heraus, die Schnittchen, der Kuchen, die Pfirsiche mit Honig, der Schnaps.

Und die Wut.

Die Wut auf Caroline.

Auf ihre Mutter.

Und auf Gesa und das Erbe und … Jona.

Sie konnte nicht mehr denken. Nur noch starren. Auf Jörgens glänzend schwarze Beerdigungsschuhe.

»Rück mal rüber«, hörte sie seine Stimme, »ich glaube, ich fahr dich besser nach Hause.«

Die nächsten Stunden vergingen in einem zähen Nebel aus Erschöpfung und Scham. Jörgen verfrachtete sie ins Haus, dann spürte sie ein paar Arme, die sie unterhakten und ins Bett brachten. Sie hörte Stimmen, weit weg. Alles drehte sich, ihr Körper schien sein Innerstes nach außen zu kehren. Zuletzt riss der Schwindel sie hinab in einen dumpfen, traumlosen Schlaf.

Als sie wieder zu sich kam, war es dunkle Nacht. Das Licht auf ihrem Nachttisch brannte, Jona saß in einem Sessel am Fenster, den Hund an seiner Seite. Er trug noch das weiße

Hemd, das er sich für die Beerdigung angezogen hatte. Im ersten Moment sah er aus wie ein Geist.

»Hi«, sagte er und zwinkerte ihr zu. »Wieder da?«

»Weiß nicht.« Ebba versuchte, sich aufzurichten.

»Ich hab dir Tee gemacht.«

Jona stand auf und kam herüber. Er reichte ihr den Tee und setzte sich aufs Bett.

»Danke.« Ebba nippte an der Tasse, der Tee war kalt und schmeckte nach Erdbeerblättern. »Wie lange habe ich geschlafen?«

»Ein paar Stunden. Es ist jetzt kurz nach Mitternacht, und der Zauberer ist gerade gegangen.«

»Der Zauberer?«

Ebba rieb sich die Augen und strich sich das Haar aus dem Gesicht. Sie bemerkte, dass sie nur noch ein T-Shirt und ihr Höschen trug.

»Dein Freund. Finn. Er hat mir geholfen. Du warst ganz schön neben der Spur.«

»O Gott.«

Jona lachte über ihr entsetztes Gesicht. Er beugte sich über sie und küsste zärtlich ihre Nasenspitze. »Sag du mir noch einmal, dass ich zu viel trinke«, murmelte er.

»Das war nicht der Schnaps. Jedenfalls nicht nur …« Ebba massierte sich die Schläfen, dann trank sie noch einen Schluck Tee, um den üblen Geschmack in ihrem Mund loszuwerden. Ihre Zunge war taub und schwer, das Sprechen strengte sie an. »Was habt ihr mit dem ganzen Essen gemacht?«, fragte sie matt.

»Otto hatte noch Hunger. Und Jörgen hat auch noch was mitgenommen. Der Rest ist im Kühlschrank.«

»Und Finn … Ich meine, was hat er?«

»Gezaubert.«

»Jetzt sag schon.«

Ebba schlug die Bettdecke zurück und schlüpfte an Jona vorbei aus dem Bett. Sie zog sich einen Pulli über.

»Sagen wir mal so, er hat den Krankenschwesterpart übernommen. Du hast dich noch einmal übergeben, und er hat dich umgezogen, gewaschen, die Schweinerei beseitigt.«

»Das ist nicht wahr.«

Mit weichen Knien ließ Ebba sich in den Sessel fallen. Sie stützte den Kopf in die Hände. Die Erinnerung an das Gespräch mit Caroline blitzte wieder auf.

»Er hat gesagt, dass es ihm nichts ausmacht.«

»Und du? Was hast du getrieben?«

Jona lachte leise. »Ich habe mich mit dem Engel unterhalten, der hinten im Museum unter der Decke schwebt.«

»Du warst in Henris Werkstatt?« Ebba blickte auf und starrte ihn an. Warum nur ließ er die alten Sachen nicht in Ruhe? »Wie bist du da überhaupt reingekommen?«

Jona zeigte auf die Teetasse. »Ich hab den Schlüssel gefunden. Im Tee. Ein miserables Versteck, wenn du mich fragst.«

»Und dann bist du einfach … Schon mal was von Privatsphäre gehört?«

»Finn hat mir erzählt, dass du früher dort für ihn gespielt hast. Ich hab die Gitarre gesucht, von der er gesprochen hat.«

»Und das soll ich dir glauben?«

Jona zuckte mit den Schultern. Gut gelaunt sprang er wieder auf und streckte die Hände nach ihr aus. »Komm, schau es dir an!«

Ebba schüttelte den Kopf, sie wünschte, sie wäre nicht aufgewacht.

»Nun komm schon, das ist toll.«

Es war noch alles so wie vor zwanzig Jahren. Die Bilder, die Kiste mit den Büchern, der Plattenspieler und die Werkbank mit Henris Werkzeug. Sogar Sägespäne lagen noch auf dem Dielenboden. Unter der Balkendecke hingen die Galionsfiguren, die ihr Großvater restauriert hatte. Ein gekrönter Löwe von einer Brigg, die Anfang des 19. Jahrhunderts in Jütland gestrandet war. Ein goldener Cherub, der Harfe spielte, und die stolzen Büsten wunderschöner Frauen mit offenherzigem Dekolleté. »Meeresgöttinnen«, so hatte Henry sie liebevoll genannt. Sie stammten allesamt von alten Walfängern, die im Packeis gestrandet oder später abgewrackt worden waren. Auf der Werkbank, eingespannt in einem Schraubstock, steckte die Figur, an der Henri zuletzt gearbeitet hatte. Ein geflügeltes Pferd von einer Bark, die 1912 vor der dänischen Küste Schiffbruch erlitten hatte. Mit den Fingerspitzen strich Ebba über das staubige Holz. Henri hatte immer gesagt, in den Figuren stecke die Seele der Schiffe. Sie waren Relikte aus einer Zeit, als man noch an Götter und Geister geglaubt hatte, wie Schutzengel waren sie den Schiffen einst vorangefahren. Ergriffen atmete sie den Geruch nach Staub und Farbe und altem Holz ein, dann tastete sie nach Jonas Hand.

»Und, hab ich dir zu viel versprochen?« Jona drückte ihre Hand und zog sie noch weiter in den Raum hinein. In seiner Stimme schwang der Stolz des Entdeckers, als hätte er gerade einen archäologischen Sensationsfund gemacht. »Warum hat deine Großmutter niemanden mehr hier reingelassen?«

Ja, warum?

Ebba biss sich von innen in die Wange, um dem Schmerz, der sie wie eine geifernde Monsterwelle traf, etwas entgegenzusetzen. Sie suchte nach einer Antwort.

»Mein Großvater«, murmelte sie nach einer Weile stockend, »er ist hier drin gestorben. Ich glaube, sie musste diese Tür einfach verschließen, um nicht ständig an seinen Tod erinnert zu werden. Um weiterleben zu können.«

Jona nickte, er schien zu verstehen, was sie meinte. »Und früher habt ihr euch hier rumgetrieben?«, fragte er behutsam. Er ließ ihre Hand los und zog die Gitarre hervor, die neben der Werkbank an der Wand lehnte. Staub wirbelte auf und kitzelte ihr in der Nase.

»Finn und ich?«

Jona nickte, er lehnte sich gegen die Werkbank und schlug einen Akkord auf der Gitarre an. Er hatte seine Linke nur ganz locker um ihren Hals gelegt, trotzdem konnte sie ihm ansehen, dass ihn die Verletzung noch schmerzte. Wieder blitzte die Erinnerung an das Gespräch mit Caroline auf. Hatte er tatsächlich etwas mit der Tänzerin gehabt? Wurde er Vater?

Die Gitarre klang wie ein Eimer verrosteter Nägel.

»Ui …« Jona begann die Gitarre zu stimmen. Wieder schlug er ein paar Akkorde an.

C, G, C, G, D …

»Hör auf!«

Ebba riss ihm das Instrument aus den Händen. Am liebsten hätte sie die Gitarre in Stücke geschlagen.

»He, he …«

Jona hob beschwichtigend die Hände, er schien zu begreifen, dass er zu weit gegangen war. Doch als sie aus der Werkstatt lief, folgte er ihr nicht.

18

Finn

Als Finn in der Dunkelheit über den Deich zum Pastorat zurücklief, konnte er nur an eines denken: Ebba Koenig und Jona Bennett.

Natürlich hatte er den Musiker erkannt, schon in der Kirche. Die schlaksige Gestalt, das dunkle Haar, das Profil mit der aus dem Gesicht strebenden Nase und dem arroganten Kinn. Der schläfrige Blick und die schlanken Hände, die ihn an die Künstlerhände von Professor Feldhusen erinnerten. Das war Jona Bennett! Julia hatte ein paar CDs von ihm in ihrer Wohnung herumliegen, und einmal hatten sie eine seiner Vivaldi-Einspielungen gehört, während sie sich liebten.

Hatte Ebba wirklich geglaubt, dass er ihn nicht erkennen würde?

Finn schnaubte und blieb kurz stehen. Der Mond hing still und weiß über dem Wasser, wie ein leuchtendes Fenster zu einer anderen Welt. Das Meer roch weniger intensiv als tagsüber, wenn das Wasser in der Sonne verdunstete und der Geruch nach trocknenden Algen und Schlick überwog. Da war nur eine Spur von Jod und Salz in der Luft. Ein sanfter Nachtwind fuhr ihm durch die Haare.

Über die Schulter blickte er zum Koenigshof zurück, wo er

Jonas (oder vielmehr Jona, noch nicht einmal zu einem anderen Namen hatte ihre Fantasie gereicht!) an Ebbas Bett zurückgelassen hatte.

Jona Bennett.

Finn schüttelte den Kopf und versuchte, sich die Reaktion der übrigen Trauergäste vor Augen zu führen. In der Kirche und auch später im Pastorat hatten sich alle vollkommen normal benommen, so normal, wie man sich auf einer Beerdigung eben verhielt. Niemand hatte getuschelt oder den Fremden mit dem englischen Akzent mit einem auffällig-unauffälligen Blick von der Seite gemustert. Finn lachte auf, und das Blut rauschte in seinen Ohren. Ließen sich denn alle von den kurzen Haaren und dem Bart und Ebbas harmlosem Augenaufschlag täuschen, oder schnitt sie das Leben hinterm Deich tatsächlich von allem zivilisatorischen Erregungsmüll ab? Kannte man Jona Bennett und den pinken Geigenkasten hier einfach nicht?

Irritiert lief er weiter. Vorgestern noch hatte er zufällig im Internet gelesen, dass Bennett einen Auftritt in New York abgesagt hatte. Zum ersten Mal war eines seiner Konzerte krankheitsbedingt verschoben worden, und die Presse spekulierte, welche Dramen Bennetts Management den Fans verschwieg. Was verbarg sich WIRKLICH hinter dem vermeintlich harmlosen Infekt, mit dem die Absage begründet worden war? Hatte es einen Streit mit dem Dirigenten der New Yorker Philharmoniker um das Programm gegeben, wie die *New York Times* vermeldet hatte? War Jona Bennett verstimmt wegen eines Berichts in der Klatschpresse, der über das Aus mit seiner schönen Freundin spekulierte? (»Wie Insider aus dem Umfeld des Stars berichten«, bla, bla, bla …) Oder war er tatsächlich krank? Die einschlägigen Blätter und Portale deklinierten jedenfalls das gesamte mögliche Spektrum an Indikationen durch, die sich aus der Gleichung Superstar + Tourneestress + Liebeskummer ergab. Natürlich hatte er dabei nicht an Ebbas Musiker gedacht. Wie denn auch? Bei dem Gedanken daran, dass sein Vater die Hand eines der weltweit besten Violinisten genäht hatte, wurde ihm heiß und kalt zugleich. Das hätte sich wohl noch nicht einmal Professor Feldhusen zugetraut. Warum war Ebba dieses Risiko eingegangen? Und Jona – war ihm seine Karriere egal?

Finn lief schneller, in der Ferne leuchteten die Hafenlichter auf, grün und rot. Das Gras wurde feucht, Federn raschelten. In der Dunkelheit meinte er, die Vögel träumen zu hören.

Ebba.

Ebba, Ebba, Ebba.

War sie wirklich mit Jona Bennett zusammen?

Finn sah sie vor sich, wie Jörgen sie auf dem Koenigshof abgeliefert hatte. Erschöpft hatte sie in Jörgens Armen gehangen, mehr Hülle als menschliches Wesen. Nachdem die Anspannung der Trauerfeier von ihr abgefallen war, mussten ihre Nerven Achterbahn gefahren sein. *Vomitus nervosus* – die Beerdigung und das viele Essen und Trinken waren ihr auf den Magen geschlagen. Jona hatte nicht viel mit der hilflosen Ebba anfangen können, und so hatte Finn sich darum gekümmert, dass sie sauber und wohlbehalten ins Bett kam. Als er sie umgezogen hatte, war ihm ihr Tattoo aufgefallen. Eine kleine Flasche, sie sah fast so aus wie das Flaschenpostmotiv, das er sich in Kapstadt in einer sentimentalen Anwandlung hatte stechen lassen und das er versteckt unter seiner Armbanduhr trug. Und der Gedanke daran, dass auch sie die Erinnerung an ihr Kennenlernen offenbar nie losgelassen hatte, ließ ihn sprachlos zurück. Als er sie zugedeckt hatte und noch einmal ihren flatternden Puls fühlte, hatte sie ganz kurz ihre Hand um seine geschlungen. Und in diesem Moment hätte er sie am liebsten geküsst, um herauszufinden, ob sie noch das furchtlose Mädchen von damals war. Das Mädchen, mit dem er immer auf der Jagd nach dem schönsten Tag des Sommers gewesen war.

Stattdessen hatte er ihr flüsternd erzählt, dass er Kardiologe geworden sei. Dass er Herzen reparierte, weil er damals bei Henri versagt hatte. Und weil sie seines gebrochen hatte.

Hatte sie ihn überhaupt gehört?

Ach, Ebba.

Sein Herz pochte bis hinauf in die Schläfen, wie kleine Fäuste, die ausbrechen wollten, und es erschreckte ihn, dass er noch immer verrückt nach ihr war. Aufgewühlt lief er weiter durch die laue Nacht.

Am Hafen war es sehr still, ein paar Laternen streuten ihr fahles Licht. Finn sah zum Zelt hinüber, in dem die Wale lagen, um sie tagsüber vor der Sonne zu schützen. Eigentlich sollte er schlafen gehen, aber er war noch viel zu aufgedreht, um Ruhe zu finden. Das Adrenalin raste wie eine Armada von Speedbooten durch sein Blut. An der blinkenden Kamera vorbei, die über den Eingang wachte, schlüpfte er in das riesige Zelt, das sonst auf Volksfesten aufgebaut wurde. Einen Moment stand er still, dann leuchtete er mit dem Handy ins Dunkel, um sich zu orientieren. Die drei gestrandeten Pottwale lagen in einer Reihe, wie Schiffe, die auf die Seite gekippt waren. Schiffe aus Fleisch, still und erhaben, wie ein unwirklicher Traum. Die unterschiedlichen Zustände der Kadaver ließen den Weg vom Wal zum Skelett verfolgen.

Inzwischen hatten mehrere Museen ihr Interesse an den

Walskeletten bei der Nationalparkverwaltung angemeldet, weshalb am Samstag noch ein Tierpräparator aus den Niederlanden angereist war. Jaap Dubbel war auf Riesen spezialisiert – Elefanten, Giraffen, Meeressäuger. Er koordinierte die Arbeiten und half den Tierärzten, die Wale so zu zerlegen, dass sich die gereinigten Knochen später wieder lückenlos zusammensetzen ließen.

Wie weit waren sie heute gekommen?

Finn trat näher an die Wale heran, in seinem Rücken bewegten sich die Zeltplanen ganz leicht im Wind. Es war tatsächlich Knochenarbeit, aus den toten Tieren Ausstellungsstücke zu machen, davon hatte er sich inzwischen überzeugen konnen. Nachdem Anneke ihn noch einmal ermuntert hatte, hatte er sich doch noch als Freiwilliger gemeldet, um das Team zu unterstützen. Er hatte sich lediglich für die Beerdigung freigenommen.

Das Sezieren war nicht leicht, weder körperlich noch mental. Schicht für Schicht, in dicken, schweren Lappen schnitten sie den Speck herunter bis zum Knochen. Trotzdem war die Stimmung im Team gut. Sie wussten, dass sie eine wichtige und sinnvolle Aufgabe erledigten, denn sie waren die Letzten, die noch herausfinden konnten, was mit den Riesen im Meer geschehen war. Das gesamte Team verrichtete die Arbeit mit großem Respekt, und Finn war dankbar, dass er diese außergewöhnliche Erfahrung machen durfte.

Was würde Professor Feldhusen dazu sagen? Ein Kardiologe, der Pottwale abspeckte, war ihm gewiss noch nicht untergekommen. Finn freute sich schon darauf, ihm davon zu erzählen. Das Pottwalherz jedenfalls, das sie zu dritt aus dem Tier herausgewuchtet hatten, war groß wie ein Schrankkoffer gewesen. Arterien so dick wie Schiffstaue. Dazu kamen weitere Superlative der Evolution: Pottwale waren nicht nur die größten Räuber im Tierreich, sie verfügten auch über das größte Gehirn und die längste Wirbelsäule. Ihr Schädelknochen war gewaltig, und aus den Liedern und Erzählungen der Walfänger wusste Finn, dass Pottwale ihn auch als Rammbock nutzten, um Schiffe zum Kentern zu bringen.

Ein altes Lied kam ihm in den Sinn, das Ebba früher gesungen hatte:

Wollt ihr mal ein Untier sehn,
dann müsst ihr hin nach Grönland gehn.
Komdür in't Kreinnest süht all'n Wal
und brüllt nur »Fall! Överall!«
Steuermann zielt auf den Walfisch los
und gibt ihm einen Harpunenstoß …

Vorsichtig durchquerte Finn das Durcheinander aus Flaschenzügen, Kübeln, Gerüsten und Werkzeugkisten. Der Wal aus dem Watt vor Emilienkoog war inzwischen weitgehend abgespeckt und untersucht. In seinem Magen hatten sie keinen Schatz, aber Unmengen von Tintenfischschalen und ein mehrere Quadratmeter großes Fischernetz gefunden, zu einem Knäuel verschlungen. Das Netz schien jedoch nicht für den Tod des Tieres verantwortlich gewesen zu sein. Die Tierärzte und auch Jaap Dubbel gingen vielmehr davon aus, dass die Tiere ihrer Nahrung, den Tintenfischen, in die flache Nordsee gefolgt und dann bei der Strandung an Herz-Kreislauf-Versagen gestorben waren. Genaueres würden jedoch erst die Organproben ergeben, die noch im Labor in Hannover untersucht werden mussten.

Finn entfuhr ein Seufzer, der in der Dunkelheit zu einem

Stöhnen anschwoll. Mit dem Lichtkegel seines Telefons fuhr er über den Walkadaver. Wie weiß gestrichene Schiffsplanken leuchteten die freigelegten Knochen in der Dunkelheit auf, und die spätere Skulptur ließ sich bereits erahnen. In einer großen Kiste rechts vor ihm lag ein erster Wirbelkörper, so groß wie ein Reifen. Finn beugte sich über den Knochen, seine schwammartige Struktur faszinierte ihn. Der Knochen bestand aus vielen winzigen Kammern, die beim lebenden Wal mit einer ölartigen Flüssigkeit gefüllt waren. Das Öl gab den Walen Auftrieb, so konnten die Tiere ohne Anstrengung ruhig an der Wasseroberfläche liegen und rasten.

Behutsam strich Finn mit den Fingerspitzen über den Wirbelknochen. Wenn sie hier fertig waren, würden die Knochen in Kisten und Containern in die Niederlande reisen, wo Dubbel sie reinigte, präparierte und imprägnierte. Dieser Prozess dauerte etwa ein Jahr. Danach würde man die Knochen an einer Eisenstange wieder in die richtige Reihenfolge bringen, die spätere Lage jedes Knochens wurde dafür auf einem Plan genau verzeichnet, wie bei einem Puzzle. Dubbel war Spezialist für dynamische Skelette, jede Walskulptur sollte am Ende so aussehen, als tauche das Tier gerade zum Meeresgrund hinab.

Irgendwie beruhigte es Finn, dass die Wale nicht vollständig in der Tierkörperverwertung landeten. Der Gedanke, dass etwas von ihnen bleiben und an ihre majestätische Schönheit erinnern würde, tröstete ihn ein wenig. Vielleicht mahnten die gewaltigen Skelette die Menschen, achtsamer mit den Ozeanen und ihren endlichen Ressourcen umzugehen.

Nachdenklich trat Finn zum nächsten Wal, es war das Tier, das vor Pellworm gestrandet war. Dubbel hatte bereits Stufen in die Fettschicht schneiden lassen, damit er auf dem Kadaver herumklettern konnte. Morgen früh würden sie mit diesem Wal ihre Arbeit fortsetzen.

Der letzte Pottwal, der vor Helgoland gefunden worden war, lag noch weitestgehend unversehrt da, nur der Abtransport und die Entlastungsschnitte hatten Spuren an dem massigen Körper hinterlassen. Finn ging in die Knie und leuchtete in das offene Maul. Sechsundvierzig spitze Zähne besaß jeder Pottwal, wegen ihrer Elfenbeinummantelung würde Dubbel später jedoch nur Abdrücke in die Skelette einbauen. Ehrfürchtig strich er über die kostbaren Zähne, ein Gedanke blitzte auf und verschwand. Finn versuchte, ihn festzuhalten, doch in der Dunkelheit verhedderten sich seine Gedanken zu einem undurchdringlichen Knäuel. In seinem Rücken hörte er wieder die vom Wind bewegten Zeltbahnen. Ein Schnarren und Schlurren.

Plötzlich war da noch ein Geräusch, dann Schritte, ein Stolpern, irgendwo schrammte Metall gegen Metall. Finn schreckte auf, doch bevor er sich aufrichten konnte, legte sich eine Hand auf seine Schulter.

»Was machst du denn schon wieder hier, Jung?«

»Jörgen!« Erschrocken richtete Finn den Lichtkegel auf den Freund. Offenbar war er so versunken gewesen, dass er nicht gehört hatte, wie Jörgen ins Zelt gekommen war. »Das könnte ich dich auch fragen.«

»Ich hab jemanden ins Zelt laufen sehen. Ich dachte mir schon, dass du das bist. Aber ich wollte doch mal nachschauen.«

Jörgen reichte ihm die Hand und zog ihn hoch.

»Dir entgeht auch gar nichts, was?«

Finn schmunzelte. Er dachte, dass es wieder wie früher war, als alle sich um ihn gekümmert hatten.

»Habt ihr sie gut ins Bett bekommen?«

»Ebba?«

Finn nickte, er fasste Jörgen unter den Arm und manövrierte ihn vorsichtig zwischen den Speckspaten, Haken und Schabern hindurch zum Ausgang. Als sie vor dem Zelt standen, atmete Jörgen tief durch.

»Gut, dass ich nicht Fischer geworden bin«, sagte er.

Finn lächelte, er hatte den üblen Geruch im Zelt überhaupt nicht mehr wahrgenommen. Offenbar riegelte das Gehirn den Ekel nach einiger Zeit einfach ab.

»Als ich ging, schlief sie«, antwortete er ihm auf die Frage nach Ebba.

»Und ihr Freund, was ist das für ein merkwürdiger Typ?« Jörgen hatte die Arme verschränkt, das Mondlicht leuchtete weiß in sein Gesicht.

»Keine Ahnung.« Finn hob ratlos die Arme. Er war sich nicht sicher, was er von Jona halten sollte. Bei ihrem Gespräch im Pastorat hatte er einen Moment lang gedacht, dass Ebbas Freund ihn durchschaute. Natürlich hatte Jona ihm kein Wort über die Zauberei geglaubt, genauso wenig, wie Finn ihm seine Maskerade abgenommen hatte. Aber vielleicht hatten sie sich gerade deshalb gemocht. Da gab es etwas, das sie verband. Vielleicht etwas Chemisches, ein paar Moleküle, die zueinander passten. Als sie mit dem Hund zum Koenigshof marschiert waren, hatten sie nicht viel gesprochen. Aber es war auch nicht unangenehm gewesen, schweigend nebeneinanderher zu laufen. Sie hingen beide ihren Gedanken nach. Auf dem Koenigshof hatten sie noch ein Glas Wein miteinander getrunken, bis Jörgen mit Ebba im Arm in der Tür gestanden hatte.

»Denkst du, das ist was Ernstes?«, unterbrach Jörgen seine Gedanken. »Zwischen Ebba und ihrem Musiker?«

Finn zuckte mit den Schultern, wie sollte er das beurteilen können? Jona Bennett war unfassbar talentiert. Er war ein Star, und er war reich. Soweit er wusste, besaß Jona sogar ein Haus in den Hamptons. Und dort reichte es nicht, nur reich zu sein. Nein, dort musste man richtig reich sein. Warum also sollte das nichts Ernstes sein zwischen Ebba und ihrem Musiker? Für die meisten Frauen wäre Jona Bennett vermutlich so etwas wie der Superjackpot, dachte Finn mit einem schmerzhaften Ziehen in der Brust. Aber eigentlich war Ebba nicht wie die meisten Frauen.

»Kommt er dir nicht bekannt vor?«, fragte er Jörgen.

»Wer, der Musiker?« Jörgen sah ihn an, ein hintergründiges Lächeln segelte auf seinen Lippen. »Nee, noch nie gesehen. Wer soll das sein?«

»Ach, ich dachte nur …«

Finn winkte ab, er wollte sich verabschieden, aber Jörgen blieb an seiner Seite. Es schien fast so, als wollte er ihn sicher nach Hause bringen.

Schweigend liefen sie die Straße hinauf, vorbei an den dunklen Häusern. Bei seiner Ankunft in Emilienkoog hatte Finn noch gedacht, dass sich im Ort nichts verändert hätte. Doch in den letzten Tagen waren ihm die Unterschiede aufgefallen. Die meisten alten Bauernhöfe und Fischerhäuser waren in den letzten Jahren zu Feriendomizilen umgebaut worden, die nur noch im Sommer bewohnt waren, und nun kam es ihm so vor, als hätten die Häuser ihre Vergangenheit wie einen alten Mantel abgelegt. Wenn er am Tag daran vorbeilief, sahen sie mit ihren pflegeleichten Gärten und Kindertrampolinen fremd aus, und ihr Anblick schmerzte ihn.

Als sie die Kirche erreicht hatten, sah Jörgen ihn kurz an, dann betraten sie den Friedhof. Auf Gesas Grab stapelten sich die Blumensträuße und Kränze, Rosenduft lag in der Luft. Auf dem Stein, auf dem Henris Name stand, fehlte ihr Name noch.

Vor dem Grab seiner Mutter legte Jörgen den Arm um Finns Schultern.

»Dein Vater ist jede Woche hier«, sagte er leise.

»Wirklich?«

Finn dachte an die steife Begegnung in der Kirche zurück. Und auch hinterher im Pastorat hatten sie nur ein paar Worte miteinander gewechselt. Sein Vater war früh aufgebrochen. Er spürte, wie Jörgen nickte.

»Danach geht er immer in die Kirche«, fuhr Jörgen fort. »Und dann isst er mit deiner Tante zu Abend.«

»Du meinst …«

»Ich meine gar nichts.« Jörgen drückte seinen Arm, dann zog er seine Hand zurück. »Aber wenn du mich fragst, solltest du ihm endlich verzeihen. Bevor es zu spät ist.«

19

Jona

Zum ersten Mal, seitdem er in Amsterdam aus dem Flieger geflüchtet war, dachte Jona, dass die Welt verrückt geworden sein musste, nicht er. Anders ließ sich dieser Sturm, der sich über Nacht zusammengebraut hatte, nicht erklären. Warum um Himmels willen behauptete diese Tänzerin, ein Kind von ihm zu erwarten? Sie hatten sich ja noch nicht einmal geküsst. Und warum hatte Global Music dieser absurden Behauptung nicht deutlich widersprochen? Das Netz spielte vollkommen verrückt, die Meldung war überall: »Wird Stargeiger Jona Bennett Vater?«

»Es tut mir leid«, sagte Ebba, sie saß zusammengesunken vor ihm und sah furchtbar mitgenommen aus, blass und dünnhäutig. Ihre Schlüsselbeinknochen standen spitz hervor, ihre Mundwinkel zuckten, rastlos strichen ihre Hände über die Tischplatte. »Caroline hatte mich gestern Abend noch angerufen. Sie wollte unbedingt mit dir sprechen. Aber …« Erschöpft wischte sie sich das Haar zurück und bändigte es nachlässig zu einem Zopf. Jona sah ihr an, dass sie kaum geschlafen hatte. Er hatte Mitleid mit ihr, aber da war auch eine Wut in ihm, die er nur schwer kontrollieren konnte und die alle Gefühle für sie in den Hintergrund drängte. Verdammt noch mal, es war ihr Job, sich um diese Dinge zu kümmern! Und sie verdiente gutes Geld, damit so etwas nicht passierte. Sein Herz trommelte Hardrock.

Ebba presste die Lippen zusammen, wieder starrte sie auf ihr Telefon. Sie hatte schon ein paarmal versucht, Caroline zu erreichen, aber in New York war es noch Nacht, und das Team von Global Music schien zu schlafen. Oder ließen sie ihn hängen?

Nervös nestelte Jona an seinem Verband herum und zupfte Fädchen ab. »Vielleicht hat Tony entschieden, dass sie die Meldung nicht kommentieren«, sagte er in die Stille hinein. »Vielleicht, weil mich das … interessanter macht?«

Ebba sah auf, sie dachte nach. »Es lenkt von deinem spurlosen Verschwinden ab«, erwiderte sie nach einer Weile und deutete auf die Seite des *Big Star*, die sie aufgerufen hatte. »Du bist überall.«

»Dann verbuchen wir das Ganze also unter Superstargetöse?«

Jona schüttelte gereizt den Kopf, er sah sich nach Otto um, der gerade in die Küche getrottet kam. Der Hund wollte ihn zu einem Morgenspaziergang durch die Felder animieren. Zwischen den Schnapsflaschen im Regal stand der Router, den Ebba inzwischen installiert hatte, um auch auf dem Koenigshof ins Internet zu kommen. Drei grüne Balken leuchteten auf dem weißen Würfel auf. Ebba musste nicht mehr zum Hafen fahren, um mit der Welt verbunden zu sein. Draußen keckerten die Austernfischer, der Garten summte.

»Ich weiß nicht. Das wäre schon eine ziemlich ausgekochte Nummer. Sie hätten sich einfach mit uns abstimmen müssen.« Ebba erhob sich mühsam und setzte Wasser auf, sie hatten noch nicht gefrühstückt. Zerstreut öffnete sie den Kühlschrank, dann schlug sie die Tür schnell wieder zu. »Willst du dementieren?«

»Da gibt es nichts zu dementieren.«

Jona zog Otto zu sich heran und kraulte die weichen sandfarbenen Ohren des Hundes.

»Wirklich?«

Ebba drehte ihm den Rücken zu. Portionsweise goss sie kochendes Wasser über das Kaffeepulver, das sie in einen Porzellanfilter gefüllt hatte. Der Kaffeeduft stieg Jona in die Nase und belebte ihn.

»Du bist doch ständig bei mir«, sagte er leichthin und kickte Ottos Futternapf etwas milder gestimmt in ihre Richtung. »Wie sollte ich da …?«

»Der Videodreh ist jetzt etwas mehr als drei Monate her. Wie lange wart ihr zusammen am Set – zwei, drei Tage? Und dann … Du hast sie doch zum Essen eingeladen, erinnerst du dich nicht daran?«

»Ebba!« Jona lachte auf, und der Hund sprang mit den Vorderbeinen auf die Küchenbank und gab ihm einen feuchten Kuss auf die Wange. »Das ist jetzt nicht dein Ernst, oder?«

Ebba schwieg, er sah, wie es in ihr arbeitete, dann drehte sie sich mit einem Ruck zu ihm um. »Ich muss dir vertrauen können«, sagte sie, ihre Mundwinkel zitterten wieder, als müsste sie sich beherrschen, nicht in Tränen auszubrechen.

»Natürlich kannst du mir vertrauen.«

Jona stutzte. Was war mit Ebba los? War das die Anstrengung des gestrigen Tages, oder arbeitete noch etwas anderes in ihr? Er hätte sie gerne in die Arme genommen, aber gleichzeitig bemerkte er auch, dass ihr Misstrauen ihn wieder reizte. Da war eine Spannung zwischen ihnen, spitze, rasiermesserscharfe Töne, die in seinen Ohren schmerzten. Wie eine giftige

Blase stieg die Angst vor der Panik in ihm auf, und er zitterte leicht. Warum riss sie sich nicht zusammen und behandelte die Angelegenheit professionell? Es ging hier doch um ihn und nicht um sie.

Schweigend, als müssten sie beide ihr Verhältnis zueinander überdenken, sahen sie sich an, und für einen Augenblick bereute er, Alexa Sterling nicht geküsst zu haben.

Als es ans Fenster klopfte, zuckten sie beide zusammen.

»Seid ihr zu Hause?«, rief Anneke von draußen.

Jona ließ die beiden Frauen allein. Mit seinem Kaffee und einem Stück trockenem Kuchen verzog er sich ins Museum. Er frühstückte an einem der kleinen Cafétischchen am Fenster, dann suchte er im Alkoven nach seinem Telefon.

Seine Facebook-Seite war über Nacht explodiert, Hunderte Kommentare zu der Meldung des *Big Star*. Einige Fans hatten ausgerechnet, dass sein Kind noch vor Weihnachten auf die Welt kommen würde. Sternzeichen Schütze.

Sein Kind.

Welches Kind?

Jona stellte sich ans Fenster und drückte die Stirn gegen das kühle Glas. Otto stromerte durch den Garten, offenbar hatte der Hund es aufgegeben, auf ihn zu warten. Jona folgte seinen verschlungenen Wegen, hinter den Johannisbeeren, wo der Hund eine Fährte aufnahm, verlor er ihn aus den Augen. Sein Blick blieb an dem verwitterten Schaukelgerüst zwischen den Obstbäumen hängen, und er stellte sich vor, wie Ebba sich dort früher in den Himmel hinaufgeschwungen hatte. Auf und ab, auf und ab. Vielleicht war sie auch auf dem höchsten Punkt abgesprungen – ein Flug von einer köstlichen, schwerelosen Sekunde, bevor sie barfuß zwischen den

Kartoffeln landete und dann lachend nach vorne kippte. So hätte er es gemacht, wenn er eine Schaukel und einen Garten gehabt hätte. Aber sein Spielplatz war die Straße gewesen – und Miss Grandes Musikzimmer.

Jona fuhr sich durch die kurzen Haare, wieder dachte er, dass die Welt verrückt geworden war.

Als er sein Telefon ausschalten wollte, bemerkte er, dass da auch eine Textnachricht auf ihn wartete. Sein Bruder hatte sich gemeldet. *»Geht es dir gut?«*, fragte er.

Ben.

Der Kleine.

Jona sah Bens Kindergesicht vor sich, die dunklen, verschwitzten Locken, den trotzigen Mund. Einmal hatte Ben Jonas Kindergeige mit Erde gefüllt, weil er lieber geübt hatte, als mit dem kleinen Bruder auf der Straße Fußball zu spielen. Jona war in Tränen ausgebrochen, doch Miss Grande hatte ihn getröstet und die Erde mit einem Föhn aus dem Geigenkorpus gepustet, während er neben ihr saß, in ihren Notenstapeln blätterte und Kakao trinken durfte. Ihre winzigen Anmerkungen, die sie mit Bleistift zwischen die Notenlinien geschrieben hatte, waren ihm wie ein Tagebuch ihres musikalischen Lebens erschienen. Er hatte gespürt, dass die Musik sie glücklich machte. Danach hatte er noch mehr geübt, bisweilen hatte er abends blutige Fingerkuppen gehabt und konnte vor dem Zubettgehen die Zahnbürste nicht mehr festhalten. Seine Mutter hatte sich Sorgen gemacht, dass er sich übernahm. Sie hatte ihm die Geige wegnehmen wollen, und wieder hatte Miss Grande einschreiten müssen.

Jona lächelte, dann schickte er Ben ein zwinkerndes Smiley, bevor er das Handy in den Alkoven warf.

Nein, es ging ihm nicht gut.

Aber es ging ihm auch nicht wirklich schlecht.

Jedenfalls nicht mehr so schlecht wie in Amsterdam.

Irgendetwas hatte sich verschoben.

Nachdenklich zupfte er an seinem Verband, dann wickelte er ihn ab. Die Wunde war verschorft, darunter lagen die schwarzen Fäden. Sieben Stiche. In zwei Tagen wollte Doktor Grothe die Fäden ziehen, dann durfte Jona mit den Fingerübungen beginnen. Caroline hatte ihm bereits ein Übungsprogramm auf Video geschickt, das ein Handspezialist für ihn ausgearbeitet hatte. Pilates für die Fingerspitzen.

Und dann?

Würde Ebba mit ihm nach Hamburg oder Kopenhagen fahren, um von dort aus wieder in die Tournee einzuscheren? Ein letztes Konzert noch und dann die Sommerpause in den Hamptons. Könnte er das schaffen?

Jona schloss die Augen, er sah sich am Strand von Southhampton spazieren gehen. In seinem Rücken, hinter den Ligusterhecken, thronten die wuchtigen grauen Villen der Meadow Lane. Manche nannten die Straße auch die *Billionares Lane,* und selbst wenn er dort ein wenig zur Ruhe kam, erinnerte ihn das Knattern vom Heliport am östlichen Ende der Straße doch daran, dass es nicht einmal eine Flugstunde bis ins Zentrum von New York war. Dorthin, wo das Business niemals ruhte.

Vorsichtig ballte Jona die Hand zur Faust, dann öffnete er sie wieder. Der Schmerz war noch wahrnehmbar, ein leises Ziepen, als ob er mit dem Bogen ganz kurz eine Saite anriss. Er stellte sich vor, wie es wäre, die Francesca wieder in den Armen zu halten. Seine Wange auf ihrem warmen goldenen Holz, die Vibration des Körpers, die Töne, die er zu einer

Melodie formen konnte. Er atmete aus und horchte in sich hinein. Da war ein Ton, ganz leicht, wie der Flügelschlag eines Schmetterlings.

Aber da war auch die Angst. Sie legte sich wie eine schwarze Decke aus Rattenfell über den Klang. Jona atmete schneller, sein Herz stolperte, und er begann zu zittern.

Nein, er war noch nicht so weit! Ein schmerzhafter Riss zog sich durch den Firnis seiner Zuversicht, erschrocken riss er die Augen auf.

Jona wollte die Narbe wieder unter dem Verband verstecken, doch dann sah er regungslos zu, wie die Finger seiner rechten Hand den Schorf herunterkratzten, bis die Wunde in seinem Handteller wieder blutete.

Er konnte nicht aufhören, sich nicht dagegen wehren. Das Kratzen war etwas, das getan werden musste. Das warme Blut beruhigte ihn, und nach einer Weile ließ das Zittern nach. Einen Moment lang stand er ganz still, dann wickelte er den Verband wieder um die Hand.

Die Wunde pochte im Rhythmus seines Herzschlags. Es fühlte sich so an, als trüge er sein Herz in der Hand.

Jona fröstelte.

Was nun?

Er hätte jetzt gerne etwas getrunken, Wein oder Gin, aber er wagte nicht, in die Küche zu gehen, wo die Frauen saßen. Sein Blick fiel auf die Tür zur Werkstatt. Vielleicht hatte Ebbas Großvater dort etwas gebunkert?

Schwankend lief er zur Tür und öffnete sie.

Das Erste, was er sah, war Ebbas Gitarre. In der Nacht hatte es sich gut angefühlt, sie zu halten. Es war keine besondere Gitarre, und er hatte die Farbe ihres Klangs kaum noch erahnen können. Aber nach wenigen Griffen war er ihrer

Stimme auf die Spur gekommen. Kammerton A, 440 Hertz. Er hatte sie wieder zum Leben erweckt.

Die Gitarre lag auf der Werkbank. Daneben das geflügelte Pferd, eingezwängt in den Schraubstock. Eine Staubschicht bedeckte die Skulptur wie Schnee. Das Pferd sah ihn an. Jona wischte mit dem Ärmel über den Staub, dann legte er ihm die Hand auf die Stirn. Das Holz fühlte sich warm und lebendig an, und fast kam es ihm so vor, als antwortete das Tier auf seine Berührung. Sanft schmiegten sich die glatt polierten Nüstern in seine Hand.

War das der Geist des alten Schiffes, mit dem diese Figur einmal verbunden gewesen war? Oder war es das Holz? Altes Holz, das vor vielen Hundert Jahren geschlagen worden war. Es war über die Meere gesegelt und vom Salz und den Elementen geformt worden. Ein Gesicht des Windes. Jona musste wieder an die Bücher mit den Abenteuergeschichten denken, die er als Kind gelesen hatte. Stevensons *Schatzinsel* fiel ihm ein, *Robinson Crusoe* von Daniel Defoe, Melvilles *Moby Dick* und *Die geheimnisvolle Insel* von Jules Verne.

Neugierig wechselte er zu dem gekrönten Löwen, der unter der Decke hing, dann lief er weiter zum Cherub. Er befragte die Figuren mit seinen Fingerspitzen, und das Holz antwortete ihm. Es erzählte vom Leben auf See, von glücklichen Fahrten und entsetzlichen Stürmen, vom Wind, von der Sonne und von den Sternen und von den silbrigen Fontänen, mit denen die Wale aus dem Wasser auftauchten. Von der Seele des Schiffes und dessen abenteuerlichem Schicksal.

Zum Schluss blieb nur noch der Engel übrig, der in der Ecke hing. Er trug ein weißes Kleid mit goldenen Verzierungen, sein Mund war leicht geöffnet. In den Händen hielt er eine Möwe. Jona stieg auf einen Stuhl und berührte die Skulptur.

Das Holz war noch älter, vielleicht war es sogar so alt wie das Holz der Francesca. Und es sang, eine Melodie stieg daraus hervor. Jona berührte den Kopf, die Brust, die Arme. Die Figur war fast so groß wie er selbst und aus Ahorn geschnitzt und bemalt. Der Holzschnitzer musste ein Meister gewesen sein, denn er hatte es verstanden, das Holz so zu formen, als wäre der Engel aus weichem, nachgiebigem Ton modelliert. Es gab keine Ecken, keine Kanten, alles floss ineinander wie Wasser, das für einen Augenblick zu einer festen Form erstarrt war. Ein Seefahrerlied, rau und zärtlich zugleich, stieg aus der Figur hervor.

Wildes, schäumendes, brausendes Meer!
Rollende Wogen, von wo kommt ihr her?
Pfeilschnelle Möwen, was sagt euer Schrei?
Endloses Meer, nur auf dir bin ich frei.

Jona strich über die Möwe, die der Engel in seinen Händen trug. Die Melodie veränderte sich, sie wurde dunkler, fast klagend. Erschrocken löste er die Hände von der Skulptur.

Was war das?

Ergriffen spürte Jona den Schwingungen nach, die der Engel in ihm hinterließ. Das Blut in seinen Fingerspitzen pulsierte, er zitterte, Tränen stiegen ihm in die Augen. Wäre die Skulptur eine Geige, dann klänge sie so wie ein Instrument von Stradivari. Vielleicht sogar wie die schönste aller Geigen. Wie die Francesca.

Noch einmal berührte er den Engel, tastete ihn ab, versuchte, seinem Geheimnis auf die Spur zu kommen. Unter der Decke schwang der Engel sachte hin und her und sang das Lied des Windes. Das Licht, das von draußen hereinfiel, zeichnete Muster auf sein Kleid.

Jona vergaß die Gitarre und den Zirkus um das Kind, das es nicht gab. Als am Abend Finn vorbeikam, um nach Ebba zu sehen, hatte er sich längst auf die Suche nach dem Schöpfer dieses wundervollen Engels gemacht.

20

Ebba

Irgendwie war Ebba erleichtert, als Anneke hereinplatzte. Annekes unaufgeregte Art erdete sie wieder. Und es tat ihr fast leid, dass sie Jona so angefahren hatte. Natürlich war an dieser *Big-Star*-Geschichte nichts dran, und erschrocken realisierte sie, dass sie kurz an seiner Aufrichtigkeit gezweifelt hatte. Sie kannte die Mechanismen der Medien, und trotzdem hatte sie sich einen Moment lang von Caroline und der Wucht der sensationsheischenden Schlagzeilen irritieren lassen. Beschämt blickte sie Jona nach. Sie nahm sich vor, sich bei ihm zu entschuldigen, wenn er wieder aus seinem Alkoven hervorgekrochen kam. Sie würde diese Sache aus der Welt schaffen. Später. So wie sie für ihn immer alle Hindernisse aus der Welt schaffte.

Doch zunächst ließ sie sich von der mütterlichen Sorge umarmen, die Anneke verströmte. Natürlich wusste Anneke bereits alles, ihr forschender Blick kroch Ebba unter die Haut.

»Wieder besser?«, fragte Anneke, nachdem Jona sich mit seinem Kaffee verzogen hatte. »Ich hab Brühe dabei.« Sie deutete auf den Korb, den sie auf den Küchentisch gestellt hatte.

»Ich kann noch nichts essen.« Ebba legte die Hände auf den Bauch, der Blick in den Kühlschrank hatte ausgereicht, um das flaue Gefühl vom Vorabend wieder wachzurufen.

Anneke ließ sich nicht beirren. Sie zog eine Thermoskanne aus dem Korb und goss etwas Brühe in einen Becher. »Du kannst sie trinken. Das ist besser, als jetzt einen Kaffee auf das Schlamassel zu kippen.«

»Danke.« Ebba roch an der klaren Flüssigkeit, dann nippte sie daran. Die Brühe war noch heiß und nur leicht gesalzen. Sie schmeckte Möhren und Sellerie heraus. Der herzhafte Geschmack tat ihr gut, dankbar trank sie den Becher aus.

»Siehst du ...« Anneke schenkte noch einmal nach. »Tut mir leid, dass ich dir gestern die ganzen frittierten Sachen in den Wagen geladen habe. Ich hätte die Reste einfach in meinem Kühlschrank verstauen sollen. Und ich hätte dich nicht mehr fahren lassen dürfen.«

Ebba lächelte. »Ich glaube, es war die Kombination aus Beerdigung und Wiedersehensfreude«, erwiderte sie. »Es war schön, die Erinnerung an Gesa mit euch allen zu teilen. Ich habe so viele nette, kleine Geschichten gehört. Und außerdem hat jeder mit mir anstoßen wollen. Irgendwie war ich traurig und aufgekratzt zugleich. Und als ich dann im Hafen die Wale gerochen habe ...«

Anneke nickte. »Eine ordentliche Beerdigung muss einem auf den Magen schlagen«, sagte sie. »Sonst warst du nicht mit Leib und Seele dabei. Finn war auch ein bisschen wackelig heute Morgen, aber er hat sich trotzdem zum Hafen aufgemacht. Sie kommen wohl ganz gut voran mit den Walen.«

»Finn?« Ebba horchte in sich hinein. Sie erinnerte sich überhaupt nicht mehr daran, was gestern Abend alles geschehen war. Zwischen Hafen und Aufwachen in ihrem Bett gähnte ein schwarzes Loch. Etwas regte sich in ihrer Brust, wie Federrascheln. »Was hat er denn ...?«

»Ach«, Anneke winkte ab. »Gar nichts hat er. Komm, lass

uns rausgehen, damit du ein bisschen durchatmen kannst. Hast du dich schon um die Johannisbeeren gekümmert?«

Ebba schüttelte den Kopf. »Darum kümmern sich doch die Vögel«, sagte sie leise. »Ich hab keine Zeit, Marmelade einzukochen. Und ich will es auch nicht.«

Anneke ließ ihren Einwand nicht gelten. »Na, komm schon, ist doch schade drum.« Sie schnappte sich den Korb und zog Ebba mit sich nach draußen. »Wenn du sie nicht willst, nehme ich sie mit.«

»Anneke, bitte …«

»Dann setz dich halt auf die Schaukel und schau mir zu.«

Anneke entließ sie nicht aus ihrem Griff. Widerstrebend folgte Ebba ihr durch die Blumen zum Gemüsegarten. Die Sonne stand schon hoch am Himmel, und die Schatten wurden kürzer. Schwalben schnellten durch das Blau, über dem Watt sah sie Möwen regungslos in der Luft stehen. Erstaunt registrierte Ebba, dass es ein weiterer heißer Tag werden würde. Seit einer Woche schien die Sonne beständig, offenbar hatte sich das Hoch im Norden häuslich eingerichtet. Zwischen den Beerensträuchern flatterten Amseln und Spatzen auf.

»Du musst heute Abend unbedingt gießen«, sagte Anneke, sie deutete auf das Gemüse. Der Salat sah schon ein wenig mitgenommen aus. »Und die verblühten Rosen musst du auch zurückschneiden, sonst kommen keine neuen Blüten nach. Weißt du noch, wie das geht?«

Ebba nickte, sie sah sich um. Noch mehr als das Haus, das immer ein Gemeinschaftswerk aus Henris handwerklichem Geschick und Gesas Liebe zum Detail gewesen war, zeugten die Gemüsebeete vom eigenwilligen Charakter ihrer Großmutter. Da wuchsen rotwangige Tomaten neben majestätischen

Rhabarber- und Mangoldpflanzen, der Kohlrabi tanzte zwischen dem Salat und den Erdbeeren aus der Reihe, und zwischen den Himbeerbüschen rankten fröhlich Erbsen. Blühende Kräuter, Lauch und Zwiebeln umrahmten die Beete, und über allem wachten die breitschultrigen Sonnenblumen.

Die Johannisbeeren waren schwarz und saftig. Ebba zupfte eine Rispe ab und roch daran. Sie setzte sich auf die Schaukel und sah zu, wie Anneke die reifen Beeren pflückte. Ihre Großmutter hatte sie immer zu Saft und Gelee verarbeitet. Ab und zu hatte sie den Saft zu Eis gefroren, kleine, aromatische Würfel, die Ebbas Lippen schwarz färbten. Finn war verrückt danach gewesen, auch weil Henri ihnen weisgemacht hatte, dass das Blut der Pottwale wegen der vielen Tintenfische, die sie verschlangen, schwarz wie Johannisbeersaft sei.

»Hast du den Brief gelesen, den ich dir gegeben habe?«, fragte Anneke nach einer Weile. Sie sah nicht auf, konzentriert streifte sie die Rispen von den Büschen.

»Ja«, antwortete Ebba, sie stieß sich ab und begann zu schaukeln, über ihrem Kopf protestierten die rostigen Scharniere der Schaukel. »Herr Fassler hat mir sogar noch einen zweiten gegeben. Sie hat mir das Haus und die Sammlung vermacht. Alles soll so, wie es ist, zusammenbleiben.«

»Überrascht dich das?«

Anneke blickte sich kurz zu ihr um, dann pflückte sie weiter, ihre Finger waren schwarz vom Beerensaft.

»Ich habe nie darüber nachgedacht, was einmal wird, wenn sie stirbt. Ich dachte, sie würde die Sammlung nach Husum ins Museum geben. Und der Hof – Gesa wusste doch, dass ich viel unterwegs bin.« Ebba zuckte mit den Achseln.

»Wäre schade, wenn das alles nicht mehr ist«, sagte Anneke. »Wusstest du eigentlich, dass wir uns sonntags bei Gesa im Café getroffen haben? Jörgen und Wen und Friedrich und ich. Wen hat für uns gekocht, und wir haben Karten gespielt und über alles Mögliche geredet. Und manchmal haben wir auch ein paar von den alten Platten aufgelegt und getanzt.«

»Nein.« Ebba schwieg, die Schaukel quietschte. Sie dachte, dass auch Gesa ihr vieles nicht erzählt hatte. Warum hatten sie überhaupt telefoniert, wenn sie doch nur Beiläufiges abgehandelt hatten? Nachdenklich schaukelte sie weiter. Hatte es ihnen vielleicht gereicht, die Stimme der anderen zu hören, um sich so zu versichern, dass es die Hoffnung auf einen Neubeginn noch gab?

»Vielleicht finde ich ja jemanden, der diesen Ort genauso liebt, wie ich ihn geliebt habe«, fügte sie nach einer Weile leise hinzu.

»Ja, vielleicht.«

Anneke nickte, sie richtete sich auf, beschirmte die Augen und blickte zum Deich. Die Waltouristen waren fort, die Salzwiesen und das Watt gehörten wieder den Vögeln. »Wie geht es deinem Freund?«, fragte sie. »Ich finde, er hat sich gestern ganz tapfer geschlagen. Mindestens so tapfer wie du.«

»Ja, die Nordsee bekommt ihm. Der Abstand von allem.«

Ebba schaukelte noch schneller, das Auf und Ab kitzelte in ihrem Bauch. New York war auf einmal sehr weit weg.

»Wann müsst ihr weiter?«

»Nächste Woche. In zwei Wochen hat er einen wichtigen Auftritt, auf den er sich vorbereiten muss.«

»Kriegt er das schon wieder hin?«

»Du meinst das Konzert?«

»Ja, das Konzert. Was sonst?«

Was sonst.

Ebba hörte auf zu schaukeln, sie hatte auf dem höchsten Punkt abspringen wollen, aber nun ließ sie die Schaukel austrudeln. Plötzlich schien es ihr, als ob Anneke mehr über Jona wusste, als sie zugeben mochte. Hatte Friedrich Grothe mit ihr gesprochen? Hatte er seine ärztliche Schweigepflicht verletzt?

Anneke wartete auf ihre Antwort, sie sah ihr offen lächelnd ins Gesicht.

»Er braucht mich, Anneke«, sagte Ebba leise.

»Und du, brauchst du ihn?«

Anneke ließ sie nicht los, ihr Blick brannte auf Ebbas Gesicht.

»Ich bin sehr gern mit ihm zusammen. Sehr, sehr gern. Eigentlich führen wir ein tolles Leben. Ich meine, wenn es ihm gut geht.«

»Liebst du ihn denn?«

Liebe.

Ebba drehte den Kopf zur Seite und dachte über die Frage nach. Ihre Gefühle für Jona waren schwer in Worte zu fassen. Mal war sie überwältigt von ihrem Verlangen, und im nächsten Moment schob sich der Job in den Vordergrund und überlagerte alle Gefühle. Sie schwankte beständig zwischen Nähe und Distanz. War das die Liebe, von der sie als Mädchen geträumt hatte? Schweigend sah sie zum Fahnenmast hinüber. Die Flagge hing noch immer auf halbmast, und sie nahm sich vor, sie später einzuholen.

»Du wirst dieses Leben nur aushalten können, wenn du ihn wirklich liebst«, hörte sie Anneke in ihrem Rücken sagen. Ihre Stimme klang dunkel, als hätte sie ein Glas Tintenfischtinte getrunken.

Am Abend schaute Finn auf dem Koenigshof vorbei, in seinem Fahrradkorb lagen ein paar Flaschen Johannisbeersaft. Jona freute sich, ihn zu sehen, und so deckte Ebba den Tisch im Garten für drei. Sie aßen die Reste aus dem Kühlschrank, dazu gab es einen frischen Tomatensalat und reichlich Abendsonne. Die langen, hellen Tage im Juni. Finn erzählte von den Walen. Zwei Skelette waren schon an Museen vergeben, und es gab mehrere Interessenten für den dritten Wal, der in Emilienkoog gestrandet war. Seinen Worten hörte sie die Begeisterung an, mit der er seinen seltsamen Ferienjob verrichtete. Ebba vermutete, dass Finn das dritte Skelett wohl am liebsten behalten würde. Unter dem Tisch berührten sich ganz kurz ihre Knie, und unwillkürlich verglich sie ihn mit ihren Erinnerungen an den Jungen von früher. Damals hätte sie schwören können, dass aus ihm ein Seefahrer werden würde.

Nach dem Essen liefen die Männer mit dem Hund zum Deich, während Ebba zum wohl hundertsten Mal versuchte, Caroline zu erreichen. Über den Tag hatte sie schon diverse Mails nach New York geschickt, aber keine Antwort erhalten. Doch nun meldete Caroline sich bei ihrem zweiten Versuch.

»Seid ihr verrückt geworden?«, fuhr Ebba sie an. Auf einmal entlud sich die wütende Spannung, die sie den ganzen Tag mit sich herumgetragen hatte. Ihre Stimme klang hart und schrill, und sie erschrak über die Wut, die sie in sich spürte.

»Du hast nicht zurückgerufen«, entgegnete Caroline kühl. »Tony meinte, wir könnten die Sache ruhig noch ein bisschen köcheln lassen. Aber die Anwälte sitzen schon an einer Unterlassungserklärung. Morgen nehmen wir Stellung dazu.«

»Ich habe gestern meine Großmutter beerdigt.« Ebba schwieg einen Moment, aber Caroline ging nicht darauf ein. »Jona war außer sich«, fuhr sie fort.

»Tony auch. Vielleicht sollten die beiden einmal miteinander reden?« Caroline klang ziemlich gelassen, Ebba hörte, dass sie auf der Tastatur ihres Computers herumtippte. »Hat Jona schon mit den Übungen begonnen, die ich ihm geschickt habe?«

»Nein. Er will das Fädenziehen abwarten.«

»Was treibt er denn den ganzen Tag?«

Ja, was trieb Jona eigentlich den ganzen Tag?

Ebba wurde klar, dass sie ihn heute kaum gesehen hatte. Das Museum war wie eine schützende Burg für ihn, wahrscheinlich hörte er Musik und stöberte dabei in Henris Sachen herum. Irgendetwas schien ihn an den alten Stücken zu faszinieren.

»Er macht lange Spaziergänge«, antwortete sie vage. »Vielleicht komponiert er?«

»Das ist die erste gute Nachricht, die ich seit Tagen von euch höre.« Caroline klang plötzlich ganz nah, so, als würde sie im nächsten Moment durch die Tür hereinspazieren. »Übrigens hat Rihanna heute anfragen lassen, ob er Lust hat, etwas mit ihr zu machen. Sie hat da einen Song, der noch ein bisschen Input braucht, und sie würde Jona gern einmal in den Hamptons besuchen.«

»Rihanna?«

Ebba schwieg, sie würde Jona derzeit wohl kaum dazu überreden können.

»Ich schau mal, was ich machen kann«, antwortete sie ohne große Begeisterung.

Nach dem Gespräch mit New York saß Ebba eine Weile nachdenklich in der Küche. Sie hatte Caroline immer für ihre offene und direkte Art geschätzt. Caroline war eine glänzende

Organisatorin und Networkerin, schnell und sicher in allem, was sie tat. Und Global Music hatte Jona viele Türen geöffnet, er hatte sich von den Fesseln der Klassik befreit, Neues probiert und mit vielen spannenden Künstlern zusammengearbeitet. Tony und Caroline hatten aus dem einstigen Wunderkind, das sich scheu hinter seinen Locken versteckt hatte, einen internationalen Star geformt, der sein Publikum auf den Fingerspitzen balancieren konnte. Aber zum ersten Mal, seitdem sie für Jona arbeitete, hatte sie das Gefühl, dass sie ihn vor seinem Label schützen musste. Ging es hier lediglich um ein paar spielfreie Tage, oder ging es um das große Ganze?

Ratlos betrachtete sie die grünen Lichtpunkte, die auf dem Router flackerten, dann zog sie den Stecker und ging hinaus, um den Garten zu wässern.

Ihre Großmutter hatte das Regenwasser immer in einer Tonne gesammelt, die hinter dem Schuppen stand. Ebba tauchte die Gießkannen in das weiche Wasser. Die vollen Kannen waren schwer, und Ebba wunderte sich, dass Gesa noch die Kraft gehabt hatte, sie kreuz und quer durch den Garten zu schleppen. Warum hatte sie sich nicht längst ein Bewässerungssystem oder wenigstens einen Gartenschlauch gegönnt? Unzählige Male lief sie hin und her. Sie hatte die Schuhe ausgezogen, und nach einer Weile bemerkte sie, dass sie es genoss, barfuß durch die Beete zu laufen und ihre Abdrücke in der feuchten Erde zu hinterlassen. Es war wie früher, als sie im Sommer nur barfuß unterwegs gewesen war – auf dem Hof, in den Feldern und im Watt. Unter den Rhabarberblättern suchte sie nach einem Fußabdruck ihrer Großmutter, aber da waren nur ein paar Schnecken. Es roch nach Blütenstaub und Kaffeesatz, den Gesa großzügig zwischen den Stauden verteilt hatte. Ernst, als müssten sie sich von der Lauterkeit ihres Treibens überzeugen, schauten ihr die Sonnenblumen zu.

Als sie fertig war, setzte Ebba sich auf die Schaukel. Sie dachte, dass sie Fotos oder Zeichnungen machen sollte, damit sie etwas von der Pracht in ihrem Terrassengarten in Kopenhagen wieder aufleben lassen konnte. Dann dachte sie über die Gespräche nach, die sie im Laufe des Nachmittags geführt hatte. Sie hatte mit dem Notar ihrer Großmutter telefoniert. Herr Petersen hatte ihre Fragen zu Gesas Briefen beantwortet und ihr erläutert, dass Gesas Wünsche zur Zukunft des Koenigshofs keine rechtliche Verbindlichkeit besaßen. Laut Testament gehöre der Hof Ebba, das Nachlassgericht in Husum werde das Testament eröffnen und alle Formalitäten abwickeln. Danach könne sie das Haus und die Sammlung jederzeit verkaufen.

Ebba war erleichtert gewesen, doch dann hatte sie mit der Maklerin gesprochen, die Herr Petersen ihr empfohlen hatte. Den höchsten Preis, so hatte die Dame ihr am Telefon erklärt, würde sie erzielen, wenn sie das Haus komplett geräumt auf den Markt brächte. Im nächsten Atemzug hatte ihr Frau Evers ungefragt die Nummer eines Spezialisten für Haushaltsauflösungen gegeben. Entrümpeln zum Festpreis.

Ebba stieß sich ab und begann zu schaukeln. Was würde die Maklerin zum Garten mit all seinen verwunschenen Ecken sagen? Und was sollte mit dem Museum geschehen? Mit Henris Schätzen?

In Gedanken wanderte Ebba durch die Friesenstuben. Sie würde einige Dinge behalten, ein paar ganz besondere Erinnerungsstücke, die Taufschale vielleicht, ein paar der schönen *Scrimshaws* aus Walfischbein und das Bild mit dem Segler. Kleinigkeiten, die nicht so viel Platz benötigten und die sie auch gut in ihrer Wohnung in Kopenhagen unterbrachte. Und dann? Vielleicht sollte sie ein Auktionshaus einschalten, das sich mit Delfter Fliesen auskannte. Oder sollte sie die Schätze einfach im Dorf verschenken, sie dort lassen, wo sie hingehörten? Das Porzellan für Anneke und den Kapitänsstuhl für Jörgen. Und Friedrich Grothe bekäme ein Vogelbild – und den Hund.

Und Finn?

Ebba lächelte. Sie könnte ihm eine der Galionsfiguren schenken. Finn kannte die Geschichten, die sich um die Figuren rankten. Henri hatte sie ihnen damals erzählt. Vielleicht würde er dann auch die Entschuldigung akzeptieren, die sie ihm schon seit so vielen Jahren schuldig war: Entschuldige, dass ich deine Briefe nie beantwortet habe. Entschuldige, dass ich unseren Schwur gebrochen und dich alleingelassen habe. Ich konnte nicht anders, ich musste fort.

Ebba schaukelte, so hoch sie konnte. Wie die Flut, die sich gegen alle Widerstände ihren Weg suchte, strömten die Erinnerungen an ihren letzten Sommer in Emilienkoog auf sie ein. Wieder sah sie den dünnen Jungen vor sich, der Finn damals gewesen war, seine dunklen Augen, die immerzu auf ihr ruhten, als wäre sie sein Anker.

»Beste Freunde – für immer«, das hatten sie sich damals versprochen, sie hatten immer füreinander da sein wollen. Vielleicht war es naiv gewesen, an die Magie dieses kindlichen Schwurs zu glauben, aber als sie die Worte aussprachen, waren sie kraftvoll und mächtig gewesen. Sie hatten sich unverletzlich gefühlt, stark und den Gesetzen der Schwerkraft enthoben. In jenem Moment hätten sie auch über Wasser gehen oder sich wie Vögel in den Himmel hinaufschwingen können.

Sie waren Verschworene gewesen. Zuversichtlich und unverletzlich. Eins. Für einen magischen Augenblick.

»Möwenherzen«, wisperte eine Stimme in ihr, die so wie die ihres Großvaters klang. Ebba erschrak. Sie ließ die Seile der alten Schaukel los und sprang ab. Als sie ungelenk landete, kippte sie vornüber zwischen die Kartoffeln.

»Bravo!«, hörte sie jemanden rufen, und als sie sich aufrappelte, sah sie Jona und Finn den Weg hinaufkommen. Der Hund bellte und pendelte ausgelassen zwischen ihnen hin und her.

Die Männer sahen aus wie alte Freunde, die einen Ausflug unternommen hatten, und in diesem Augenblick bedauerte Ebba, dass sie die beiden nicht begleitet hatte. Sie klopfte sich die Erde von den Knien, dann lief sie den beiden entgegen.

»Wo seid ihr gewesen?«

»Im Watt.« Jona hielt seine Schuhe in der Hand, er zeigte anklagend auf seine schlammverkrusteten Füße. »Dein Freund behauptet, das sei gesund.«

»Ich finde, es macht den Kopf frei. So wie Schaukeln.«

Finn grinste sie an, er schien wirklich Spaß gehabt zu haben. Sein Blick löste etwas in ihr aus. Ebba lächelte zurück. Ob er sich auch noch an ihren alten Schwur erinnerte? Vielleicht sollte sie nachher ein wenig Johannisbeersaft in die Eiswürfelform füllen.

»Ich geh mal duschen.«

Jonas Blick sprang zwischen ihnen hin und her, als könnte er die alte Verbindung spüren, die es noch zwischen ihnen gab. Dann pfiff er nach dem Hund und verschwand mit Otto im Haus.

»Und?«, fragte Ebba, als sie mit Finn allein war.

»Ich mag ihn«, antwortete Finn leichthin. »Das hätte ich nicht gedacht.«

»Warum nicht? Weil er mein Freund ist?«

»Ja, auch.«

»Auch?«

»Hör mal, Ebba, du musst mir hier nichts vorspielen. Kann schon sein, dass das Dorf ihn nicht erkennt. Aber ich wusste sofort, wer das ist. Gratuliere.«

»Gratuliere?« Ebba spürte dem zynischen Unterton nach, der sich in Finns Stimme gestohlen hatte. Alle Leichtigkeit verschwand, und plötzlich fühlte sie sich nackt und bloßgestellt. Auf einmal fand sie, dass er den Typen aus den Arztserien ähnelte, so cool und abgeklärt, wie er sich gab. Begegnete er seinen Patienten mit derselben blasierten Attitüde und diesem schützenden Wall aus Ironie? Zornig blickte sie auf die protzige Uhr an seinem Handgelenk.

Finn hob die Augenbrauen. »Du weißt schon, was ich meine.«

»Du meinst, ich hab mir da einen ziemlich großen Fisch an Land gezogen?«

»Ja, so etwas in der Art.«

»Du weißt doch gar nichts von uns«, sagte sie, verwundert darüber, dass seine Worte sie so sehr verletzten.

»Das stimmt.«

Finn verschränkte die Arme, eine Weile sprachen sie nicht. Ebba zupfte ein paar vertrocknete Blüten aus den Rosenbüschen.

»Hilfst du mir mit der Fahne?«, fragte sie schließlich und deutete auf den Mast. »Ich will sie runterholen.«

»Warum?« Finn sah sie verständnislos an. »Ihr seid doch noch eine Weile hier.«

»Ich mag es nicht, wie sie da auf halbmast hängt. Das macht mich so traurig.«

»Dann ziehen wir sie hoch.« Finn lief zum Mast und löste die Schnur, mit Schwung zog er die Fahne nach oben. Stolz wellte sich das Friesenwappen in der leichten Brise. »Besser?«

»Nicht wirklich.«

Ebba trat neben ihn, sie sah zum Haus. Die Traurigkeit ließ sich nicht austricksen, sie spürte, dass sie ihr nur entkommen konnte, wenn sie das alles für immer hinter sich ließ. In ihrem Inneren schien sich eine Tür zu schließen. Da waren keine Zweifel mehr: Ja, sie würde an Jonas Seite bleiben und den Hof verkaufen. Alles andere machte keinen Sinn.

21
Finn

»Wann bringst du die Marmelade nach Husum?«, fragte seine Tante am nächsten Morgen beim Frühstück. Das Glas mit der Erdbeermarmelade stand zwischen ihnen auf dem Tisch. Frucht und Zucker, glänzend rot. »Dein Vater wartet bestimmt schon darauf.«

»Ich wollte sie ihm eigentlich nach der Beerdigung geben«, antwortete Finn, er streckte sich und rollte unbehaglich mit den Schultern. Das Bild seines schweigsamen Vaters begleitete ihn. »Aber er war so schnell wieder fort.«

»Zu viele Menschen auf zu engem Raum. Zu viele Erinnerungen. Ich glaube, es hat ihn große Überwindung gekostet, überhaupt mit uns allen in die Kirche zu kommen.« Anneke lächelte ihm aufmunternd zu. »Habt ihr denn wenigstens miteinander sprechen können?«

»Nicht wirklich.«

Finn war sich bewusst, dass er keine Lust gehabt hatte, auf seinen Vater zuzugehen. Sie waren beide Verdränger, wie die großen Containerschiffe, die am Horizont fuhren, und sie kamen beide am besten miteinander klar, wenn sie Abstand voneinander hielten und nicht ins Kielwasser des anderen gerieten.

»Er hat sich verändert, Finn. Wirklich.«

»Friedrich hat sich noch nicht einmal nach meinem Leben in München erkundigt.«

»Hast du ihn denn nach *seinem* Leben gefragt?«

Anneke neigte den Kopf, sie sah ihn eher geduldig als vorwurfsvoll an. Plötzlich ging ihm ihre Fürsorge auf die Nerven.

»Hat er denn ein Leben?«, fragte er barsch und stand auf, um zum Hafen zu fahren. Jaap Dubbel erwartete ihn um neun.

»So schlimm?«, erwiderte Anneke. Ihr Gesichtsausdruck veränderte sich nicht, aber er wusste, dass sie nicht mehr nur über das Verhältnis zu seinem Vater sprachen.

»Ja.« Finn räusperte sich. Er dachte an den Abend auf dem Koenigshof zurück. Er hatte es genossen, in Ebbas Nähe zu sein. In der Nacht hatte er sich hundertmal überlegt, ob sie wieder so etwas wie Freunde sein könnten. Aber immer, wenn er an dem Punkt angelangt war, wo er sich für einen Neuanfang entschieden hatte, sah er sie barfuß neben dem Fahnenmast in der Abendsonne stehen. Der rote Nagellack auf ihren Zehennägeln war abgeblättert, ihre Knie waren schmutzig und ihre Lippen schwarz vom Johannisbeersaft. Sie hatte stark und zerbrechlich zugleich ausgesehen. Ihr Anblick hatte ihn sprachlos gemacht, da war ein Surren in seinen Ohren. Er musste das Arschloch geben, um seine Schwäche vor ihr zu verbergen. Nein, sie könnten niemals nur Freunde sein, er würde sie immer begehren.

»Du magst ihn, oder?«, fuhr Anneke fort.

»Wen meinst du? Ihren Freund?«

»Ja, den Geiger.«

Finn legte die Hände auf den Tisch, er nickte. »Er redet nicht viel, da ist etwas, das ihn umtreibt. Aber ich glaube, er ist ein guter Typ.«

»Wie geht es ihm denn?«

»Er ekelt sich vor Wattwürmern. Und Austern kennt er nur auf Eis und mit Zitrone und reichlich Champagner. Und ansonsten …« Finn zuckte mit den Schultern. »Wie gesagt, ich bin kein Psychologe.«

»Und was sagt dir dein Gefühl?«

»Mein Gefühl?«

»Ja, deine innere Stimme. Die Psychologie ist auch keine exakte Wissenschaft.«

Finn seufzte. »Zu viel Stress, zu hohe Erwartungen an sich selbst? Dazu noch ein Packen mit Familiendramen. Das Übliche halt.«

»Ebba sagte mir, dass er in zwei Wochen wieder spielen muss. Sie macht sich Sorgen um ihn.«

»Ja.« Finn schwieg, er dachte darüber nach, wie es wäre, wenn er nicht mehr operieren könnte. Der Vorfall im OP stand ihm wieder deutlich vor Augen, das Zittern seiner Hände, und er fragte sich, wie es dem Koch inzwischen ging. Hatte Till Sauter die Intensivstation verlassen können? Kurz überlegte er, Professor Feldhusen im Laufe des Tages einmal anzurufen.

Er hob den Blick und sah seiner Tante in die Augen. »Weißt du eigentlich, wer das ist?«

»Hm.« Anneke schaute zur Kirche hinüber, auf dem Vorplatz saß der schwarze Kater in einem Sonnenfleck. Sein dunkles Fell schimmerte bläulich. Als das Tier aufsprang, nickte sie bedächtig. »Jona Bennett.«

»Du hast ihn auch erkannt?«

»Na hör mal, wir leben hier doch nicht hinterm Mond. Ich höre Radio, ich lese Zeitung, ab und zu verschlägt es mich auch ins Internet. Außerdem hat Friedrich mir etwas von einem pinken Geigenkasten erzählt, den die beiden nicht aus den Augen gelassen haben. Da habe ich eins und eins zusammengezählt.«

Der pinke Geigenkasten. Finn lächelte. Wo mochten die beiden die berühmte Stradivari versteckt haben?

»Ich hab's auch Jörgen erzählt und den anderen«, fuhr Anneke fort, »damit sie keine Touristen mehr zum Koenigshof schicken. Ist doch besser, wenn die beiden ihre Ruhe haben.«

»Das ganze Dorf weiß Bescheid?«

Finn begann zu lachen, er stellte sich vor, wie Ebba reagieren würde, wenn sie das wüsste. Wahrscheinlich würde sie sofort ihre Koffer packen und mit Jona aus Emilienkoog verschwinden.

Anneke schmunzelte, dann legte sie einen Finger auf ihre Lippen. »Nicht verraten!«

»Was führst du eigentlich im Schilde?«, erwiderte Finn. Er lachte immer noch.

»Nichts …« Langsam, wie in Zeitlupe, hob Anneke den Blick, sie schien einen Punkt zu fokussieren, der hinter ihm lag. »Der Kater wartet auf mich«, sagte sie schließlich und stand auf. »Wir sehen uns heute Abend.«

Das Fernsehteam war wieder da. Als Finn sich seinen Schutzanzug überzog, kam der Reporter auf ihn zu.

»Wie geht es Ihrem Kollegen?«, fragte Finn ihn, als sie sich begrüßten. Er hatte bereits bemerkt, dass statt des Kameramanns eine junge Frau hinten im Zelt filmte.

»Alles gut, aber er ist noch eine Woche krankgeschrieben.« Der Reporter trug ebenfalls einen Schutzanzug, jetzt schob er sich einen Mundschutz gegen den Gestank über die Nase. »Ich dachte, Sie sind Arzt«, fuhr er fort, seine Augen blickten ihn neugierig über den Rand des Mundschutzes an. Er sah aus, als wäre er in einem Seuchengebiet unterwegs.

»Bin ich auch.« Finn lächelte. »Normalerweise arbeite ich am Münchner Herzzentrum.«

»Sie sind Kardiologe?«

Finn nickte.

»Und was machen Sie dann hier?«

»Urlaub.«

»Sie können wohl nicht abschalten, was?«

»Ich komme von hier«, antwortete Finn. »Ich bin mit den Geschichten über die alten Eismeerfahrer aufgewachsen. Wale haben mich schon immer fasziniert, und deshalb …« Er deutete auf die Pottwale, auch die Skelette vermittelten einen faszinierenden Eindruck ihrer Schönheit und Erhabenheit.

»Ja, die Eismeerfahrer. Ich bin inzwischen bei meinen Recherchen auf eine interessante Sache gestoßen – die *Olympic Challenger*, sagt Ihnen das vielleicht was?«

»Hm.« Finn blickte zu Jaap Dubbel hinüber, der sich ganz hinten am dritten Wal zu schaffen machte. Er erinnerte sich, dass Henri in den Fünfzigerjahren mit eben jenem Schiff auf Walfang gewesen war.

»Dolle Geschichte«, fuhr der Reporter fort. Obwohl er durch die Schutzmaske nicht allzu viel riechen konnte, tränten ihm die Augen. »Das Schiff und die dazugehörigen Fangboote gehörten Aristoteles Onassis, wussten Sie das? Die *Olympic Challenger* fuhr zwar unter panamaischer Flagge, aber da waren auch Friesen an Bord. Zur Besatzung gehörten wohl auch ein paar Männer aus Emilienkoog. Ich habe gehört, dass die Flotte in der Antarktis etwa fünftausend Wale gefangen haben soll. Sie kennen nicht zufällig jemanden, den ich dazu befragen könnte?«

»Nein, tut mir leid, von denen lebt wohl niemand mehr.« Finn winkte Jaap Dubbel zu, der nach ihm rief, und klopfte dem Reporter jovial auf die Schulter. »Ich muss dann mal …«

»Ist fast so, als wären die Wale zurückgekommen, um an die alten Geschichten zu erinnern, oder?«, fuhr der Reporter fort.

Finn zuckte mit den Schultern, doch bei der Arbeit dachte er über die Worte des Journalisten nach.

Die alten Geschichten.

Henri hatten seine Erlebnisse auf dem Onassis-Schiff nie losgelassen. Er hatte nicht viel davon erzählt, aber die vielen toten Wale hatten ihn zeit seines Lebens verfolgt, und alles, was er in seinem Haus gesammelt hatte, war nicht nur Heimatgeschichte und Folklore, sondern auch der Versuch gewesen, für etwas um Vergebung zu bitten, auf das er nicht stolz war. Und so hatte er nicht nur den Glanz der Walfängerzeit in seinen Friesenstuben ausgestellt, sondern auch ihr Scheitern. Das sinnlose Schlachten zu einem Zeitpunkt, als es längst Alternativen zum Waltran gab. Auf der *Olympic Challenger* hatte Henri die Gräuel des industriellen Walfangs erlebt. Fünftausend tote Tiere. Weil Onassis sich weder an Fangquoten und Fangzeiten noch an Fanggebiete gehalten hatte, war das Schiff 1954 vor der peruanischen Küste sogar von Kriegsschiffen aufgebracht worden. Die *Olympic Challenger* und ihre Besatzung waren nach einiger Zeit wieder freigekommen, aber wenig später verkaufte Onassis das Schiff an die Japaner, und die letzten friesischen Walfänger verloren ihre Arbeit.

Doch für Henri war es ein Glück gewesen, wieder nach Hause zu kommen, denn auf der Heimreise, im Zug von Hamburg nach Husum, hatte er Gesa kennengelernt. Ihre vorbehaltlose Liebe rettete ihn vor den Erinnerungen an die dunklen Stunden auf dem Onassis-Schiff, und kurz nachdem er nach Emilienkoog zurückgekehrt war, heirateten die beiden. Henri fuhr nie wieder zur See, stattdessen wandte er sich der Landwirtschaft zu. Ruhe schwappte in sein Leben. Doch als sein Sohn aus dem Haus war und der Hof genug abgeworfen hatte, dass es für ein auskömmliches Leben reichte, steckte er all seine Energie in das Haus und die Geschichte seiner Familie. Die Kapitänsstuben verwandelten sich in ein Museum, und Henri wurde zum Chronisten der Eismeerfahrer. Zu den Ausstellungsstücken, die seine Vorfahren hinterlassen hatten, kamen Exponate hinzu, die er aus Nachlässen und auf Auktionen erwarb. Mit seinem VW-Bus fuhr er bis nach Jütland und Norwegen hinauf, um Kostbarkeiten für sein kleines Museum zu erwerben. Aus dem Bauern war ein besessener Sammler geworden – und ein Erzähler. Er füllte das Haus mit Geschichten. Die schönsten rankten sich um seine Galionsfiguren und um die Schiffe, denen sie einst den Weg gewiesen hatten. Ebba und er hatten nie zwischen Seemannsgarn und Wirklichkeit unterscheiden können, und bisweilen hatten sie Henris Erzählungen mit ihren eigenen Fantasien verwoben und so zu einer neuen Geschichte versponnen. Sie hatten in einem eigenen Kosmos gelebt, wo es singende Wale gab, fliegende Schiffe, polternde Meeresgeister, betörende Nixen und einen listigen Teufel, der in den undurchdringlichen Schleiern des Seenebels zu Hause war.

Als Finn am Abend zum Fahrrad zurückkehrte, wartete das Glas mit Erdbeermarmelade in seinem Fahrradkorb auf ihn. Daneben lag ein duftendes Brot.

Anneke! Finn lachte auf, sie ließ einfach nicht locker. Er war müde von der Arbeit, und er roch nach Tran, aber als er auf dem Rad saß, fuhr er doch am Pastorat vorbei und machte sich auf den Weg nach Husum. Mit dem Fahrrad würde er etwa eine Stunde brauchen, aber vielleicht war es besser, die Sache jetzt hinter sich zu bringen und endlich klar Schiff zu machen, als ständig nach einer neuen Ausrede zu suchen.

Es war noch warm, und auf den Feldern lag das schmeichelnde Licht der tief stehenden Sonne. Schafe grasten entlang der Straße, und in den Gräben schwammen Enten. Eine tiefe Ruhe lag über dem Land, nach der Hitze des Tages schien die Natur aufzuatmen und Kraft zu schöpfen.

Finn versenkte sich in das rhythmische Treten der Pedale. Es gab kaum Verkehr, und nach einer Weile löste er die Hände vom Lenker und lehnte sich zurück. Es war herrlich, freihändig zu fahren. Für einen Augenblick hatte er das Gefühl, dass die Welt ihm gehörte. Dann fiel ihm Till Sauter wieder ein. Der Koch mit dem doppelten Herzinfarkt. Der Gedanke ließ ihn nicht los, und nach einer Weile hielt er an und holte das Handy aus der Hosentasche. Er wählte die Nummer von Feldhusens Büro und stieg wieder aufs Rad, mit etwas Glück würde er den Professor noch erwischen.

In München klingelte es nur kurz, dann nahm Feldhusens Sekretärin ab, offenbar arbeitete sie heute länger. Sie klang erkältet.

»Was machen Sie denn noch in der Klinik?«, fragte Finn die schniefende Anne Polding. »Lässt der Professor Sie nicht nach Hause?«

Anne Polding lachte. »Es regnet«, erwiderte sie, und er konnte sie vor sich sehen, wie sie aus dem Bürofenster auf den Springbrunnen im grünen Innenhof der Klinik blickte. »Und ich hab noch so viel aufzuarbeiten. Wollen Sie den Chef sprechen?«

»Ja, bitte. Aber nur, wenn er gute Laune hat.«

»Ich kann nicht klagen, er hat mir heute schon ein Aspirin vorbeigebracht«, antwortete sie trocken und verabschiedete sich, dann war der Professor in der Leitung.

»Sagen Sie nicht, dass Sie mich schon vermissen«, witzelte Feldhusen. »Was gibt's denn?«

»Ich wollte hören, wie es unserem Patienten geht«, antwortete Finn, auf einmal bemerkte er, dass ihm die Beine zitterten. »Till Sauter, die letzte OP vor meinem Urlaub.«

»Der Koch?«

»Ja. Alles gut verlaufen?«

Feldhusen schwieg einen Moment. »Alles bestens«, sagte er dann. »Keine Komplikationen. Er hat gestern die Intensivstation verlassen.«

»Na, wunderbar.«

Finn atmete durch, sein Herzschlag hatte sich während der paar Sekunden, die er auf Feldhusens Antwort gewartet hatte, verdoppelt. Ganz kurz fragte er sich, wie er auf eine weniger positive Nachricht reagiert hätte.

»Und bei Ihnen, was macht die Liebe?«

Feldhusen schien in Plauderlaune zu sein, offenbar hatte er keine weiteren Termine oder keine Lust, durch den Regen nach Hause zu gehen.

»Ich bin nicht am Gardasee«, erwiderte Finn, er trat wieder kräftig in die Pedale, »ich bin nach Norddeutschland gefahren. An die Küste.«

»In die alte Heimat?« Feldhusen stutzte kurz. »Ist etwas passiert?«

»Nein, nein, alles in Ordnung.« Finn überlegte, ob er dem Professor von den Walstrandungen erzählten sollte, aber dann entschied er sich dagegen. Er würde sich die Wale und ihre schrankkoffergroßen Herzen für später aufheben. »Ich hab mich nur für eine andere Art von Urlaub entschieden. Schwarzbrot mit Krabben statt Pasta und Amore.«

»Das wird Ihrer Freundin bestimmt nicht gefallen.«

»Sie spricht nicht mehr mit mir.«

»Und – schlimm?«

»Ich hab noch keine Zeit gehabt, sie zu vermissen.«

»Dann sind Sie dem Tölpel auf der Spur?«

Finn lachte auf, sein rechter Fuß rutschte vom Pedal, das Rad schlingerte, aber dann fing er sich wieder.

»Ja, vielleicht.«

»Halten Sie mich auf dem Laufenden, Grothe?«

»Wegen des Tölpels?«

»Ja. Und wegen allem anderen auch.«

Das Gespräch mit Professor Feldhusen begleitete Finn bis nach Husum, und als er die Stadtgrenze erreichte, war er tatsächlich fest entschlossen, sich den Geistern der Vergangenheit zu stellen. Oder zumindest seinem Vater.

Doch als er das Fahrrad an den Zaun vor der Praxis kettete, waren die Zweifel wieder da. Überrascht betrachtete Finn sein Elternhaus. In der kleinen Straße am Hafen hatte sich nur wenig verändert, und auch das Haus mit seinem leicht nach vorne geneigten Treppengiebel kam ihm unverändert vor. Die im Licht changierende Backsteinfassade schien seine Kindheit zu spiegeln, die schönen wie die traurigen Stunden. In den Fenstern bemerkte er die Umrisse der ausgestopften Vögel. Beklommen näherte er sich dem Haus.

Die Praxis war bereits geschlossen. Finn klingelt nicht, aber er berührte das Schild mit Äskulapstab neben der Tür. Als Kind hatte er die Schlange einmal mit dem Nagellack seiner

Mutter blutrot angemalt, und nun versuchte er, sich daran zu erinnern, wie sein Vater darauf reagiert hatte. Hatte Friedrich gelacht, oder hatte er ihn lediglich stumm und enttäuscht angesehen?

Als er um das Haus herumlief, fühlte er sich wie ein Eindringling. Sein Vater saß im Garten und las in der Zeitung, die er auf dem Tisch vor sich ausgebreitet hatte. Friedrich bemerkte ihn nicht, und so nutzte Finn die Gelegenheit, ihn einen unbeobachteten Moment lang von der Seite betrachten zu können.

Sein Vater war alt geworden, das hatte er schon in der Kirche bemerkt. Er wirkte sehr viel hagerer, und die buschigen Augenbrauen und die knorrige Nase dominierten sein Profil noch stärker als früher. Die leichte Röte auf seinen Wangen sprach für einen etwas erhöhten Blutdruck, und er fragte sich, ob sein Vater etwas dagegen unternahm. Außerdem schien er nicht mehr besonders gut zu hören, denn er reagierte nicht auf sein vorsichtiges Hallo.

Finn trat etwas näher an den Tisch heran und wiederholte seinen Gruß, erschrocken fuhr sein Vater zusammen.

»Finn!«

»Entschuldige.« Finn stellte das Marmeladenglas auf den Tisch und legte das Brot daneben. »Anneke hat mir keine Ruhe gelassen.«

Friedrich sagte nichts, er schüttelte nur den Kopf. Bedächtig faltete er die Zeitung zusammen, dann hielt er das Glas gegen das Licht, als müsste er die Konsistenz der Marmelade prüfen. »Setz dich doch«, murmelte er schließlich.

Finn zog sich einen Stuhl heran, unbehaglich setzte er sich seinem Vater gegenüber. Er wusste nicht, wie er das Gespräch beginnen sollte. Beklommen wischte er sich das Haar aus der

Stirn. Vom Fahrradfahren schwitzte er, und er hätte gern etwas getrunken. »Ich bin mit dem Rad gekommen«, kommentierte er das Offensichtliche.

Friedrich nickte. »Du hast da noch ein paar Fliegen im Haar«, sagte er. »Und du riechst ein bisschen streng.«

»Das sind die Wale.« Finn hob entschuldigend die Hände, eigentlich hätte er erst einmal duschen müssen. »Ich bin direkt vom Hafen aus losgefahren.«

»Kommt ihr gut voran?« Sein Vater schien zu wissen, dass er beim Abspecken der Wale half. »In der Zeitung schreiben sie, dass die Knochen nach Holland gehen.«

»Ja, sie werden dort in einem Spezialbetrieb gereinigt und aufbereitet. Es wird wohl mindestens ein Jahr dauern, bis die Skelette aufgestellt werden können.«

»Ich fände es ja schön, wenn wir einen Wal in Emilienkoog behalten könnten. Vor dem Museum oder am Hafen ist doch reichlich Platz dafür. Vielleicht kommen dann wieder ein paar mehr Urlauber, auch außerhalb der Saison.«

»Wir?« Finn hob den Blick, und das erste Mal seit langer Zeit schaute er seinem Vater direkt in die Augen.

»Na, alle, denen Emilienkoog am Herzen liegt. Wenn wir zusammenlegen, reicht es vielleicht. Weißt du, was so ein Bursche kostet?«

Finn zuckte mit den Achseln. »Irgendwas im sechsstelligen Bereich, schätze ich. Das Abspecken, der Transport, die Arbeit des Präparators, da kommt schon einiges zusammen.«

Friedrich nickte, er hielt noch immer das Marmeladenglas fest. In seinen großen, von Altersflecken gesprenkelten Händen sah es wie eine Reliquie aus. »Ende des Jahres gebe ich die Praxis auf«, sagte er unvermittelt. »Ich will das Haus verkaufen.«

»Und dann?«

Verwundert musterte Finn seinen Vater. Friedrich hatte fast sein ganzes Leben in diesem Haus verbracht, und er konnte sich nicht vorstellen, dass sein Vater sich tatsächlich davon trennte.

Friedrich schmunzelte, sein Blick schweifte durch den Garten. »Ich will noch ein bisschen reisen. Galapagos und die norwegischen Fjorde. Vielleicht schaffe ich es ja auch noch einmal nach Grönland.«

»Du warst schon mal in Grönland?«

Finn schüttelte den Kopf, er konnte sich nicht daran erinnern, schon einmal etwas von einer Arktisreise seines Vaters gehört zu haben.

»Ja, bevor ich studiert habe. Ich habe sie alle gesehen, Buckelwale, Schwertwale, sogar einmal einen Beluga. Und Seevögel, viele Hunderttausend Möwen, Eisenten, Schneehühner und Lummen. Ich hab dir doch davon erzählt, als du klein warst, erinnerst du dich nicht mehr daran?«

»Ich dachte …« Finn horchte in sich hinein, er suchte nach einer Erinnerung, einem Widerhall.

Grönland. Und das Eis.

Verwirrt runzelte er die Stirn. Er hatte seine Sehnsucht nach der Arktis und den Walen immer mit Henris Geschichten in Verbindung gebracht. Konnte es tatsächlich sein, dass er die Erzählungen seines Vaters einfach ausgeblendet hatte?

Friedrich wartete auf eine Antwort, ein erwartungsvolles Leuchten lag auf seinem Gesicht.

Finn schüttelte den Kopf. »Ich erinnere mich nicht«, sagte er leise, auf einmal hatte er Angst, ihm wehzutun.

»So.« Sein Vater presste die Lippen zusammen, seine Miene versteinerte. Im nächsten Augenblick musterte er ihn wie einen Patienten. »Freud«, sagte er nach einer langen Sekunde, »Verdrängung. Ist der Grundpfeiler der Psychoanalyse, hast du doch bestimmt auch mal im Studium gelernt.«

Finn hob die Augenbrauen, dann wandte er den Blick ab und beobachtete eine Amsel, die auf dem Rasen herumhüpfte. Die Worte seines Vaters brachten etwas in ihm zum Klingen. Plötzlich fiel ihm ein, dass Henri nie selbst in der Arktis gewesen war. Die *Olympic Challenger* war ihrem blutigen Geschäft vor der Küste Südamerikas nachgegangen.

Freud also?

Verdrängung?

Unsicher fuhr er sich mit den Händen durchs Haar, er schwitzte noch stärker, und das Blut rauschte in seinen Ohren. Das Verdrängen schmerzlicher Erinnerungen galt als Überlebensmechanismus der Psyche, es hielt bedrohliche und schreckliche Erlebnisse vom Bewusstsein fern. Unruhig rutschte er auf seinem Stuhl hin und her, er wäre gern aufgesprungen und davongelaufen. Und die heftige körperliche Reaktion zeigte ihm, dass die Worte seines Vaters an der Wahrheit kratzten. Hatte er einen Teil seiner Kindheit einfach ausgeblendet, weil er nicht mehr an den Tod seiner Mutter erinnert werden wollte? Und an die glücklichen Jahre davor, in denen Friedrich ihm ein Vater gewesen war?

Hilflos sah er auf, die Augen seines Vaters waren schwarz. Eine Träne rollte ihm über die Wange, und dieses Zeichen väterlicher Liebe erschütterte Finn. Die Flutwelle erwischte ihn mit einem mächtigen Brecher und warf ihn fast um.

»Komm«, sagte sein Vater nach einer Weile, er nickte ihm behutsam zu. »Ich zeig dir was. Und dann mach ich uns was zu essen.«

Auf wackligen Beinen folgte Finn ihm ins Haus. In der

Küche öffnete Friedrich die Tür zur Vorratskammer. Auf einem Regal stapelten sich die Gläser mit Erdbeermarmelade, jedes Glas mit einer Jahreszahl auf dem Etikett.

»Für Friedrich.«

Sein Vater stellte das neue dazu.

»Ich kann die Marmelade nicht essen«, sagte er und drehte sich zu ihm um. »Deine Mutter und du, ihr habt sie ganz anders gemacht, nicht so süß und mit einem Spritzer Zitronensaft. Aber verrat mich ja nicht bei deiner Tante.«

Finn schüttelte den Kopf. Sprachlos, verwirrt, ergriffen. Er sah nicht die Marmeladengläser. Alles, was er sah, war die Liebe seines Vaters, die nie fort gewesen war. Und die zwanzig Sommer ohne Ebba.

22

Jona

Jona hätte nicht gedacht, dass er die Internetverbindung seines Telefons eines Tages schätzen würde. Aber seit er die Schlagzeilen rund um seine Person umschifft hatte und sich auf den Seiten der wichtigsten nautischen Museen herumtrieb, fühlte er sich losgelöst und frei, wie ein Entdecker auf großer Fahrt. Auf dem Display reiste er rund um die Welt – Amsterdam, Barcelona, Hongkong, London, Sydney. Fasziniert betrachtete er jahrhundertealte Landkarten, Wrackteile, Schiffsmodelle und Waffen, die davon zeugten, dass die Menschen zu allen Zeiten auf den Meeren unterwegs gewesen waren. Sie waren ins Ungewisse gezogen, um Gewissheit zu finden. Jona tauchte immer tiefer in die Materie hinab, schließlich stieß er auf ein Forum, in dem sich Liebhaber von Galionsfiguren austauschten. Als er dort ein Bild des hölzernen Engels einstellte, meldete sich nach ein paar Stunden eine Frau aus der Nähe von Stockholm zurück.

Mara_89 wusste nichts Konkretes über den Engel zu berichten, aber sie schrieb, dass der Typus der Figur sie an eine hölzerne Frauenskulptur erinnere, die im Museum von Stockholm ausgestellt sei. Auch diese Figur halte eine Möwe in den Händen. Man habe sie, so schrieb Mara, Anfang des neunzehnten Jahrhunderts aus dem Meer vor Südschweden gefischt. »Der Legende nach verliebt sich jeder, der die Frau zu lange anschaut, hoffnungslos in sie. Nimm dich also in Acht vor deinem Engel!«

Jona musste lächeln, als er Maras Zeilen las. Er bedankte sich für ihre Antwort, dann rief er, beflügelt von dieser ersten Spur, einfach im Stockholmer Museum an. Es dauerte eine Weile, bis er den zuständigen Kurator ans Telefon bekam, doch Anders Bergström bestätigte ihm Maras Geschichte. Jona erfuhr, dass die Stockholmer Figur aus der Mitte des 18. Jahrhunderts stammte, aber auf ein älteres Vorbild zurückging. »Eine Figur, die das Schiff des berühmten holländischen Seefahrers Willem Barents schmückte. Barents suchte nach einem nördlichen Seeweg nach China, und er gilt als Entdecker Spitzbergens. Sein Schiff, die *Merkur*, wurde jedoch 1596 bei der Insel Nowaja Semlja vom Eis eingeschlossen und musste aufgegeben werden. Auch Barents starb im Eis.« Als Jona ihm von Henris Figur erzählte, versprach Bergström ihm, sich die Skulptur bei Gelegenheit anzuschauen, und so schickte Jona ihm ein paar Bilder aus Henris Werkstatt per Mail. Danach stand er eine Zeit lang zufrieden vor dem Engel. Ein Gefühl von Klarheit und Ruhe durchströmte ihn, und er dachte, dass er endlich etwas richtig machte. Dankbar strich er der Figur über die Wange, dann rief er nach Otto und ging mit dem Hund spazieren.

»Wo wart ihr?«, fragte Ebba, als sie nach gut einer Stunde auf den Hof zurückkehrten. Sie saß auf der Bank vor dem Haus, einen Becher Tee in den Händen. Die Sonne leuchtete ihr ins Gesicht. Seit zwei Tagen hatte sie ununterbrochen telefoniert und ihre Listen abgearbeitet, doch nun schien sie endlich eine Pause zu machen.

»Am Wasser.«

Jona gab Otto etwas zu trinken, dann setzte er sich zu ihr. Ebba sah so erschöpft aus, als hätte sie eine Schlacht geschlagen. Ihre Wangen glühten, ein fiebriger Glanz lag in ihren Augen, ihr Mund war schmal. Er dachte, dass sie sich verändert hatte, seitdem sie auf dem Koenigshof angekommen waren. Als ob sie sich in ein anderes Wesen verwandelte. War es das Erbe, das an ihr zerrte? Oder waren das die Erinnerungen an ihre Kindheit, die sie an diesem Ort überkamen? Jona legte den Arm um sie und spürte, wie sie zusammenzuckte. Nachdem die Gerüchte über die Schwangerschaft seiner angeblichen Affäre hochgekocht waren, hatten sie kaum miteinander gesprochen. Ja, es kam ihm fast so vor, als wäre Ebba ihm aus dem Weg gegangen. Da schwang immer noch eine Spur von Misstrauen in ihrer Stimme, ein dumpfes Dis, auch wenn sie sich bemühte, sich nichts davon anmerken zu lassen.

»Kommst du klar?«, fragte er. Eigentlich hatte er keine Lust, etwas über den absurden Zirkus zu hören, den Alexa Sterling angezettelt hatte, aber Ebba sah aus, als könnte sie etwas Zuspruch gebrauchen. Behutsam zog er sie an sich.

Ebba atmete geräuschvoll aus und straffte die Schultern, als trete sie aus dem Bühnenhintergrund ins Scheinwerferlicht. »Die einstweilige Verfügung ist raus. Alexa Sterling muss den Mund halten, sonst ist ein saftiges Schmerzensgeld fällig. Das wird sie nicht riskieren.«

»Und die Presse?«

Ebba verdrehte die Augen. »Ich habe mit allen telefoniert. Wirklich mit allen. Ich habe ihnen unsere Story erzählt …«

»Unsere Story?« Jona sah sie scharf an und zog seinen Arm zurück. Er mochte es nicht, wenn sie so sprach und ihn zu einem Objekt seines Labels degradierte. »Was ist denn *unsere Story*?«

Ebba erwiderte seinen Blick, als wäre er schwer von Begriff. Ihre Augenbrauen schoben sich zusammen, eine steile Falte erschien über ihrer Nasenwurzel. »Dass die Sterling sich ins Gespräch bringen will und dass sie ihre Karriere auf deine Kosten vorantreibt«, erwiderte sie ungeduldig, ihre Stimme klang hart und kratzig. »Dass sie eine Goldgräberin ist.«

»Ist sie das?« Jona fuhr sich über den Bart, er versuchte, sich an den Videodreh zurückzuerinnern. Alexa war eine brünette Südstaatenschönheit mit seelenvollen Augen und einem Rosenmund. Sie tanzte mit einer unbändigen Kraft und Freude, doch in seiner Gegenwart war sie fast scheu gewesen. Ihre Agentin hatte sich immer wieder in die Dreharbeiten eingemischt, bis der Regisseur sie nach einem Wutanfall vom Set verbannt hatte. Vielleicht war das ganze Theater ja nur eine weitere Volte der überdrehten Dame, überlegte er. Alexa war gerade einmal zwanzig und noch nicht lange in New York. Bei dem gemeinsamen Abendessen hatte sie ihm gestanden, dass sie ihren Freund vermisste und in der Stadt noch niemanden kannte. Jona war sich fast sicher, dass sie den Einflüsterungen ihrer Agentin und dem vagen Versprechen eines Karriereschubs gefolgt war. Kurz stellte er sich vor, wie es wäre, Alexa wiederzusehen und mit den Händen durch ihr lockiges Haar zu streichen, das beim Tanzen wie Cheerleader-Pompons durch die Luft wirbelte. In dem Video hatte sie sich selbst gespielt, eine junge Tänzerin, die einen Wettbewerb gewann. Die letzte Einstellung war ein Close-up ihrer Augen gewesen, die sich mit Glückstränen füllten. In Wirklichkeit waren es Schmerzenstränen gewesen, weil sie bei einem ihrer letzten Sprünge umgeknickt war. Ihr schönes, tränenüberströmtes Gesicht und seine Musik – das Video war schon am ersten Tag der Veröffentlichung durch die Decke geschossen. 1,5 Millionen Klicks.

»Jona, bitte!« Ebba sah ihn verständnislos an. »Ich gebe mir wirklich Mühe, dass …«

»Dieser ganze PR-Zirkus hängt mir zum Hals raus«, unterbrach Jona sie barsch, in seinem Inneren lärmten schrille, unspielbare Töne. Er suchte nach dem Gefühl der Klarheit, das er vorhin noch in der Gegenwart des Engels verspürt hatte. »Da werden Botschaften und Bilder in die Welt gesetzt, und es stimmt einfach nichts daran. Nichts! Alles ist inszeniert, zurechtgezurrt und schön verpackt, damit die Leute liken, teilen, kaufen.«

»Du hast immer davon profitiert«, erwiderte Ebba. Sie wandte den Blick von ihm ab, als wäre ihr versehentlich ein Gedanke entschlüpft. Doch dann fuhr sie ruhig fort: »Du bist seit acht Jahren bei Global Music unter Vertrag, und du hast immer mitgespielt.«

»Aber das hat nichts mehr mit meiner Musik zu tun. Und es hat auch nichts mehr mit mir zu tun.«

Ebba schwieg, sie wischte eine Biene davon, die sich auf ihrem Kleid niedergelassen hatte. »Was ist denn die Wahrheit?«, fragte sie leise.

Jona sah der Biene nach, über dem Blumenteppich verlor er sie aus den Augen, sie löste sich einfach auf in dem Feuerwerk aus Farben und Licht.

Ungeduldig stupste Ebba ihn mit dem Ellenbogen in die Rippen, sie wartete auf seine Antwort.

»Die Wahrheit?« Jona zuckte mit den Achseln, dann zeigte er auf seinen Verband. »Wir sollten ein Bild von meiner Hand ins Netz stellen«, sagte er. »Und dazu schreiben wir: Außer Betrieb.«

Am frühen Abend fuhr Ebba ihn zum Fädenziehen nach Husum. Auf der Fahrt dachte Jona, dass sie beide auf dem besten Weg waren, sich wieder zu verlieren. Das Gefühl füreinander, das Verlangen und ihre Freundschaft – all das schien unter dem Druck der Ereignisse zerrieben zu werden. Was war aus dem wilden Vogelwesen geworden, das er gerade erst kennengelernt hatte? Er hatte das Gefühl, dass Ebba sich ihm entzog. Sie schien vollkommen absorbiert von dem, was sie für die Person tat, die er nicht mehr war. Und die er nicht mehr sein wollte.

Wieder telefonierte sie, und Jona betrachtete sie. Er sah die hochgezogenen Schultern, die Röte in ihrem Dekolleté, den leichten Schweißfilm auf ihrer Haut. Und trotzdem spürte er sie nicht, ihren Klang, ihre Melodie. Es war, als hätte sich seine Begierde tief in sein Inneres verkrochen und aufgelöst.

Ebba besprach sich mit der Maklerin, die sie mit dem Hausverkauf beauftragt hatte. Sie suchten nach einem Termin, an dem die Dame den Hof besichtigen könnte. Auf der Rückbank rutschte Otto unruhig hin und her, als würde er verstehen, worum es ging.

Jona drehte sich zu ihm und strich ihm beruhigend über den Kopf. Ebba fuhr schnell, im Heckfenster verschwammen Straße und Felder zu zähen, undefinierbaren Farbbändern. Ein flaues Gefühl stieg in ihm auf, und der Gedanke, dass Ebba sich wieder von ihm entfernte, machte ihm Angst. Er brauchte sie doch – ihre Freundschaft und Unterstützung! Sein Magen rebellierte, und nervös drehte er sich wieder nach vorn, um das Seitenfenster herunterzufahren und das Gesicht in den Fahrtwind zu halten.

Gierig sog er die Luft ein, die in den Wagen strömte, er fürchtete sich vor dem Moment, wenn Ebba erfuhr, dass er die Wunde wieder aufgekratzt hatte. Vor der Enttäuschung in ihrer Stimme. Vor ihrem Blick.

Würde sie ihm noch einmal helfen?

Oder würde sie die Geduld verlieren und ihn verlassen? Jona dachte, dass sie mit ihrer Erfahrung spielend leicht einen neuen Job im Musikbusiness finden würde.

»Alles klar?«

Ebba hatte das Telefonat beendet, sie warf ihm einen misstrauischen Blick zu. Ihre rechte Hand löste sich vom Steuer und strich ihm kurz über den Arm. »Wird schon nicht so schlimm werden«, sagte sie wie zu einem Kind. Das Dis der wohlmeinenden Lüge – da war es wieder.

Jona nickte, er atmete, bewegte die Finger und konzentrierte sich auf das Bild des hölzernen Engels. Die Meditation half ein wenig, nach ein paar Minuten stieg Musik in ihm auf. Bachs Violinkonzert a-Moll, das der Meister für sich selbst geschrieben hatte. Mühelos bewältigten seine Finger eine schwierige Passage des *Allegro assai*.

Konzentriert fuhr er fort. Er stellte sich vor, dass er den hölzernen Engel berührte. Dass er seinen Konturen nachspürte – und seiner Geschichte. Jonas Finger huschten über den Steg der unsichtbaren Geige und formten die Töne. Er begann zu summen, und Ebba erkannte das Stück. Ein Lächeln huschte über ihr Gesicht. Für einen Moment sah sie fast glücklich aus, und er entspannte sich ein wenig.

»Wie hat dir Doktor Grothe eigentlich das Leben gerettet?«, fragte er, als sie nach Husum hineinfuhren.

»Das Leben gerettet?«

Ebba sah kurz zu ihm hinüber, sie schien verwirrt.

»Das hast du mir erzählt, als wir zum ersten Mal herkamen.«

Ebba seufzte, und ihre Augenbrauen schoben sich zusammen, offenbar erinnerte sie sich wieder. »Ich weiß nicht, wie ich es dir erklären soll«, sagte sie nach einer Weile. »Nach dem Tod meines Großvaters war ich am Boden zerstört. Friedrich Grothe hat mir geraten, alles zu vergessen. Und nicht mehr zurückzukommen. Ich glaube wirklich, dass er mir damals das Leben gerettet hat. Vielleicht wäre ich sonst daran zerbrochen.«

»Er hat einem Kind geraten, seine Großeltern zu vergessen?«

Entgeistert blickte Jona sie an, die Melodie war wieder fort.

Ebba schwieg. Erst als sie an einer roten Ampel halten musste, fuhr sie fort: »Na ja, er hatte seine Frau verloren und eine schwere Zeit hinter sich, deshalb schien er mir ein kompetenter Ratgeber zu sein. Meine Großmutter stand unter Schock, und meine Mutter war nicht da. Ich war doch erst zwölf, und ich war wirklich fertig. In dem Moment dachte ich wohl, er wüsste, was das Beste für mich sei.«

»Hört sich ziemlich grausam an.«

Ebba zuckte mit den Schultern. Sie waren angekommen, umständlich parkte sie am Straßenrand. Als sie weitersprach, sah sie ihn nicht an, sondern blickte zur Praxis hinüber.

»Du weißt ja nicht, was damals passiert ist.«

»Du sprichst ja auch nicht darüber.«

»Es geht mir besser, wenn ich nicht daran denke.«

Sie schüttelte den Kopf und schnallte sich ab. »Komm, wir sind spät dran!«

Doch Jona hielt sie zurück. »Du kannst hier warten, ich schaff das schon allein.«

Doktor Grothe hatte schon auf ihn gewartet, misstrauisch beäugte er Jonas Hand. In den Praxisräumen stand die Luft, nervös begann Jona zu schwitzen.

»Bist du da rangegangen?«, fragte Grothe, er deutete auf den Verband und sah ihn scharf an.

Jona antwortete ihm nicht. »Ich habe Ihren Sohn kennengelernt«, sagte er, als Grothe sich kopfschüttelnd daranmachte, den Verband aufzuschneiden. In Grothes Nacken, unter dem Haaransatz, verliefen drei tiefe, waagerechte Falten. »Den Zauberer.«

»Zauberer?« Irritiert schaute Grothe auf. »Meinst du Finn? Ist der etwa für diesen Mist verantwortlich?«

Jona schüttelte den Kopf. »Er ist auch Arzt, oder?«, fragte er.

»Kardiologe«, brummte Grothe, »in München, am Herzzentrum bei Professor Feldhusen. Er war gestern bei mir und hat mir davon erzählt.« Grothe zuckte mit den Schultern, aber da schwang doch ein wenig Stolz in seiner Stimme. Er zögerte kurz, als wollte er noch etwas hinzufügen, aber dann legte er die Wunde frei. Zwischen den schwarzen Fäden hatte sich frischer Schorf gebildet.

Grothe schien nicht besonders überrascht davon. »Hast du dich schon mal gefragt, warum du das tust?«, fragte er ruhig und rollte auf seinem Stuhl ein Stück zurück.

Jona zuckte mit den Achseln. »Es hilft mir«, erwiderte er nach ein paar Sekunden leise.

Grothe nickte. »Ich will dir was zeigen«, sagte er, erhob sich und zog ein dickes Buch aus dem Regal hinter seinem Schreibtisch. Er schlug es auf, blätterte vor und zurück, schließlich hielt er ihm eine anatomische Zeichnung unter die Nase.

»Die Hand.«

Stumm betrachtete Jona den komplexen Apparat aus Muskeln, Bändern, Sehnen, Nerven und Blutbahnen.

Grothe deutete auf einen Muskel, der die Hand der Länge nach durchlief.

»*Musculus palmus longus*«, sagte er. »Ein beherzter Schnitt, und du kannst deine Geige nie wieder richtig festhalten.«

Jona sah ihn verständnislos an.

»Soll ich?«, fragte Grothe, er nahm ihm das Buch wieder ab und klappte es zu. »Ein Kunstfehler, wäre ja kein Wunder in meinem Alter. Du könntest mich verklagen. Ich habe meine Versicherung noch nie in Anspruch nehmen müssen, die werden zahlen. Dann bist du frei.«

Jona schnappte nach Luft, er spürte, wie sich die Muskeln in seinem Rücken verspannten. Er wollte nur noch fort.

»Nein«, stieß er aus. Er sprang auf und stürzte ans Fenster.

Auf der Straße spazierte Ebba mit dem Hund vorbei. Sie sah ihn nicht, und es kam ihm so vor, als befände sie sich in einer Welt, zu der er keinen Zutritt mehr hatte.

»Ebba«, keuchte er, »Ebba …«

Der Alte kam ihm nach. Beruhigend legte er ihm die Hand auf die Schulter. »Ich will dir ja gern helfen, Jung. Aber wenn du so weitermachst, zerstörst du deine Hand. Und dann kann dir keiner mehr helfen. Du brauchst einen Therapeuten, jemanden, der sich mit so etwas auskennt und der dich auf dem Weg zurück zum Ausgangspunkt dieses Schlamassels begleitet. Du brauchst jemanden mit Erfahrung und Zeit, das ist nichts mehr für so einen alten Kerl wie mich.«

Jona zitterte, er spürte das Karussell der Angst, das sich in einem wahnwitzigen Tempo in seinem Inneren drehte. Bunte Lichter blinkten vor seinen Augen, und ihm war schlecht. Schlotternd schnappte er nach Luft.

»Warum sollte ich ausgerechnet Ihnen vertrauen?«, stieß er hervor, wie Wurfgeschosse sausten die Worte durch den Raum. »Ebba hat mir erzählt, was Sie ihr nach dem Tod ihres Großvaters geraten haben. Sie sind doch dafür verantwortlich, dass sie ihre Großmutter nie wieder besucht hat. Wissen Sie eigentlich, wie unglücklich sie ist?«

»Ebba?« Grothes Hand lag noch immer auf seiner Schulter, aber ihr Druck ließ etwas nach. »Was hat sie dir erzählt?«

»Dass Sie ihr damals geraten haben, alles zu vergessen und fortzugehen.«

»So, daran erinnert sie sich also noch.«

Grothe atmete schwer aus. Er ließ Jona los und verschränkte die Arme. Schweigend schauten sie durch das Fenster Ebba nach, bis das Nachmittagslicht sie verschluckte.

»Sie haben einem Kind geraten, seine Großeltern zu vergessen«, fuhr Jona nach einer Weile fort. »Deshalb ist sie nie wieder nach Emilienkoog zurückgekehrt. Und jetzt hat sie nichts Besseres zu tun, als so schnell wie möglich wieder von hier fortzukommen. Das ist Ihre Schuld!«

»Ich habe ihr nicht gesagt, Henri und Gesa zu vergessen. Ich habe ihr geraten, für eine Weile mit ihrer Mutter fortzugehen. Und glaub mir, Jung, damals war es das Beste für sie. Und für meinen Sohn. Jedenfalls dachte ich das. Aber vielleicht hast du recht, vielleicht habe ich mich ja getäuscht.«

23

Ebba

Die Liste in ihrem Kopf schien einfach nicht kürzer zu werden. Kaum war die Presse bedient, drängelte Caroline schon wieder wegen der Planungen für die nächste und übernächste Saison. Jona würde seinen Urlaub auf Long Island zweimal unterbrechen müssen – einmal für die Einspielung des neuen Albums, das noch vor Weihnachten erscheinen sollte. Außerdem waren die Verhandlungen zwischen Global Music und Rihannas Management fortgeschritten. Rihanna würde Jona in den Hamptons besuchen und ihn danach zu sich ins Studio nach Los Angeles einladen, um mit ihm an einem gemeinsamen Song zu basteln.

Ausgerechnet Rihanna! Brachte sie nicht gerade erst eine Kollektion mit Bikinis und Flipflops auf den Markt?

Ebba runzelte die Stirn. Ungeduldig zog sie den Hund an der Leine hinter sich her. Die Abendsonne ließ das Kopfsteinpflaster wie feucht schimmern, sie rutschte auf den glatten Sohlen ihrer Ballerinas vorsichtig darüber hinweg. In den akkurat geschnittenen Hecken links und rechts der Straße schienen die Amseln bereits zu schlummern, doch vom Hafen wehte das wilde Kreischen der Möwen zu ihr herüber.

Jona hatte das neue Album bereits im letzten Jahr abgesegnet, die Setlist für das *Best of Jona Bennett Volume I* stand, die Musiker waren gebucht. Aber das Date mit Rihanna musste sie ihm noch beichten. Caroline war so enthusiastisch gewesen, dass Ebba nur kurz protestiert hatte, bevor sie gemeinsam nach einem Termin für das erste Aufeinandertreffen der beiden suchten. Doch nun hatte sie ein schlechtes Gewissen, weil Jonas Kalender sich schon wieder bedrohlich füllte. Ein Termin zog unweigerlich den nächsten nach sich, und auf Studio und Aufnahme würden Promo, Release und noch mehr Promo folgen. Wenn sie nicht aufpasste, schaufelte sie ihm die wenigen Freiräume wieder zu, und Jona würde bis Weihnachten nur ein oder zwei freie Tage haben. Ratlos schürzte Ebba die Lippen, dann zog sie ihr Telefon aus der Tasche und rief die Kalenderfunktion auf. Sie hatte sich doch geschworen, Jona mehr Pausen zu verschaffen. Warum nur fiel es ihr so schwer, sich aus den gewohnten Mustern zu lösen?

Stirnrunzelnd betrachtete sie die Termine für Juli und August, die sie noch nicht auf Jonas Handy übertragen hatte, dann fiel ihr ein, dass sie dringend Flüge buchen musste. Sie hatte mit Caroline vereinbart, dass sie spätestens Ende nächster Woche mit Jona nach Kalifornien fliegen würde, damit er sich dort in Ruhe auf den Festivalauftritt vorbereiten konnte. Neben Jona traten Coldplay, Ed Sheeran und einige kleinere Acts auf, mehr als achtzigtausend Fans wurden erwartet. Nach der Absage in New York und der verqueren Geschichte mit der Tänzerin würde ihn die Presse mit Argusaugen beobachten.

Mit einem Fingertipp wechselte Ebba auf ihre Liste mit Hotelkontakten, sie überlegte, wo sie sich am besten einquartieren könnten. Sacramento lag etwa einhundertzwanzig Kilometer von der Küste entfernt an der Mündung des American River in den Sacramento River, aber sie dachte darüber nach, ob sie zunächst in einem Hotel direkt am Pazifik reservieren sollte, um erst zum Festival ins Landesinnere zu wechseln. Laguna Beach fiel ihr ein, dort gab es ein bezauberndes Resort im mexikanischen Stil direkt am Strand. Die Presse würde Jona dort nicht vermuten, und sie könnte ihm vor Ort noch ein paar medizinische Massagen und Entspannungstreatments buchen. Andererseits bedeutete der Aufenthalt in Laguna Beach noch einen zusätzlichen Flug. Unentschlossen wägte Ebba die Vor- und Nachteile gegeneinander ab, ihre Ratlosigkeit quälte sie, und sie ärgerte sich, dass es ihr nicht gelang, zwischen Jona und Jona Bennett Superstar zu trennen.

Hinter ihr trödelte Otto an der Leine. Der Spaziergang durch das Wohnviertel schien ihm keinen Spaß zu machen, immer wieder blieb er lustlos stehen, und sie musste ihn fast hinter sich herziehen. Wenn sie sich zu ihm umdrehte, um ihn zum Weiterlaufen zu überreden, sah er sie nur verständnislos an, als wüsste er nicht, was sie von ihm wollte.

»Otto!«

Wieder zog Ebba ungeduldig an der Leine. Als sie sich zu ihm drehte, rutschte sie auf dem glatten Kopfsteinpflaster aus und stolperte. Das Telefon glitt ihr aus der Hand und fiel auf das Pflaster. Sie hörte, wie das Display zerbrach.

»Verdammt!«

Ebba konnte sich nicht rühren, sie sah auf das glänzende Telefon herab, das wie ein Lebewesen mit Genickbruch vor ihren Füßen lag.

Otto schnupperte an ihrem Handy, dann sah er sie fragend an.

Auch das noch!

Ebba unterdrückte einen weiteren Fluch, sie widerstand dem Impuls, den Hund zu schelten. Seufzend schloss sie die Augen und zählte lautlos bis zehn. Dann hob sie das Telefon wieder auf. Das Bildschirmglas war zersplittert, ein Netz aus größeren und kleineren Rissen. Vorsichtig fuhr sie mit dem Finger über das Display, sie wählte den Zufallsmodus ihrer Playlist an. Das *Scherzo* aus Schuberts Streichquintett erklang, Musik, die die Seele glattbügeln konnte. Aber in diesem Moment klang das Stück wie ein höhnischer Kommentar auf ihr Stolpern. Ebba tippte auf *Pause*, und die Musik verstummte. Sie seufzte, wenigstens schien die Touchfunktion noch zu funktionieren.

Der Hund hatte sich hingesetzt, er sah sie an, den Kopf leicht schief gelegt, als lauschte er immer noch der Musik. Ebba streckte ihm die Zunge raus.

Du bist schuld, dachte sie, aber sie sprach die Worte nicht aus.

Noch ein Punkt auf ihrer Liste.

Das versetzte ihrer Laune einen weiteren Tiefschlag. Wenn sie in New York wäre, müsste sie jetzt nur einmal über die Straße laufen, um das Telefon reparieren zu lassen. Wahrscheinlich könnte sie im Reparaturshop sogar am Tresen warten und einen Kaffee trinken oder sich die Fingernägel machen lassen. Oder sie ginge einfach einen Block weiter und kaufte sich gleich ein neues Handy.

Gab es hier in der Nähe so einen Shop, oder würde die Reparatur ein paar Tage dauern?

Ebba schob das Telefon in die Tasche, dann drehte sie um und ging zur Praxis zurück. In sichtlich besserer Stimmung preschte Otto voran, als freute er sich darauf, gleich wieder bei Jona zu sein, und sie beneidete ihn um dieses Glück. Als sie ihn ins Auto sperrte, sah er sie unglücklich an, doch sie schüttelte nur den Kopf.

»Tut mir leid«, sagte sie und drückte die Autotür zu. »Ich bin gleich zurück.«

In der Praxis war es still. Die Sprechstundenhilfe war schon gegangen und das Wartezimmer leer. Die Tür zum Behandlungszimmer stand einen Spalt offen. Herablassend schauten die stummen Vögel sie an.

Ein merkwürdiges Gefühl beschlich Ebba.

»Jona?«

Sachte stieß sie die Tür auf, doch da war niemand mehr. Auf der Behandlungsliege lag das graue Kapuzenshirt, das Jona vorhin noch getragen hatte.

»Hallo?«

Ebbas Herz begann zu klopfen, sie hätte ihn nicht mit dem alten Grothe allein lassen dürfen. Hatte Jona wieder eine Panikattacke gehabt?

Ein Geräusch wob sich in die Stille, und sie drehte sich um.

»Wir sind hinten.«

Hinter ihr erschien Friedrich Grothe im Durchgang, der die Praxis mit seinen Wohnräumen verband. Er lächelte ihr beruhigend zu.

»Wir hatten Durst.«

»Durst?«

Ebba folgte Grothe durch den Flur in die Küche und hinaus in den Garten. Jona saß auf einem Gartenstuhl, seine Augen waren gerötet, als hätte er geweint. Sein linker Arm war bis zum Ellbogen eingegipst, in der anderen Hand hielt er eine Flasche Bier. Verlegen lächelte er sie an.

»Aber …«

Ebba starrte auf den Gips, ein entsetztes Keuchen stieg aus ihrem Inneren empor, wie von einem Tier, das verborgen in einer Höhle lebte. Im nächsten Moment wechselte sie einen verständnislosen Blick mit Friedrich Grothe.

»Warum …?«

»Jona hat mich darum gebeten.«

»Er hat dich um einen Gips gebeten?«

Grothe nickte, er trat zu Jona und legte ihm eine Hand auf die Schulter, als müsste er ihn vor ihr beschützen.

»Ich glaube, er hat dir etwas zu sagen.«

»Aber …« Ebba konnte sich nicht bewegen, sie hielt sich im Türrahmen fest. Tausend Gedanken strömten auf sie ein. »Er muss doch mit seinen Übungen beginnen«, sagte sie matt. »Das Festival, wir haben doch nur noch zwei Wochen, bis er wieder …« Den Rest des Satzes konnte sie nur denken.

Grothe lächelte leise, er zeigte auf sein Fahrrad, das an der Hauswand lehnte. »Ich lass euch dann mal allein.«

»Also?«, fragte Ebba, als Friedrich Grothe verschwunden war. Sie fühlte sich kraftlos, so als hätte jemand eine Schleuse in ihrem Inneren geöffnet. Alle Energie schien aus ihrem Körper zu strömen. Müde ließ sie sich auf die Treppenstufen sinken, die von der Veranda in den Garten hinabführten.

Jona blinzelte, als müsste er die Tränen zurückhalten, er nahm einen großen Schluck Bier.

»Ich kann nicht spielen«, sagte er stockend. »Es geht einfach nicht.«

»Aber warum? Ich dachte …« Ebba räusperte sich, sie spürte, dass ihr ebenfalls die Tränen in die Augen schossen. »Ich dachte, es geht dir wieder besser«, sagte sie hilflos.

Jona schüttelte den Kopf, in seinem T-Shirt und mit den

verschwollenen Augen und dem eingegipsten Arm sah er aus wie ein Boxer. Knock-out in der zwölften Runde.

»Ich kann es nicht kontrollieren, Ebba. Ich habe die Wunde wieder aufgekratzt, bis aufs Blut.« Er lächelte traurig und schwenkte den Gipsarm hin und her. »Ich habe Angst, dass ich mir die Hand kaputtmache. So komme ich wenigstens nicht mehr ran.«

»Aber warum hast du mir denn nichts gesagt?«

Ebbas Herz zog sich zusammen, Jona sah genauso verzweifelt und zerbrechlich aus wie nach seiner ersten Panikattacke in Amsterdam. Und gleichzeitig stieg Ärger in ihr auf. Glaubte Friedrich Grothe wirklich, dass er Jona mit diesem lächerlichen Gipsarm helfen konnte?

»Das bringt doch nichts«, sagte sie leise und wischte sich über die Augen. Sie fühlte sich elend, aber sie wollte nicht, dass Jona sie weinen sah. Warum nur waren sie nicht in Amsterdam geblieben, dort hätte er längst mit einer Therapie beginnen können.

Jona nickte. »Aber wir haben ein neues Attest«, sagte er und zeigte auf das Schriftstück, das vor ihm auf dem Tisch lag. »Akute Sehnenscheidenentzündung«, erklärte er. »Doktor Grothe empfiehlt, den Arm mindestens drei Wochen ruhigzustellen.«

Ebba verdrehte die Augen. Sie dachte an das Festival und an das Best-of-Album, an Rihanna und an die Hamptons. Und dann dachte sie an ihre Wohnung in Kopenhagen. Und an Magnus. An all das, was sie wegen Jona schon viel zu lange vernachlässigt hatte.

»Vielleicht verrätst du mir auch, wie wir das Tony und Caroline erklären«, erwiderte sie angespannt.

»Schick ihnen doch einfach das Attest rüber.«

Ebba schüttelte den Kopf, sowohl Global Music als auch Jonas Versicherung würden nun auf einer ärztlichen Zweitmeinung bestehen. Und gewiss würden sie sich nicht mit einem weiteren Landarztgutachten zufriedengeben. Wahrscheinlich hetzte Caroline ihnen wieder Doktor Frans auf den Hals. »Wenn du so weitermachst, verlierst du deinen Vertrag«, sagte sie, heiser vor Ärger und Enttäuschung.

Jona zuckte ungerührt mit den Schultern, er schob den Stuhl zurück und kam schwankend wie ein betrunkener Seemann auf sie zu. Umständlich kniete er sich an der Treppe vor ihr nieder. Er nahm ihre Hand und küsste ihre Fingerspitzen.

»Mein Vertrag ist mir egal. Aber ich will dich nicht verlieren, Ebba.«

Auf der Rückfahrt nach Emilienkoog schwiegen sie beide, doch am Hafen bat Jona sie anzuhalten. Er deutete auf das Zelt: »Ich will die Wale sehen.«

»Ich glaube, da gibt es nicht mehr viel zu sehen.«

Ebba schaute sich um, die Fähre lag im Hafenbecken, und die letzten Tagestouristen waren fort. Am Imbisswagen zog gerade ein Typ mit grünen Haaren die Klappe herunter. Ergeben parkte sie den Wagen hinter dem Hafenschuppen.

»Ich komme mit.«

Sie öffnete die Tür, stieg aus und ließ Otto aus dem Wagen springen. Die Container, die neben dem Zelt gestanden hatten, waren fort, und auch der Geruch nach Tran und Verwesung war nicht mehr so stark. Ausgelassen scheuchte der Hund eine Möwe auf, die sich auf einem Knäuel aus Fischernetzen niedergelassen hatte.

Jona folgte Ebba. Als sie die Zeltbahnen zur Seite schlug, suchte er ihre Hand. Gemeinsam betraten sie das riesige Zelt.

Das Licht im Inneren war wie gedimmt, überall lag Werkzeug herum. Der Verwesungsgeruch war wieder deutlich wahrnehmbar. Ebbas Nase signalisierte ihr, dass sie an ihrer Ekelgrenze entlangschrammte. An ihrer Seite schob sich Jona das T-Shirt über die Nase.

Ganz kurz blieb sie stehen und versuchte, sich zu orientieren. Im vorderen Bereich stapelten sich zahllose nummerierte Transportkisten, offenbar hatte man die ersten beiden Wale bereits abgespeckt und ihre Knochen für die Reise in die Niederlande verpackt. Finn hatte ihnen von dem Prozedere erzählt, und sie wunderte sich, dass so viel Wal am Ende in ein paar Transportkisten hineinpasste.

Doch im hinteren Teil des Zeltes erhob sich noch ein gewaltiges Etwas, dessen Form sie an einen Schiffsrumpf erinnerte. Der dritte Wal, er war mit Planen und Folien abgedeckt.

»Alles klar?«

Jona nickte, wie ein Taucher unter Wasser signalisierte er ihr, dass es ihm gut ging. Dann zog er sie ungeduldig weiter, Hand in Hand bewegten sie sich auf den Berg aus Planen zu.

Eine Weile standen sie regungslos davor, dann schob Ebba die Abdeckung weg wie einen Vorhang.

Darunter kamen die sauber freigelegten Walknochen zum Vorschein, eine Kathedrale aus Elfenbein. Der riesige Schädel, die lange, geschwungene Wirbelsäule mit den gewaltigen Wirbelknochen, die Rippenbögen. Beklemmend und schön zugleich.

Der Anblick erschütterte Ebba, sie vernahm ein Wimmern, das in ihrem Inneren hochstieg. Auf einmal fiel ihr ein, wie sie früher mit Finn die Anatomie der Pottwale in Henris alten Büchern studiert hatte. Irgendwann hatten sie festgestellt, dass die Wale keine Stimmbänder besaßen. Sie konnten gar nicht singen, so wie ihr Großvater immer behauptet hatte. Aber nun ging ihr auf, dass sie auch nicht schreien konnten. Das Töten im Eismeer musste in gespenstischer Stille vonstattengegangen sein. Und vielleicht hatten die Eismeerfahrer ihre blutige Arbeit überhaupt nur deshalb aushalten können, weil sie nicht hörten, wie die Tiere litten. Draußen im Eis hatte man nur die Kommandos der Bootsmänner auf den Fangbooten gehört, das Stöhnen der Ruderer und das Tosen des Wassers, das die Tiere in ihrem wilden Kampf aufwühlten. »*Fall, överall!*«

Ebba schluchzte auf. Schockiert ließ sie Jona stehen und flüchtete aus dem Zelt.

Draußen lief sie Jörgen und Wen in die Arme, Jörgen fing sie auf.

»Hoppla«, sagte er nur, dann zog er sie an seine Brust, seine Umarmung war wie eine salzige Brise. »Ist nichts für schwache Nerven, was?«

Ebba drückte ihre Nase in sein Hemd, sie atmete seinen herben Geruch nach Seeluft, Salz und Zigarettenrauch ein.

»Ich muss hier weg«, murmelte sie.

»Du brauchst einen Schnaps, Deern.«

Hinter ihrem Rücken machte Jörgen eine Handbewegung, und Ebba hörte das Knirschen von Sand und Kies, als Wen sich entfernte. Ein paar Sekunden später fand sie sich auf der Bank neben dem Kartenhäuschen wieder.

Jörgen setzte sich an ihre Seite.

Schweigend sahen sie Wen nach, der zum Schiff zurücklief, um eine Flasche Köm zu holen.

Wen trug eine schmale schwarze Jeans, ein dunkelblaues, glänzendes Hemd und weiße Sneaker. Seine Schritte waren federnd wie die eines Tänzers, von hinten sah er noch immer aus wie ein junger Mann.

»Warum ist er eigentlich noch hier?«, fragte Ebba nach einer Weile, die Worte strömten einfach aus ihr heraus.

Jörgen sagte nichts, aber sie spürte, dass er lächelte.

Ebba sah ihn an, und plötzlich begriff sie.

Jörgen und Wen.

Konnte das sein?, fragte sie sich. Nach all den Frauen, die beständig durch Jörgens Leben gezogen waren.

Verblüfft knuffte sie ihn in die Seite, und Jörgen nickte.

Ebba lächelte. »Wann hast du es bemerkt?«, fragte sie.

Jörgen verzog das Gesicht. »Viel zu spät natürlich«, brummte er. »Noch mit dreißig kam es mir nicht in den Sinn. Mit vierzig habe ich versucht, es zu verdrängen. Und mit fünfzig fehlte mir der Mut. Aber Wen ist geblieben, er hat die Bockwürstchen und den Kartoffelsalat ertragen. Meine Zigaretten und meine Launen. Und mein Zaudern. Aber jetzt sind wir glücklich. Vielleicht heiraten wir sogar – auf See!«

Ebba schüttelte den Kopf, die Verblüffung wich einem Gefühl von Rührung. Sie freute sich für die beiden Männer. Müde lehnte sie den Kopf an Jörgens Schulter. Sie dachte über seine Worte nach. Und darüber, dass man in jedem Moment seines Lebens glaubte, sich gerade bestens zu kennen. Und doch meist für das Wesentliche so blind wie ein Maulwurf war.

24
Finn

Es war Samstag. Vor knapp zwei Wochen waren die Wale an der Küste gestrandet, und nun lag fast so etwas wie Wehmut in der Luft, als sie sich daranmachten, das letzte Walskelett zu verpacken. Jeder Pottwal besaß rund einhundertachtzig Knochen, die meisten waren schon nummeriert. Es würde vielleicht noch zwei Tage dauern, bis sie alles verstaut hatten und er seinen Ferienjob beenden konnte.

Konzentriert beugte Finn sich über den Walschädel, den die Männer bereits von der Wirbelsäule abgetrennt hatten. Oberkiefer, Unterkiefer, Zungenbein. Auf einmal bemerkt er, dass das linke Gehörknöchelchen fehlte. Es war einfach nicht mehr da.

Er stutzte, dann holte er sich den Plan, auf dem Jaap Dubbel jeden Knochen mit einer Nummer versehen hatte. Das linke Gehörknöchelchen hatte die Nummer zwölf bekommen, auf dem Plan war es verzeichnet. Das bedeutete, dass es gestern noch da gewesen sein musste. Irritiert schaute er auf.

»Wisst ihr, wo das linke *Ossicula auditus* geblieben ist?«, fragte er in die Runde. Die Männer schüttelten den Kopf, und Jaap Dubbel kam zu ihm herüber.

»Als ich heute Morgen die Plane zurückgezogen habe, hatte

ich das Gefühl, dass hier jemand war«, sagte er ratlos und studierte den Plan. »Ich hab bei den Zähnen nachgeschaut, aber die waren alle da. Auf das Gehörknöchelchen bin ich nicht gekommen. Seltsam, der Knochen hat doch überhaupt keinen Wert.«

»Vielleicht wissen die Männer von der *Frisia* was«, murmelte Finn, ein merkwürdiges Gefühl beschlich ihn. Er musste an Ebba denken – und an Jona und dessen Interesse an Henris Schätzen. »Ich geh nachher mal rüber, wenn die Fähre wieder da ist.«

»Wir könnten auch das Band von der Überwachungskamera absuchen«, meinte Dubbel lustlos, er schien nicht allzu aufgebracht zu sein. Im Zweifel könnte er den kleinen Knochen wohl nachbilden, so wie er auch die Zähne täuschend echt nachformen konnte.

Finn nickte. »Wenn Jörgen mir nicht helfen kann, schaue ich mir das Band an. Aber ich glaube, ich weiß, wo ich den Knochen finde.«

Am Nachmittag, als die *Frisia* von den Seehundsbänken zurück war und der Parkplatz sich leerte, begab sich Finn zum Schiff. Jörgen saß im Bordbistro und trank einen Becher grünen Tee.

»Willst du auch, Jung?«, fragte er, als er Finn hereinkommen sah.

»Ich hätte lieber Wasser. Und ein Brötchen.«

»Nimm dir, was du willst. Wen ist unten, der hat sich ein bisschen hingelegt. Ich schreib's auf, damit seine Buchhaltung nicht durcheinanderkommt.«

Finn nickte, er holte sich ein Mineralwasser und ein Brötchen mit Krabben aus der Kühlung. Aus der Dose auf dem

Tresen angelte er einen Glückskeks, den er sich in die Hosentasche steckte.

»Wir haben auch ein Problem mit der Buchhaltung«, sagte er, als er sich zu Jörgen setzte.

»Was meinst du damit?«

Jörgen schaute ihn verdutzt an, seine Pupillen weiteten sich.

»Uns fehlt ein Knochen.«

Jörgen lachte auf. »Du willst mir doch nicht weismachen, dass da jemand mit 'ner Rippe rausmarschiert ist«, grinste er. »Ich dachte, die Souvenirjäger interessieren sich nur für die Zähne.«

»Keine Rippe«, erwiderte Finn, er öffnete das Wasser und trank die Flasche zur Hälfte leer. »Uns fehlt ein Gehörknöchelchen. Und zwar das linke. Das ist nicht größer als eine Kinderhand.«

»So.« Jörgen hörte auf zu lachen und versank in Schweigen. Er sah wie ein Schuljunge aus, der über einen misslungenen Streich brütete.

»Weißt du was?«, fragte Finn. »Ich könnte mir natürlich auch das Band von der Überwachungskamera ansehen, aber wenn du mir hilfst, bin ich schneller am Ziel.«

Jörgen atmete geräuschvoll aus, er trank einen Schluck Tee, dann schaute er unbehaglich auf.

»Ich guck ja nicht den ganzen Tag auf das Zelt. Und ich will auch keine falschen Verdächtigungen in die Welt setzen ...«

Finn klopfte auf den Tisch. »Nun spuck's schon aus, Jörgen.«

»Ebba war gestern Abend noch hier.«

»Ebba?« Finn horchte in sich hinein. Er konnte nicht glauben, dass sie den Knochen genommen haben könnte. »Bist du dir sicher?«, fragte er zweifelnd.

Jörgen zuckte mit den Schultern. »Sie war im Zelt, ist dann aber ziemlich schnell wieder raus«, sagte er. »Aber ihr Musiker, der war ein bisschen länger bei den Walen. Ich hab mich noch gewundert, dass der das so lange aushält.« Er verzog die Nase.

Jona.

Finn lächelte, er konnte nicht sagen, warum, aber er hatte sich schon so etwas gedacht.

Jörgen sah ihn forschend an. »Was will der denn mit so 'nem ollen Knochen?«, meinte er.

Ja, was wollte Jona damit?

»Weiß ich auch nicht«, murmelte Finn. »Die alten Walfängergeschichten haben es ihm angetan. Jedenfalls hat er sich auf dem Koenigshof im Prunkzimmer eingenistet.«

Jörgen schüttelte den Kopf, eher mitleidig als ungläubig. »Und, was machst du nu?«

»Ich hol mir den Knochen zurück.«

»Soll ich mitkommen?« Jörgen blickte auf seine Hände, aber dann grinste er spitzbübisch. »Na, mit dem wirst du schon fertig, jetzt, wo er den Gipsarm hat.«

Finn horchte auf.

»Jona trägt einen Gips?«, fragte er überrascht.

»Jona? Ich denk, der heißt Jonas.«

Jörgen beeilte sich, eine Unschuldsmiene aufzusetzen, er linste an Finn vorbei.

Finn hob die Augenbrauen.

»Komm schon, Jörgen, ihr müsst mir nichts mehr vorspielen. Wir wissen doch alle, wer das ist. Also noch einmal: Jona Bennett trägt jetzt einen Gips?«

Jörgen nickte, irgendwie schuldbewusst. »Ich hab's gesehen, das war kein normaler Verband.«

»Aber wieso?«

Finn verstummte, Jörgen würde ihm das auch nicht erklären können. Soviel er wusste, hätte sein Vater gestern bei Jona die Fäden ziehen sollen. Aber ein Gips? Kurz überlegte er, ob Friedrich seinen Beruf noch verantwortungsvoll ausüben konnte.

»Anneke hat mir erzählt, dass du endlich in Husum warst«, unterbrach Jörgen seine Gedanken.

»Bei Friedrich? Ja.« Finn nickte, es wunderte ihn nicht, dass sich die Nachricht bereits im Dorf verbreitet hatte.

»Und … wie war's?«

»Ganz gut.«

»Habt ihr euch vertragen?«

»Hm.« Finn pulte ein paar Krabben von seinem Brötchen und kaute darauf herum. Er war seinem Vater nie böse gewesen, aber Friedrich hatte ihm gefehlt. Mehr als zwanzig Jahre lang. Und dieses Fehlen ließ sich nicht mit einem Abendessen aus der Welt schaffen. Aber ihr Gespräch war ein Anfang gewesen. Er war froh, dass sie sich aufeinander zubewegt hatten. Der Blick in Friedrichs Vorratskammer hatte ihm gezeigt, dass sein Vater ihn mindestens genauso sehr vermisst hatte, wie er seine Mutter immer noch vermisste. Der Schrank mit den Marmeladengläsern glich einem Schrein der väterlichen Gefühle, und er sagte mehr über ihr Verhältnis zueinander aus als tausend Worte.

»Wusstest du, dass er seine Praxis verkaufen will?«, fragte er Jörgen.

»Er hat schon mal davon gesprochen, ja. Aber ich wusste nicht, dass seine Pläne schon so konkret sind.«

»Er will reisen. Nach Galapagos. Und vielleicht noch mal nach Grönland.«

»Na, dann könnt ihr ja zusammen …«

Jörgen langte über den Tisch und bediente sich bei den Krabben.

Finn schüttelte den Kopf und brachte seinen Teller in Sicherheit. »Vorsicht, mein Freund«, sagte er mit einem Schmunzeln, »das geht mir jetzt alles ein bisschen zu schnell. Was hältst du davon, wenn ich erst einmal den Knochen holen geh?«

Der Koenigshof lag still auf der Warft, im Garten war niemand zu sehen. Als Finn sein Fahrrad neben der Haustür abstellte, hörte er den Hund in der Diele bellen.

Er klopfte, dann öffnete er die Tür. Otto schoss ihm entgegen, dann kam Ebba aus der Küche.

»Finn«, sagte sie überrascht, und er hätte nicht sagen können, ob sie sich freute, ihn zu sehen, oder ob sie sich wünschte, dass er gleich wieder umdrehte und ging.

Ein Gefühl von Enttäuschung machte sich in seinem Inneren breit, und er musste schlucken. »Ich wollte zu … deinem Freund«, sagte er schnell und erschrak, fast wäre ihm ein »Jona« herausgerutscht.

»Warum?«, fragte sie schroff und klang dabei so, als ob sie Jona vor ihm beschützen müsste. Dann schüttelte sie den Kopf, als erinnerte sie sich plötzlich daran, dass sie es gewesen war, die ihn um Hilfe gebeten hatte. »Entschuldige«, setzte sie nach. »Anstrengender Tag heute.«

»Geht's ihm nicht gut?« Finn trat auf sie zu, er konnte ihr Parfüm riechen und ihre Traurigkeit spüren. »Jörgen hat mir erzählt, dass Jonas jetzt einen Gips trägt.«

»Das war dein Vater«, antwortete sie grollend und hob hilflos die Hände. »Ich dachte, er würde ihm die Fäden ziehen.

Stattdessen…« Ihre Arme sanken herab, und sie hielt sich am Türrahmen fest.

»Aber warum? Das macht doch überhaupt keinen Sinn.«

Ebba zuckte mit den Schultern, dann schwieg sie. In ihrer Hosentasche klingelte das Handy. Als sie es herauszog, sah Finn, dass das Display zersplittert war.

»Ich muss da rangehen«, sagte sie mit einem Blick auf die angezeigte Nummer. »Wenn du willst, können wir nachher zusammen essen. Jonas freut sich bestimmt, dich zu sehen.« Sie verschwand wieder in der Küche und schloss die Tür hinter sich.

»Okay«, sagte Finn, er schaute auf den Hund hinab, der seinen Blick mit einer erwartungsvollen Miene erwiderte. »Dann schauen wir mal nach dem Patienten. Los, such!«

Otto sprang auf und drehte sich vor lauter Begeisterung einmal um sich selbst. Dann kratzte er an der Tür, die ins Museum führte.

»Da ist er also?«

Finn drückte die Klinke herunter, aber Jona war weder im Prunkzimmer noch in den angrenzenden Räumen. Ratlos betrachtete Finn das Durcheinander, das in den Museumsräumen herrschte. Zwischen den Ausstellungsstücken lagen überall Socken und Shirts und Noten herum, und auf den Tischen stapelten sich benutztes Geschirr und leere Flaschen. Es sah nicht nur so aus, als hauste da jemand, der es nicht gewohnt war, aufzuräumen. Es sah auch so aus, als hätte Ebba es aufgegeben, hier für Ordnung zu sorgen. Oder betrat sie die Räume einfach nicht mehr?

Nachdenklich zog Finn die Vorhänge am Alkoven zurück. Gesa hatte immer darauf geachtet, dass alles so aussah, als ob man jederzeit einen König in den Räumen beherbergen könnte, doch nun war die Bettwäsche zerwühlt, und auf dem Laken zeichneten sich die Abdrücke schmutziger Hundepfoten ab.

»Darfst du da etwa schlafen?«, fragte er den Hund, aber im nächsten Moment erinnerte er sich daran, wie Ebba sich hier einmal vor ihm versteckt hatte. Als er sie endlich gefunden hatte, hatte er zum ersten Mal versucht, sie zu küssen. Doch Ebba hatte sich lachend von ihm gelöst, und alles, was ihm geblieben war, war der Geschmack von Johannisbeeren gewesen.

Wie alt waren sie damals gewesen? Zwölf und vierzehn?

Der Hund sprang in den Alkoven und bellte, als antwortete er ihm.

»Otto?«

Finn drehte sich um, hinter ihm hatte sich die Tür zu Henris Werkstatt geöffnet.

»Ich bin's«, rief er und ging Jona entgegen. »Ebba hat mich reingelassen.«

»Der Zauberer.« Jona schwankte leicht, hastig versuchte er, den Gips hinter seinem Rücken zu verbergen. Um den Hals trug er Kopfhörer, Musik stieg daraus empor. »Du kannst ja bellen wie ein Hund«, kicherte er. Finn meinte, Alkohol in seinem Atem zu riechen.

»Trinkst du etwa da drinnen?«, fragte er.

»Ein bisschen. Es gibt was zu feiern.«

»Meinst du das da?«

Finn packte Jona bei den Schultern und drehte ihn einmal um hundertachtzig Grad. Forsch pochte er gegen den Gips.

»Das war dein Vater.«

»Ach ja?«

Geschickt drückte Finn sich an Jona vorbei und trat in die Werkstatt. Stumm schaute er sich um, die Werkbank, die

Reisekiste, die Galionsfiguren. Er hätte nicht geglaubt, diesen Raum jemals wieder zu betreten.

In seinem Rücken hörte er die Musik aus den Kopfhörern rieseln. Irgendeine klassische Melodie, die ihm vage bekannt vorkam. Bach, Beethoven, Brahms?

»Er hat gesagt, dass ich mir einen Therapeuten suchen soll«, sagte Jona dumpf.

»Und bis dahin trägst du Gips?«

Finn wandte sich wieder um, er vermied es, auf die Stelle vor der Werkbank zu starren, wo Henri damals zusammengebrochen war.

»Ja.«

»Und … hilft es?«

Jona nickte.

»Ungewöhnliche Therapie.« Finn zuckte mit den Schultern. Vielleicht lag sein Vater mit dem Gips doch nicht so falsch. Offenbar hatte er nicht nur den Arm ruhiggestellt, sondern auch Jonas Nerven beruhigt. Jedenfalls für den Augenblick. »Wer heilt, hat recht«, murmelte er.

Jona lächelte verhalten. »Willst du auch einen Schluck?«, fragte er und zeigte auf die Flasche mit Schnaps, die auf der Werkbank stand.

Finn schüttelte den Kopf.

»Weiß Ebba, dass du hier drinnen trinkst?«

»Pfff …« Jona lief zur Werkbank und zog eine Kiste hervor, in der nicht nur Schraubenschlüssel, sondern auch noch ein paar Flaschen Köm lagen. »Henris geheimes Depot. Offenbar hat er auch ganz gern mal einen gehoben«, kicherte er.

»Habt ihr euch gestritten?«

»Ebba und ich?« Jona schüttelte den Kopf, doch auf einmal sah er vollkommen verloren aus. So als befände er sich in einem winzigen Boot auf dem Ozean, der furchterregenden Tiefe und dem Sog der Gezeiten ausgeliefert.

Finn sah, wie es in ihm arbeitete. Jona schien zu überlegen, ob er ihm trauen konnte. »Sie versucht, meine Karriere zu retten«, brach es plötzlich aus ihm hervor. Auf einmal klang er vollkommen nüchtern. »Und ich … ich … Ich krieg's einfach nicht auf die Reihe.«

Jonas Stimme wurde dünn und zerbrach wie Glas, bebend wandte er sich ab und schlug die Hände vors Gesicht.

»He …«

Finn trat zu ihm und legte ihm eine Hand auf die Schulter. Jonas Verletzlichkeit rührte ihn. Er wollte ihm helfen. Und während die Musik unbeirrt aus Jonas Lautsprechern perlte, erzählte er ihm von der verpatzten OP. Von der Stimme, die er zu hören geglaubt hatte. Vom Tölpel und vom Zittern seiner Hände. Von der endlosen Sekunde, in der er gedacht hatte, den Bypass des Kochs zerfetzt zu haben. Von seiner Angst und dem Rat des Professors, sich seinen Geistern zu stellen. Zuletzt zeichnete er die Begegnung mit seinem Vater nach. Und er beschrieb den Trost, den er dabei empfunden hatte.

Nur von Ebba sprach er nicht.

Trotzdem empfand er so etwas wie Zuversicht, als er geendet hatte.

Jona schwieg, aber er schien nicht mehr so aufgewühlt zu sein. Nach einer Weile zeigte er auf den Engel. »Ebba will das alles hier verkaufen«, sagte er hilflos. »Du musst das verhindern.«

»Ich?« Finn atmete geräuschvoll aus. »Du weißt doch, wie sie ist«, setzte er hinzu und sah Jona in die Augen. »Wenn sie sich was in den Kopf gesetzt hat, bringt sie keiner davon ab. Noch nicht einmal ein … Wal.«

Jona lachte. Er lief zur Werkbank und nahm einen Schluck aus der Schnapsflasche. Dann hielt er sie ihm auffordernd hin.

»Du weißt, wer ich bin, oder? Und dein Vater weiß das auch.«

Finn nickte, er nahm die Flasche und trank einen Schluck. »Das ganze Dorf weiß Bescheid«, sagte er.

»Na großartig.«

Jona kicherte wie ein Kobold, plötzlich wirkte er wie befreit. Das Kichern schwoll an, wurde lauter, unbeherrschter, bis sich sein Körper vor Lachen schüttelte.

Plötzlich verstummte er.

»Du musst mir helfen«, sagte er sehr ernst. »Ich will den Wal kaufen, für das Museum. Vielleicht lässt sich Ebba dann umstimmen und nimmt das Erbe an.«

Der Wal, neben dem Gesa gestorben war.

Für einen Moment dachte Finn, dass Jona jetzt vollkommen durchgedreht war. Warum sollte Ebba ihre Meinung ändern? Aber dann erinnerte er sich an das Gespräch mit seinem Vater. Ein Walskelett für das kleine Museum, das wäre tatsächlich etwas Besonderes, damit konnten sonst nur die großen Naturkundemuseen in den Metropolen aufwarten. Vielleicht war die Idee gar nicht mal so abwegig. Und vielleicht …

»Mein Vater hatte dieselbe Idee«, sagte er, und auf einmal kam ihm der Gedanke nicht mehr so absurd vor. »Ihr solltet euch zusammentun.«

»Friedrich?«

Finn nickte. »Ihr müsst mit der Nationalparkverwaltung sprechen, aber macht schnell. Zwei Wale sind schon vergeben.«

»Gibst du mir seine Nummer?«

»Wenn du mir das Gehörknöchelchen zurückgibst.«

»Bist du deshalb hier?«

Finn zögerte kurz, doch dann nickte er.

»Tut mir leid«, sagte Jona, er lächelte schief und zeigte auf den Engel. Der kleine Knochen lag auf dem Rücken der Möwe. »Er wirkt so traurig. Ich hatte das Gefühl, das ich ihm etwas aus dem Meer mitbringen muss.«

25
Jona

Etwas später aßen sie zusammen im goldenen Abendlicht. Ebba und Finn hatten draußen gedeckt, es gab ein schnelles Omelett mit Salat und Johannisbeersaft. Und zum Nachtisch Erdbeeren, die Jona zuvor im Garten gepflückt hatte. Während er zwischen den Erdbeerpflanzen kniete, musste er immer wieder auf die Telefonnummer schauen, die Finn ihm auf den Gips gekritzelt hatte. »Kommando Pottwal«, hatte Finn gemurmelt, und seine Stimme klang dabei fast ein wenig neidisch. Oder war das Wehmut, die da zu hören war?

Nachdenklich blickte Jona von seinem Teller auf. Ebba und Finn, die ihm gegenübersaßen, unterhielten sich über das Dorf und kramten Anekdoten aus ihrer Kindheit hervor. Lauter harmlose Schnurren, die einen weiten Bogen machten um Henris Tod und das Ende ihrer Kindheit. Sie sprachen von Sommerfesten am Hafen, Ausflügen ins Watt und davon, wie sie beide einmal beinahe in den Fluten ertrunken waren. Es schien fast so, als wollten sie sich gegenseitig mit ihren Erzählungen übertrumpfen. Scherzend versuchten sie, sich die Pointen abzujagen, und Jona spürte die Energie, die zwischen ihnen hin und her flog. Wollten sie ihm weismachen, dass die

Zeit alle Wunden heilte? Oder wollten sie sich selbst täuschen und in Sicherheit wiegen?

Auf einmal fühlte er sich ausgeschlossen. Eifersucht wallte in ihm auf, und er lehnte sich zurück und betrachtete Ebba. Er wusste, dass sie am Nachmittag mit Caroline telefoniert hatte, doch sie hatten beide kein Wort über das Gespräch verloren. Ebba war ihm aus dem Weg gegangen. Immer wenn er ihre Nähe gesucht hatte, hatte sie sich abgewandt, als wüsste sie noch nicht, wie sie ihm das Ergebnis ihres Telefonats beibringen sollte. Nun jedoch wirkte sie so heiter, als würde Finns Gegenwart sie für einen Augenblick von Global Music und den anderen Sorgen, die sie umtrieben, ablenken. Ja, sie schien sogar ein wenig mit Finn zu flirten. Wenn er sie ansprach, wandte sie sich ihm zu. Ihr ganzer Körper schien zu lächeln, und ihre Mundwinkel waren ganz weich. Wieder bohrte sich die Nadel der Eifersucht in sein Herz. Hatte sie nicht gesagt, dass Finn ihr früher die Sterne vom Himmel gezaubert hatte?

Gerade unterhielten sich die beiden über Jörgen und dessen Frauenverschleiß. Offenbar war der Fährkapitän in seinen besten Jahren ziemlich umtriebig gewesen. Jona schnappte ein paar Schlüpfrigkeiten auf, die sie wie Bälle hin und her passten.

»Ich hab alles von ihm gelernt«, sagte Finn in diesem Augenblick nach einem kurzen Seitenblick auf Ebba. Seine Lippen kräuselten sich, er nahm Anlauf, als wollte er einen Elfmeter versenken. »Alles, was man über Frauen wissen muss.«

»Ach ja?« Ebba lächelte, aber Jona sah ihr an, dass Finns Worte sie direkt in die Magengrube getroffen hatten. Sie sackte förmlich in sich zusammen. Die sprühenden Funken, die eben noch durch die Luft wirbelten, fielen als erkaltete Asche auf ihre Schultern herab.

»Dann musst du ja sehr erfolgreich sein«, sagte sie nach einem kurzen Moment des Schweigens, ihr Mund verzog sich zu einem maliziösen Lächeln. »Wahrscheinlich hast du in München den Exotenbonus, du Küstencasanova.«

Konter und Gegentor, dachte Jona. Vielleicht sollte er besser aufstehen und die beiden allein lassen? Sie schienen eine alte Sache miteinander auszutragen. Er sah auf seinen Gips herab, dann strich er sich unbehaglich über den Bart.

Finn sagte nichts, sein Lächeln schmolz zusammen. »Autsch«, murmelte er und wandte den Blick von ihr ab.

»Wusstest du eigentlich, dass Jörgen und Wen zusammen sind?«, setzte Ebba nach. Sie schien noch nicht fertig mit ihm zu sein.

»Quatsch!«

Energisch schüttelte Finn den Kopf, er glaubte ihr kein Wort.

»Aber ja. Jörgen hat's mir gestern selbst erzählt. Frag ihn doch, oder frag Anneke, die weiß bestimmt auch Bescheid.«

»Jörgen und Wen?«

Finn stützte den Kopf in die Hände, er sah so aus, als stürze etwas in ihm zusammen. Etwas, das ihm immer Sicherheit gegeben hatte.

Jona empfand Mitleid mit ihm.

»Na, das ist doch großartig«, grätschte er dazwischen, um den Ball ins Aus zu spielen. »Ich hol uns mal ein Schlückchen Wein, und dann stoßen wir auf die beiden an. Und auf den Engel.«

»Was ist mit dem Engel?«

Ebba warf ihm einen misstrauischen Blick zu, dann stellte sie die Teller zusammen. Offenbar wollte sie das Essen beenden. Auf ihrem Gesicht spiegelte sich der Ärger, weil er immer noch in Henris Sachen herumwühlte.

»Ich hab ein paar Nachforschungen angestellt«, erklärte Jona, er wusste, dass er nun sehr schnell sein musste, um Ebbas Wutausbruch, der sich bereits in ihren Augen ankündigte, zuvorzukommen. »Schließlich bin ich in Stockholm gelandet. Dort gibt es eine ähnliche Figur im Schifffahrtsmuseum. Vorhin habe ich einen Anruf von dort bekommen, offenbar handelt es sich bei Henris Engel um ein ganz besonders seltenes Stück. In der Skulptur muss es so eine Art Geheimfach geben. Für einen Talisman, der das Schiff vor Sturm und Unglück schützen sollte.«

»Hör auf!«

Ebba sprang auf, ihre Stimme klang schrill, ein panisches Dis. Sie warf das Besteck auf die Teller, dann lief sie ins Haus. Mit einem Knall fiel die Tür hinter ihr zu. Erschrocken schwankten die Stockrosen hin und her.

Jona sah ihr hilflos nach, mit einer derart heftigen Reaktion hatte er nicht gerechnet.

»Hast du das Fach gefunden?«, fragte Finn. Er starrte ihn an, aus seinem Gesicht war alle Farbe gewichen.

Jona schüttelte den Kopf. »Was habt ihr denn?«, murmelte er. Er hatte keinen Anruf bekommen. Anders Bergström hatte sich noch nicht zurückgemeldet, und wahrscheinlich hatte der Schwede die Sache längst vergessen. Jona hatte nur an ein Buch gedacht, dass er als Junge gelesen hatte. *The Treasure of Oak Island.* Miss Grande hatte es ihm zu seinem zwölften Geburtstag geschenkt. Darin gab es eine Erzählung, die von einer Galionsfigur und einem verborgenen Schatz handelte, und er hatte sie sich einfach geborgt. »Das ist doch bloß so eine Geschichte«, sagte er matt. »Ich wollte Ebba ein bisschen aus der Reserve locken.«

Finn schüttelte den Kopf. »Das ist keine Geschichte«, sagte

er. Seine Stimme klang, als kämpfte er noch mit sich und seinen Erinnerungen. Verwirrt fuhr er sich durchs Haar. »Es gibt ein Geheimfach. Hinter der Möwe, in der Brust des Engels.«

»Ist nicht wahr.«

Jona ließ sich zurücksinken, er dachte an die Melodie, die der Engel verströmte. An die Schwingungen des Holzes, die sich im Bereich der Möwe veränderten. Als ob es dort einen Hohlraum gäbe, einen Resonanzkörper.

»Ich schau mal nach Ebba«, sagte er perplex. Auf unsicheren Beinen lief er in die Küche.

Ebba stand an der Spüle, es sah so aus, als hielte sie sich daran fest. Sie schaute nicht auf, als er hereinkam.

»Ich will dich nicht sehen«, sagte sie nur. Ihre Stimme klang eisig. »Und Finn soll auch verschwinden.«

»Hör mal, Ebba …«

»Kannst du nicht hören? Geht weg, alle beide!«

Sie klapperte mit dem Geschirr, aber er hörte auch das Federrascheln in ihrer Brust. Den wilden Vogel, der seine Anwesenheit nicht ertrug und fliehen wollte.

Jona seufzte, er trat noch ein paar Schritte auf Ebba zu, doch dann machte er kehrt und ging wieder nach draußen.

»Und nun?«

Finn saß noch am Tisch, er sah sehr blass aus. Durch das geöffnete Fenster musste er Ebbas Worte gehört haben. »Lass uns ans Wasser gehen«, sagte er schließlich, »dann versuch ich, dir alles zu erklären.«

Sie liefen den Feldweg zum Deich hinab, der Hund trabte voraus, als wollte er sie lotsen. Ein paar gutmütige Wolken zogen über den Abendhimmel, das Licht war nun blau, alles warf lange Schatten. Finn begann zu erzählen, seine Stimme schwankte beständig zwischen einem schwermütigen G und einem tragischen Fis.

»Der Engel«, sagte er, »war schon immer Henris ganz besonderer Liebling. Ebba und ich wussten lange nicht, warum er so daran hing. Aber eines Tages – es hatte den ganzen Tag geregnet, und wir lungerten im Haus herum und langweilten uns – holte er das Gemälde mit dem Segler von der Wand.«

»Du meinst das Bild über dem Ofen, auf dem das Schiff von Ebbas Ururururgroßvater zu sehen ist?«

Finn nickte. »Ich weiß nicht, ob du es dir mal etwas genauer angeschaut hast. Aber am Bug des Schiffes ist eine Galionsfigur zu sehen. Mit einer Lupe und ein wenig Fantasie kann man einen Engel darin erkennen.«

Jona nickte, er begriff, worauf Finn hinauswollte. »Ebbas Großvater war davon überzeugt, dass er den Engel seines Vorfahren wiedergefunden hatte?«, fragte er. »Die Galionsfigur des holländischen Schiffes, auf dem Kommandeur Otto Koenig zur See gefahren war?«

Finn lachte bitter auf. »Jedenfalls hat er uns das weisgemacht. Und dann hat er uns das Geheimfach gezeigt.«

»Was war drin?«

Unwillkürlich hielt Jona den Atem an. Er konnte nicht glauben, dass sich sein Hirngespinst tatsächlich in etwas Konkretes verwandeln sollte.

»Ein Herz aus Ambra, in Gold gefasst.«

»Ambra?« Das Wort erinnerte Jona an das englische *Amber*. »Ist das nicht Bernstein?«, fragte er.

Finn schüttelte den Kopf. »Man sagt auch grauer Bernstein dazu«, antwortete er, »aber das ist es nicht.« Und dann erzählte er, dass die Klumpen nicht aus versteinertem Harz, sondern aus einem ziemlich gut riechenden grauen Wachs bestanden, das Pottwale produzierten. Offenbar diente ihnen die Substanz dazu, die Schnäbel und Hornkiefer von Tintenfischen und Kraken einzuschließen – also die unverdaulichen Teile der Nahrung mit einer Art Schutzmantel zu überziehen. »Manchmal kann man solche Brocken am Meeressaum finden, deshalb wohl die Anlehnung an Bernstein«, schloss Finn. »Das Wort wurde von den Kreuzfahrern nach Europa gebracht.«

Jona staunte. Die Geschichten des Großvaters. Finn hatte sie offenbar sicher in seiner Erinnerung verwahrt. Es kam ihm so vor, als hätte Finn die Tür zu einer Kammer aufgestoßen, in der sich schöne, aber auch schmerzhafte Erinnerungen stapelten. Und auch in seinem Kopf schwang ein Fenster in seine Kindheit auf. Sindbad der Seefahrer fiel ihm ein, die Märchen, die Scheherazade ihrem König erzählte. »Gibt es nicht auch in *Tausendundeine Nacht* eine Geschichte, in der Sindbad auf einer Wüsteninsel strandet, wo er eine Quelle mit Ambra entdeckt?«, fragte er.

Finn sah ihn an, sichtlich perplex. »Davon hat Henri uns auch erzählt. Die Ambra floss ins Meer und wurde von großen Fischen verschluckt und später als wohlriechende Masse wieder ausgespuckt.«

Jona verzog das Gesicht. Sie waren auf der Deichkrone angelangt, es war Flut, lange, flache Wellen überspülten die Salzwiesen. Das Meer lag wie ein Tuch aus gekräuselter Seide vor ihnen. Sie waren ganz allein, vom Trubel rund um den gestrandeten Pottwal war nichts mehr zu sehen. Ausgelassen lief der Hund in die Salzwiesen hinab und scheuchte ein paar Austernfischer auf. Mit einem empörten Keckern flogen die Vögel davon.

Finn lächelte. Er ließ sich ins Gras fallen, zog die Knie an und schlang die Arme um die Beine. Jona setzte sich neben ihn. »Hört sich wenig appetitlich an, ich weiß«, fuhr Finn fort. »Aber Ambra war immer überaus kostbar, schon in der Antike.« Wieder kramte er Wissen hervor, erzählte, dass Ambra früher mit Gold aufgewogen worden sei. Dass man noch heute Duftstoffe daraus herstelle und dass der Stoff im Orient als Aphrodisiakum gelte. »Die alten Chinesen glaubten, dass Ambra aus dem Speichel von Drachen stamme, die auf Felsen am Rande des Meeres ruhten. Sie schrieben ihr ebenfalls magische Kräfte zu. Erst Marco Polo hat die Ambra mit Pottwalen in Verbindung gebracht.«

»Marco Polo.« Ehrfürchtig wiederholte Jona den Namen des Entdeckers, eine Melodie stieg in seinem Inneren auf. Vor vielen Jahren hatte er eine kleine, rasante Etüde komponiert, der er den Titel *Marco Polo's first Journey* gegeben hatte, und unwillkürlich begann er zu summen. Ein leichter Wind ging über den Deich und spielte mit den Grashalmen, auf einer Erhöhung in den Salzwiesen saß ein Kormoran und spannte die Flügel zum Trocknen aus.

»Und das Herz hat den Untergang des Schiffes in seiner Schatzhöhle überlebt?«, knüpfte Jona nach einer Weile wieder an den Ausgang der Geschichte an.

Finn lachte bitter auf, er rupfte Grasbüschel aus der Deichkrone und warf sie in die Luft. »Nein, natürlich nicht. Wenn es je einen Talisman gegeben hat, dann ist er schon vor langer Zeit verloren gegangen. Als Henri die Skulptur in Jütland entdeckte, war sie ziemlich übel zugerichtet. Er hat sie restauriert und hat ihr wieder einen Schatz in die Möwenbrust gelegt.« Mit den Händen formte er ein Herz, das in etwa so groß wie ein Hühnerei war. »Das Möwenherz.«

»Woher hatte er die Ambra?«

»Darüber hat er nie gesprochen. Wahrscheinlich hat er die

Ambra während seiner Walfängerzeit aus dem Bauch eines Pottwals geholt. Als er Gesa zum ersten Mal traf, kam er gerade aus dem Eis zurück. Sie haben sich im Zug kennengelernt, und als sie vor ihm aussteigen musste, hat er den Klumpen aus seiner Tasche gezogen, ein Herz daraus geformt und es ihr geschenkt. Das war der Beginn ihrer Liebe, so etwas wie ihr Gründungsmythos. Später hat Henri das Herz in Gold fassen lassen – es war immer ein Zeichen ihrer Liebe. Ebba und ich haben damals geglaubt, es habe magische Kräfte. Wenn man das Herz in den Händen hielt, schien es zu pulsieren.«

»Und dieses Herz steckt noch immer in der Möwe?«, fragte Jona. Er erinnerte sich an die Fotografie von Henri und Gesa, die in Ebbas Tasche steckte. Die stillen, glücklichen Meergesichter.

Finn schüttelte langsam den Kopf, seine Hände krallten sich ins Gras.

»Das Herz ist weg«, sagte er düster. »Ebba und ich haben es im Watt verloren.«

»Verloren?«, fragte Jona.

»Na ja, nicht direkt verloren. Wir haben es vergraben. In unserem letzten Sommer.«

»Im Watt? Aber …«

Jona hob den Blick, es war schon nach neun, und im Zwielicht verschmolzen Himmel und Meer miteinander. Die Horizontlinie leuchtete wie ein Band aus Silber und Gold.

Finn atmete tief ein und aus, seine Gedanken schienen zu wandern. Nach einer Weile fuhr er fort. »Ich war verliebt in Ebba«, sagte er stockend. Am Ausdruck seiner Augen sah Jona, wie schwer es ihm fiel weiterzusprechen. »Immer schon. Und Henris Geschichten … Er konnte einen schwindlig reden mit seinem Seemannsgarn. Singende Wale, verzauberte

Nixen, Klabautermänner und versunkene Schätze. Ebba hat das geliebt. Und die Geschichte vom Möwenherz war ihr die liebste. Wie ihre Großeltern sich kennengelernt und ineinander verliebt hatten. Irgendwann bin ich auf die Idee gekommen, das Herz aus seinem Fach zu nehmen. Keiner wusste davon. Ich hab es in ein Einmachglas gelegt und Ebba überredet, mit mir ins Watt zu gehen. Eigentlich durften wir nicht mehr allein da raus, aber wir haben es trotzdem gemacht. Ebba hat Abenteuer geliebt, und ich dachte, dass sie …«

»Du hast an die magische Kraft des Herzens geglaubt. Du hast darauf gehofft, dass sie dich endlich erkennt?«

Jona verstummte. Es fiel ihm nicht leicht, Finn über seine Gefühle für Ebba sprechen zu hören, und ihm wurde bewusst, dass Finn noch nicht damit abgeschlossen hatte.

Finn nickte düster. »Ich wollte, dass sie mich küsst. Dass sie mich einmal richtig küsst. Als wir draußen waren, hab ich das Glas aus der Jacke geholt und ihr gestanden, dass ich sie liebe.« Er lachte kurz auf und warf Jona einen verlegenen Blick zu. »Sie war natürlich fuchsteufelswild, sie hat mich beschimpft, weil ich das Herz genommen hatte. Aber dann … Ihre Laune schlug so plötzlich um wie der Wind, und auf einmal fand sie die Idee, das Herz zu vergraben und einen Schwur zu sprechen, ganz spannend. Sie hat sich wohl ihre eigene Geschichte zusammengesponnen. Jedenfalls haben wir das Glas im Matsch verbuddelt und uns dabei ewige Freundschaft geschworen. Dass wir immer füreinander da sein würden und so weiter. Kinderkram. Dann habe ich von ihr einen Kuss auf die Wange bekommen.«

»Und dann?«

»Dann kam die Flut, und wir sind zurück und haben eine Herzmuschel in die Möwe gelegt. Aber am nächsten Tag bekamen wir ein schlechtes Gewissen. Wir sind wieder raus und wollten das Glas mit dem Herzen zurückholen.«

Mit einem Seufzer wies Finn auf das Meer, das im Licht der untergehenden Sonne badete. Alles war erleuchtet. Der Kormoran faltete feierlich seine Flügel zusammen.

»Keine Chance …«, sagte Jona.

Finn nickte. »Eine Woche lang haben wir vergeblich danach gesucht. Bei Ebbe haben wir jeden Zentimeter umgegraben. Alles Mögliche haben wir gefunden, sogar einen Bernstein, aber das Glas mit dem Herzen ist nicht wieder aufgetaucht. Es blieb verschwunden. Schließlich haben wir uns damit beruhigt, dass Henri das Herz nur ganz, ganz selten hervorholte. Wir haben uns eingeredet, dass er den Verlust nicht sofort bemerken würde. Zumindest solange nicht, bis Ebba wieder zur Schule musste und fort war.«

»Aber er hat es doch entdeckt.«

Finn zuckte mit den Schultern, seine Finger spielten mit der Armbanduhr, die er trug, schoben sie hoch und runter. Als er weitersprach, schien es so, als wehte seine Stimme über dem Meer davon. »Das weiß ich nicht. Ein paar Tage später habe ich ihn in der Werkstatt gefunden. Er war zusammengebrochen, einfach so. Später stellte sich heraus, dass er einen Herzinfarkt gehabt hatte. Keiner konnte ihm mehr helfen. Den Rest der Geschichte kennst du.«

Jona nickte still. Wow, dachte er, große Oper. Bizet, Puccini, Verdi. Er kniff die Augen zusammen und schaute in den Sonnenuntergang. Auf einmal ergaben die wenigen Informationen rund um den Tod des Großvaters, die er zusammengeklaubt hatte, einen Sinn. Sie häuften sich auf zu einem Berg von Schuldgefühlen und unausgesprochenen Vorwürfen. Er verstand nun, warum Ebba so war, wie sie war. Und warum sie sich so schwertat mit dem Hof und den Erinnerungen an ihre Großeltern. Und Finn? Er war wohl Kardiologe geworden, weil er dieses grässliche Gefühl von Hilflosigkeit nie wieder hatte spüren wollen. Finn und Ebba waren Kinder gewesen und doch … Das Unglück hatte ihr gesamtes weiteres Leben überschattet.

Erschrocken spürte Jona, dass da Tränen hinter seinen Lidern brannten. Er schlug die Augen nieder und versuchte, sie zurückzublinzeln. Sein Gips leuchtete in der Dämmerung auf, und die Haut darunter begann zu jucken. Auf einmal dachte er daran, dass Finns Vater Ebba damals geraten hatte fortzugehen. Ob Finn davon wusste?

Er sah zu ihm hinüber, wollte ihm davon erzählen, aber dann legte er einfach den Arm um Finns Schultern und schwieg. Warum sollte er noch mehr Salz in die Wunde streuen? War es nicht schon genug?

Finn zuckte zusammen, aber dann ließ er die Berührung zu.

»Was ist das eigentlich?«, fragte er nach einer Weile, und Jona wusste, dass er von der Weite des Blicks und dem Frieden sprach, der daraus entsprang.

»Magie«, seufzte Jona.

Finn schüttelte spöttisch den Kopf, dann löste er sich von Jona, sprang auf und pfiff nach dem Hund.

»Doch«, beharrte Jona, er rappelte sich ebenfalls hoch.

»Nein.« Finn passte den Ball zu ihm zurück, er schien an das Spiel anzuknüpfen, das er mit Ebba begonnen hatte. Offenbar wollte er nicht ohne eine letzte Pointe, hinter der er seine Gefühle verbergen konnte, vom Platz gehen. »Das ist nur der Horizont«, setzte er nach, »der uns daran erinnert, dass die Erde eine winzige Kugel ist, die durchs dunkle Weltall taumelt.«

26

Ebba

Sie waren fort, alle beide. Als Ebba die Männer zum Deich laufen sah, atmete sie auf. Sollten sie doch gehen! Ihre Hände zitterten, sie war so voller Wut, dass sie am liebsten etwas kaputt gemacht hätte. Sie nahm einen Teller, wog ihn in der Hand, aber dann ließ sie ihn wieder in die Spüle gleiten. Es half ihr nicht, wenn sie das Geschirr ihrer Großmutter zerschlug.

Jona …

Ihre Gedanken stockten, und der kümmerliche Rest an Gefühlen, die sie nach dem Durcheinander der vergangenen Tage noch für ihn hegte, regte sich in ihrem Inneren. Die silbrigen Fischchen schnappten nach Luft. Für einen Augenblick stand sie ganz still, dann hämmerte sie mit der Hand gegen die Schranktür. Als Ebba aus der Küche lief, schrie sie wütend seinen Namen aus sich heraus.

»Jona!«

Sein Geplapper über den Engel und das geheime Fach hatte sie mit dem aller-, aller-, allerfurchtbarsten Schmerz ihrer Kindheit konfrontiert. Der Tod ihres Großvaters war schlimm gewesen. Sehr schlimm. Aber noch schlimmer waren die Selbstvorwürfe gewesen, die sie nach Henris Tod gequält hatten. Das Gefühl, daran schuld zu sein.

In Ebbas Erinnerung blitzte das Herz aus Gold und Ambra auf.

Das Möwenherz.

Henris größter Schatz. Das Sinnbild seiner Liebe zu Gesa.

Traurig dachte sie daran, wie Finn und sie das Herz im Watt vergraben hatten. Es war die wohl größte Dummheit ihres Lebens gewesen. Sie hatte tatsächlich geglaubt, dass der Kummer über den Verlust ihrem Großvater buchstäblich das Herz gebrochen hatte. Ja, sie war davon überzeugt gewesen. Damals hatte ihr niemand den Webfehler dieses magischen Denkens vor Augen geführt. Im Gegenteil: Selbst ihre Großmutter schien das gedacht zu haben.

Regungslos stand Ebba in der Diele, sie wusste nicht, was sie tun sollte. Tränen strömten ihr über die Wangen, und sie schniefte wie ein Kind.

Nie würde sie den Anblick ihres Großvaters vergessen, wie er vor der Werkbank lag, als hätte ihn der Schlag getroffen. Sein weißes Haar, die kleine, lichte Stelle am Hinterkopf, der Bogen Schleifpapier, den er noch in der Hand hielt. Durch das kleine Fenster über ihm fiel Sonnenlicht auf ihn, und der Schatten des Fensterkreuzes malte ein Muster auf seinen Rücken. Sie hatte sofort gewusst, dass er fort war. Und doch hatte sie Finn, der regungslos vor Henri stand, angeschrien: »Tu was! Tu doch was!«

Da erst war Finn aus seiner Erstarrung erwacht, er hatte Gesa gerufen, den Notruf gewählt, versucht, sie zu beruhigen. Aber sie ertrug seine Berührungen nicht mehr. Sie konnte ihn nicht einmal mehr anschauen. Als alles vorbei war und ihr Großvater im Schlafzimmer lag, so als schliefe er nur, hatte sie Finn von sich gestoßen.

»Töffel«, hatte sie zu ihm gesagt, mit einer harten, dunklen Stimme, die sie selbst erschreckt hatte. »Tölpel.«

Es war eines dieser eisigen Worte gewesen, die nach Henris Tod auf dem Koenigshof kursierten und die im Schock geboren worden waren. So wie ihre Großmutter ihr in einem unbedachten Moment dieses »Du bist schuld« an den Kopf geworfen hatte, so hatte Ebba Finn sein Versagen vorgeworfen. Sie musste die drückende Last der Schuld einfach von sich schieben.

Erst sehr viel später hatte sie sich dafür geschämt. Als Henris Tod schon Jahre zurücklag und sie längst wusste, dass ihn der Infarkt nicht einfach so aus dem Nichts überfallen hatte, sondern dass es in seiner Familie eine unheilvolle Häufung von Herzschlägen gab. Selbst der alte Kommandeur Otto Koenig war nicht auf See, sondern mit einem Pfeifchen in der Hand in der guten Stube an einem Herzkasper gestorben.

Da hatte ihre Großmutter sich längst bei ihr entschuldigt. »Es tut mir so leid«, hatte Gesa schon bei ihrem ersten Telefonat nach Henris Tod gesagt, »ich hätte das nicht zu dir sagen dürften. Es war falsch. Bitte verzeih mir, mein Kind!«

Und trotzdem … Gesas Worte waren hängen geblieben, wie giftige Pfeile hatten sie sich in ihr Herz gebohrt. Ebba hatte sie nie ganz überwunden. Sie taten weh, immer noch.

Vielleicht, so dachte sie nun, hatte sie sich deshalb nie bei Finn entschuldigt. Weil sie wusste, dass sie ihren eigenen Schmerz nie mehr loswerden würde.

Weil längst zu viel Zeit vergangen war.

Und weil sie sich geschämt hatte. Geschämt, dass die furchtlose Ebba, die sie einmal gewesen war, ihren Schwur gebrochen und den leichteren Weg gewählt hatte. Ja, die vermeintliche Schuld von sich zu schieben, war so viel einfacher gewesen, als sie gemeinsam mit Finn zu tragen. Und so hatte sie all die traurigen, ratlosen Gefühle, die sie mit Henris Tod verband, in einer dunklen Kammer in ihrem Inneren eingeschlossen. Betreten verboten! Sie hatte ein Haus um die Kammer errichtet und einen schützenden Deich.

Und nun?

Der Deich war längst fortgespült, das Haus zerstört, und die Tür zu dieser Kammer stand sperrangelweit offen. Sie ließ sich nicht mehr schließen.

Ebba schluchzte wieder auf, dann schüttelte sie den Kopf. Es war zu spät, um etwas daran zu ändern. Alles, was ihr blieb, war der Blick nach vorn. Auch das hatte sie ihr Großvater gelehrt. »Ebba«, pflegte er zu sagen, »es ist die erste Pflicht des Kapitäns, immer nach vorn zu schauen.«

Nach vorne schauen. Nur nicht zurück.

Ebba wischte sich über die Augen, zitternd trat sie auf die Truhe zu, in der Jonas Geige lag. Sie legte die Hände auf das Holz und bemühte sich, einen klaren Gedanken zu fassen.

Durch das Holz drang das Wispern der Francesca zu ihr.

»Hilf mir!«, schien die Geige zu flüstern. »Hol mich hier raus!«

Ebba schüttelte unwirsch den Kopf, sie wollte die Francesca nicht sehen, aber als das Flüstern nicht aufhörte, suchte sie doch nach dem Schlüssel und öffnete die Truhe.

Der pinkfarbene Geigenkasten leuchtete im Zwielicht. Sie hob ihn heraus, legte ihn vor sich auf den Boden und klappte vorsichtig den Deckel auf. Dankbar sah die Francesca sie an.

»Hallo«, murmelte Ebba, als könnte die Schöne sie hören. Die Stradivari sah unverändert aus, ihr honigfarbener Lack schimmerte. Der Anblick der Geige tröstete sie ein wenig, und Ebba dachte, dass es doch noch eine Konstante in ihrem

Leben gab. In diesem Leben, das nichts mehr mit ihrer Kindheit zu tun hatte. Etwas, das ein gutes Ende nehmen könnte.

Jona.

Und sein unfassbares Talent.

Behutsam nahm sie die Geige aus ihrem Bett. Sie legte sie an die Wange und zupfte eine Saite an. Zuversichtlich und warm breitete sich der Klang der Francesca in der Diele aus, und die Schönheit ihrer Stimme raubte ihr für einen Moment den Atem.

Die Erinnerungen verstummten.

Ebba spürte den Schwingungen nach, die von der Stradivari auf sie übersprangen. »Lass mich nicht allein!«, schien die Francesca zu flüstern, und Ebba verstand. Könnte sie Jona nicht wieder mit seinem Instrument versöhnen?

Caroline kam ihr in den Sinn. Am Morgen hatte Ebba ihr die Sache mit dem Gips gebeichtet. Zuerst war Caroline ausgerastet, aber dann war ihr Businessmotor angesprungen, als schaltete sie vom dritten Gang hoch in den fünften. Sie hatte Tony informiert, und dann hatten sie gemeinsam die Absagen und Verschiebungen, die sich aus Jonas Erkrankung ergaben, gemanagt.

Das Festival war gecancelt.

Das Treffen mit Rihanna.

Und das Best-of-Album war ins nächste Jahr verschoben worden.

Presse und Versicherung hatten ein ärztliches Bulletin bekommen, das ein renommierter New Yorker Handspezialist blitzschnell und per Ferndiagnose erstellt hatte. Jona litt nun höchstoffiziell an einem *Repetitive Strain Injury Syndrom*, was in der Sache auf eine Sehnenscheidenentzündung hinauslief, die auskuriert werden musste. Friedrich Grothe und der Gips hatten Jona zwei kostbare Monate geschenkt, in denen er sich ganz auf sich selbst besinnen konnte. Und auch sie selbst könnte durchatmen.

Global Music hielt still.

Es gab nur eine Bedingung: »Er muss endlich zu einem Profi«, hatte Caroline ihr aufgetragen, und wieder hatte sie Doktor Frans ins Spiel gebracht. »Wenn Jona sich nicht behandeln lässt, kündigen wir den Vertrag.« Dann hatte sie Ebba noch eine Liste mit Psychologen und Therapeuten zugemailt. Amsterdam, London, New York, Los Angeles, Ebba hatte die Daten auf der Festplatte ihres Laptops gespeichert. Jona musste sich nur noch für einen Ort und für einen Arzt entscheiden.

Und sie musste ihn dabei unterstützen.

Würde sie das schaffen?

Wieder zupfte Ebba an einer Saite, dann riss sie alle vier Saiten an. G, D, A, E. Die Geige summte, und ihr Gesang klärte Ebbas Gedanken und durchströmte sie mit Zuversicht.

Ja, sie könnte es schaffen.

Mit einem festen Blick nach vorn.

Ebba legte die Geige in die Truhe zurück und schickte der Maklerin eine Nachricht. Dann begann sie, das Museum aufzuräumen. Sie stellte das Porzellan in die Schränke zurück, brachte das dreckige Geschirr und die leeren Flaschen in die Küche und wechselte die Bettwäsche im Alkoven. Sie raffte Jonas Kleider zusammen und trug sie ins Gästezimmer. Zuletzt verschloss sie die Tür zum Museum und setzte sich mit einem Glas Wein in die Küche. Sie wollte auf Jona warten, um ihn mit klaren Worten auf die Zukunft einzustimmen.

Am nächsten Morgen wachte Ebba im Gästezimmer auf. Irritiert setzte sie sich auf, dann fiel ihr ein, dass Jona vermutlich noch in ihrem Bett schlief. Gestern Abend hatte er nicht im Alkoven, sondern an ihrer Seite einschlafen wollen, und sie hatte nachgegeben. Doch in der Nacht war sie aufgewacht, weil sein Gipsarm kalt und schwer auf ihrer Brust lag. Wie ein Stein. Als sie nicht wieder einschlafen konnte, war sie ins Gästezimmer hinübergewechselt.

Jona.

Ebba stand auf und ging ins Bad, sie betrachtete sich im Spiegel. Als Jona am Abend von seinem Spaziergang mit Finn zurückgekehrt war, hatte sie ihm endlich von ihrem Gespräch mit Global Music berichtet. Sie hatte alle Karten auf den Tisch gelegt und ihm auch von Tonys und Carolines Bedingung berichtet, dass er sich behandeln lassen müsse. Sie hatte ihm die Liste mit Ärzten gezeigt, und er hatte die Aufstellung mit derselben Miene betrachtet, mit der er eine Speisekarte studierte. Fisch oder Fleisch? Oder doch lieber nur Gemüse?

Jona war merkwürdig gelassen gewesen, fast heiter. Offenbar hatte ihn die Aussicht auf acht spielfreie Wochen mit Endorphinen geflutet.

Er hatte nicht mehr über den Engel gesprochen.

Und auch nicht über Finn, von dem sie wusste, dass er nicht mehr auf den Koenigshof zurückkehren würde.

Jona hatte noch nicht einmal ein Glas Wein trinken wollen, nur ihre Nähe, die wollte er. Und Ebba hatte sie ihm in einem Anflug von Großmut und Rührung geschenkt.

Nachdenklich sog sie an einer Haarsträhne, dann sprang sie unter die Dusche, zog sich an. Sie war zuversichtlich, dass der Weg, den sie eingeschlagen hatten, sie aus dem Tal herausführte. Doch als sie Jona beim Frühstück erzählte, dass die

Maklerin um halb elf kommen würde, blickte er sie entgeistert an. Er sah so aus, als könnte er nicht fassen, was sie ihm angetan hatte.

»Ich verstehe dich nicht«, brach es aus ihm heraus. Krachend ließ er den Gips auf die Tischplatte fallen.

Ebba streckte ihm die Hand entgegen, doch er wich ihr aus. Hatte er darauf gehofft, dass sie zusammen auf dem Koenigshof bleiben würden? Was wollte er hier? Und warum mischte er sich überhaupt in diese Sache ein? Es war doch ihr Erbe!

»Jona …«

Doch er schüttelte nur den Kopf.

»Wir können hier nicht bleiben. Du musst dich behandeln lassen und ich … Du brauchst mich doch. Und dieses Haus braucht einen neuen Besitzer, jemanden, der es mit Leben füllt.«

Auf einmal bemerkte sie, dass da eine Telefonnummer auf seinem Gips stand. Friedrich Grothes Telefonnummer, sie erkannte die kurze vierstellige Nummer sofort. Hatte er sie sich für Notfälle notiert?

»Was soll ich denn tun, Jona?«

»Schau dir den Engel an«, sagte er dumpf, dann stand er auf und ließ sie allein. Durchs Fenster konnte sie sehen, wie er mit dem Hund an seiner Seite zum Deich marschierte. Die beiden kehrten ihr den Rücken zu.

Einen Augenblick saß Ebba regungslos da, dann sprang sie auf und räumte das Geschirr zusammen. Da wartete noch ein Berg Abwasch auf sie, und wenn sie ehrlich war, verspürte sie sogar ein wenig Erleichterung darüber, dass er nicht in der Werkstatt hockte, während sie die Maklerin durchs Haus führte.

27
Finn

Zwei Tage waren seit Ebbas emotionalem Ausbruch vergangen. Finn hatte ihre Stimme noch im Ohr und jedes Wort im Kopf, wie in Stein gemeißelt: »Und Finn soll auch verschwinden!« Natürlich war er nicht mehr auf den Koenigshof zurückgekehrt. Er war nur noch in Emilienkoog geblieben, um die Arbeit an den Walen zu beenden. Doch nun war alles verpackt, und Jaap Dubbel hatte sich mit seiner Fracht auf den Weg in die Niederlande gemacht. Als Finn am Montagmorgen nach einer kurzen, von rätselhaften Träumen zerquälten Nacht aufwachte, dachte er, dass er endlich nach München zurückfahren sollte. Sein Urlaub war fast vorbei, was hielt ihn noch an der Nordsee?

Anneke versuchte gar nicht erst, ihn umzustimmen. Sie schien ihm anzusehen, dass er die Erinnerungen an die Zeit vor zwanzig Jahren nicht mehr ertrug. Sie schmierte ihm ein paar Brote und packte ihm eine Thermoskanne mit Kaffee ein, dann umarmte sie ihn fest. »Komm bald zurück!«, sagte sie, und ihre melodische Stimme kitzelte ihn im Ohr. Dann begleitete sie ihn hinaus zum Wagen. Als er losfuhr, sah er im Rückspiegel, dass der schwarze Kater um ihre Beine strich.

Finn fuhr über den Hafen, um sich von Jörgen und Wen zu verabschieden. »Ich möchte eine Einladung zur Hochzeit«, sagte er, als die beiden vor ihm standen. »Wie konntet ihr mich so auflaufen lassen?« Jörgen grinste und boxte ihm in die Rippen, Wen gab ihm Abschiedsküsse auf die Wangen.

Zuletzt machte Finn noch einen Abstecher zu seinem Vater nach Husum. Die Sonne versteckte sich hinter Wölkchen und tauchte alles in ein gedämpftes Licht. Nach dem schönen Wetter der vergangenen Wochen kam es ihm so vor, als läge ein Schleier über dem Land. Die Felder waren blass, und das Meer blieb grau. Als Finn endlich auf der Autobahn war, gab er Vollgas. Sein Wagen schien das Tempo zu genießen, wie eine Raubkatze jagte der BMW über den Asphalt. Doch mit jedem Kilometer, den er hinter sich brachte, schlug sein Herz heftiger. Es trommelte wild in seiner Brust.

Auch hinter dem Elbtunnel wurde es nicht besser. Baustelle reihte sich an Baustelle, und immer wieder wurde die Fahrbahn verengt. Im Stop-and-go des zäh fließenden Verkehrs holten ihn seine Gedanken wieder ein.

Ja, die Tage an der Nordsee waren schön gewesen, Finn hätte sie nicht missen wollen. Es hatte ihm gutgetan, auf seinen Vater zuzugehen. Und als er ihm beim Abschied von Jonas Interesse am Walskelett berichtet hatte, war ein erwartungsvolles Leuchten über Friedrichs Gesicht gezogen. Er hatte richtig jung ausgesehen. »Vielleicht kommt der Junge ja doch noch zur Besinnung«, hatte er gemurmelt, als ob der Wal einen Einfluss auf Jonas Genesung haben könnte. Zum Abschied hatte sein Vater ihm einen seiner ausgestopften Vögel in den Arm gedrückt. Eine Lachmöwe. »Für deine Wohnung. Damit du uns hier oben nicht vergisst.«

Finn schaute auf den Beifahrersitz, wo der staubige Vogel

saß, und verdrehte die Augen. Nein, er würde Emilienkoog nicht wieder vergessen. Ganz bestimmt nicht. Und vielleicht würde er im nächsten Sommer zurückkommen, für eine Woche oder zwei.

Wegen Friedrich und Jörgen und Wen.

Und für Anneke.

Und Ebba?

Finn holte tief Luft. Er dachte, dass er auch Ebba nie vergessen würde. Aber er hatte begriffen, dass die Sache mit dem Möwenherzen immer zwischen ihnen stehen würde, wie ein unbezwingbarer Berg. Sie konnten nicht wieder zueinanderfinden, und er musste lernen, mit dem Schmerz zu leben, den ihr Fehlen in seinem Herzen hinterließ.

Als Finn hinter Hannover tankte, war er schon mehr als vier Stunden unterwegs. Er war hungrig, und nachdem er das Benzin bezahlt hatte, fuhr er auf den Parkplatz, vertrat sich die Beine und aß etwas von Annekes Proviant. In seinem Rücken brüllte der Verkehr, und wehmütig dachte er an den Beginn dieser merkwürdigen Reise zurück. Hier gab es keinen See und kein verstecktes Gasthaus im Grünen. Und auch kein Schmetterlingsmädchen mit Sommersprossen.

Professor Feldhusen kam ihm in den Sinn, und bevor er weiterfuhr, rief er in München an. Er hatte Glück, Feldhusen war tatsächlich in seinem Büro, und so kündigte er ihm seine Rückkehr an.

»Aber Sie haben doch noch ein paar Tage Urlaub?«, warf Feldhusen ein. Er klang eher besorgt als erstaunt.

»Keine Sorge, ich bin erholt. Und ich hab mich fortgebildet.«

»Was haben Sie denn gemacht?«

»Wale zerlegt.«

Da war ein kurzer Moment der Stille in der Leitung, aber dann war Feldhusens Stimme wieder da.

»Doch nicht etwa die Pottwale, die an der Küste gestrandet sind?«, fragte er nach.

»Doch, genau die.«

»Chapeau!« Feldhusen lachte auf, er prustete und knarzte wie eine Trompete. So herzhaft hatte Finn ihn noch nie lachen hören. »Wie groß ist denn so ein Pottwalherz?«

»So groß wie ein Schrankkoffer. Und durch die Aorta passt Ihr Arm.«

»Dann könnten wir uns also auf Walherzen verlegen, wenn die Augen nicht mehr mitspielen«, sagte Feldhusen trocken.

»Ja, das könnten wir.«

»Und was haben Sie mit dem Tölpel gemacht?«, fragte Feldhusen. Finn dachte, dass der Professor ein Talent dafür hatte, genau dorthin zu zielen, wo es am meisten wehtat.

»Ich hab ihn begraben.«

»Sicher?«

»Warum fragen Sie?«

»Ihre Stimme … Ehrlich gesagt, klingen Sie nicht besonders fröhlich.«

»Ach ja?«

Finn schaute zur Möwe, auf ihr mattes, graues Federkleid und dachte an seinen Vater. Er hatte das Gefühl, im Guten mit Friedrich auseinandergegangen zu sein. Er hatte ihn nicht nach dem Tölpel gefragt, aber sie hatten die Stille, die so viele Jahre wie eine Wand aus Eis zwischen ihnen gestanden hatte, durchbrochen. Und nun? Er wollte einfach nur so schnell wie möglich nach München zurück.

»Ich bin wieder fit«, erwiderte er mit Nachdruck.

Es war eine Umstellung, sich wieder an die filigranen Dimensionen des menschlichen Herzens heranzutasten. Auf dem OP-Plan standen zwei Katheterablationen, mit denen sich Herzrhythmusstörungen beseitigen ließen, und Finn benötigte eine ruhige Hand, um den Katheter durch eine Arterie bis ins Herz vorzuschieben. Als er sich vor dem Eingriff die Hände reinigte, verspürte er ganz kurz ein unruhiges Kribbeln in den Fingerspitzen, und er sehnte sich nach den Speckspaten und Flaschenzügen und den Pottwalen zurück, doch nachdem er im Herzlabor mit dem ersten Patienten gesprochen hatte, zweifelte Finn nicht daran, dass der Eingriff gelingen würde. Ruhig und konzentriert, so wie Jörgen, der sein Schiff durch die Priele des Wattenmeeres steuerte, navigierte er den Katheter von der Leiste bis hinauf in die linke Herzkammer.

In der Pause zwischen den beiden OPs kam Professor Feldhusen in sein Büro.

»Wie ist es gelaufen?«, fragte er.

»Die Ablation?« Finn sah von einer Patientenakte auf, er lehnte sich zurück und verschränkte die Arme hinter dem Kopf. Es tat ihm gut, dass Feldhusen sich nach seinem Befinden erkundigte. »Alles bestens.«

»Wir beide haben morgen einen Bypass auf dem Plan, auch kein Problem?«

Finn schüttelte den Kopf.

»Sie müssen mir bei Gelegenheit mal von den Walen erzählen«, schmunzelte der Professor. »Ich wusste gar nicht, dass Sie ein Faible für die ganz großen Abenteuer haben.«

»Meine Tante hat mich dazu überredet«, erwiderte Finn, und er sah Annekes lebendiges Gesicht vor sich, die klugen Augen. »Und zu meinem Vater hat sie mich auch geschickt. Sie hat einen Riecher für die wesentlichen Dinge.«

»Dann steckt Ihr Vater also hinter der Sache mit dem Tölpel?«

»Ich glaube schon.«

Finn zögerte kurz, wieder sah er den Vorratsschrank seines Vaters vor sich. Die sorgsam aufgereihten Marmeladengläser. Auf einmal hatte er das Gefühl, dass es da doch noch etwas gab, dem er nicht auf die Spur gekommen war.

Wer hatte ihm damals den Tölpel an den Kopf geworfen?

War das tatsächlich Friedrich gewesen?

Unruhig drehte er sich zu der Möwe um, die er auf die Fensterbank gestellt hatte. Sie verlieh dem Raum etwas Tollkühnes, in der kühlen, unpersönlichen Atmosphäre seines Büros wirkte der Vogel wie ein Wesen aus einer anderen Welt.

Der Professor folgte seinem Blick.

»Ein Souvenir?«, fragte er leise und zog die Augenbrauen hoch.

Finn nickte. »Eine Lachmöwe. Mein Vater hat sie mir geschenkt, er hat sie selbst präpariert.«

»Darf ich?«

Feldhusen ging um den Schreibtisch herum und nahm die Möwe in die Hand. Aufmerksam studierte er den Verlauf der Nähte auf dem Balg.

»Verdammt gute Arbeit«, sagte er anerkennend und stellte die Möwe auf die Fensterbank zurück. »Eine ruhige Hand. Was macht Ihr Vater?«

»Er ist sechsundsiebzig und arbeitet immer noch als Arzt. In Husum.«

»Ein Landarzt, Respekt.«

»Ja, er ist ein echter Allrounder, aber nun will er die Praxis wohl doch verkaufen.« Finn räusperte sich, es fiel ihm auf, dass er zum ersten Mal ohne Groll über seinen Vater sprach. »Er will noch ein bisschen reisen.«

»Und – kein Interesse?«

»An einer kleinen, mit toten Vögeln vollgestopften Landarztpraxis in Norddeutschland?«

Finn hob abwehrend die Hände.

Professor Feldhusen sah ihn forschend an, er lächelte, dann wandte er sich zum Gehen.

»Nein, an einem ganz großen Abenteuer«, sagte er noch, dann zog er die Tür hinter sich zu und war verschwunden.

Als Finn am Abend aus der Klinik kam, hatte er Lust auf Pasta und ein wenig Gesellschaft. Er steuerte seinen Lieblingsitaliener am Nikolaiplatz an und setzte sich an einen der letzten freien Tische auf der Terrasse. Um ihn herum saßen Familien und Pärchen beim Abendessen, ihr Plaudern drang an sein Ohr. In Blumenkästen blühten Geranien, die Luft roch nach reifen Tomaten, Knoblauch und Rosmarin.

Nachdem er bestellt hatte, lehnte Finn sich zurück und ließ den Blick schweifen. Fahrräder kreuzten die Straße, am Brunnen unter den Bäumen in der Mitte des Platzes spielten Kinder, hinter den Häuserfassaden verschwand die Sonne. Da sah er Julia, groß und schön und mit gebräunten Beinen. Quer über den Platz kam sie geradewegs auf ihn zu.

Sie trug einen kurzen Jeansrock und ein T-Shirt, das Haar war offen, gekrönt von einer Sonnenbrille.

Julia.

Sie sah so aus, als hätte sie gerade noch am Gardasee auf dem Bootssteg gesessen. Hatte sie ihn vermisst?

Finn wollte aufspringen, sie zu sich an den Tisch einladen, aber ihr Blick streifte ihn nur kurz, dann ging sie an ihm vorbei ins Lokal. Kurze Zeit später kam sie mit zwei Gläsern Gin Tonic wieder heraus.

»Hi, Arschloch«, sagte sie und setzte sich zu ihm. »Lust auf einen Drink?«

Finn lächelte, aber dann schüttelte er den Kopf.

»Ich muss morgen früh operieren.«

»Komm schon …« Sie hob das Glas und prostete ihm zu. »Das bist du mir schuldig. Mir und meiner Bikinisammlung.«

Finn nickte, erleichtert, weil sie ihm keine Szene machte.

»Hör mal, Julia, es tut mir wirklich leid. Aber ich musste dringend … weg.« Er griff nach dem Glas und drehte den Gin Tonic unschlüssig in den Händen hin und her.

»Ach ja?« Julia setzte ihr Glas ab, sie spießte ihn mit ihren Blicken förmlich auf. »Du hattest einfach nicht den Mut, mir abzusagen.« Da war kein Lächeln in ihrem Blick, aber auch keine Verachtung.

»Ja, vielleicht.«

»Vielleicht?« Sie warf ihm einen abschätzigen Blick über ihre Nase zu, aber dann veränderte sich etwas in ihrem Ausdruck, als ob sie doch noch etwas anderes als den Lumpen in ihm sah.

»Du hast was verpasst«, sagte sie ruhig, ihre Nase kräuselte sich, und wieder nahm sie einen großen Schluck von ihrem Gin Tonic.

»Ich weiß.« Finn nippte an seinem Drink, dann fischte er die Gurkenscheibe aus dem Glas.

»War's denn schön?«, fragte sie, der Klang ihrer Stimme nahm einen versöhnlichen Tonfall an. »Wo warst du überhaupt?«

»Zu Hause. An der Nordsee.«

»Zu Hause.«

Julia nickte, als ob sie verstand. Mit ihren langen Fingern zog sie das Körbchen mit dem Brot zu sich, ihr Nagellack hatte die Farbe von dunklen, reifen Beeren. »Willst du mich nicht zum Essen einladen?«, fragte sie.

»Klar. Alles, was du willst. Du hast was gut bei mir.«

Finn winkte den Kellner heran, und Julia bestellte Antipasti und Spaghetti Frutti di Mare. Als sie aßen, erzählte er ihr von den gestrandeten Walen und von seinem seltsamen Ferienjob.

Julia hörte ihm aufmerksam zu, sie stellte die richtigen Fragen und lachte, wenn er sie zum Lachen bringen wollte. Beim Kaffee wussten sie beide, wie der Abend enden würde. Und als sie sich auf dem Weg zu ihrer Wohnung bei ihm einhakte, hatte Finn für einen Moment das Gefühl, einfach wieder an sein altes Leben von vor zwei Wochen anknüpfen zu können.

28
Jona

Die Liste mit Ärzten, die Caroline aus New York geschickt hatte, las sich wie der Beipackzettel eines Medikaments, von dem man nicht wusste, ob es tatsächlich anschlagen würde. Zwei eng beschriebene Seiten, Nebenwirkungen nicht ausgeschlossen.

Jona machte die Mail zu, die Ebba ihm weitergeleitet hatte. Er hasste die Vorstellung, mithilfe eines Therapeuten in seiner Kindheit herumzuwühlen. Was würden sie zutage fördern – den abwesenden Vater, die trinkende Mutter, die streitsüchtigen Schwestern? Miss Grande, die ihn wie einen Sohn geliebt hatte? Ziv Kapellmann, der kein Fünkchen Humor, aber den unerbittlichen Drang besessen hatte, einen zweiten Paganini aus ihm zu formen? Oder die Jahre zwischen zwölf und achtzehn, als sein Leben nur aus kapriziösen Wunderkindauftritten bestanden hatte, er wie eine Aufziehpuppe von Bühne zu Bühne herumgereicht worden war und seine Augen am Ende des Tages vom beißenden Scheinwerferlicht schmerzten? War es nicht besser, all diese Erinnerungen und Bilder dort zu lassen, wo er sie sicher verwahrt glaubte?

Verwirrt flüchtete Jona sich ans Wasser. Wenn er mit dem Hund durch die Stille der Salzwiesen streifte oder stundenlang über den Deich lief, hatte er das Gefühl, seine Ängste hinter sich lassen zu können. Die Sonne wärmte ihm den Rücken, und er fühlte sich frei, ja fast heiter. Er war Ebba dankbar für die freie Zeit, die sie Global Music abgetrotzt hatte. Und er war froh, dass sie ihm zur Seite stand. Mit ihrer Hilfe könnte er zu seiner früheren Stärke zurückfinden. Aber sobald er sich auf den Rückweg zum Koenigshof machte, überfiel ihn wieder die Angst, und bisweilen dachte er, dass sie so etwas wie einen faustischen Pakt eingegangen waren. Wollte er seine Seele tatsächlich für die Fortsetzung seiner Karriere verkaufen? Wollte er überhaupt noch Jona Bennett Superstar sein?

Wenn er dann ins Haus trat, sah er Ebba am Computer sitzen, das Gesicht vom Bildschirmlicht angeleuchtet. Ihre Schulterblätter stachen hervor wie verkümmerte Flügel, und er wünschte sich, dass sie sich ihm zuwenden könnte und mit ihm nach draußen käme. Immer wieder gerieten sie aneinander, auch weil sie den Verkauf des Hauses, das er in sein Herz geschlossen hatte, unerbittlich vorantrieb. Notar, Maklerin, Museen und Auktionshäuser – Ebba ging sehr strukturiert vor, so effizient, wie sie bislang auch sein Leben geordnet hatte. Wenn er daran dachte, dass sie bald aufbrechen mussten, kam es ihm so vor, als würde sie ihm den Boden unter den Füßen wegreißen.

Wie konnte er sie nur umstimmen?

Ein paar Tage, nachdem Finn ihm die Telefonnummer seines Vaters auf den Gips geschrieben hatte, nahm Jona endlich seinen Mut zusammen und rief Friedrich Grothe in seiner Praxis an.

Der alte Grothe schien bereits auf seinen Anruf gewartet zu haben, jedenfalls klang er nicht sonderlich überrascht, von ihm zu hören.

»Ich habe schon mit der Nationalparkverwaltung über das Skelett gesprochen«, kam er ohne Umschweife zum Punkt. »Die wollen auch, dass der Wal hier oben bleibt. Wie viel Geld hast du denn, Jung?«

»Genug«, erwiderte Jona. Notfalls würde er sein Haus in den Hamptons verkaufen, um das Walskelett zu bezahlen. Doch die Summe, die Friedrich Grothe dann nannte, war kaum höher als die Gage, die er für einen Auftritt in New York oder Los Angeles bekam. Jona sagte zu. »Mein Name darf aber nicht fallen«, fügte er hinzu, »und Ebba soll nichts davon erfahren. Noch nicht.«

»Kein Problem. Wir können den Kauf auch über mich abwickeln«, erwiderte Friedrich Grothe schnell. Die kleine Verschwörung schien ihm Spaß zu machen, da war ein Lachen in seiner Stimme. »Wie wäre es, wenn wir uns heute Abend bei Anneke treffen, dann können wir alles in Ruhe besprechen?«

Jona willigte ein. Erst nachdem er aufgelegt hatte, fiel ihm ein, dass er keine Idee hatte, wie es nun weitergehen sollte. Alle seine geschäftlichen Transaktionen liefen normalerweise über Ebba und das Büro von Global Music. Er wusste noch nicht einmal, wie seine Kontonummer lautete.

»Wo willst du denn noch hin?«, fragte Ebba, als Jona sich wenige Stunden später auf den Weg zum Pastorat machen wollte. Sie saß immer noch vor ihrem Computer, nun drehte sie sich zu ihm um und sah ihn misstrauisch an.

»Zu Anneke«, antwortete er, er stand in der Küchentür und zog sich einen Pulli über. »Sie wollte mir die Orgel zeigen. Du hast doch auch gehört, dass die Orgel verstimmt ist. Ich dachte, ich könnte ihr ein bisschen bei den Harmonien helfen.«

»Aber …«

»Friedrich Grothe kommt auch, er wollte sich meinen Gips noch mal anschauen.«

Jona hob den Arm, er deutete auf die Telefonnummer. »Ich hab ihn angerufen.«

»Soll ich dich fahren?«

Ebba klappte den Laptop zu, offenbar wollte sie ihn nicht allein ziehen lassen.

»Ich lauf dir schon nicht weg«, sagte er.

»Das meine ich nicht.« Ebba stand auf und kam auf ihn zu. Eine Armlänge entfernt blieb sie stehen. An ihrem Blick konnte er sehen, dass sie sich ihrer Gefühle für ihn nicht mehr sicher war. »Nimmst du den Hund mit?«

Jona nickte.

»Lauft nicht im Dunkeln zurück! Ruf mich an, wenn ihr fertig seid, dann hole ich euch ab.«

»Okay.«

Jona trat auf sie zu, er wollte sie in den Arm nehmen, aber sie wich ihm aus und gab ihm nur einen flüchtigen Kuss auf die Wange.

Jona marschierte fast eine Dreiviertelstunde über den Deich, der salzige Wind kam von der Seite. Es war kühler geworden und längst nicht mehr so strahlend wie noch in den vergangenen Tagen. Die Möwen flogen sehr tief über dem Wasser, am Horizont verschwammen Himmel und Meer im Wolkendunst. Otto jagte Schmetterlinge, er lief die Flanken des Deiches auf und ab. Am Hafen legten sie beide eine kurze Pause ein. Das Zelt, in dem die Wale zerlegt worden waren, stand nun leer und lüftete aus. Vermutlich wurde es in den nächsten Tagen abgebaut. Hinter der Hafenmole sah Jona die Fähre von ihrer Tour zu den Seehundsbänken zurückkehren.

Auf dem Kirchhof empfing Anneke ihn mit einem warmen Lächeln. »Friedrich hat mich angerufen«, sagte sie und beugte sich über den Hund, um ihn zu streicheln. »Er müsste gleich da sein.«

»Ich habe Ebba erzählt, dass ich dir mit der Orgel helfe«, antwortete Jona. Er drehte sich um und schaute zur Kirche, um ihrem forschenden Blick auszuweichen. Anneke schien auf den Grund seiner Seele blicken zu können, in ihrer Gegenwart fühlte er sich schutzlos, als bestünde er aus Glas. »Sie holt mich nachher ab.«

»Dann lass uns doch noch kurz in die Kirche gehen«, sagte Anneke. »Bis Friedrich kommt. Ich wollte dir sowieso etwas zeigen.«

In der Kirche war es ganz still, am Altar stand ein Strauß aus Feldblumen, weiße und gelbe Blüten.

»Oben«, sagte Anneke und zeigte auf die Stiege zur Orgelempore. Sie lief voran, am Orgeltisch drehte sie sich zu ihm um.

»Finn ist nach München zurückgefahren«, sagte sie.

»Ja«, erwiderte Jona, er dachte an ihr Gespräch auf dem Deich zurück. Finns Traurigkeit hallte noch immer in ihm nach. »Das habe ich mir schon gedacht.«

»Du weißt, was zwischen Ebba und ihm war, oder?«

Anneke warf ihm wieder einen dieser Blicke zu, die direkt in das Zentrum seiner Gedanken vorzudringen schienen.

Jona zuckte mit den Schultern.

»Ebba spricht nicht darüber, aber Finn hat mir etwas erzählt.«

Anneke nickte. »Ich wusste lange nicht, warum sie sich nach Henris Tod aus dem Weg gegangen sind«, sagte sie. »Gesa hat es mir irgendwann anvertraut.«

»Das Herz aus Ambra.« Plötzlich wusste Jona, worauf sie hinauswollte. »Die beiden haben es damals im Watt vergraben. Es ist nie wieder aufgetaucht.«

Anneke schüttelte den Kopf.

»Es ist hier«, sagte sie, dann klappte sie den Deckel ihrer Sitzbank hoch.

»Aber …«

Jona wusste nicht, was er sagen sollte. Ungläubig sah er zu, wie sie ein von Muscheln überwachsenes Gefäß zutage förderte. Sie schraubte es auf, dann legte sie ihm ein Herz in die Hand. Es war nicht besonders groß, aber überraschend schwer. Das Herz schien zu pulsieren, als ob sich Leben darin verbarg.

»Ich habe es vor ein paar Tagen im Watt gefunden, etwa dort, wo der Wal gestrandet ist.«

»Es ist wieder aufgetaucht? Nach zwanzig Jahren?«

Jona hielt das Herz ins Licht, das Gold loderte auf wie eine Flamme. Der Talisman sah wie ein antikes Fundstück aus, er war aufgeladen mit Zeit und so vielen Erinnerungen.

Anneke lächelte, behutsam nahm sie ihm das Herz wieder ab und legte es in das Glas zurück. »Die Bergungsarbeiten«, sagte sie, »die schweren Maschinen haben den Meeresboden aufgewühlt.« Doch ihr Gesichtsausdruck deutete etwas an, was jenseits von berechenbaren Wahrscheinlichkeiten lag. »Ich bin über das Glas gestolpert, als ich ein paar Blumen an die Stelle legen wollte, wo Gesa gestorben ist.«

»Weiß Finn davon?«

Anneke verneinte.

»Eigentlich sollte ich es wohl Ebba bringen, ich weiß ja, was es ihr bedeutet.« Sie sah ihn an, ihre Augen waren sehr hell, fast weiß. Ihr Schweigen forderte ihn auf zu sprechen.

Das Möwenherz. Es war wieder da.

Jona atmete aus, Traurigkeit flutete ihn. Er stellte sich vor, wie es wäre, Ebba an Finn zu verlieren.

Anneke ließ ihn nicht aus den Augen. Schicht für Schicht drang sie durch das Geflecht seiner Gedanken, bis sein Herz wie ein offenes Buch vor ihm lag.

»Du wirst sie nicht verlieren«, sagte sie.

Jona fuhr sich über die Augen, dann drehte er sich um und sah zum Altar hinab. Der Hund saß dort, wo in der vergangenen Woche noch Gesas Sarg gestanden hatte. Otto schaute zu ihm hinauf, sein Schwanz klopfte auf den Steinboden. Jona nickte ihm zu, und sein Blick glitt über die leeren Kirchenbänke.

Plötzlich stellte er sich vor, hier ein Konzert zu geben. Ein kleines Publikum, keine Erwartungen, nur die Freude an der Musik. Er hob die Arme und schloss die Augen. Der Gips war in etwa so schwer wie seine Geige, und auf einmal meinte er, die Francesca singen zu hören. Er sehnte sich danach, sie wieder in die Arme zu nehmen, zu spielen und sein Publikum zu berauschen. Und dann der Applaus, der süße, selig machende Applaus.

In seinem Rücken stimmte Anneke *Ruby Tuesday* auf der Orgel an.

C, G, C, G, D. C, G, C, G, D.

Die Orgel klang melancholisch, aber auch melodisch, da waren kaum noch Dissonanzen zu hören.

Erstaunt drehte Jona sich zu Anneke um.

»Das Wetter«, sagte sie, ohne sich umzuschauen, sie schien seine Frage zu erahnen. »Es war zu warm für die Orgel. Jetzt, wo die Temperaturen ein wenig heruntergehen, klingt sie wieder besser. Willst du auch mal?« Sie rückte ein Stück zur Seite, und er setzte sich neben sie auf die Bank und schaute ihr beim Spielen zu. C, G, C, G, D. Es dauerte nur ein paar Sekunden, bis er die Akkorde mit der rechten Hand greifen konnte. Anneke übernahm die Bassstimme und bediente die Pedale. Leise sang sie den Refrain mit: »*Goodbye, Ruby Tuesday* …«

Jona meinte, das Möwenherz in seinem gläsernen Käfig schlagen zu hören. Es holperte und fand keinen Takt.

»Was machen wir mit dem Herzen?«, fragte Anneke, als sie geendet hatten. »Soll ich es Ebba bringen?«

Ebba.

Jona sah sie vor sich, wie sie vor ihrem Computer saß, gefangen in einem Käfig aus Terminen und Verpflichtungen. Zweifelnd sah er zu den silbrigen Pfeifen hinauf, die sich wie Engelsflügel zu beiden Seiten der Orgel ausbreiteten. Die Pfeifen vibrierten noch, ein kaum hörbarer Ton, der durch die Kirche schwebte, und er dachte daran, wie viele Generationen die Orgel überdauert hatte. Sie erklang schon länger als ein Menschenleben, und sie hallte nach, in seiner Seele und in seinem Herzen.

»Ich glaube, wir brauchen einen Spezialisten für das Herz«, sagte er nach einer Weile. »Lass es uns nach München schicken.«

29

Ebba

Nachdem Jona gegangen war, klappte Ebba ihren Laptop zu und kochte sich einen Tee, dann setzte sie sich in den Garten auf die Bank. Die Strahlen der tief stehenden Sonne tanzten auf der Deichkrone, und die Landseite lag bereits im Schatten. Ein paar Wattewolken gondelten über den Himmel, die Vögel stimmten sich auf den Abend ein, ihr Rufen ein vielstimmiger, schläfriger Chor.

Müde lauschte Ebba dem Gesang. Sie streckte die Beine von sich, in Gedanken versuchte sie, das Kapitel Emilienkoog zu schließen. Sie hatte alle Listen abgearbeitet, alles in die Wege geleitet, um den Hof und die Sammlung zu verkaufen. In drei Tagen hatte sie einen Termin beim Nachlassgericht, dann könnte die Maklerin übernehmen. Frau Ewers würde auch die Termine mit den Kunsthändlern koordinieren, die sich die Sammlung anschauen wollten. Ebba hatte Kontakt zu den großen Auktionshäusern in Amsterdam, Berlin, London und Stockholm aufgenommen und Bilder und Informationen über die Stücke versandt. Die ersten Rückmeldungen waren vielversprechend, das Interesse an Henris Sammlung war überraschend groß. Auch für die Delfter Fliesen würde eine Expertin aus den Niederlanden anreisen.

Ebba löste ihren Zopf, fuhr sich durchs Haar und lehnte sich zurück. Über den Tag hatte die Sonne die Mauer in ihrem Rücken aufgeheizt, wie ein Kachelofen strahlte der Backstein Wärme ab. In kleinen Schlucken trank sie Gesas Seelentee, doch ihre Gedanken kamen nicht zur Ruhe. Sie sprangen hin und her, ließen sich nicht lenken und wirbelten Staub auf. Magnus kam ihr in den Sinn, der sich nach ihrem Schweigen nicht wieder gemeldet hatte, es tat ihr leid, dass sie so lieblos mit ihm umgegangen war. Und Kopenhagen, das stille, leere Apartment am Zoo. Da war die Liste mit den Möbeln, die sie kaufen wollte. Tisch, Bett, Sofa, Stühle, Regale, Lampen, Teppiche. Und als könnte ihr Kopf nur noch in starren Schemata denken, flackerte beim Blick über den Staudengarten eine weitere Liste in ihren Gedanken auf. Blumen, die sie sich für ihren Terrassengarten in Kopenhagen wünschte: Schafgarbe, Rittersporn, Frauenmantel, Fingerkraut. Lupinen, Gloxinien, Schleierkraut. Storchenschnabel, Salbei und Thymian. Und natürlich Rosen. Ihr Blick blieb an einer herrlich blühenden Kletterrose hängen, die sich durch einen alten Birnbaum rankte. Jede Blüte vollgesogen mit Licht. Ließ sich die Pracht aus dem Garten ihrer Großmutter auf die kleine Terrasse am Mathildevej übertragen?

Ebba stellte den Tee zur Seite und holte das Handy hervor. Sie stieg auf die Bank, um noch ein Bild vom Garten zu machen. Als sie das Blumenmeer heranzoomte, klingelte das Telefon.

Wollte Jona schon wieder abgeholt werden?

»Hallo?«, sagte sie schnell, aber es war nicht Jona, sondern ihre Mutter.

»Ebba«, hörte sie leise, fast zärtlich ihre Stimme. »Ist alles okay bei dir?«

»Ich …«

Ebba verstummte, nein, nichts war okay. Vor allem nicht zwischen ihnen, sie hatten doch kaum noch Kontakt. Ärger stieg in ihr auf, heiß und sengend, und rötete ihr die Wangen. Warum jetzt dieser Anruf, diese Frage? Sie nahm das Telefon vom Ohr und wollte das Gespräch beenden.

»Bist du noch in Emilienkoog?«, hörte sie erneut ihre Mutter, die Frage schien zwischen ihnen zu schweben.

»Ja«, antwortete Ebba kurz angebunden, sie sprach es in die Luft, dann sprang sie von der Bank und kickte einen Stein zur Seite. »Gesa hat mir den Hof hinterlassen.«

»Ja, sie hat mir davon erzählt. Anfang des Jahres hat sie mich angerufen und von einem Notartermin gesprochen.«

»Das heißt, du wusstest Bescheid?«

Ebbas Puls schoss in die Höhe, ein Rauschen im Kopf. Sie drückte sich das Telefon wieder ans Ohr. »Du hättest mich warnen können. Warum …«

»Ihr habt doch regelmäßig telefoniert, ich dachte, Gesa hätte mit dir darüber geredet. Jedenfalls klang sie so, als ob du Bescheid wüsstest. Sie hatte keinen Zweifel, dass du dich freuen würdest. Kommst du klar?«

Ebba sagte nichts.

»Kann ich dir helfen?«

Da war sie, die Frage, auf die Ebba so sehnsüchtig gewartet hatte. Seit zwanzig Jahren schon. Warum nur kam sie so spät?

Ebba holte tief Luft.

»Es hätte mir geholfen, wenn du zur Beerdigung gekommen wärst. Wenn du einfach da gewesen wärst. Für mich.« So, nun war es heraus. Ebba horchte in den Hörer hinein, sie hörte ihre Mutter atmen.

»Ich konnte nicht kommen, das weißt du doch.«

»Ich hätte dich trotzdem gebraucht. Und wenn du es nur für einen Tag nach Emilienkoog geschafft hättest. Du weißt ja nicht …«

Ebbas Stimme rutschte weg. Das Telefonat mit ihrer Mutter nach Henris Tod kam ihr wieder in den Sinn. Und die gemeinsame Reise nach Sandusky, Ohio. Sie sah sich mit ihr durch den Vergnügungspark von Cedar Point streifen, von Achterbahn zu Achterbahn. Jeder verdammte Looping hatte den Schmerz um ihren Großvater und das Gefühl der Schuld noch vergrößert, und am Ende der Reise konnte sie den Geruch nach Fast Food und Zuckerwatte, der über allem hing, nicht mehr ertragen. Sie hatte sich geschworen, nie wieder in eine Achterbahn zu steigen. Über das Möwenherz und Gesas Anschuldigung hatte sie damals kein Wort verloren. Sie hatte nicht das Gefühl gehabt, dass ihre Mutter ihr zuhören und ihren Kummer verstehen würde. Oder hatten die Schuldgefühle sie verstummen lassen?

»Ich wäre ganz bestimmt gekommen, aber …«, sagte ihre Mutter zögernd in die Stille hinein. Sie hörte sich fast so an, als wäre sie gekränkt.

Ebba spürte, dass sie die Beherrschung verlor. Sie wollte sich nicht am Telefon streiten, aber sie konnte die Enttäuschung auch nicht schon wieder hinunterschlucken.

»Das stimmt nicht. Und das weißt du auch«, sagte sie scharf. »Deine Baustellen waren dir immer schon wichtiger als ich. Kommt ihr gut voran in der Wüste?«

Ihre Mutter schwieg, Ebba hörte, dass sie sich umständlich die Nase putzte. »Ich habe dir nicht die Wahrheit gesagt«, fuhr sie nach ein paar Sekunden fort. »Ich bin nicht in Dubai, ich bin in Boston. Im Krankenhaus.«

»Mami …« Ebba schloss die Augen, ihr war, als risse ihr

jemand den Boden unter den Füßen weg. Ein Wasserfall aus Sorge und Angst stürzte auf sie herab und spülte alle Wut und Enttäuschung davon. Vor ihren Augen verschwamm das Blütenmeer. »Was ist mit dir?«

»Es geht mir wieder gut, keine Angst. Ich hatte einen kleinen Eingriff, meine Ärztin wollte, dass ich mich so schnell wie möglich operieren lasse. Aber der Befund ist gut, es ist kein Krebs. Ich muss mich nur noch ein bisschen schonen.«

»Warum hast du mir denn nichts gesagt?«

»Ich wollte dir keinen Kummer machen, Schatz. Gerade jetzt. Ich weiß doch, dass du mit deinen Erinnerungen kämpfst.«

»Ach, Mami.«

Ebba schüttelte den Kopf, dann fing sie an zu weinen. Die Tränen liefen ihr einfach über die Wangen, als hätten sie nur darauf gewartet, wieder ausbrechen zu können. Wie viel Salzwasser hatte sich da nur in ihr angesammelt?

»Es ist doch nichts«, versuchte ihre Mutter, sie zu beruhigen. »Alles gut, Schatz.« Sie klang so hilflos, wie Ebba sich fühlte.

Ebba nickte und schluchzte, sie wusste selbst nicht, woher die Tränenfluten kamen. Es war, als wäre der alte Deich, den sie vor zwanzig Jahren um ihr Herz und um ihre Erinnerungen errichtet hatte, endgültig mürbe geworden. Die Minuten verstrichen, aber ihre Mutter legte nicht auf. Da war ihr Atem, und da war ihre Stimme. Geduldig versuchte sie, Ebbas Kummer auf den Grund zu gehen. Als sie nach Jona fragte, erzählte Ebba ihr von seinem Zusammenbruch. Von ihrem Kampf um seine Karriere und ihre Zukunft und von ihrem Entschluss, den Koenigshof zu verkaufen. Und ihre Mutter bestärkte sie in dieser Entscheidung.

Sie telefonierten lange, und als sie sich voneinander verabschiedeten, hatte Ebba keinen Zweifel mehr, dass sie das Richtige tat. Einen Augenblick stand sie regungslos vor den Stauden ihrer Großmutter, dann schlüpfte sie aus den Schuhen und stieg vorsichtig in das Beet, um ein letztes Mal barfuß durch die Blumen zu streifen.

Jona meldete sich nicht, es war Anneke, die Ebba am späten Abend anrief. Sie sagte, dass er mit Otto auf ihrem Sofa eingeschlafen sei und dass sie die beiden morgen früh zurückschicken werde.

»Was habt ihr denn angestellt?«, fragte Ebba. Nach dem Telefonat mit ihrer Mutter fühlte sie sich wieder besser, es hatte ihr gutgetan, über ihren Entschluss zu sprechen und sich zu versichern, dass sie den richtigen Kurs eingeschlagen hatte. »Habt ihr die Orgel auseinandergenommen?«

Anneke lachte. »Ich habe ihm das Orgelspielen beigebracht«, antwortete sie. »Er ist ein begabter Schüler, sehr intuitiv. Und dann hat er mit Friedrich ein Glas Rotwein getrunken, zu therapeutischen Zwecken. Mach dir keine Sorgen, es geht ihm gut.«

»Aber …«

Ebba wollte protestieren, doch dann dachte sie, dass es keinen Sinn hätte, den schlaftrunkenen Jona in ihr Auto zu hieven. Sie konnte Anneke vertrauen, Jona war im Pastorat gut aufgehoben, und so dankte sie ihr und ging selbst schlafen. Bevor sie das Licht ausmachte, schickte sie ihrer Mutter noch ein Bild von Gesas Staudengarten in den Bostoner Nachmittag.

Am nächsten Morgen wachte sie von ausgelassenem Fahrradklingeln vor ihrem Fenster auf. Jona war mit Annekes

Fahrrad gekommen, er hatte frisches Brot dabei. Als sie ihm die Tür öffnete, gab er ihr einen stürmischen Kuss. Seine Laune war umwerfend, bei seiner ungestümen Umarmung prallte ihr sein Gips gegen die Rippen.

»He.«

Ebba schmiegte sich in seine Arme und erwiderte seine Küsse. Nach vorne schauen, nicht zurück! Sie fühlte sich leicht, als hätte sie über Nacht einen Panzer abgeworfen, und Jona spürte ihre Gelöstheit. Küssend zog er sie mit sich und in ihr Bett. Es war herrlich, Jona schien wie verwandelt, zärtlich spielte er mit ihrer Lust. Wie Meerforellen sprangen die silbrigen Fischchen in ihrem Bauch durch die aufgewühlte See. Danach schliefen sie beide wieder ein, die Arme umeinandergeschlungen. Es war schon fast Mittag, als sie sich endlich zum Frühstück setzten. Ebba erzählte von dem Telefonat mit ihrer Mutter und davon, dass sie in Boston im Krankenhaus lag.

»Willst du zu ihr?«

Jona nahm ihre Hand und küsste sie, in seinem Blick las sie seine Sorge.

Unentschlossen zuckte Ebba mit den Schultern. Natürlich hatte sie darüber nachgedacht, obwohl ihre Mutter nichts davon hatte hören wollen. »Und was ist dann mit dir?«, fragte sie. »Kommst du mit? Wir könnten in die Hamptons weiterfahren.«

Jona lächelte, dann schüttelte er energisch den Kopf. »Ich bleibe hier«, sagte er. »Mit Otto.«

»Ach, komm.« Ebba zog die Hand zurück, er wusste doch, dass sie ihn nicht allein lassen würde. Und nicht allein lassen konnte.

»Du könntest Anneke bitten, dass sie nach mir schaut«,

sagte Jona, als sie schwieg. Da war Spott in seiner Stimme, aber auch ein Anflug von Trotz. »Und Friedrich ist ja auch noch da. Ich bin also bestens versorgt – menschlich und medizinisch. Was willst du mehr?«

»Ich lasse dich trotzdem nicht hier.« Ebba schwieg einen Moment, sie dachte an die Ärzteliste, die Caroline ihnen geschickt hatte. »Du könntest dich in Boston oder New York in Behandlung begeben«, fügte sie hinzu. »Hast du dir Carolines Liste schon einmal angeschaut?«

Jona antwortete nicht, stumm sah er auf seinen Gips hinab, und die Leichtigkeit, die zwischen ihnen gewesen war, verschwand. Sie löste sich einfach auf.

»Jona?«

Er blickte wieder auf und schaute ihr in die Augen. »Friedrich und ich werden das Walskelett kaufen«, hörte sie ihn plötzlich sagen. Worte, die keinen Sinn ergaben. »Für den Koenigshof.«

»Aber …«

Ebba schüttelte den Kopf, sie begriff nicht, was er meinte.

»Der Wal«, sagte Jona noch einmal, sehr langsam und sehr deutlich. Sie sah, wie sich seine Lippen bewegten. »Friedrich wird ihn kaufen, mit meinem Geld.«

Der Wal.

Ebba sah das Skelett vor sich, die Kathedrale aus Elfenbein. Langsam setzten sich Jonas Worte in ihrem Kopf zu einem verständlichen Satz zusammen. Sie begriff, dass Jona sie immer noch davon abhalten wollte, den Hof zu verkaufen. Warum nur verschwendete er so viel Energie auf das Unabänderliche, anstatt sich um seine Gesundheit zu kümmern?

»Das habt ihr gestern also ausgeheckt«, sagte sie leise. Enttäuschung rieselte auf sie herab, sie dachte, dass er einfach nicht sah, wie sie sich für ihn abrackerte. Und was sie bereit war, für ihn aufzugeben. Ebba schob ihren Stuhl zurück, langsam stand sie auf. »Es ging dir also gar nicht um die Orgel, es ging um den Koenigshof.«

»Wir haben auch ein wenig Orgel gespielt – Anneke und ich.«

Jona blieb sitzen, er sah so aus, als ob er noch etwas hinzufügen wollte, doch dann schwieg er.

»Und wer hat dir das mit dem Wal eingeredet? War das Friedrich? Oder war das Finn?« Ebba lachte auf, auf einmal begriff sie, dass das Dorf längst wissen musste, wer Jona wirklich war. Anneke, Jörgen, Friedrich und Finn – sie hatten sie alle zum Narren gehalten.

Jona nickte ruhig, er sah überhaupt nicht schuldbewusst aus, und seine Ruhe peitschte ihre Wut noch weiter auf. Schäumende Gischt, die mit der Wucht eines Orkans über sie hinwegrollte.

Ebba hatte das Gefühl, dass sie sich irgendwo festhalten musste. Schwankend griff sie nach dem Stuhl.

»Ebba?«

Jona sah, wie sie taumelte. Er sprang auf, um sie aufzufangen. Sein Gips streifte ihren Arm.

»Fass mich nicht an!«

Ebba ballte die Hände zu Fäusten, ihr war heiß und kalt zugleich. Auf einmal hatte sie das Gefühl, dass alles über ihr zusammenschlug. Alle Sicherheit war wieder verschwunden, und ihr war, als würde sie gleich in ihrer Ohnmacht und Wut ertrinken.

»Komm schon, Ebba«, sagte Jona noch einmal. Er sagte es mit seiner zärtlichen Stimme, die alles nur noch schlimmer machte. »Ich will dir doch nur helfen, das Richtige zu tun.«

»Du?« Ebba schüttelte den Kopf, wütend, verletzt, verwirrt, dann zog sie ihr Handy aus der Tasche und warf es ihm vor die Füße.

»Ich kündige«, sagte sie, bevor sie an Otto vorbei aus dem Haus stürmte.

Jona holte Ebba in den Salzwiesen ein, sie waren beide außer Atem.

»Du kannst mich nicht allein lassen«, sagte er und rang nach Luft.

»Dann lass mich dir endlich helfen.«

»Du hilfst mir doch, du bist für mich da.«

»Aber ich habe das Gefühl, dass ich alles falsch mache. Seitdem wir hier sind …«

»Du machst nichts falsch. Du weißt nur nicht, was ich will.«

»Und – was willst du?«

»Das weiß ich nicht.«

Ebba verdrehte die Augen. Das schnelle Laufen hatte ihre Wut ein wenig besänftigt, stumm schaute sie auf das stille, glänzende Watt hinaus. Am Horizont schimmerte ein weißer Fleck. Die Fähre, die von ihrer Tour zu den Halligen zurückkehrte.

»Wollen wir?«

Jona zog die Schuhe aus, dann reichte er ihr die Hand, er schien ins Wattenmeer laufen zu wollen.

»Jona, wir können so nicht weitermachen.«

»Ja«, sagte er, »ich weiß.«

Er zog an ihrer Hand, sanft, aber beharrlich, und schließlich gab Ebba nach. Seufzend streifte sie sich die Schuhe von den Füßen, dann folgte sie ihm in den Schlick. Schweigend liefen sie nebeneinander her, während der Hund durch die Pfützen sprang und Muschelschalen apportierte.

Nach einer Weile durchbrach Ebba die Stille. »Ich war seit zwanzig Jahren nicht mehr im Watt«, sagte sie. »Seit Henri gestorben ist.«

Jona nickte, als hätte er das alles längst gewusst. »Es ist wunderschön hier, Ebba«, sagte er, seine Arme beschrieben eine weite Geste, die alles zu umfassen schien: den Schlick, das Wasser, die Vögel, den weiten Horizont. »Warum willst du das alles aufgeben?«

»Weil ich dich nicht im Stich lassen will. Weil ich es liebe, mit dir um die Welt zu reisen. Und weil es Vergangenheit ist.«

Jona schwieg und blieb stehen. Sie waren am Rand der Süderaue angelangt, noch immer zog die Tide das Wasser in den Atlantik hinein. Die Sonne setzte Reflexe in sein Haar, da war eine Spur von Blau. Ebba dachte, dass er sich verändert hatte – nicht nur äußerlich.

»Als ich gestern mit Anneke auf der Orgelempore stand, hatte ich plötzlich wieder Lust zu spielen«, sagte er. »Ich glaube, ich beginne die Francesca zu vermissen.«

»Das ist doch großartig!«

Ebba atmete erleichtert aus, sie musste lächeln. Waren sie doch auf dem richtigen Weg?

»Kleine Konzerte«, fuhr Jona fort, er lächelte nicht. »Nicht mehr als ein-, zweihundert Zuschauer, zehn Mal im Jahr. Keine Stadien, keine Großveranstaltungen, kein PR-Zauber, keine First-Class-Flüge.« Seine Stimme klang so, als ob seine Bedingungen nicht verhandelbar wären. »Jona Bennett Superstar wird es nicht mehr geben.«

Ebba sagte nichts. Sie bückte sich, sammelte eine Muschel auf und schloss die Faust darum. Die scharfen Kanten schnitten ihr in den Handballen. Warum nur spielten sich alle Tragödien ihres Lebens im Wattenmeer ab?

»Bist du dir sicher?«, fragte sie schließlich.

»Absolut.«

»Du wirst Global Music eine Menge Geld zurückzahlen müssen, wenn du deinen Vertrag auflöst.«

Jona zuckte mit den Achseln. »Ich kann das Haus in den Hamptons verkaufen. Ich hänge sowieso nicht daran.«

»Und dann?«

»Dann schaue ich, was kommt.«

»Und ich?«

»Du hast hier doch alles, was du brauchst. Und wenn du reisen willst, dann findest du spielend leicht einen neuen Job.«

»Willst du mich loswerden?«

»*Du* hast doch vorhin gekündigt.«

Jona lächelte und reichte ihr das Handy. Das Display war nun endgültig ruiniert.

Ebba biss sich auf die Lippen. Von den Halligen kommend schob sich die *Frisia* ins Bild. Die Fähre nahm Kurs auf den Hafen von Emilienkoog.

»Und was ist mit uns beiden?«, fragte sie. Die silbrigen Fische in ihrem Bauch waren ganz still.

Jona lächelte traurig, er breitete die Arme aus. In seinen Augen spiegelten sich das silbrige Watt und das pinke T-Shirt, das sie trug. Er sagte nichts, aber er zog sie an sich und küsste sie. Ebba spürte, dass er tatsächlich bereit wäre, sie ziehen zu lassen.

Benommen schloss sie die Augen, sie hörte den Schlick unter ihren Füßen knistern.

Anfang und Ende.

Ebbe und Flut.

Und ganz plötzlich realisierte sie, dass sein stürmischer Auftritt heute Morgen, der in ihrem Bett geendet hatte, so etwas wie eine Abschiedsvorstellung gewesen war. Sie würden weder als Paar noch auf beruflicher Ebene eine Zukunft haben. Traurigkeit flutete sie. Aber da war auch die Erkenntnis, dass sie Jonas Entscheidung akzeptieren musste.

30
Finn

Das Päckchen war per Kurier gebracht worden. Es lag auf seinem Schreibtisch, als Finn am Morgen in sein kleines Büro kam. Im Absenderfeld stand der Name seiner Tante. Hatte er etwas in Emilienkoog vergessen?

Finn wog den Karton in der Hand, er war so groß wie eine Schuhschachtel und in mehrere Lagen Packpapier gehüllt. Für ein paar vergessene Socken war er überraschend schwer. Hatte sie ihm etwa einen Stein geschickt?

»Ein Geschenk?«, fragte Professor Feldhusen, der soeben den Kopf zur Tür hereinsteckte. Finn hätte ihn längst zur Visite abholen sollen.

»Ich weiß nicht.« Finn legte das Päckchen auf den Schreibtisch zurück. »Ich öffne es später.«

»Dann mal los!«

Feldhusen hielt ihm die Tür auf, mit dem Fahrstuhl fuhren sie auf die Herzstation im fünften Stock, wo sie bereits das Pflegeteam und die Studenten erwarteten. Die nächsten anderthalb Stunden gehörten den Patienten. Zimmer für Zimmer und von Bett zu Bett wanderte der Tross durch die Station. Die Morgenrunde war eine Mischung aus althergebrachtem Ritual, moderner Informationsvermittlung und

Show, und Professor Feldhusen beherrschte seine Rolle als Halbgott in Weiß perfekt. Er konnte plaudern und gleichzeitig Befunde deuten, komplexe Diagnosen erläutern und trotzdem Zuversicht ausstrahlen. Große Kunst, und genauso wichtig wie das Operieren. Feldhusen besaß ein phänomenales Gedächtnis, und er nahm sich Zeit, ohne seine Autorität infrage zu stellen. Zugewandt sprach er mit seinen Patienten über deren Ängste und Sorgen, während er die neuesten Untersuchungsergebnisse und Laborwerte überflog und dem Team kurze, präzise Anweisungen über die weitere Behandlung gab. An diesem Morgen konnten sie zwei Bypasspatienten in die Reha entlassen, darunter auch Till Sauter, den Koch mit dem doppelten Infarkt, den sie vor gut drei Wochen operiert hatten.

Als sie in sein Zimmer kamen, thronte Sauter wie ein König in seinem Bett. Er war umgeben von Blumensträußen und bunten Luftballons. An der Wand über seinem Bett hingen Kinderzeichnungen, in den Händen hielt er ein Buch über Hundeerziehung. Professor Feldhusen hatte Sauter auf Diät gesetzt, und in den vergangenen Wochen hatte er fast zehn Kilo abgenommen. Sein weiches, bayrisches Gesicht mit den kleinen, tief liegenden Augen war schmaler, auf seinem Nachttisch stand eine Schale mit Äpfeln.

Finn übernahm die Abschlussuntersuchung, während der Professor die Entlassungspapiere unterzeichnete. Sauters Herz schlug kräftig, mit kleinen, aufgeregten Spitzen, die wohl der Freude über die bevorstehende Entlassung geschuldet waren. Die Operationswunde verheilte gut, der Blutdruck war okay, wenn auch noch nicht optimal, und die Laborwerte bewegten sich in die richtige Richtung. Da lag noch eine Menge Arbeit vor ihrem Patienten, aber Sauter machte den Eindruck, dass er sich der Herausforderung stellen wollte. Er wirkte optimistisch, und seine Zuversicht berührte Finn, zumal er erfahren hatte, dass Sauters jüngster Sohn gerade mal drei Jahre alt war.

Als Professor Feldhusen sich verabschiedete, deutete er auf das Buch, das Sauter inzwischen zur Seite gelegt hatte. »Was soll das denn werden?«, fragte er.

»Vielleicht ein Terrier, mal schauen«, antwortete Sauter vergnügt. »Meine Kinder wünschen sich einen Hund, und meine Frau meint, ein bisschen Gassigehen könnte mir nicht schaden.« Verschwörerisch winkte er den Professor zu sich heran. Die Scheidung sei auf Eis gelegt, meinte Finn zu verstehen.

»Glückwunsch!«, erwiderte Feldhusen, und in seiner Stimme schwang ehrliche Freude. »Dann geht's jetzt zum Krafttanken in die Berge?«

Sauter verdrehte die Augen, er nahm sich einen Apfel und biss kräftig hinein. »Ich hasse die Berge«, erwiderte er kauend.

»Im Ernst?« Feldhusen stutzte. »Wo soll's dann hingehen?«

»An die Nordsee. Nächste Woche geht's los, und die Familie kommt nach.«

»An die Nordsee …« Der Professor hob die Augenbrauen, er drehte sich zu Finn. »Doktor Grothe kommt von der Küste«, sagte er, und seine Mundwinkel zuckten. »Letzte Woche hat er noch an einem Pottwal rumgeschnippelt. Ein interdisziplinäres Forschungsprojekt.«

»Ist nicht wahr.«

Till Sauter begann zu lachen, er schien den feinen Spott herausgehört zu haben. Er lachte zunächst vorsichtig, doch dann immer lauter und schließlich so heftig, dass Finn Angst um die OP-Narbe bekam. Der Apfel fiel Sauter aus der Hand und kullerte unters Bett, die Ballons zitterten an ihren Schnüren.

»Dann habe ich Ihnen ja bestimmt ein ausgezeichnetes Studienobjekt geboten«, keuchte Sauter vergnügt, als er sich wieder gefasst hatte. »Ich war doch auch so ein gestrandeter Pottwal, als ich hier gelandet bin.«

Es war gut, dass nach der Visite noch eine Ablation auf dem Programm stand. Dann rief Finn ein Notfall in den OP. Als er seinen Arbeitstag beendete, lag die Kuriersendung noch immer unberührt auf seinem Schreibtisch. Mit dem Päckchen unter dem Arm wünschte er Professor Feldhusen einen schönen Feierabend.

Finn fuhr zum Café Reitschule am Englischen Garten, wo er sich mit Julia zum Abendessen verabredet hatte. Es war wieder ein sehr warmer Tag gewesen, italienische Verhältnisse, und er freute sich auf ein kross gebratenes Zanderfilet und eine Flasche gut gekühlten Riesling. Morgen hatte er frei.

Julia erwartete ihn bereits, sie hatte einen Tisch im Garten der historischen Reitschule mit Blick auf den Park ergattert. Gut gelaunt winkte sie ihm mit der Speisekarte zu. Ihr Kuss schmeckte nach Brot und Wein, sie hatte schon genascht.

»Was ist das?«, fragte sie neugierig und deutete auf das Paket, das Finn neben sich auf einen freien Stuhl legte.

»Post von der Nordsee.« Finn zuckte mit den Achseln. »Ein paar schmutzige Socken oder so, die ich vergessen habe. Ich hatte noch keine Zeit, reinzuschauen.«

»Schmutzige Socken? Per Kurier?« Julia nahm das Paket und wog es in der Hand, dann schüttelte sie den Kopf. »Wohl eher nicht.«

»Dann ist es ein Stein.«

Finn vertiefte sich in die Speisekarte, auf einmal ärgerte

er sich über sich selbst. Warum hatte er Annekes Paket nicht im Wagen gelassen?

»Ein Stein?«

Julia ließ das Päckchen achtlos auf den Stuhl zurückfallen, und Finn zuckte zusammen. »Vorsicht!«, sagte er scharf.

Julia sah ihn forschend an. »Anstrengender Tag heute?«, fragte sie.

Finn winkte ab. »Lass uns einfach bestellen«, sagte er. »Ich sterbe vor Hunger. Weißt du schon, was du möchtest?«

»Sie haben frischen Zander auf der Tageskarte. Wollen wir?«

»Darauf hatte ich gehofft.«

Finn nahm ihre Hand und küsste ihre Fingerspitzen. »Sorry«, murmelte er, dann schnappte er sich ihr Glas und probierte den Wein. »Wollen wir eine Flasche davon bestellen?«

»Ja, bitte.«

Julia lächelte, sie hatte noch frei und offenbar den ganzen Tag im Park verbracht. Ihre Haut verströmte Wärme und Zitronenduft, und das Top betonte die schöne Linie ihrer Schultern und Oberarme. Da gab es noch nicht einmal ein Tattoo, das den Eindruck von Makellosigkeit zerstörte.

Finn schaute auf die Uhr an seinem Handgelenk. »Magst du bestellen?«, fragte er dann und nahm das Paket, irgendwie verdarb es ihm die Laune. »Ich bringe das nur schnell ins Auto zurück.«

Finn hatte fast direkt vor dem Restaurant geparkt und das Dach des Cabrios nicht geschlossen. Als er den Kofferraum öffnen wollte, um das Päckchen einzuschließen, sah er seine Tante vor sich, die hellen, wissenden Augen und ihr Blick beim Abschied, als hätte sie ihm noch etwas zu sagen.

Auf einmal wurden ihm die Knie weich, alles drehte sich.

Was war in dem Paket?

Finn musste sich mit beiden Händen auf dem Kofferraumdeckel abstützen und durchatmen. Doch dann riss er das Packpapier herunter und öffnete den Karton.

Da war keine Nachricht von seiner Tante, noch nicht einmal ein kurzer Gruß.

Nur ein von Muscheln überwachsenes Marmeladenglas, in ein blaues Geschirrhandtuch eingeschlagen. Und in seinem Inneren, als wäre es niemals fort gewesen, funkelte das verdammte Möwenherz.

Julia hatte nicht genau verstanden, warum Finn schon wieder nach Emilienkoog musste. Aber sie begriff, dass jetzt nicht der Zeitpunkt für lange Gespräche und Diskussionen war. Während Finn bezahlte, ließ sie sich das Essen zum Mitnehmen einpacken. Dann fuhr sie ihn in seinem Wagen ohne große Umstände zum Flughafen. Unterwegs buchte Finn ein Ticket im Internet. Wenn sie gut durchkamen, erwischte er den letzten Flieger nach Hamburg noch.

Wunderbare Julia!

Auf der Autobahn sah er sie dankbar an.

»Du bist großartig«, sagte er.

»Aber offenbar nicht großartig genug«, erwiderte sie. Sie lächelte kurz, dann streckte sie ihm die Zunge raus. »Passiert mir nicht oft.«

»Ich bin halt ein Arschloch.«

»Bist du nicht. Du schleppst nur ein bisschen was mit dir rum.« Sie deutete auf den Karton, den er auf seinen Knien balancierte. »Willst du mir nicht endlich verraten, was da Geheimnisvolles drinsteckt?«

»Eine alte Geschichte«, erwiderte Finn. »Seemannsgarn, ein dickes Knäuel. Ziemlich verheddert.«

»Und nun?«

»Ich hoffe, dass ich's wieder hinbekomme.«

Julia nickte, den Rest der Fahrt schwieg sie, aber sie wirkte eher konzentriert als konsterniert.

»Viel Erfolg«, wünschte sie ihm, als sie eine halbe Stunde vor Abflug vor dem Terminal hielten. Sie hielt ihm die Wange hin, und er küsste sie.

»Du hast was gut bei mir!«

»Ich hab dein Auto. Und den Fisch.«

Sie deutete auf die Tüte mit dem Essen, die auf der Rückbank stand, dann scheuchte sie ihn mit einer resoluten Handbewegung aus dem Wagen.

Finn stieg aus. Er war froh, dass er nicht einfach in ein Taxi gesprungen war, um sie wieder ohne Erklärung sitzen zu lassen. Er winkte ihr kurz nach, dann hastete er mit dem Päckchen unterm Arm ins Terminal und durch die Sicherheitskontrolle zum Gate.

Es ging schon auf Mitternacht zu, als Finn in Hamburg landete. Der Mietwagenverleih am Flughafen war bereits geschlossen, aber der erste Zug nach Husum würde den Bahnhof Altona um halb fünf Uhr morgens verlassen. Es lohnte sich nicht, ein Hotelzimmer zu suchen, dachte Finn, er könnte sowieso nicht schlafen. Mit dem Taxi ließ er sich ins Erika's Eck im Schanzenviertel fahren. Von der Kneipe hatte schon Henri erzählt, es gab dort die ganze Nacht belegte Brötchen, Schnitzel mit Bratkartoffeln und starken Kaffee.

Das Lokal war gut besucht, Taxifahrer, Nachtschwärmer und andere bunte Gestalten tankten dort auf. Finn setzte sich ganz nach hinten an einen ruhigen Tisch und orderte Kaffee, Wasser und Schnitzel à la Holstein mit Spiegelei und Gemüse.

Die Portion war riesig, beim Essen kam ihm der Gedanke, dass er auf Henris Spuren wandelte. Wenn Ebba früher zu Beginn der Sommerferien mit einem frühen Flieger in Hamburg landete, war Henri schon am Abend zuvor mit der letzten Bahn aus Husum angereist. Er hatte die Nacht im Erika's Eck verbracht, um mindestens eine Stunde vor Ebbas Ankunft am Flughafen zu sein. Immer hatte er eine Tüte mit belegten Brötchen für seine Enkelin dabei. Kochschinken und Käse.

Ebba.

Ebba, Ebba, Ebba.

Finn legte das Besteck zur Seite und beobachtete ein junges Paar, das soeben hereingekommen war und sich an den Nebentisch setzte. Das Mädchen, vielleicht achtzehn oder neunzehn Jahre alt, plapperte ohne Punkt und Komma, und ihr Begleiter hing hingerissen an ihren Lippen. Die beiden bestellten eine Portion Bratkartoffeln mit Spiegelei und Gewürzgurken, die sie sich teilten.

Etwas an der Art, wie das Mädchen das lange Haar im Nacken raffte und zu einer Kordel drehte, erinnerte Finn an die Ebba von früher, und wehmütig dachte er, dass sie diese Art von Zweisamkeit nie erlebt hatten. Die Unbeschwertheit der Jugend und die Jahre ihres Erwachsenwerdens waren unwiederbringlich verloren und würden nicht zurückkehren. Und nun? Gab es trotzdem noch eine Chance, wieder zueinanderzufinden?

Finn stützte den Kopf in die Hände, er spürte, wie die Müdigkeit ihn sentimental werden ließ.

Wusste Ebba, dass das Möwenherz wieder da war?

Und Jona, was wusste er?

Es war inzwischen zu spät, um noch bei Anneke anzurufen, aber Finn war fest davon überzeugt, dass seine Tante das Herz gefunden haben musste. So wie sie schon früher auf ihren Spaziergängen im Watt so manchen kostbaren Fund gemacht hatte.

Finn sah wieder zu dem Liebespaar hinüber, das sich mit Bratkartoffeln und Küssen fütterte.

Ebba. Und das Möwenherz.

Es lag nun an ihm, die verworrenen Fäden dieser alten Geschichte zu entwirren. Es war seine Schuld gewesen, dass das Herz damals verschwunden war. Wenn er es nun wieder zurückbrachte, konnte Ebba ihm dann endlich verzeihen?

Müde bestellte Finn sich noch einen Kaffee. Es blieben noch drei Stunden, bis sein Zug fuhr, und irgendwann nickte er trotz der Kneipengeräusche in seiner schummrigen Ecke ein.

Er wachte wieder auf, als ihn jemand sanft an der Schulter rüttelte.

»Noch einen Kaffee?«, fragte der Kellner.

Verschlafen rappelte Finn sich auf. »Wie spät ist es?« Erschrocken sah er nach dem Päckchen, doch das Möwenherz lag noch auf der Bank unter seiner Jacke.

»Gleich vier.«

»Ich brauch ein Taxi.«

»Steht vor der Tür.«

»Dann noch einen Kaffee und ein belegtes Brötchen zum Mitnehmen. Und die Rechnung bitte.«

Im Taxi lag die Frühausgabe der *Bildzeitung*. Der Fahrer reichte sie nach hinten, als Finn ihn darum bat.

»Steht nix drin«, sagte er mürrisch. »Nur schlechte Nachrichten.«

Finn nippte an seinem Kaffee und überflog die Schlagzeilen aus Politik und Sport. Er wollte die Zeitung schon zur Seite legen, als ihm auf der letzten Seite eine Schlagzeile ins

Auge stach: »Erwischt! Heiße Küsse mit einer Unbekannten«. Daneben ein Bild, das offenbar mit einem Teleobjektiv aus großer Entfernung aufgenommen worden war. Es zeigte Jona. Jona Bennett Superstar, der eine Frau in den Armen hielt und küsste.

Finn sah sofort, dass es Ebba war.

Das Foto war im Watt aufgenommen worden. Ein Schnappschuss, wahrscheinlich von Bord der *Frisia*. Die Umarmung der beiden – innig und zärtlich. Ebba trug ein pinkfarbenes T-Shirt, und es sah fast so aus, als hielte Jona seine Geige in den Armen.

»Töffel«, hörte er eine Stimme in seinem Inneren, und auf einmal wusste er, dass sie zu Ebba gehörte.

Ebba.

Und Jona.

Finn legte die Zeitung zur Seite. Er dachte, dass er sie nicht auseinanderbringen durfte. Er würde nicht noch einmal Schuld auf sich laden.

»Und – was habe ich Ihnen gesagt?«, fragte der Fahrer, als er vor dem Bahnhof hielt und Finns Gesicht sah. »Nur schlechte Nachrichten.«

Finn nickte, er blickte auf den Karton an seiner Seite. War es nicht endlich an der Zeit, die alte Geschichte ruhen zu lassen?

»Ich hab's mir anders überlegt«, sagte er und räusperte sich, um den Klumpen aus Tränen, der in ihm hochstieg, wieder hinunterzuwürgen. »Bringen Sie mich doch bitte zum Flughafen.«

31
Jona

Ein letzter Takt, dann war es vorbei. Die Melodie wehte davon. Jona versuchte, seinen Traum festzuhalten, aber die Bilder zerstoben. Eine Stimme drang zu ihm vor, Fingerspitzen strichen über seine Wangen und kitzelten ihn. »Wach auf, Jona!«

Jona blinzelte. Als er die Augen öffnete, saß Ebba an seinem Bett im Prunkzimmer. Sie war schon angezogen, aber vielleicht hatte sie auch überhaupt nicht geschlafen. In ihrem Schoß lag der aufgeklappte Laptop und summte.

»Wir müssen fort«, sagte sie nur, »im Netz ist ein Bild von uns beiden aufgetaucht. Caroline hat mich angerufen.«

»Aber …« Jona schüttelte verständnislos den Kopf. »Wieso?«

Ebba drehte den Computer zu ihm hin, sodass er auf den Bildschirm schauen konnte. Ja, das war er, barfuß im Schlick. Ein gewaltiger Zoom, man konnte sein Profil ziemlich gut erkennen – trotz des Barts. Die Frau in seinen Armen schien mit ihm verschmolzen zu sein. Sie drückte das Kreuz durch, das flirrend helle Haar floss ihren Rücken hinab, in den Pfützen spiegelte sich der Himmel. Das Bild sah unglaublich romantisch aus, nichts deutete darauf hin, dass dieser Kuss das Ende ihrer Liebesaffäre besiegelt hatte.

»Wow«, sagte er und setzte sich auf. »Woher kommt das?«

Ebba verdrehte die Augen.

»Ein Zufallstreffer«, sagte sie, »der Fotograf muss auf der Fähre gewesen sein. Wahrscheinlich hatte er es auf ein paar Seehunde abgesehen. Er hat es gestern Abend auf deiner Facebook-Seite gepostet, und die Presse hat sich drauf gestürzt. Es wird nicht mehr lange dauern, bis die ersten Paparazzi hier auftauchen, um noch mehr Bilder von uns zu schießen.«

»Glaubst du wirklich?«

Jona fuhr sich durch die Haare, er versuchte, seine Gedanken zu ordnen. Die Vorstellung, dass er bald wieder dem Blick der Öffentlichkeit ausgesetzt sein könnte, war schrecklich.

Ebba nickte. »Da steht, dass die Aufnahme im Wattenmeer entstanden ist. Wenn die Paparazzi draufkommen, dass ich das bin, dürften sie ziemlich schnell von meinem Namen auf meine Familie und den Koenigshof schließen. Lass uns das nicht riskieren. Ich habe schon angefangen zu packen. Wir könnten erst einmal in meinem Apartment in Kopenhagen unterschlüpfen und dann schauen, wie es weitergeht.«

Jona seufzte, er sah ein, dass Ebba recht hatte. Ja, sie sollten wohl besser verschwinden. Aber dann dachte er an Finn und an das Möwenherz. Und an den Plan, den er gemeinsam mit Anneke ausgeheckt hatte. »Reicht es denn nicht, wenn erst einmal ich fortgehe?«, fragte er. »Du kannst hier doch nicht einfach alles stehen und liegen lassen. Außerdem hast du am Montag noch einen Termin beim Gericht.« Entschlossen klappte er den Laptop zu und schob ihn zur Seite. Er dachte, dass das Möwenherz inzwischen längst in München angekommen sein musste. Würde Finn nach Emilienkoog zurückkehren, so wie Anneke es prophezeit hatte? »Vielleicht könnte ich für ein paar Tage im Pastorat unterschlüpfen«, fuhr er fort. »Dann kannst du hier in Ruhe die Zelte abbrechen.«

Ebba schüttelte den Kopf, sie öffnete den Mund, um ihm zu widersprechen. Aber dann hielt sie inne, offenbar dachte sie über seinen Vorschlag nach. Er sah, wie es in ihr arbeitete.

»Gut«, sagte sie nach einer Weile. »Ich rufe Anneke an.«

»Ebba …« Jona streckte die Hände nach ihr aus, er hielt sie fest. Auf einmal fiel ihm sein Traum von vorhin wieder ein. Er hatte auf der Bühne gestanden und gespielt. Das *Air* von Bach, die Suite Nummer drei. Die Trompeten, Oboen und Pauken schwiegen, da waren nur die Streicher und der *Basso continuo* zu hören. Eine Melodie wie ein Sonnenaufgang am Meer. Im Publikum hatte seine Familie gesessen, umringt von Stradivaris. Wieder sah er die langen Reihen weicher, schimmernder Körper vor sich. Trotz des blendenden Scheinwerferlichts hatte er die Lady Blunt und die Sleeping Beauty in der ersten Reihe erkennen können.

Die Sehnsucht nach der Francesca durchfuhr ihn wie ein elektrischer Strom. Ein Blitzen und Fauchen, das alle Nervenbahnen unter Spannung setzte. Was für ein Gefühl!

Jona sprang auf und zog Ebba hinter sich her.

»Wo willst du hin?«

Ebba stolperte hinter ihm her, am Türrahmen stieß sie sich das Knie, aber er ließ sie nicht los. Sein Herz schlug so heftig, als ginge es um Leben und Tod.

»Ich will die Francesca haben«, sagte er, als sie in der Diele vor der Truhe standen. »Jetzt, sofort!«

»Ach, Süße«, murmelte er, als Ebba die Stradivari befreit hatte und er sie endlich in den Armen hielt. Das Gefühl war einfach unbeschreiblich, die Freude kroch seine Wirbelsäule hinauf und strahlte über Schultern und Rippen bis in die Fingerspitzen hinab. Alles vibrierte, schwang, war Echo und Widerhall, als tanzte jede einzelne Zelle seines Körpers. Er nahm den Bogen und versuchte das *Air* anzuspielen, doch der Gips lag wie eine Schicht aus Beton zwischen ihm und dem alten Holz. Er tötete jedes Gefühl.

Resigniert setzte er die Geige wieder ab.

»Warte«, sagte Ebba, sie lief davon und kam mit der Rosenschere zurück.

Jona schloss die Augen, aber er nickte. Als sie anfing zu schneiden, begann er zu schwitzen. Der Schweiß floss ihm vom Haaransatz über die Stirn in die Augen. Malmend fraßen sich die Scherenblätter durch den Gips, er spürte den kalten Stahl auf seiner Haut.

»Schön stillhalten«, murmelte Ebba. Ihrer Stimme konnte er anhören, dass sie keine Angst hatte vor dem, was sie tat. Wahrscheinlich redete sie sich ein, dass sie einen Rosenstock zurückschnitt.

Die Schere ächzte und stöhnte, Gipsstaub stieg auf und kitzelte ihn in der Nase. Jona blähte die Nasenflügel, um den Niesreiz zu unterdrücken, lautlos begann er bis zehn zu zählen, aber dann war es geschafft, und Ebba bog den Gips auseinander. Auf einmal schien sein Arm zu schweben und mit ihm die Francesca. Er hob sie an und lehnte sein Kinn an ihren warmen, goldenen Körper.

Und dann ließ er den Bogen tanzen, mühelos, makellos, wie in seinem Traum. Bachs *Air* erklang, nach C-Dur transponiert und nur auf der G-Seite gespielt. Es fühlte sich so an, als könnte er fliegen. Die weiten Schwünge einer Möwe, die sich über dem Meer in Richtung Sonnenaufgang tragen ließ.

Der Himmel, die See, der Horizont.

Unendlichkeit.

Vollkommene Unendlichkeit.

Klänge, die Seelenbilder in sich trugen.

Jona spielte und spielte und spielte. Als er endete, hielt er die Augen geschlossen. Er hörte das Herzklopfen des Hundes und die Tränen, die über Ebbas Wangen strömten. Er hörte den Atem des Hauses, die Geschichten der Walfänger und den noch älteren Gesang des Engels. Draußen im Garten öffneten die Rosen ihre Blüten, und hinter dem Deich knisterte das Watt im Sonnenlicht.

Als er die Augen wieder öffnete, war es für einen Moment vollkommen still.

In die Stille hinein hörte er die Motorengeräusche eines Wagens, der sich auf dem Feldweg näherte. Wie von Sinnen begann der Hund zu bellen.

Ebba scheuchte ihn sofort zurück ins Museum. Mit klopfendem Herzen kroch Jona in den Alkoven und zog die Vorhänge zu. War es schon zu spät, um zu verschwinden? Hatte die Pressemeute ihn gefunden?

Angespannt hielt er den Atem an. Er hörte, wie Ebba die Haustür öffnete und nach draußen trat. Er stellte sich vor, wie sie Otto am Halsband zurückhielt. Der Hund bäumte sich auf, Schaum tropfte von seinen Lefzen. Würde Otto die Journalisten in die Flucht schlagen?

Bang presste er die Francesca an seine Brust und lauschte. Er wartete auf ein Wortgefecht, auf Ebbas energische Stimme, die den Paparazzi mit der Polizei oder der Küstenwache oder dem Geist des alten Kommandeurs Otto Koenig drohte.

Doch dann beruhigte sich der Hund, als hätte Ebba ihn zurückgepfiffen. Von draußen drangen Gesprächsfetzen herein, eine Autotür schlug zu. Dann hörte Jona, wie der Wagen wendete und wieder davonfuhr.

Ein paar Sekunden später kam Ebba ins Museum, sie hielt ein Paket in den Händen. Vorsichtig, als befände sich etwas sehr Kostbares darin, trug sie es zum Alkoven.

»Von Finn«, sagte sie nur und setzte sich zu ihm. Ratlos betrachtete sie die Schrift auf dem Packpapier: »Für Ebba Koenig«. Finn hatte seine Münchner Adresse durchgestrichen und die Anschrift des Koenigshofs danebengesetzt. »Er hat es mir aus Hamburg geschickt. Mit einem Taxi.«

»Aus Hamburg?«

Jona schwieg, er versuchte zu begreifen, warum Finn nur bis an die Elbe gekommen war. War Annekes Plan fehlgeschlagen?

Ebba rührte sich nicht, sie strich über das Papier. Dann sah sie ihn an und lächelte. »Du spielst wieder.«

»Ja.«

Jona schwieg. Zum ersten Mal blickte er in seine Hand und auf die Narbe. Die Wunde war noch sichtbar, aber ordentlich verheilt. Es würde eine Narbe zurückbleiben. Sieben Stiche, zwischen Lebens- und Herzlinie. Und die Angst? Jona suchte nach ihrem Rattengesicht.

»Das *Air* war wunderschön. Als ob …«

Jona schüttelte den Kopf und legte ihr einen Finger auf die Lippen. Er wollte nicht darüber sprechen, nur dem Glücksgefühl nachspüren, das noch in ihm widerhallte und ihm Geborgenheit schenkte.

Ebba lächelte, dann sah sie wieder auf das Paket in ihren Händen, und das Lächeln verschwand. Unentschlossen drehte sie es in den Händen, als fürchtete sie sich davor, eine ihrer lang verschlossenen Schubladen aufzureißen.

»Mach es auf!« Jona schlang die Arme um sie. »Ich bin ja da.«

»Mach du es auf.«

»Es ist für dich.«

»Also gut.« Ebba pustete Luft durch die Lippen, dann riss sie das Papier herunter und öffnete den Karton. Vorsichtig schlug sie das Handtuch zur Seite. Der Schrei, den sie ausstieß, ließ den Hund zusammenfahren.

Ebba zitterte so stark, dass Jona befürchtete, sie würde das Glas fallen lassen. Sachte nahm er es ihr aus der Hand, und Ebba ließ zu, dass er es öffnete. Behutsam schraubte er den Deckel ab und holte das Herz heraus.

»Das Möwenherz!«

Ebba schlug die Hände vors Gesicht. Sie begann zu weinen, zwischen ihren Fingern quollen Fragen hervor.

»Hat er es wieder ausgegraben?«

»Wie lange hat er es schon?«

»Warum hat er mir denn nie davon erzählt?«

Mit jeder Frage, die sie stellte, klang ihre Stimme zorniger, so als freute sie sich überhaupt nicht, das Herz wiederzusehen.

Jona schwieg ratlos. Er hatte das Gefühl, dass die Sache vollkommen aus dem Ruder lief.

32

Es war gut, dass Anneke Jona abgeholt hatte. Sie hatte keine Fragen gestellt, vielleicht war das Bild aus dem Watt auch schon in den *Husumer Nachrichten* gelandet, und sie wusste bereits, was geschehen war.

Nun wanderte Ebba mit dem Möwenherzen durch das stille Haus, tausend Gedanken im Kopf. Sie versuchte, wieder zu sich zu kommen. Jona, der wieder spielen konnte. Sein glückliches Lächeln, seine Erleichterung. Vielleicht hatte er sie deshalb gebeten, wegen des Bildes nichts zu unternehmen. »Lass die Sache laufen, Ebba. Es ist unsere Geschichte. Wir beide wissen, was geschehen ist. Der Rest ist mir egal.« Er hatte ihr aufgetragen, nur an sich selbst zu denken. »Du musst Finn anrufen!«

Dann hatte er ihr sein Telefon in die Hand gedrückt und war mit der Francesca im Arm in Annekes Wagen gestiegen. Er hatte gelöst ausgesehen, fast so, als hätte er wieder ganz zu sich selbst gefunden.

Finn anrufen.

Ebba schüttelte den Kopf.

Wenn Jona wüsste, wie schwer das war.

Reglos blieb sie im Prunkzimmer stehen und starrte auf das

Möwenherz in ihrer Hand. Nach einer Weile legte sie es auf den Tisch am Fenster und setzte sich. Ruhig ließ sich der Hund neben ihr nieder und legte den Kopf in ihren Schoß.

Finn.

Vor dem Fenster bewegten sich die Stockrosen im Wind, das Wechselspiel von Licht und Schatten ließ das Herz lebendig wirken, so, als pulsierte es. Sie konnte den warmen, holzigen Duft nach Ambra riechen, der noch immer von ihm ausging.

Wie oft hatte sie sich gewünscht, dass das Herz wieder auftauchen möge. Und nun war es da. Einfach so.

Ratlos schob sie das Herz auf der Tischplatte hin und her.

Warum hatte Finn ihr nie erzählt, dass er es wieder ausgegraben hatte? Hatte er es all die Jahre bei sich gehabt? Jahre, in denen sie sich mit ihrer Schuld alleingelassen gefühlt hatte?

Oder …?

Verwirrt presste Ebba die Hände auf ihre brennenden Augen. Die Bilder von damals kehrten zurück, von jener Nacht, in der sie beide das Gefäß im Watt vergraben hatten. Sie hatte das Möwenherz kurz in den Händen gehalten und dann Finn zurückgegeben. Hatte er es überhaupt wieder in das Glas gelegt, oder hatte er es im Zwielicht gegen einen Stein ausgetauscht?

Ebba horchte in sich hinein. Unverständnis und Wut rangelten da miteinander, und ein Gedanke, der alles nur noch schlimmer machte:

Hatte Finn das Herz etwa von Anfang an behalten wollen?

Konnte das sein?

Aber warum war das Gefäß dann von Muscheln überwachsen, so als hätte es tatsächlich viele Jahre im Watt gelegen?

Ratlos presste Ebba die Hände noch fester auf die Augen, bis sie den Schmerz kaum noch aushalten konnte.

An ihrer Seite winselte der Hund, dann sprang er auf und lief zur Tür. Was hatte er gehört? Ebba ließ die Hände sinken und lauschte.

Da kam ein Wagen.

Hatten die Paparazzi sie nun doch ausfindig gemacht?

Schnell steckte sie das Möwenherz in die Tasche ihrer Strickjacke, dann lugte sie an der Gardine vorbei zum Fenster hinaus. Ein Taxi rollte den Feldweg herauf, schon wieder. Was hatte Finn ihr noch zu offenbaren?

»Er hat das Herz zurückgeschickt.«

»Finn?«

»Ja. Aus Hamburg.«

»Dann ist er auf dem Weg nach Emilienkoog gewesen?«

Anneke sah Jona nachdenklich an. Sie saßen in der Küche des Pastorats bei einer Tasse Kaffee. Schon auf der Fahrt hatte Jona ihr erklärt, warum er nicht auf dem Koenigshof bleiben konnte.

»Und nun?«

Jona hob ratlos die Schultern. »Ich habe Ebba gesagt, dass sie ihn anrufen soll. Sie müssen endlich miteinander reden.«

Anneke schüttelte den Kopf. »Das wird sie nicht tun. Schon gar nicht bei dem Trubel, der jetzt über sie hereinbrechen wird. So wie ich sie kenne, wird sie ihre ganze Energie darauf verwenden, dich vor der Presse zu schützen. Gerade jetzt.«

»Was meinst du damit?«

Anneke deutete auf seinen Arm, sie lächelte.

»Jetzt, wo du wieder spielst.«

Jona nickte, wahrscheinlich hatte Anneke recht. Gedankenverloren strich er über seinen Geigenkasten, den er neben sich gelegt hatte. Er war so unglaublich froh, die Francesca wieder im Arm halten zu können. Und nun wünschte er sich, dass Ebba ebenfalls wieder lächeln konnte. Das war er ihr einfach schuldig.

»Ich könnte Finn anrufen«, sagte er. »Wahrscheinlich hat er das Bild von Ebba und mir in der Zeitung entdeckt. Wenn ich ihm erkläre, dass da nichts mehr ist. Dass das Ganze ein Missverständnis ist …«

Anneke schüttelte den Kopf. »Das wird nicht reichen«, sagte sie. »Aber ich könnte Friedrich und dir einen Flug nach München buchen.«

»Sind Sie Frau Koenig?«

Der Herr, der aus dem Taxi stieg, sprach Englisch mit schwedischem Akzent. Er war vielleicht Anfang vierzig, groß und schlank, mit dunklem Haar und einem hippen Vollbart. Für einen Moment dachte Ebba, dass er Jona ein wenig ähnlich sah.

»Ich bin Anders Bergström vom Schifffahrtsmuseum in Stockholm«, stellte er sich vor und reichte ihr die Hand. »Ich habe vor einiger Zeit mit Ihrem Mann gesprochen.«

»Meinem Mann?«

»Ja, Jonas Koenig, das ist doch Ihr Mann? Er hat mir Bilder von der Galionsfigur geschickt.«

Ebba schüttelte den Kopf, dann fiel ihr wieder ein, dass Jona von dem Telefonat mit Bergström erzählt hatte.

»Es tut mir leid«, sagte sie, »aber …«

»Ich habe erfahren, dass Sie die Sammlung verkaufen wollen. Darf ich vielleicht einen Blick darauf werfen?«

»Hören Sie, Herr Bergström …«

Ebba ließ den Hund los, den sie noch immer am Halsband festhielt, skeptisch beschnupperte Otto den Schweden.

»Sie wollen doch verkaufen?«

Ebba schwieg. Inzwischen wusste sie selbst nicht mehr, was sie überhaupt wollte.

»Könnte ich vielleicht den hölzernen Engel sehen? Wir haben ein ähnliches Stück in unserer Sammlung.«

Ebba seufzte, sie schaute zur Straße und zum Deich. »Also gut«, sagte sie schließlich, »kommen Sie herein.«

Der hölzerne Engel blickte sie erwartungsvoll an. Er trug Kopfhörer um den Hals, Jona hatte sie wohl in der Eile vergessen. Auf dem Rücken der Möwe lag ein Glückkekszettelchen: »Wer nur zurückblickt, sieht nicht, was kommt.« Ebba nahm den Kopfhörer herunter und drehte ihn ratlos in den Händen. Anders Bergström lächelte amüsiert, er trat ganz nah an die Skulptur heran und strich mit den Händen über das Holz. Dann zog er eine kleine Taschenlampe aus der Brusttasche seine Jacketts und leuchtete über die Skulptur. Ebba hielt den Atem an, auf einmal tat der Engel ihr leid.

»Hören Sie …«

Bergström wandte sich ihr zu. »Die Figur ist in einem bemerkenswert guten Zustand«, sagte er. »Was wissen Sie über die Herkunft des Engels?«

Ebba seufzte, sie sah zur Werkbank hinüber, wo ihre alte Gitarre lag. »Mein Großvater hat ihn in Jütland auf einer Auktion gekauft«, murmelte sie, »das muss Ende der 1980er-Jahre gewesen sein. Er war fest davon überzeugt, dass der Engel von einem Walfänger stammt, den einst einer seiner

Vorfahren befehligte. Kommandeur Otto Koenig. Das Schiff ist um 1800 in der Davisstraße gesunken.«

Anders Bergström nickte, wieder tastete er die Figur ab. Der Engel schwang über seinem Kopf hin und her, als wollte er den zudringlichen Berührungen entgehen. »Wissen Sie vielleicht, ob es so etwas wie ein geheimes Fach in der Figur gibt?«

Ebba schüttelte den Kopf, auf einmal ärgerte sie sich, dass sie Bergström in die Werkstatt gelassen hatte. Er drückte an der Figur herum und klopfte auf das Holz, und auf einmal fürchtete sie, dass er dem Engel sein gut gehütetes Geheimnis entreißen könnte.

»Warum wollen Sie das wissen?«

Zögernd ließ Bergström von dem Engel ab, er wandte sich ihr zu. »Es ist richtig, dass es eine Reihe von Walfängern gab, die sich mit einem Engel als Galionsfigur schmückten. Diese Schiffe wurden allesamt zwischen 1770 und 1785 auf der Amsterdamer *Nieuwe Scheepswerf* gebaut. Vorbild war jedoch eine viel ältere Engelsfigur, die das Schiff des legendären Entdeckers Willem Barents schmückte. Das Schiff ging 1597 vor Spitzbergen im Eis verloren. Es gibt das Gerücht, dass jener Engel einen Schatz in einem Geheimfach bei sich trug. Ein Herz aus Ambra und Gold.«

»Und Sie meinen …«

Ebba schloss die Finger um das Möwenherz in ihrer Tasche. War das Herz tatsächlich schon so alt? Aber was hatte Henri ihnen denn damals erzählt? Auf einmal fiel ihr ein, dass frische Ambra stank. Erst wenn der Klumpen viele Jahre im Salzwasser trieb, veränderte sich der Gestank zu einem betörenden Duft.

Bergström zuckte mit den Schultern. »Ihr Engel ist sehr alt, älter als die Figur, die wir in Stockholm im Museum haben.

Man müsste eine radiologische Untersuchung vornehmen lassen und sehen, ob es einen Hohlraum gibt. Wenn wir etwas finden, dann hat Ihr Großvater damals wirklich eine Kostbarkeit ersteigert. Einen richtigen Schatz.«

»Da ist nichts.« Ebba gab sich Mühe, ruhig zu klingen, auch weil ihr aufging, dass Henri ihnen damals wohl eine seiner Geschichten erzählt hatte. Niemals hätte er mit einem stinkenden Klumpen frischer Ambra um Gesa geworben. Hatte er später in Jütland also tatsächlich Willem Barents' Engel ersteigert? »Mein Großvater hat die Figur restauriert, er hätte uns sicher davon erzählt, wenn er dabei auf so etwas wie ein Geheimfach gestoßen wäre. Kommen Sie nach vorn und schauen sich den Rest der Sammlung an. Ich bin mir sicher, dass Sie dort auf interessantere Stücke stoßen werden.«

»Lassen Sie sich das mit der Untersuchung noch einmal durch den Kopf gehen«, sagte Bergström und wandte sich noch einmal nach dem Engel um. »Irgendwie habe ich das Gefühl, dass dieser Engel etwas ganz Besonderes sein könnte.«

»Ich kann nicht fliegen.«

Jona sah Anneke erschrocken an. Allein die Vorstellung, in ein Flugzeug steigen zu müssen, ließ die Panik wieder in ihm hochkriechen. Das Rattengesicht starrte ihn an, und er schüttelte sich.

Beruhigend legte ihm Anneke eine Hand auf den Arm. »Friedrich wäre doch an deiner Seite. Bestimmt hat er eine Idee, wie er dir helfen kann.«

»Aber …«

Jona stieß einen tiefen Seufzer aus, keine Droge dieser Welt würde ihn an Bord eines Flugzeugs ruhigstellen können.

»Tu es für Ebba.«

»Nein.« Jona schüttelte den Kopf. »Tut mir leid, ich kann das wirklich nicht.«

»Doch«, sagte Anneke, und hinter dem sanften Schimmer ihrer Augen meinte er, einen Willen hart wie Panzerglas zu erkennen. »Ich weiß, dass du das kannst.«

Anders Bergström war wieder fort. Er hatte Interesse an der japanischen Taufschale gezeigt. Auch die *Scrimshaws* fand er schön – und die Delfter Fliesen. Das Eindrucksvollste, so hatte er jedoch beim Abschied gesagt, sei das harmonische Zusammenspiel von Sammlung, Haus und Garten. »Der Hof ist wunderbar, so wie er ist. Warum wollen Sie hier alles auseinanderreißen?« Sie hatten vereinbart, in Kontakt zu bleiben.

Als Bergströms Taxi vom Hof fuhr, sah Ebba einen Wagen aus Richtung Emilienkoog kommen. Das Auto fuhr schnell, dann bog es in den Feldweg ein. Ebba kniff die Augen zusammen, sie meinte, den Wagen schon einmal gesehen zu haben. Auf einmal fiel ihr ein, dass es das Kamerateam aus Kiel war. Natürlich, der Reporter kannte sich vor Ort schon aus. Offenbar hatte er als Erster die richtigen Schlüsse gezogen und hatte so Jonas Versteck herausgefunden. Ruhig packte sie den Hund am Halsband und straffte die Schultern.

Auf dem schmalen Feldweg passierten die beiden Autos einander im Schritttempo. Ebba biss sich auf die Lippen, doch dann beobachtete sie, wie der Wagen aus Kiel plötzlich stoppte, wendete und dem Taxi folgte.

Otto gab einen enttäuschten Laut von sich, fragend schaute er sie an.

Ebba hob die Hände, doch dann lächelte sie. »Die denken wohl, dass Jona da in dem Taxi sitzt.«

Ein Anruf aus dem Krankenhaus am späten Sonntagabend. Finn starrte auf sein Telefon, eigentlich hatte er sich in seiner Wohnung verkriechen wollen, doch dann nahm er pflichtbewusst ab.

Professor Feldhusen war am Apparat. »Ich brauche Sie«, sagte er nur. »Ein Notfall. Die Kollegin ist krank geworden. Können Sie kommen?«

»Aber …« Finn dachte, dass er in seinem Zustand unmöglich operieren könnte. In den letzten vierundzwanzig Stunden hatte er kaum geschlafen, außerdem hatte er versucht, seinen Kummer mit ein paar Gläsern Rotwein zu ertränken. Wenn Feldhusen ihn so zu Gesicht bekam, würde er ihn gleich wieder aus dem OP schicken.

»Kommen Sie, Grothe!« Der Professor ließ nicht locker. »Ich habe Ihnen ein Taxi geschickt, der Fahrer dürfte gleich bei Ihnen klingeln.«

Auf dem Weg ins Klinikum versuchte Finn, an nichts anderes zu denken als an die vor ihm liegende Operation. Handelte es sich etwa um eine Transplantation? Ein Spenderherz, das noch in dieser Nacht verpflanzt werden musste? Das allein würde die Hektik erklären. Hatte der Professor ihn angerufen, weil er wusste, dass dies die erste Transplantation sein würde, an der er teilnehmen könnte?

Mit schweißnassen Händen ließ er sich vor der Notaufnahme absetzen. Drinnen hieß es, Feldhusen erwarte ihn in seinem Büro. Ratlos fuhr Finn mit dem Fahrstuhl in den zweiten Stock hinauf. Das Vorzimmer war leer, Frau Polding war im Wochenende. Finn wollte an die Zwischentür zu Feldhusens Refugium klopfen, doch da sprang die Tür schon auf.

»Da sind Sie ja endlich!«

Feldhusen packte ihn am Arm und zog ihn mit sich. »In Ihrem Büro stimmt was nicht.«

»In meinem Büro?«

Finn runzelte die Stirn, er fand Feldhusens Benehmen und die ganze Situation zunehmend seltsam. Verwirrt stolperte er hinter dem Professor her über den menschenleeren Flur.

Vor seinem Büro blieb Feldhusen stehen, er deutete auf die Tür. »Hören Sie doch mal!«, forderte er ihn auf.

»Aber …«

»Nun machen Sie schon, was ich Ihnen sage!«

Also gut, Finn horchte an der Tür. Stille. Da war nichts. Er dachte, dass Feldhusen heute Nacht auch nicht mehr operieren sollte.

Der Professor klopfte an die Tür.

»Ja, bitte«, hörte Finn eine Stimme aus seinem Büro.

War das nicht … Wer zum Teufel saß da in seinem Zimmer?

Barsch öffnete er die Tür, doch dann blieb er wie angewurzelt im Türrahmen stehen.

Da saß sein Vater. Und da war …

»Jona?«, fragte Finn, als er den pinken Geigenkasten auf seinem Schreibtisch liegen sah. »Vater? Was macht ihr denn hier?«

Die beiden drehten sich zu ihm um. Jona sah so aus, als hätte er gerade eine Heldentat vollbracht. Er war blass, aber er wirkte auch irgendwie … stolz.

»Wir brauchen dich«, sagte sein Vater, er stand auf und kam ihm entgegen. »Eine komplizierte Herzensangelegenheit, in Emilienkoog. Morgen früh fliegen wir zurück. Anneke holt uns in Hamburg ab.«

»Aber …«

Finn hielt sich im Türrahmen fest. Er dachte an Ebba, die ihn immer wieder zurückgewiesen hatte. Und die doch sein Sommer war. In seinem Rücken hörte er Feldhusen leise summen: »*Gone are the dark clouds, that had me blind.*«

Finn schüttelte den Kopf, aber dann gab der Professor ihm einen sanften Schubs, und er taumelte seinem Vater in die Arme.

Epilog

Ein Jahr später

Die Aufstellung des Walskeletts auf dem Koenigshof wurde von großem Rummel begleitet. Das ganze Dorf war gekommen. Sie feierten nicht nur die Rückkehr des Pottwals, sondern auch die Eröffnung des neuen Restaurants in den Museumsräumen. Lichterketten und Luftballontrauben schmückten das Haus, und die Stockrosen wetteiferten miteinander in ihrer Pracht. »Zum Walfisch« hatte Till Sauter das Restaurant genannt, am Fahnenmast wehte eine Flagge mit einem prächtigen Pottwalmotiv. Als Sauter vor einem Dreivierteljahr zum ersten Mal zu Besuch auf dem Hof gewesen war, hatte er sich Hals über Kopf in das Kapitänshaus verliebt. Schon ein paar Wochen später unterzeichnete er einen Pachtvertrag. »Spitzenküche an einem Ort mit Geschichte«, so erinnerte sich Ebba an seine Worte, »das habe ich mir immer gewünscht.« Er hatte sogar den Hund übernommen, der sich mit seinen drei Jungs angefreundet hatte. Und als sie ihm wenig später Wen vorstellte, engagierte Sauter ihn sofort für sein Team.

Und Jörgen?

Ebba sah sich um, bis sie den Freund mit einer Flasche Bier in der Hand unter der alten Eiche entdeckte. Er hatte einen neuen Smutje an Bord genommen. Momme aus Niebüll, gerade mal zwanzig Jahre alt, aber seefest und flink. Jetzt, wo sein Gefährte endlich seinen Traum leben konnte, wollte auch Jörgen noch nicht kürzertreten. Soeben stieß er mit Jona an, der mit seiner ganzen Familie aus England angereist war. Jonas Mutter und die Schwestern trugen Tabletts mit Kostproben aus Sauters Küche durch den Garten, während sein Bruder Ben mit Sauters Kindern und dem Hund auf der Wiese Fußball spielte.

Bis vor ein paar Wochen hatte Jona sich vollkommen aus der Öffentlichkeit zurückgezogen. Es hatte keine Auftritte und keine Interviews gegeben, stattdessen hatte er sich in der Theatergruppe seines Bruders engagiert und mit Flüchtlingskindern musiziert. Und er hatte die Patenschaft für Alexa Sterlings Weihnachtsbaby übernommen. Global Music hatte inzwischen die Trennung von seinem einstigen Star bekannt gegeben. Nur wenige wussten, dass Jona morgen, an Gesas erstem Todestag, ein Konzert in der Kirche von Emilienkoog geben würde: *Songs about Ruby Tuesday.* Das Konzert würde den Auftakt zu einer kleinen, feinen Reihe von Auftritten in Deutschland und England bilden. Ebba hatte Jonas Management übernommen, und sie freute sich darauf, dass sie wieder gemeinsam reisen würden. Zehn Konzerte im Jahr, vor kleinem Publikum. Den Rest seiner Zeit wollte Jona mit der Arbeit an eigenen Kompositionen und dem *Essex Refugee Theatre* verbringen. Das Musizieren mit den Kindern erfüllte ihn wie nichts zuvor in seinem Leben. Ebba fand, dass er gut aussah. Er trug ein buntes T-Shirt mit dem Logo der Theatergruppe, Jeans, Turnschuhe und Lederbänder an den Armen. Er hatte ein paar Pfunde zugenommen, die dunklen Locken waren nachgewachsen und fielen ihm wieder in die Stirn. Nur von seinem Bart hatte Jona sich noch nicht trennen können, er schien Ausdruck seiner neu gewonnenen Freiheit zu sein.

Ebba lächelte, ihr Blick wanderte weiter über die bunte Gästeschar, bis sie Anneke entdeckte. Anneke und Friedrich, natürlich. Nachdem Friedrich Grothe Ende des Jahres seine Praxis an einen Nachfolger übergeben hatte, war er mit seinen Vögeln zu Anneke ins Pastorat gezogen. Im Frühjahr hatten sie eine lange Reise zum Äquator unternommen. Galapagos. Auf Genovesa, der Vogelinsel des Archipels, hatten die beiden in der Darwin Bay geheiratet. Der Brief mit dem Hochzeitsfoto war erst Wochen später in Emilienkoog angekommen. Ein paar gefiederte Tölpel und Pinguine umringten das glückliche Paar.

Da war Finn schon ans Herzzentrum nach Hamburg gewechselt, und Ebba hatte ihr Apartment in Kopenhagen vermietet. Ihre gemeinsame Wohnung in Hamburg-Altona lag im obersten Geschoss eines alten Kaufmannshauses und hatte Elbblick – immerhin. Ein paar Kleinigkeiten aus Henris Sammlung hatte Ebba dorthin mitgenommen. Und den hölzernen Engel. Er hing an einem Dachbalken vor dem riesigen Fenster, sodass er aufs Wasser und die Schiffe schauen konnte, die den Hamburger Hafen anliefen. In seiner Brust, verborgen hinter der Möwe, schlug wieder das Herz aus Ambra und Gold.

»Champagner?«

Finn. Als hätte er ihre Gedanken gelesen, steuerte er durch die Menge auf sie zu. In den Händen hielt er eine Flasche Ruinart Rosé, die Farbe des Champagners glich einem Sonnenaufgang am Meer. Ebbas Herz tat einen Sprung, es pochte genauso heftig wie vor einem Jahr, als Finn plötzlich wieder auf dem Koenigshof aufgetaucht war. Friedrich und Jona waren zu ihm nach München geflogen, sie hatten Finn gar keine andere Wahl gelassen, als gemeinsam mit ihnen nach Emilienkoog zurückzukehren.

Ebba dachte, dass die Geschichte ihrer Liebe eigentlich erst in jenem Moment begonnen hatte. Was würden sie später ihren Kindern und Enkelkindern erzählen? Lächelnd lief sie Finn entgegen und gab ihm einen stürmischen Kuss.

»Hm …« Für einen Moment schloss Finn die Augen und erwiderte ihren Kuss. Seine Lippen schmeckten nach Salz und Champagner und nach etwas, das sie nicht in Worte fassen konnte. Aber ihr Körper reagierte auf dieses Etwas mit einem Flattern und Rauschen. Ebba war, als ob sie sich inmitten eines riesigen Vogelschwarms in die Lüfte erheben könnte. Ein Abenteuer. Und zugleich fühlte sich alles gut und vertraut und richtig an. Sie hatte sich noch nie so geliebt und geborgen gefühlt. Wahrscheinlich war es Liebe.

»Was hältst du davon, wenn wir uns ein bisschen zurückziehen?«, murmelte Finn an ihrem Ohr. »Bei dem Trubel wird uns niemand vermissen.«

»Wollen wir ans Wasser?«

Finn nickte, und sie zog ihn mit sich. Hand in Hand liefen sie den Feldweg hinab zum Deich. Auf der Wasserseite legten sie sich ins sonnengewärmte Gras. Es war Ebbe, und das Meer begann sich zurückzuziehen. Die langen, flachen Wellen bildeten einen Saum, etwa dort, wo vor einem Jahr der Pottwal gestrandet war. Und wo Anneke etwas später das Möwenherz wiedergefunden hatte. Ebba nahm sich vor, nachher noch einen Rosenstrauß an die Stelle zu legen.

»Da kommt Regen«, sagte Finn, er deutete auf die grauen Wolken, die sich am Horizont ballten. Der Wind würde sie bis zum Abend an die Küste treiben.

Regen.

Ebba schmiegte sich an ihn. Sie schloss die Augen und genoss die letzten Sonnenstrahlen, die ihre Haut streichelten.

Als Finn eine Hand auf ihr Herz legte, spürte sie, dass auch er sich an den Moment erinnerte, in dem sie Henris Brief gefunden hatten. All die Jahre hatte er versteckt in der Brust des Engels gelegen und darauf gewartet, dass sie das goldene Herz zurückbringen würden.

»*Slüngels*«, hatte ihr Großvater geschrieben, »Schlingel, nun habt ihr euch das Möwenherz genommen. Aber dieses Herz ist immer auf Wanderschaft gewesen, und ich bin mir sicher, dass es eines Tages mit einer neuen Geschichte zurückkehren wird. Ich bin euch nicht böse, im Gegenteil. Ihr beiden seid meine kostbarsten Schätze. Gesa und ich lieben euch. Gebt immer gut auf euch Acht!«

Henri. Seine Botschaft aus der Vergangenheit hatte sie beide von ihren Schuldgefühlen befreit. Die bösen Erinnerungen waren in sich zusammengefallen.

Ebba rollte sich auf die Seite und küsste Finn, so wie sie ihn vor einem Jahr in Henris Werkstatt geküsst hatte. Ein langer Kuss, der ein Versprechen in sich trug und die Gewissheit, dass auch die tiefsten Wunden heilen konnten.

Draußen hatte Regen ans Fenster geklopft, der kräftige Schauer eines Sommergewitters, das den Garten unter Wasser setzte. Doch sie beide hatten gewusst, dass dieser Tag in ihrer Erinnerung für immer der schönste Tag des ganzen Sommers sein würde.

Nachwort: Zur Geschichte des Walfangs in Norddeutschland

Noch heute finden sich auf den Halligen und Inseln Nordfrieslands Spuren der Grönlandfahrer, und wenn es dort Gebäude gibt, die auf eine mehr als zweihundertjährige Geschichte zurückblicken können, so sind ihre Bewohner zumeist Seefahrer oder Kapitäne gewesen. Ihr Hauptbetätigungsfeld war der Walfang. Auch Museen wie der Königspesel auf Hallig Hooge oder das Sylter Museum in Keitum sind alte Kapitänshäuser, die vom außergewöhnlichen Leben ihrer ehemaligen Bewohner zeugen.

Die Anfänge des Walfangs reichen vermutlich rund zweitausend Jahre zurück, doch erst im frühen Mittelalter begannen die Europäer, Wale in Küstennähe zu fangen. Vor allem die Basken jagten Pottwale von der Biskaya aus, sie wurden zu den Walfangexperten ihrer Zeit.

Mit den Entdeckungsfahrten der Holländer und Engländer im 16. Jahrhundert und der Suche nach der Nordostpassage setzte in Nordwesteuropa der eigentliche kommerzielle Walfang ein. Holländische Expeditionen unter Willem Barents stießen auf reiche Walvorkommen vor Spitzbergen. Da Barents die Inselgruppe fälschlich für die Ostküste Grönlands hielt, etablierte sich für die Fangfahrten der Begriff Grönlandfahrt, an dem auch festgehalten wurde, als man zwischen Grönland und Spitzbergen zu unterscheiden wusste. 1614 gründeten die Holländer das privilegierte Walfangunternehmen *Noordsche Maatschappij*, die holländischen Schiffe fuhren zum größten Teil mit baskischer Besatzung.

Vor Spitzbergen und der Insel Jan Mayen gab es so viele Wale, dass diese in den Buchten, den sogenannten Baien, direkt von der Küste aus gejagt werden konnten. Die Wale wurden dann an Land gezogen und an Ort und Stelle in Trankochereien verarbeitet. Als die Walbestände in den Buchten aufgrund der intensiven Bejagung stark zurückgingen, mussten die Schiffe den Tieren ins Eismeer folgen. Nun wurden die Wale auf See zerlegt und anschließend zu den Heimathäfen gefahren, wo sie in Landkochereien zum begehrten Tran verarbeitet wurden.

Im Jahr 1634 verboten die Franzosen ihren baskischen Untertanen die Beteiligung am holländischen Walfang, und die Inselfriesen, die als Seefahrer bereits einen guten Ruf hatten und nach der verheerenden Oktoberflut (der zweiten »Großen Mandränke« – dem »großen Ertrinken«) schlimme Not litten, füllten die Lücke. Die Seeleute aus Nordfriesland stiegen bald zu gesuchten Harpunieren, Steuerleuten und Kommandeuren auf, und der Walfang wurde zur Tradition. Innerhalb weniger Jahrzehnte entstand auf den Inseln und Halligen eine regelrechte Seefahrerkultur. An der Spitze der Gesellschaft rangierten die Kommandeure, wie die Kapitäne der Walfänger genannt wurden, bis heute sind die Namen der berühmtesten von ihnen überliefert. Als erfolgreichste Walfänger der Nordfriesen gilt Matthias Petersen (1632–1706) aus Odsum auf Föhr, der schon zu Lebzeiten »der glückliche Matthias« genannt wurde. Von ihm befehligte Schiffe erbeuteten in über fünfzig Jahren 373 Wale.

Der kommerzielle Erfolg der holländischen und hanseatischen Walfänger verleitete auch den dänischen König, der zugleich Herzog von Schleswig und Holstein war, in das Geschäft einzusteigen, die Städte Altona, Apenrade, Beidenfleth, Brunsbüttel, Eckernförde, Elmshorn, Flensburg, Föhr, Friedrichstadt, Glückstadt, Husum, Itzehoe, Kiel, Kolmar, Röm, Schleswig, Sonderburg, Sylt, Tondern, Tönning und Uetersen waren am Wal- und Robbenfang beteiligt. Auf der Höhe des arktischen Walfangs in der zweiten Hälfte des 17. Jahrhunderts fuhren jährlich zwischen 150 und 300 Schiffe aus, die 1000 bis 2000 Wale erbeuteten. Pro Fangfahrt mussten mindestens vier Wale gefangen werden, um Gewinn zu machen.

Rund 250 Jahre lang war das Geschäft mit dem wertvollen Walspeck profitabel, doch die Napoleonischen Kriege und die Kontinentalsperre brachten den Walfang weitgehend zum Erliegen. Erst nach dem Wiener Kongress 1814 konnte die Grönlandfahrt wieder aufgenommen werden, da aber inzwischen die Bestände an Walen und Robben stark zurückgegangen waren, lohnten sich die Fahrten kaum noch. Als letzte norddeutsche Stadt gab Elmshorn 1872 die Jagd im Eismeer auf.

Nachdem Deutschland sich seit dem Ende des 19. Jahrhunderts nicht mehr mit eigenen Schiffen am Walfang beteiligt hatte, gab es nach dem Ersten Weltkrieg doch noch einmal den Versuch, eine eigene Walfangflotte aufzustellen. Das Land war damals der größte Tranimporteur der Welt, und der Verbrauch an Walöl stieg noch immer. 1934 wurde die Erste Deutsche Walfanggesellschaft m.b.H gegründet, 1935 unternahm die Firma Henkel mit der *Jan Wellem* Fahrten ins südliche Eismeer. In Berlin gründete der Industrielle Walter Rau die Walfang AG, und auch die deutsche Ölmühlen- und Margarineindustrie unterstützte den Walfang mit gecharterten Schiffen. Doch mit dem Ausbruch des Zweiten Weltkrieges beschlagnahmte die Kriegsmarine die Walfangschiffe, und der deutsche Walfang mit eigenen Schiffen endete. Allerdings gingen in den 1950er-Jahren noch einmal deutsche Besatzungen, darunter auch Männer aus Schleswig-Holstein, auf Fangfahrt: 1949 beschloss der damals noch unbekannte Reeder Aristoteles Onassis, eine private Walfangflotte aufzustellen. Onassis gab den Howaldswerken in Kiel den Auftrag, einen alten T2-Tanker zum Fabrikschiff – der *Olympic Challenger* – und zwölf kanadische Korvetten zu Fangbooten umzubauen. Die Schiffe fuhren unter panamaischer Flagge, auf vier Fahrten zwischen 1950 und 1956 vor die Küste Perus und in die Antarktis fing die Flotte etwa 5000 Wale. Doch der Widerstand gegen Onassis, der sich weder an Fangquoten und Fangzeiten noch an Fanggebiete hielt, wuchs von Jahr zu Jahr, und im November 1954 wurde die Fangflotte vor der peruanischen Küste von Kriegsschiffen aufgebracht und im Hafen von Payta festgesetzt. Onassis schaffte es zwar, seine Schiffe wieder freizubekommen und noch einmal auf Fangfahrt zu gegen, doch 1957 gab er dem Druck nach und verkaufte seine Flotte nach Japan. Damit endete die fast vierhundertjährige Beteiligung der Schleswig-Holsteiner und der Deutschen am Walfang.

Mein Wissen rund um die Grönlandfahrer und Walstrandungen verdanke ich Besuchen im Königspesel auf Hallig Hooge, im Sylter Museum in Keitum, Sylt und im Erlebniszentrum Naturgewalten in List, Sylt. Weiterführende Informationen habe ich folgenden Büchern entnommen:

Giancarlo Costa: *Die hölzernen Engel, Galionsfiguren aus fünf Jahrhunderten,* Basel 1980,
Wanda Oesau: *Schleswig-Holsteins Grönlandfahrt auf Walfischfang und Robbenschlag vom 17.–19. Jahrhundert,* Glückstadt 1937,
Doris Tillmann, Timo Erlenbusch: *Auf Walfang,* Heide 2010.